eRBe

Das Erbe des Robert Blum

Inspiriert durch eine wahre Geschichte.

Uwe Wagner

Das Erbe des

Robert Blum

Inspiriert durch eine wahre Geschichte.

Bibliografische Information der Deutschen Nationalbibliothek:
Die Deutsche Nationalbibliothek verzeichnet diese Publikation in der
Deutschen Nationalbibliografie; detaillierte bibliografische Daten sind
im Internet über http://dnb.dnb.de abrufbar.

Umschlagbild:
Hawaii - Handzeichnung Robert Blum

Weitere Titel:
Geheimakte Bratappel
EMIGRA 3000 – Teil 1-3
Endlich wieder Schmetterlinge im Bauch
Kaira Saltiem und das Vermächtnis der Templer
Kaira Saltiem und das Amulett des Sonnengottes
Kaira Saltiem und der Seher des Kaisers

© 2024 Uwe Wagner
Verlag: BoD • Books on Demand GmbH, In de Tarpen 42,
22848 Norderstedt
Druck: Libri Plureos GmbH, Friedensallee 273, 22763
Hamburg
ISBN: 978-3-7597-7682-2

Inhalt

Vorausbetrachtung

Hic et nunc. - Hier und jetzt.

Oldenburg – 2024

Uns Menschen wohnt etwas inne, das uns dazu verleitet uns als Nabel der Welt zu sehen, ja es geradezu als unumstößlich anzusehen, dass unser Hier und Jetzt das einzig Wahre ist, das es die einzig richtige Welt ist. Jede Abweichung davon betrachten wir genau als solche, als Abweichung von der Norm, vom Richtigen, von der Wahrheit.

Ist das wirklich so? Gibt es nur diese Unterscheidung in schwarz und weiß? Was ist, wenn es unendlich viele Grautöne dazwischen gibt?

Genau dies besagt eine Theorie, die jegliche Auswirkung unserer Entscheidungen parallel existieren lässt, in sogenannten Paralleluniversen oder in ihrer Summe im Multiversum. Gleichgültig welche Entscheidung von wem auch immer getroffen wird, das Hier und Jetzt folgt den jeweiligen Pfaden. Denn jede Entscheidung ist wie eine Weggabelung bei der ebenfalls beide Wege bestehen bleiben, ungeachtet der Entscheidung, welchen Weg wir eingeschlagen haben.

Die Anzahl dieser Paralleluniversen ist nur mit unendlich anzugeben, denn zu jeder endlichen Anzahl, die wir selbst erschaffen – die Zahl unserer Entscheidung mag gigantisch groß sein, aber sie ist endlich – kommen jene anderer Menschen hinzu, in jeder Sekunde.

Wer will also sagen, welches dieser Universen das einzig wahre Universum ist? Ist es jenes, in dem wir unseren hundertsten

Geburtstag feiern oder jenes, in dem wir noch nicht einmal unseren ersten Tag auf Erden überstehen? Haben die Nordstaaten den Bügerkrieg oder hat die Entente Cordiale in allen Fällen den ersten Weltkrieg gewonnen?

Ist der Verlauf der Geschichte so robust, dass Veränderungen wie das Nichtvorhandensein einzelner Akteure keine Rolle spielen oder führen bereits kleinste Einflüsse zu einem völlig anderen Verlauf, so wie angeblich der Flügelschlag eines Schmetterlings am Amazonas das Wetter in Europa beeinflussen kann? Mit anderen Worten: Führte der Akt der Protagonistin Elleander Morning in der Geschichte von Jerry Yulsmann, jenen jungen Maler in Wien zu töten, tatsächlich dazu, dass es keinen zweiten Weltkrieg gäbe oder würde die spätere Rolle des Führers mit einer anderen Person besetzt und es wäre, gleichsam einem trägen Zeitstrom folgend, nur ein Name ausgetauscht?

Wir wissen es nicht. Für beide Theorien gibt es unzählige Argumente und vermeintlich logische Schlussfolgerungen. An der Tatsache, der Entstehung des Multiverums, ändert sich in beiden Fällen nichts. Allerdings wären in jenem trägen Zeitstrom eventuell größere Ähnlichkeiten und Übereinstimmungen bei den Paralleluniversen zu beobachten, weil die Grundhandlung erhalten bliebe. Doch grau ist alle Theorie.

Die Herausforderung beginnt, wenn wir unser Hier und Jetzt als das falsche Universum ansehen. Was wäre, wenn die Tatsache, dass die erfolgreiche Revolution von 1848 zur Entstehung eines ein Bundesstaat konstitutioneller Monarchien in Mitteleuropa führte, richtig ist? Was wäre, wenn sich Österreich und Preußen auf die Schaffung eines Groß-Österreich verständigt hätten, in der die Thronfolge im Wechsel von beiden Häusern geregelt wäre? Was wäre wenn sich diese Vereinigten Staaten von Mitteleuropa mit ihrem Nachbarn im Osten und Süden, vielleicht sogar mit den Vereinigten Staaten von Amerika gutgestellt und damit die Heartland-Theorie des britischen Geographen Halford Mackinder hätte Wirklichkeit werden lassen?

Im Multiversum sollte ein solches Paralleluniversum ebenso existieren wie jene Schreckensvision von Robert Harris, in der die Achsenmächte den zweiten Weltkrieg für sich entschieden. Kann es hierbei eine Klassifizierung in falsch oder richtig geben? Sind es nicht nur andere Ausprägungen, Parallelwelten? Ist es letztendlich allein die Frage, was uns gefällt oder die berühmte Macht der Gewohnheit, die uns als Anker in dieser Unendlichkeit dient?

Urteilen und verurteilen wir deshalb nicht vorschnell, falls es doch jemandem gelingen sollte eine Möglichkeit zu entdecken, Einfluss auf die Vergangenheit zu nehmen, so wie wir in jedem Moment der Gegenwart eine neue Zukunft erschaffen.

***

Prolog

Omnia tempus habent.   -   *Alles hat seine Zeit*

Berlin – 1862

„Ihre Majestät, Elisabeth, Kaiserin von Österreich!", verkündet der Hofzeremonienmeister mit fester Stimme und stößt seinen Zeremonienstab dreimal kräftig auf den Marmorboden. Dann verneigt er sich ehrerbietig vor der jungen Kaiserin, die freudestrahlend den Raum betritt und ihre Schritte sogleich in Richtung des schlicht gehaltenen Stubenwagens lenkt, um den sich eine Schar Frauen drängt. Die Frauen blicken ihr erstaunt und doch auch ein wenig erwartungsvoll entgegen.

„Welche Freude und große Ehre, liebste Sisi, dass du mir die Ehre erweist," begrüßt Victoria ihren hohen Gast.

„Aber Vicky", lässt sich Elisabeth nicht beirren und zieht ihre gute Freundin und entfernte Verwandte in eine herzliche Umarmung, währen die Hofdamen ehrerbietig ihre Knie beugen. „Dir kann ich ja anvertrauen, dass dieser Besuch bei dir mein wahres Anliegen war, auch wenn ich deinen Friedrich sehr zu schätzen weiß. Aber du weißt doch bestimmt wie ich diese Staatsempfänge verabscheue, vor allem seit mein Franzl von mir gegangen ist."

„Welch schändlicher Anschlag und tragischer Verlust", haucht Victoria ihr ins Ohr als sie die Umarmung erwidert. „Allein der Gedanke meinen Friedrich zu verlieren lässt mein Herz erfrieren. Ihn kenne und liebe ich schon mein halbes Leben und ohne ihn zu sein, nein das kann und will ich mir nicht vorstellen."

„So ist es für mich", gesteht Elisabeth ein, unterdrückt ein Schluchzen und erwidert gefasst: „Aber immerhin hat er noch die ersten Jahre seines Sohnes miterleben können."

„Ein schwacher Trost. Dennoch hoffe ich, dass dir deine Kinder die Kraft geben, die du für dein schweres Amt brauchst."

„Vielen Dank Vicky. Ja, das ist in der Tat so. Vor allem in Rudolf lebt er fort und Gisela hat ihre Frohnatur wiedergefunden. Dank jenes Doktor Virchow, den Franzl damals nach Wien geholt hat, konnte meine kleine Sophie schon vor einigen Jahren den Tod besiegen."

„Was deiner Schwiegermutter nun nicht vergönnt war."

„Das Schicksal ist manchmal launisch", stimmt Elisabeth zu. „Tante Sophie hat nie einen Hehl daraus gemacht, dass sie es lieber gesehen hätten, wenn Nene an meiner Stelle wäre. Doch war sie mir in den wenigen Wochen, die ihr nach dem Tod von Franzl verblieben, eine gute Stütze, um meinen neuen Pflichten als Kaiserin nachzukommen. – Aber wie geht es dir?", wechselt sie abrupt das Thema. „Den Vater so früh zu verlieren wäre ein schwerer Schlag für mich, zumal ich Onkel Albert wirklich sehr gemocht habe."

„Noch immer ist es schwer vorstellbar für mich", gibt Victoria zu, „auch wenn ich schon seit Jahren hier in Preußen, und damit so fern vom Buckingham Palast bin wie es in unserer Welt sein kann. – Doch reden wir nicht vom Tod." Sie richtet ihren Blick auf den Stubenwagen. „Das Leben geht weiter."

Sofort hellt sich die Miene Elisabeths wieder auf. „Ein Thronfolger, wie ich hörte." Sie beugt sich vor, um einen Blick auf den Schlafenden Heinrich zu erhaschen. „Richtig süß der Kleine. Wie heißt er denn nun?"

„Heinrich, also Albert Wilhelm Heinrich heißt er mit vollem Namen und Charlotte ist ganz vernarrt in ihren kleinen Bruder."

„Das kann ich mir gut vorstellen, ist es bei Gisela und Sophie nicht anders. Außerdem hat dein Friedrich nun endlich den langersehnten Thronfolger, nach der Tragödie von neunundfünfzig."

„Tragödie, wie wahr", seufzt Victoria. „Aber die Ärzte konnten ihn nicht retten."

„Die Ärzte? Nun, ich will nicht vorschnell urteilen, aber ohne sie wäre dein Wilhelm noch am Leben."

Niedergeschlagen nickt Victoria. „Das habe ich mich auch schon oft gefragt."

„Manchmal soll es nicht sein."

„Scheint so zu sein. Dabei hatten wir doch schon Pläne wie Wilhelm und Rudolf gemeinsam die Zukunft verbringen, waren sie doch gerade einmal drei Monate auseinander."

„Nun sind es eben vier Jahre für unsere Buben, Jahre, die immer bedeutungsloser werden, je weiter die Geschichte voranschreitet. Die drei Jahre, die uns zwei trennen sind doch schon heute nichts und ich bin gerade dabei mein Vierteljahrhundert zu vollenden."

„Wie wahr", lacht Victoria wie von einer Last befreit, „und wer weiß, was uns noch bevorsteht, jetzt, da Friedrich König von Preußen ist."

„So hat er sich doch dazu durchringen können, das Amt vorzeitig anzutreten?"

„Mein Schwiegervater war nie sonderlich erbaut die Würde und Bürde des Königs auf sich zu nehmen. Doch was blieb ihm übrig, da sein Bruder keine Nachkommen hatte?"

„Aber hat Friedrich ihm nicht dringlich davon abgeraten abzudanken?", forscht Elisabeth beharrlich nach.

„Sehr sogar. Friedrich war der Meinung, dass es dem Königtum zum Schaden sei, wenn das Abgeordnetenhaus… Aber das weißt du ja alles", seufzt Victoria. „Jedenfalls blieb mein Schwiegervater unbeirrbar und seitdem spricht meine Schwiegermutter kein Wort mehr mit mir." Da Elisabeth sie nur fragend ansieht erklärt sie: „Sie gibt mir und meinen Eltern die Schuld daran, weil sie mit ihrer liberalen Gesinnung und dem guten Rat, Preußen in eine konstitutionelle Monarchie zu wandeln, das Volk zur Rebellion aufgestachelt haben."

„Das ist doch Unsinn!", schnaubt Elisabeth.

„Ich weiß, aber das ist ihr anscheinend egal."

„Und welche Reaktionen gibt es sonst auf diesen Schritt?"

„Sehr geteilt. Das Volk – und natürlich meine Mutter – ist begeistert und wir erhalten viel Zuspruch, vor allem weil Friedrich diesen verknöcherten Junker eben nicht zum Ministerpräsidenten ernannt hat, wie es mein Schwiegervater und der Thronrat gefordert haben."

„Wen?"

„Ach, ein Otto von Bismarck. Nicht weiter wichtig. – Jetzt müssen wir herausfinden, wem wir noch vertrauen können."

„Ist es so schlimm?" Echte Besorgnis schwingt in der Stimme Elisabeths mit.

„Ja.", bestätigt Victoria.

„Dann wird Friedrich am besten sofort nur Getreue um sich scharen müssen."

„Das wird er. Aber er muss vorsichtig sein, damit es keinen Staatsstreich gibt, denn einige haben offen verkündet, es bedürfe auch in Preußen eines Oliver Cromwells um den Staat zu retten."

„Das ist ja noch größerer Unsinn und eine bodenlose Unverschämtheit!", echauffiert sich Elisabeth und ballt ihre Hand zur Faust. „Das ist ja schlimmer als eine Revolution."

„Deshalb will er vorsichtig vorgehen, um zu ergründen, wer loyal zu ihm steht."

„Sehr weise." Elisabeth seufzt ergeben. „Und ich dachte, wir könnten nun bald noch einmal über den Plan von Schwarzenbergs reden, den er neunundvierzig vorgestellt hat."

„Ach, die Sache mit Großösterreich?"

„So wurde es damals genannt", bestätigt Elisabeth, „nur dass ich mich sogar eher für einen anderen Namen erwärmen könnte…" Der irritierte Blick Victorias lässt sie innehalten. „Du weißt doch wie sehr ich für die Weite Ungarns und die lebensfrohen Menschen dort schwärme."

„Gewiss. Worauf willst du hinaus? Etwa Großungarn?"

„Nein", lacht Elisabeth belustigt, „nein, das wäre mir viel zu klein."

„Zu klein?" Victorias Verwirrung ist perfekt.

„Mir schwebt da etwas vor, das den Namen Europa in sich trägt und bei dem die vielen Völker im Reichsgebiet und dem Herrschaftsgebiet von Preußen und Österreich gleichberechtigt dazugehören."

„Aha. So was wie ein Bund von Mitteleuropa?"

„Oder Vereinigte Staaten von Mitteleuropa."

„Etwa eine Republik?" Victoria ist nun doch entsetzt.

„Nein Vicky, soweit würde ich nicht gehen, aber die Idee deines Vaters, die finde ich schon sehr spannend."

„Also eine konstitutionelle Monarchie?"

„Genau. Vielleicht sogar nach dem Vorbild in deinem Heimatland, aber als Kaisertum."

„Und wer sollte dann die Krone tragen, du Sisi? Immerhin stehst du auf der höchsten Stufe des Adels und trägst bereits diesen Titel."

Schlagartig ist Elisabeth ernst. „Nein Vicky, Kaiserin von Österreich zu sein ist mir Bürde mehr als genug und für Rudolf, vertrau mir, für ihn wäre es eine Qual."

„Aber wer dann?", kann sich Victoria nicht zurückhalten zu fragen.

„Friedrich."

Victoria wird blass. „Aber…" Der schockierende Gedanke schnürt ihr die Kehle zu.

„Oh ja. Friedrich wird sie nach und nach alle dafür begeistern können. Davon bin ich überzeugt und", sie wendet sich dem

Stubenwagen zu, „ein würdiger Nachfolger ist auch bereits da."

***

Plan

Alea iacta est.

Stuttgart– 1896

„Wie kannst du es wagen mir das vorzuwerfen?" Wütend funkelt Robert seinen alten Freund Franz Fischer an. „Ich habe Leonie geliebt wie keine andere, ja sogar mehr als mein eigenes Leben!"

„Und doch hast du diese Grippe mitgebracht", hält Fischer zornig dagegen. „Obwohl du gewusst hast, wie viele Menschen schon daran gestorben sind. Das soll deine Liebe sein? Eine Liebe, bei der du eine solche Krankheit aus Amerika mitbringst?"

„Nein!", schreit Robert bebend vor Entrüstung. „Es war die Russische Grippe und nicht eine aus Amerika."

Doch Fischer wendet sich brüsk ab. „Das bringt mir meine Tochter auch nicht zurück."

„Nein, aber ich würde alles – und ich meine wirklich alles – dafür geben, damit es so wäre, ihr Lachen wieder zu hören oder sie nur ansehen zu können, selbst dann, wenn du weiterhin deine Zustimmung zu unserem Glück verweigerst."

„Fang nicht schon wieder damit an!", braust Fischer auf. „Das haben wir doch schon unzählige Male erörtert. Diese Zustimmung konnte ich dir einfach nicht geben."

„War ich dir auf einmal nicht mehr gut genug? Unsere ganze Jugend haben wir miteinander Freude und Leid geteilt, ja sogar manche Streiche und vielerlei Unsinn verzapft und dabei galt das dann auf einmal nicht mehr?"

„Das hat damit überhaupt nichts zu tun", wiegelt Fischer ab.

„Nein?"

„Nein!"

„Was dann? Nenne mir einen triftigen Grund."

„Siebenundzwanzig Jahre Altersunterschied, das war und ist einfach untragbar. – Aber was rede ich? Du hast darauf ja nie Rücksicht genommen."

„Oh doch! Und du weißt sehr wohl, dass ich all die Jahre in der Ferne verbracht habe, um unsere Gemüter abzukühlen, damit sie angeblich zur Vernunft kommt."

„Jajaja."

„Na was? Du weißt sehr wohl, dass ich Leonies Schwärmerei – und dafür wollten wir es ja halten – schweren Herzens abgewiesen habe…"

„Jaja, nur um ihr dann vor zwei Jahren endgültig den Kopf zu verdrehen", unterbricht Fischer ihn unwirsch. „Ständig hast du ihr Briefe geschrieben."

Robert blickt ihn kopfschüttelnd an. „So siehst du das?"

„Ja. Wie sollte ich es sonst betrachten? Das ist doch allgemein der Sinn von Liebesbriefen."

„Ja, in den vergangenen wenigen Jahren waren es Briefe glühender Leidenschaft. Nur weil ich nach zwanzig Jahren ihrem Liebreiz, ihrer Schönheit und ihrer Anmut doch endgültig erlegen bin, willst du unsere Liebe in den Dreck ziehen?"

„Papperlapapp."

„Auch wenn du es noch immer nicht wahrhaben willst Franz, ich habe Leonie über alles geliebt, so wie sie mich und ich hätte mich trotzdem weiterhin an mein Wort gehalten…"

„Ach was", unterbricht ihn Fischer erneut, „bedrängt hast du mich, dir, meinem alten Schulfreund, meine Tochter – man stelle sich das nur vor – meine Tochter zur Frau zu geben."

„Ja und?", blafft Robert. „Auf Händen hätte ich sie getragen und wer hätte besser für sie und unsere Nachkommen sorgen können?"

„Jemand mit einer ordentlichen Profession."

„Ach, und das, was ich mache gereicht dir nicht?"

„Privatier ist keine Profession."

„Es garantiert ein sorgenfreies Leben und außerdem hätte ich da noch meine Beteiligung in Frisco…"

„Bei den Wilden in Amerika?"

„Nicht wild, sondern wild entschlossen, entschlossen das nächste Weltenreich zu errichten."

„Dass ich nicht lache", höhnt Fischer. „Wie ich hörte, können die noch nicht einmal richtige Häuser bauen, von guten Umgangsformen wollen wir lieber erst gar nicht anfangen zu reden."

„Wo gehobelt wird, da fallen Späne und dort drüben wird mächtig gehobelt."

„Ungehobelt wäre der bessere Ausdruck", höhnt Fischer.

„Nun, du magst es gering schätzen, aber ich sah es selbst, mit welcher unbändigen Kraft dort alles vorangetrieben wird. Vielleicht werden wir es beide noch erleben, dass Amerika alle anderen überflügelt."

„Das werden die Briten und unser Kaiser Heinrich schon zu verhindern wissen. An diesen beiden Großreichen kommt keiner vorbei, vor allem nicht, nachdem Frankreich und die Osmanen in ihre Schranken gewiesen wurden und unser gutes Verhältnis zu Russland wiederhergestellt ist."

„Es ist müßig über die große Politik zu streiten", erwidert Robert unwirsch. „Ich weiß, was ich gesehen habe und das ist mehr als genug. Gegen diese unbändige Energie kommt keiner an."

„Jaja, wahrscheinlich, wenn schon so eine kleine Grippe alles verändern kann oder was da sonst noch in deinem Gepäck gewesen ist."

Robert wollte wieder aufbrausen, hält jedoch wie gebannt inne. „Das ist es!", jauchzt er plötzlich.

„Was? Hast etwa noch die Pest oder die Cholera in petto?"

Doch Robert hört nicht mehr hin. „Das Buch", stößt er wie in Trance hervor.

„Wie bitte? Was für ein Buch?" Fischer ist verwirrt und sogleich gewinnt sein Zorn wieder die Überhand. „Hätte es etwa gegen die Grippe helfen können? Oder wolltest du ihr damit nur noch weiter den Kopf verdrehen?"

„Unsinn!", blafft Robert. „Darum geht es doch gar nicht."

„Ach nein? Langweilt dich das Ableben meiner Tochter bereits?"

„Nein!", donnert Robert, bebend vor Zorn. „Unterstelle mir das nie wieder! – Hast du verstanden?" Wütend funkelt er seinen alten Freund an.

„Das kommt wohl nicht von ungefähr", verteidigt der sich ebenso lautstark. „Immerhin hast du angefangen von einem Buch zu faseln, während…"

„Ja, ein besonderes Buch", geht Robert gar nicht näher darauf ein.

„Und das soll uns jetzt helfen, ja", feixt Fischer verärgert und funkelt ihn herausfordernd an.

Doch es dringt nicht durch, denn Robert ist wie im Rausch in seinen Gedanken versunken. „Hmm… Wer weiß..."

„Ach, so ist das! Deine Erkenntnis kommt reichlich spät." Sein Hohn ist unüberhörbar. „Außerdem wäre es mir neu, wenn du dich plötzlich auf dem Gebiet der Medizin…"

„Nein", platzt es plötzlich aus Robert heraus. „Nicht Medizin. Physik!"

„Physik? – Was…?"

„Eine Zeitreise."

Fischer wirft ihm einen mitleidigen, ja geradezu geringschätzigen Blick zu und wendet sich mit einer verächtlichen Handbewegung ab. „Was kann man von dir auch schon erwarten?"

„Mir egal", wischt Robert die abfällige Bemerkung beiseite. „Ich habe es auf der Überfahrt gelesen. Es ist im vergangenen Jahr erschienen."

„Drüben bei den Wilden?"

„Zuerst in London."

„Also ist es von einem Engländer?"

„Ja, von einem Herbert George Wells", erläutert Robert geduldig.

„Nie gehört. Aber was will man von einem Engländer auch schon erwarten." Es ist eindeutig als Herabwürdigung denn als Frage gemeint.

„Immerhin ist dieser Engländer weise genug, sein Buch auch gleich drüben in den Staaten zu veröffentlichen."

„Was soll daran weise sein, wenn man sein Werk den wilden Säuen vorwirft?", spottet Fischer. „Eine wissenschaftliche Abhandlung kann es demnach schon einmal nicht sein."

„Naja…"

„Was?"

„Doch. So sehe ich es."

„Und um was geht es dabei, wenn es sich schon nicht um Medizin handelt?", hakt Fischer genervt nach.

„Um eine Zeitmaschine."

„Eine… Zeitmaschine?" Er blickt ihn ungläubig an und bricht dann in schallendes Gelächter aus.

„Was ist daran so witzig?"

„Also Robert. Wirklich. Eine Zeitmaschine? Und das soll eine wissenschaftliche Abhandlung sein?"

„Das habe ich nie behauptet", grantelt der Ausgelachte.

„Also doch nicht? Sage ich doch. Aber was soll es dann sein, wenn du diesem Hirngespinst eine so hehre Bedeutung zumisst?"

„Es ist eher so etwas wie ein Reisebericht."

„Ach so. Wie der vom Humboldt, ja?"

„Nein, nicht ganz."

„Was dann?", hakt Fischer unbeherrscht nach. „Soll ich weiter raten, bis ich endlich die richtige Lösung gefunden habe oder erleuchtest du mich vorher?"

„Naja… Es ist eher aufgemacht wie ein Roman…"

„Ein Roman?" Fischer sieht ihn erst fassungslos, dann amüsiert an und prustet los vor Lachen. „Dachte ich's mir doch. Ein Roman. Was kann von einem Engländer schon anderes kommen als eine Träumerei? – Robert, Robert. Was ist bloß los mit dir? Jagst du jetzt irgendwelchen Wahnvorstellungen nach?" Mitleidig schüttelt er sein Haupt. „Lass es dir gesagt sein, denn offenbar ist es dir in deiner grenzenlosen Romantik entfallen, in Romanen gibt es nur Luftschlösser."

Seine Worte verhallen wie im luftleeren Raum, denn Robert ist wie in eine andere Welt entrückt. „Das glaube ich nicht", haucht er nur ehrfürchtig.

„Was?" Nun ist es Verwirrung, die sich im Gesicht seines Gegenüber widerspiegelt.

„Na, dass es ein Traum ist", erläutert er unerschütterlich.

„Jetzt bist du völlig übergeschnappt. Und dir hätte ich meine Tochter anvertrauen sollen?" Missbilligend schüttelt Fischer seinen Kopf.

„Nenne es wie du willst", entgegnet Robert brummig. „Ich habe gesagt, dass ich alles für sie tun würde und dazu stehe ich."

„Zu einer närrischen Idee aus einem Roman eines Engländers?"

„Wie auch immer. Ich werde diesen Herrn Wells aufsuchen und dann werden wir sehen, was dran ist."

Wieder lacht Fischer höhnisch. „Jaja, geh du nur. Geh wieder auf Reisen. Zieh los, noch mehr Seemannsgarn spinnen."

„Vielleicht hast du recht." Robert sieht ihn herausfordernd an.

„Aber wenn ich Erfolg haben sollte…"

„Erfolg?", unterbricht Fischer ihn ungehalten. „Erfolg mit was? Etwa dabei, dir von einem Engländer einen Bären aufbinden zu lassen?"

„Nein, dabei Leonie zu retten."

„Das geht zu weit!", zischt Fischer, seine Fäuste vor Zorn geballt. „Jetzt verhöhnst du auch noch meine Trauer um meine geliebte Tochter."

„Niemals!", faucht Robert und sein Freund zuckt merklich zusammen. „Das würde mir im Traume nicht einfallen!"

„Was willst du dann?" blafft jener zurück.

„Diese Zeitmaschine finden."

„Das ist ein Luftschloss! – Eine Erfindung in einem Roman!" Er baut sich vor Robert auf wie ein Lehrer, der einen Lausbuben zurechtweist.

„Und genau das glaube ich nicht!", beharrt Robert, sich ihm trotzig entgegenstellend.

„Also gut." Fischer erhebt beschwichtigend die Hände. „Nehmen wir an, dass dieses Ding wirklich existiert und dass es dann auch noch funktioniert. – Was willst du dann tun?"

„In der Zeit zurückreisen und Leonie retten."

Einen schier endlosen Moment herrscht Schweigen. Dann spiegelt sich in Fischers Blick nur noch Mitleid. Mit einem schweren Seufzer legt er seinem Jugendfreund die Hand auf die Schulter. „Robert, vielleicht habe ich es verkannt. Vielleicht ist dies deine Art zu trauern. – Nun, wenn dem so ist, verzeih mir." Mit einer Geste veranlasst er Robert dazu nicht darauf zu antworten. „Wie gesagt, wenn dem so ist, dann geh diesen verworrenen Gedanken nach. – Aber pass bloß auf, dass du deinen Verstand nicht noch vollständig verlierst."

„Keine Sorge", erwidert Robert ungerührt. „Aber eines musst du mir versprechen."

„Und das wäre?"

„Wenn es mir gelingt, dann gibst du uns deine Zustimmung."

„Aber Robert, du weißt doch, dass es gar nicht gelingen kann."

„Ach, du meinst so wie damals? Damals, als du sagtest, dass es einem Württemberger nie gelingen kann nach Japan einzureisen? Ist es das?"

„Najaaa…"

„Das war etwas anderes."

„Nein. Trotz unserer Jugend, in der wir keine Grenzen kannten und alles möglich schien, da hast du daran gezweifelt. Aber ich habe es trotzdem getan."

„Das ist richtig", gibt Fischer zerknirscht zu. „Ich erinnere mich gut an unsere ungestüme Jugend. Dennoch war es damals eine andere Situation. Da war zum einen dein guter Freund aus Kobe und zum anderen hatten andere diese Reise bereits unternommen."

„So wie im Bericht von Herrn Wells."

„Robert", seufzt Fischer. „Kein Bericht. Das ist ein Roman. – Das hast du selbst gesagt."

„Einerlei", wischt Robert den Einwand beiseite. „Wirst du mir das Versprechen hier und jetzt geben?"

Lange blickt Fischer ihn durchdringend an. Dann sagt er seufzend: „Wenn dir das wirklich gelingen sollte, ja, dann hast du sie."

***

Woking (Surrey, England) – 1896

Was bringt mir all diese Routine der vielen Reisen, geht es Robert durch den Kopf, wenn ich doch nach wie vor bei jeder Tour das Kribbeln im Bauch spüre?

Auch wenn diese Expedition nach England – vor knapp zwanzig

Jahren, so erinnert er sich, war der Aufenthalt in diesem Land gerade einmal eine Zwischenstation – ihn tatsächlich nicht vor eine große Herausforderung stellt, so spürt er nun doch eine gewisse Unruhe. Die Schiffspassage, das Erlangen des Visums und die Einreiseformalitäten sind ihm noch immer ein Graus, aber die Vorfreude, seinen Plan in die Tat umzusetzen, hat ihn auch das überstehen lassen.

Und nun ist er hier, in diesem beschaulichen Ort Woking, der sogar groß genug ist, um einen eigenen Bahnhof vorzuweisen. Er ist ein nicht unbedeutender Knotenpunkt, denn hier zweigt die wichtige Nebenlinie nach Portsmouth von der South Western Mainline ab, die London mit dem Hafen Weymouth verbindet.

„Maybury Road", liest er vom verwitterten Straßenschild ab. Ja, er ist fast am Ziel. Die Straße verläuft parallel zur Eisenbahn und er braucht ihr nur eine Dreiviertelmeile zu folgen, um dorthin zu gelangen, wo er die Antworten auf seine Fragen zu erhalten hofft. Ein wenig verunsichert ist er schon, denn so beschaulich der Ort auf den ersten Blick erscheint, so sehr wandelt sich das Bild bei näherer Betrachtung. Die Häuser, die wie an einer Perlenkette aneinander gereiht stehen, scheinen alle von ein und demselben Architekten entworfen zu sein. Außerdem erwecken sie, so klein und geduckt vor den kräftigen Brisen, die vom Meer heranwehen, den Eindruck der Vernachlässigung. Die wahre Größe dieser Gebäude – es sind fast ausschließlich Doppelhäuser – erschließt sich dem Betrachter erst, wenn es ihm gelingt sich in die Vogelperspektive zu begeben. Erst dann offenbart sich, wie tief sie sich in die jeweiligen Grundstücke erstrecken.

Auch wenn die Besitzer nichts unversucht gelassen haben, um ihren Domizilen eine mehr oder minder individuelle Note zu geben, bleibt der Eindruck der Gleichförmigkeit erhalten und der allgegenwärtige Ruß, der aus unzähligen Schornsteinen der Bauten wie auch der Lokomotiven quillt, bedeckt alles mit einem dunklen Mantel der Schwermut. Daher ist es nun von Vorteil, dass er bei seinen Recherchen in der ihm eigenen Gründlichkeit vorgegangen ist.

„Dies muss es sein", murmelt er vor sich hin und vergleicht die Hausnummer mit seinen Aufzeichnungen. Das Kribbeln im Bauch wird unerträglich und er muss sich zusammennehmen, damit ihn sein Mut nicht verlässt. Beherzt schreitet er über den nichtgepflasterten Hof auf die Haustüre zu, die durch den Vorbau, der offenbar als Windfang dienen soll, noch weiter aus der Front herausragt als der Erker rechts daneben.

Die Tür selbst scheint recht neu oder sehr gut erhalten zu sein und das Namensschild aus Messing oberhalb des Türklopfers glänzt wie frisch poliert. Es zeigt nur ein Wort, *Wells*. Einmal kräftig durchatmen. Dann drei kräftige Schläge mit dem Türklopfer. Die ertönen laut genug und sollten ihm die gewünschte Aufmerksamkeit bescheren.

So ist es dann auch, denn nach wenigen Augenblicken wird die Tür von einer jungen Frau geöffnet, die sich ihre Hände an einer Schürze abwischt. „Sie wünschen?", fragt sie selbstbewusst und ein wenig schroff in einem Dialekt, der sie eindeutig als Tochter der Grafschaft Middlesex ausweist.

„Guten Tag", bringt Robert nun doch beherzt über die Lippen. Er lupft seinen Zylinder und verneigt sich. „Mein Name ist Robert Blum. – Mrs. Wells, Mrs. Amy Catherine Wells, nehme ich an?"

„Nun, wen dachten Sie denn sonst hier anzutreffen?", erwidert sie spöttisch und auch ein wenig abschätzig. Es ist ihr deutlich anzumerken, wie sehr sie sich durch den Besuch gestört fühlt. „Wenn sie für eine der Kirchen sammeln oder von der Steuerbehörde sind, kann ich Ihnen sagen, dass wir unser Soll bereits erfüllt haben."

„Nein nein", beschwichtigt Robert und lächelt verlegen. „Deswegen komme ich nicht zu Ihnen…"

„Ach. – Schickt sie der Vermieter? Dann sagen Sie ihm, dass wir nächsten Monat hier raus sind. Er wird seine Miete pünktlich erhalten."

Schon will sie die Türe schließen, da tritt Robert reflexhaft einen Schritt vor. „Nein. Mitnichten Mrs. Wells", versichert er ihr hastig. „Vielmehr bin ich hier, um mit ihrem Mann, Herbert George, zu sprechen." Da sie ihn nur kritisch beäugt, fährt er schnell fort: „Ich habe sein Buch gelesen, ja geradezu verschlungen und ich muss ihn einfach ein paar Fragen stellen."

„Hmm…Also…"

„Glauben Sie mir ich bin ein glühender Verehrer, der sogar die weite Reise aus Württemberg auf sich genommen hat, nur um ihm persönlich zu begegnen."

„Wu-eür…", versucht sie es auszusprechen.

„Das ist ein Bundesland der Vereinigten Staaten von Mitteleuropa, ganz nahe an der Schweiz gelegen." Mit Bedacht hat der den offiziellen Namen, Kaiserreich der Vereinigten Staaten von Mitteleuropa, nicht genannt. Immerhin ist das britische Königshaus auch nach so vielen Jahren noch ein wenig über diese Vereinigung verschnupft und die britische Presse hat bislang auch keinen Hehl daraus gemacht, dass sie dies fast einheitlich teilt.

„Aha", gibt sie nur kurz zurück und es ist nicht auszumachen, ob sie beeindruckt, gelangweilt oder nur verwirrt ist.

„Bitte, Mrs. Wells, es bedeutet mir sehr, ja außerordentlich viel", setzt er nun hinzu, mit der gleichen Entschlossenheit, mit der er den Beamten im britischen Konsulat davon überzeugt hat ihm ein Visum auszustellen.

„Schatz, wer ist denn da?", ertönt eine Männerstimme im Hintergrund.

„Ein Gentleman aus dem Kaiserreich, der dich sprechen möchte", beantwortet sie ohne ihren Blick von Robert abzuwenden.

„In der Tat?" Den Schrittgeräuschen zufolge kommt er näher und steht kurz darauf neben seiner Frau. „Mister…?", wendet er sich fragend an seinen Besucher.

26

„Blum, Robert Blum", löst der Gefragte das Rätsel um seinen Namen, zieht seinen Zylinder vom Kopf und verbeugt sich der Etikette entsprechend.

„Sehr angenehm", Herbert George Wells streckt ihm freudig die Hand entgegen. „Seien Sie mir willkommen, konnte ich doch nicht anders als Ihren Worten lauschen."

„Ganz meinerseits", erwidert Robert, ergreift die dargebotene Hand und schüttelt sie kräftig.

„So kommen Sie doch herein, Mr. Blum und genießen Sie mit mir eine Tasse Tee, mit dem mich meine wunderbare Frau so verwöhnt." Er tritt zur Seite, um ihn einzulassen. Gleichzeitig wirft er seiner Frau einen Blick zu, die ihn lächelnd erwidert.

„Ich werde sofort noch eine weitere Tasse bringen und frischen Tee aufbrühen", kündigt sie die Erfüllung der unausgesprochenen Bitte ihres Mannes an. Sie schließt die Tür hinter Robert, der indessen seinem Gastgeber Hut und Mantel für die Garderobe überlässt. Während sie sich in die Küche im rückwärtigen Teil des Hauses begibt, wird Robert von seinem Gastgeber in das überraschen geräumige Erkerzimmer gebeten, das offenbar als Arbeitszimmer des Schriftstellers dient.

„Es herrscht ein wenig Durcheinander", entschuldigt sich Herbert George und weist auf eine Sitzgruppe. „Nehmen Sie doch Platz Mr. Blum."

„Vielen Dank", beteiligt sich Robert am fast zeremonienartigen Ablauf zur Begrüßung eines Gastes und lässt seinen Blick durch den Raum schweifen. Das Mobiliar, das sagt ihm sein durch die Beteiligung an einer Möbelfabrik in San Francisco geschulter Blick, ist zwar erlesen, jedoch eher von geringerer Qualität. Dem von Papieren überquellenden Schreibtisch, der direkt vor dem Erkerfenster positioniert ist sowie dem dazugehörige Stuhl kann er schon eher etwas abgewinnen.

„Was führt Sie her?", kommt Herbert George nun zur Sache. „Und, wenn ich das fragen darf, wo haben Sie unsere Sprache so trefflich erlernt?"

„Nun, den zweiten Teil Ihrer Frage möchte ich zuerst beantworten, da ich für den ersten ein wenig weiter werde ausholen müssen."

„Nur zu."

„Vor über zwanzig Jahren bin ich zum ersten Mal nach Amerika gereist, wenn auch nur auf der Durchreise nach Japan…"

„Japan?" Herbert George scheint wie elektrisiert. „Das muss ein echtes Abenteuer gewesen sein. Wie ich hörte ist die Einreise mit allerlei Hürden verbunden."

„Das ist sie in der Tat und wohl auch noch immer", bestätigt ihm Robert lächelnd. „Jedenfalls lernte ich während meines Aufenthaltes in San Francisco nicht nur die Grundzüge der japanischen Kultur kennen – wohl noch immer ein wesentliches Kriterium für die Einreise – ich konnte gar nicht anders als das Englische zu erlernen. Und seit dieser Zeit war ich sehr oft in Frisco und bin dort sogar an einer Möbelfabrikation beteiligt, für die ich die Ehre habe Zeichnungen anzufertigen."

„So seid Ihr das, was man einen Ingenieur nennt?"

„Mitnichten", wehrt Robert bescheiden ab, „lediglich bin ich sehr stark an Naturphänomenen wie dem Magnetismus interessiert und ansonsten fröne ich meinem Talent des Zeichnens."

„Oh, ich wünschte mir wäre dieses Talent zuteil."

„Nun, Mr. Wells, wegen eures Talents – und das Schreiben beherrscht ihr von nahezu göttlicher Gnade, wenn ich das so sagen darf – wegen dieses Talents bin ich hier bei Ihnen."

„Aha." Er wird durch seine Frau abgelenkt, die mit einem Tablett den Raum betritt und es auf dem Tisch abstellt, um Tassen, eine Schale mit Keksen und eine Teekanne auf dem Tisch zu servieren.

„Ja", lässt sich Robert nun nicht unterbrechen, „und meiner Liebe wegen."

„Ihrer Liebe?", wundert sich der Gastgeber und seine Gattin horcht erwartungsvoll auf.

„Ja. Mir war das Glück nicht so hold wie Ihnen, Mr. Wells. Meine Leonie wurde mir genommen, von der Grippe dahingerafft."

„Aber was können wir…?" Wells scheint nun verwirrt zu sein.

„Hätte ich doch nur Zugang zu einer Zeitmaschine, um rechtzeitig einen Arzt herbeizubringen. Dann wäre meine Leonie noch bei mir und wir könnten hoffen, doch noch eines Tages in den Stand der Ehe zu treten." Er schildert mit mehr oder minder kurzen Worten wie es um den Streit mit seinem langjährigen Freund steht, der äußerst abgeneigt ist sein Schwiegervater zu werden. Herbert George zeigt sich betroffen während seine Frau ihren Gast mit ein wenig Bewunderung ansieht, spricht es doch ihre romantische Ader mit aller Macht an.

„Aber was hat das mit mir zu tun?", wundert sich Wells.

„Nun, in jeder Geschichte steckt ein Fünkchen Wahrheit und das, so meine These, trifft auch für Ihr Werk über die Zeitmaschine zu. Mit anderen Worten, es würde mir ermöglichen in der Zeit…"

„Oh, das tut mir leid", unterbricht ihn Wells mit ernster Miene. „Ich fürchte, da werde ich Sie enttäuschen müssen." Weil Robert ihn nur betroffen anblickt, erklärt er: „Der Kern der Geschichte ist lediglich das Zusammentreffen der Herren. Alles Weitere ist allein meiner Phantasie entsprungen. Das betrifft auch alles was mit der Zeitmaschine selbst in Verbindung steht."

„Sie meinen…"

„Genau. Eine Zeitmaschine – so gern ich sie selbst gern hätte – die gibt es leider nur in meiner Geschichte." Er scheint ein wenig amüsiert zu sein über Roberts Ansinnen, gibt sich jedoch gehörig Mühe, das nicht zu zeigen.

„Aber wie sind Sie denn dann darauf gekommen?", lässt Robert nicht locker.

„Da war der Wunsch der Vater des Gedankens." Er seufzt. „Oh, wie gern hätte ich tatsächlich Zugriff auf eine solche Maschine. Aber das wäre viel zu gefährlich."

„Warum das?", schaltet sich seine Frau Amy – oder Jane, wie sie sich selbst nennt, wenn sie als Autorin aktiv ist – ein und richtet einen stechenden Blick auf ihren Gatten.

„Dann wären wir noch früher zusammengekommen, mein Schatz", beantwortet er die heikle Frage, die ihr anscheinend schmeichelt und sie zufriedenstellt.

„Und warum wäre das gefährlich?", hakt sie trotzdem nach.

„Nun, immerhin wüsste ich dann nicht, was ich noch verändere."

„Also außer alles so zu drehen, damit wir früher…?"

„Genau!", bestätigt ihr Herbert George. „Könnten wir in der Zeit zurückreisen, hätte jede kleine Änderung, die wir dann vornehmen – gewollt oder ungewollt, spielt dabei keine Rolle – auch Auswirkung auf andere Ereignisse und das kann dann Ausmaße annehmen, die wir uns gar nicht vorstellen können."

„Aber wenn doch nur ein winziges Detail verändert wird", hält Robert noch immer an seinem Traum fest, „dann sind die Auswirkungen doch begrenzt."

„Das können wir nicht wissen, weil wir gar nicht alle Zusammenhänge kennen oder erkennen", widerspricht Wells. „Aber die Gedanken sind müßig. – Wie gesagt, eine solche Maschine gibt es nicht."

Für Robert bricht eine Welt aus letzten Hoffnungen zusammen. Ja, natürlich hat er es geahnt. Er hat es sogar gewusst, dass er genau diese Antwort erhalten würde. Dennoch hat er diese Reise unternommen. „Und wenn ich mir damit niemals vorwerfen kann, dass ich nicht alles versucht habe", hatte er seinen Freunden gesagt. Doch jetzt, da ihn die Wirklichkeit trifft wie ein Keulenschlag ist er einfach am Boden zerstört.

„Hören Sie, Mr. Blum", versucht Herber George ihm Trost zu spenden, „ich wünsche von ganzem Herzen, dass ich Ihnen eine andere Antwort geben könnte…" Mit einer Handbewegung wischt er den angedeuteten Einwand seiner Frau beiseite und fährt fort, „aber ich kann es leider nicht." Er steht auf und zieht ein Büchlein aus dem Regal an der Wand. „Darf ich Ihnen dieses Büchlein als Geschenk meinerseits mitgeben?" Er überreicht es Robert.

Der nimmt es zögernd an und blickt auf den Titel „The Chronic Argonauts" liest er auf dem Deckblatt und sieht seinen Gegenüber fragend an.

„Das habe ich vor einigen Jahren geschrieben und stellt quasi das Original dar", erklärt Wells, während seine Frau den Raum verlässt. „Vielleicht kann das zumindest Ihre Fragen beantworten."

„Vielen Dank", bringt Robert gequält und wie in Trance hervor „Darf ich Sie um eine Signatur bemühen?"

„Aber gern", lächelt Herbert George, nimmt das Büchlein, um es zu seinem Schreibtisch zu tragen. Von dort ertönt kurz darauf das typische kratzende Geräusch einer Feder, die übers Papier gezogen wird. Dann ist er auch schon wieder bei Robert, um ihm das Buch erneut zu reichen. „Wenigstens den Wunsch erfülle ich Ihnen mit Freude."

„Nochmals vielen Dank." Robert ist noch immer wie betäubt. „Dann werde ich Ihre Zeit auch nicht länger in Anspruch nehmen."

„Oh es war mir eine Freude."

„Ganz meinerseits, aber ich sehe, Sie sind inmitten einer Schaffensperiode." Robert steht auf und weist auf den Schreibtisch.

„Jaja", lacht Wells. „Momentan kann ich mich vor Ideen gar nicht retten."

„Dann sollten Sie das Eisen schmieden solange es heiß ist."

„Gut gesprochen, Mr. Blum. Gut gesprochen und danke für den Rat."

„Gern", gibt Robert wie von selbst zurück und wendet sich zur Tür.

„Darf ich Sie noch nach draußen geleiten?" Eine weitere Floskel, das weiß Robert, denn schon nimmt er Mantel und Hut entgegen.

„Vielen Dank", entgegnet er, wirft sich den Mantel über, setzt sich den Zylinder auf und verabschiedet sich per Händedruck. „Es war mir eine Ehre und nochmals vielen Dank für das Gespräch."

„Gern. Noch lieber hätte ich Ihnen weitergeholfen und meiner Frau…" er wendet sich mit suchendem Blick um, kann sie jedoch nicht entdecken, „war es ganz bestimmt ebenfalls eine große Freude Sie in unserem Haus willkommen zu heißen." Damit öffnet er die Tür.

Robert schreitet hindurch, wendet sich zu ihm um, verbeugt sich noch einmal und tippt mit der Hand zum Gruß an die Hutkrempe. „Gott zum Gruße und Adé, wie es bei uns heißt."

„Farewell, Mr. Blum." Auch er verbeugt sich der Etikette entsprechend und schließt die Tür, sobald Robert sich umwendet, niedergeschlagen die Heimreise anzutreten.

„Mr. Blum", hört er jemand flüstern.

Überrascht dreht er sich um und sieht Jane Wells an der Hausecke stehen. Sie lächelt ihn gewinnend an.

„Mr. Blum, Ihre Geschichte hat mich wirklich berührt", gesteht sie. „Deshalb möchte ich Ihnen raten nach Portsmouth zu fahren."

„Portsmouth?", wundert sich Robert.

„Ja. Dort empfehle ich Ihnen die St. Ann's Church, am Hafen."

„Aha."

„Dort finden Sie Reverend McCork."

„Ein Reverend…?" Ihm ist auf einmal etwas mulmig. Ist die gute Frau etwa der Ansicht, dass er seelischen Beistand benötigt?

Nein, das kann nicht sein, trifft ihn die Erkenntnis, denn den könnte er auch gleich hier in Woking erhalten. Also muss es damit etwas anderes auf sich haben. Sofort ist er wie elektrisiert und ihm wird schlagartig bewusst, dass er kaum etwas von ihrem weiteren Redeschwall mitbekommen hat.

„… und bestellen Sie ihm Grüße von Jane, also mir und von Reverend Elijah Ulysses Cook", vernimmt er ihre Worte wie durch Watte.

„Aha, Reverend McCork. Grüße von Ihnen und von Reverend Elijah Ulysses Cook", wiederholt Robert noch immer verwirrt.

„Ach ja und ich empfehle Ihnen dringend das Buch zu lesen, was mein Mann Ihnen gegeben hat", fügt Jane lächelnd im Flüsterton hinzu.

„Ja. Natürlich, Mrs. Wells." Er verabschiedet sich nun auch von ihr formvollendet und wendet sich wieder der Straße zu. Doch irgendwas lässt ihm keine Ruhe und er dreht sich noch einmal um. Doch nun ist niemand mehr da.

Hat er sich das jetzt eingebildet? War seine Gastgeberin gerade noch hier oder spielten ihm seine Sinne einen Streich. Kopfschüttelnd wendet sich wieder um und geht mit festen Schritten zur Straße. Noch einmal blickt er zurück, doch das Haus wirkt so verschlossen wie bei seiner Ankunft. Mit einem Seufzer und einem Achselzucken setzt er seinen Weg fort. „Nun, dann nehme ich ein Schiff von Portsmouth anstatt von London. Und das Büchlein lesen… Hmm… Na, auf der Zugfahrt werde ich genug Zeit dafür finden."

Prüfend legt er die Hand auf die Manteltasche, in der er es verstaut hat und ertastet zu seiner Beruhigung die Kontur des Büchleins. Mit neuer Hoffnung setzt er seinen Weg fort und wiederholt leise murmelnd die Botschaft von Jane Wells

***

Portsmouth (Hampshire, England) – 1896

„Haben Sie einen besonderen Grund für Ihre Reise?", hatte ihn der uniformierte Bedienstete der Eisenbahngesellschaft am Fahrkartenschalter mit misstrauischem Unterton gefragt und ihn mit kritischem Blick beäugt.

„Einen Bekannten besuchen", hatte Robert geistesgegenwärtig geantwortet. „Er ist Reverend in der St. Ann's Church. Vielleicht können Sie mir sagen, welche Station meiner Destination am nächsten liegt?"

Noch ein kritischer Blick und ein unentschlossenes Zögern, bevor er teilnahmslos antwortet: „Da bin ich überfragt, Sir. Am besten Sie lösen ein Billet bis zur Endstation. Dann kann nichts schiefgehen. Der Zugbegleiter wird Ihnen sicherlich Auskunft geben können."

„Vielen Dank", hatte Robert ein wenig grummelig und doch erleichtert erwidert. Seufzend hatte er sodann den höchstmöglichen der angeschlagenen Preise für die Fahrkarten entrichtet und sich über den gewieften Geschäftssinn des Mannes geärgert, ihm einen höheren Betrag als nötig abgeluchst zu haben.

Doch jetzt, da er sich seinem Ziel nähert, die Kirche befindet sich in unmittelbarer Nähe zum Hafen, genauer gesagt zum Marinehafen, wird ihm klar, weshalb so kritisch nachgefragt wurde. Immerhin gilt die britische Marine noch immer als führend in der Welt. Insofern ist sie auch immer wieder Ziel von sogenannten Anarchisten und natürlich auch von Spionen fremder Länder. Allerdings scheint dieser Teil des Hafens eher der Nostalgie gewidmet zu sein, denn das Schiff, das er am Kai am Ende der Straße entdeckt kein geringeres als die HMS Victory, das Flaggschiff von Admiral Nelson, dem Helden von Trafalgar.

„Holla! Ein Hauch von Geschichte", entfährt es Robert, der die klassische Form des wohl eindrucksvollsten Vertreters der Windjammer bewundert. „Na, das ist nun auch schon über neunzig Jahre her, dass Nelson dem Napoleon eins auf die Finger gegeben hat", murmelt er, noch immer in den Anblick versunken.

„Ein prachtvolles Schiff, nicht wahr?", hört er plötzlich jemand sagen, der unbemerkt nahe an ihn herangetreten ist.

Vor Schreck macht Robert einen Schritt rückwärts, hat sich aber sogleich wieder in der Gewalt. „In der Tat", entgegnet er in bestem Englisch, wobei er allerdings den Akzent, den er sich in Kalifornien angeeignet hat nicht ganz verbergen kann.

„Oh, Sie sind Amerikaner?" Es ist eher eine misstrauische Feststellung denn eine Frage, mit der sich der Gentleman an ihn wendet, der nach der neuesten britischen Mode gekleidet ist und damit für alle Welt zum Ausdruck bringt, dass er es sich leisten kann stets die neusten hochwertigsten Kleidungsstücke zu erwerben.

„Nur zeitweise", bestätigt Robert ihm kryptisch, nur um das Rätsel sogleich aufzulösen. „Aber ich bin noch immer ein Staatsbürger Württembergs."

„Wörtömbörg?" Es ist offensichtlich, dass sein Gegenüber an die Grenze seiner artikulatorischen Fähigkeiten wie auch seiner topographischen Kenntnisse gelangt. „Wo befindet sich denn Ihr Land mit einem derart ungewöhnlichen Namen?"

„Direkt nördlich der Schweiz."

„Aha. So sind Sie…"

„Ja, seit einigen Jahren sind wir Teil der Vereinigten Staaten von Mitteleuropa", kürzt Robert das Rätselspiel ab.

„Ah, vom Kaiserreich", dämmert es dem Herrn nun, was ihm aber auch sogleich die nächste Frage stellen lässt. „Aber was machen Sie denn dann hier in Portsmouth in der tiefen Provinz? Die meisten Leute reisen nach London oder wenn es sich nicht vermeiden lässt, nach Edinborough."

Robert muss sich ein Schmunzeln verkneifen ob der englischen Bezeichnung der schottischen Hauptstadt Edinburgh. Die üblichen kleinen Nettigkeiten unter ewigen Gegnern, ergänzt er in

Gedanken. „Nur einen Bekannten aufsuchen", erklärt er stattdessen, um das unterschwellige Misstrauen zu zerstreuen.
„Kennen Sie vielleicht Reverend McCork?"

Sein Gegenüber schüttelt den Kopf. „Bedauere. Da kann ich
Ihnen leider keine Hilfe sein."

„Nun, ich soll ihn in der St. Ann's Church treffen", versucht es
Robert auf eine andere Weise.

„Oh, das wird schwierig."

„Wie das?"

„Nun die St. Ann's Church ist eine Kirche auf der Marinebasis.
Also hinter dieser Mauer." Er weist mit dem Daumen über seine
Schulter.

„In der Tat schwierig", gibt Robert zerknirscht zu.

„Am besten Sie gehen zurück und biegen dann in die Admiralty
Road ein. Wenn Sie der folgen, gelangen Sie an ein Tor, an dem
auch Besucher eingelassen werden… Well, zumindest wenn sie
britische Staatsbürger sind", fügt er ein wenig fatalistisch hinzu.

„Damit kann ich nicht dienen", seufzt Robert.

„Wenn Sie Ihren Aufenthalt in Amerika nicht erwähnen, dann
wird man Sie bestimmt einlassen oder den Reverend benachrichtigen."

„Wie das? Ich meine, warum ist das Verschweigen so wichtig."

„In den Beziehungen zu den ehemaligen Kolonien steht es derzeit nicht zum Besten, denn die versuchen uns im Pazifik einige
Inseln abzuknöpfen, allen voran die Hawaii-Inselgruppe."

„Ich hörte davon", gab Robert vage zu, was eine gehörige Unter-
treibung war, denn vor drei Jahren war es in San Francisco das
Gesprächsthema schlechthin gewesen. „Aber ist es so brisant?"

„Oh ja! – Jüngst durch den Putsch von dreiundneunzig, bei dem
die Rebellen[1] ihre Hände im Spiel hatten. Das wird von ihnen

---

[1] Abfällige Bezeichnung der US-Amerikaner

selbst noch nicht einmal bestritten."

„Aha."

„Aber schon siebenundachtzig hat es richtig gekracht, als sie bei Pearl Harbour einen Stützpunkt eingerichtet haben. Und jetzt wird gemunkelt, dass sich diese ungehobelten Rebellen Hawaii sogar ganz einverleiben wollen."

„Oh!"

„Ein sehr großes Oh, wenn Sie verstehen."

"In der Tat. Sie haben recht. Damit wäre es äußerst unklug zu erwähnen, dass ich zeitweise drüben bin."

„Genau."

„Mit Politik habe ich zwar nichts am Hut, aber offenbar stecke ich mittendrin, auch wenn der Brandherd sich buchstäblich am anderen Ende der Welt befindet."

„Die Welt ist klein."

„Daran habe ich nun keinerlei Zweifel mehr und nochmals vielen Dank für Ihre Hinweise."

„Keine Ursache und viel Glück an der Pforte." Er lupft seinen Zylinder zum Gruß und Robert erwidert diesen auf gleiche Weise, bevor sich ihre Wege trennen.

„Na, das wird ja spannend", murmelt Robert vor sich hin als er in die angegebene Straße einbiegt und an der hohen Ziegelmauer seinem Ziel entgegenschreitet. Allerdings muss er dazu der Biegung folgen, nach der die Straße ihren Namen in Bonfire Corner wechselt, bis er endlich am Tor steht. Der Teil, der zum Durchlass von Fahrzeugen dient, ist geschlossen. Allerdings ist die kleine Pforte für den Personenverkehr gleich links daneben geöffnet. Sie wird jedoch von einem Soldaten bewacht.

Beherzt geht Robert darauf zu. „Entschuldigen Sie", wendet er sich an den Wachsoldaten, der ihm mit seinem Bajonett den Weg versperrt, „muss ich mich hier irgendwo anmelden, um zur St. Ann's Church zu gelangen?"

„Selbstverständlich Sir!", antwortet der Angesprochene militärisch zackig. „Sind Sie Amerikaner?"

„Nein, Württemberger." Da ihn der Soldat nur fragend ansieht, klärt Robert ihn auf. „Das ist ein Königreich nördlich der Schweiz."

„Aha. Danke, Sir", erwidert der Soldat. Allerdings macht er keinerlei erkennbare Anstalten den Weg freizugeben. „Tut mir leid, Sir. Ausländer haben keinen Zutritt."

„Die Kirche ist gesperrt?", hakt Robert nach.

„Ja Sir. Ich meine nein, Sir. Die Kirche ist nicht gesperrt. Sie befindet sich auf militärischem Sperrgebiet."

„Lance Corporal!" Der Kasernenton, der mit einem Mal an Roberts Ohr dringt, ist unverkennbar und lässt ihn zusammenzucken. Ein junger Leutnant hatte sich ihm unbemerkt genähert und steht nun dem Wachsoldaten gegenüber. „Gibt es hier ein Problem?"

Sofort salutiert der Angesprochene mit seinem Gewehr. „Sir. Nein, Sir."

„Was ist es dann?"

„Sir. Dieser Mann wünscht die St. Ann's Church zu betreten, Sir. Er ist aber ein Ausländer, Sir."

„Aha. – Danke, Corporal." Wieder der militärische Gruß. Dann wendet sich der junge Offizier direkt an Robert. „Tut mir leid Sir, aber die Kirche befindet sich auf Militärgelände, das nur von getreuen Untertanen Ihrer Majestät Queen Victoria betreten werden darf."

„Nun, das kann ich durchaus nachvollziehen", versucht es Robert diplomatisch, „und ich respektiere das selbstverständlich." Das dünne, kaum merklich Lächeln und der abschätzige Blick seines Gegenübers verrät ihm, dass der das ohnehin für selbstverständlich hält. „Genauer gesagt geht es mir weniger um die Kirche selbst, sondern vielmehr habe ich die Absicht Reverend McCork zu sprechen, der in dieser Kirche anzutreffen sein soll."

„Reverend McCork?"

„Ja, Herr Leutnant. – Wäre es möglich ihn zu benachrichtigen?"

„Nein, das ist derzeit nicht möglich." Da Robert seine Enttäuschung nicht verbergen kann, fühlt sich der Offizier befleißigt, ihm zumindest auf andere Weise behilflich zu sein. „Wir erwarten ihn erst gegen Abend, zur Nachtandacht zurück."

„Aha. Er ist also gar nicht hier?"

„Nein, Sir."

„Nun", er kramt seine Taschenuhr hervor, „dann werde ich am besten hier auf ihn warten. Oder können Sie mir sagen, wo ich ihn finden kann."

„Er wohnt in der Cumberland Street, gleich dort vorn." Der Leutnant weist auf eines der Reihenhäuser an der nächsten Kreuzung, die von der Pforte aus einzusehen ist. „Die Cumberland Street beginnt gleich dort an der Kreuzung", fügt er dennoch erklärend hinzu.

„Vielen Dank, Herr Leutnant." Robert verneigt sich leicht und lupft seinen Zylinder.

Der Leutnant deutet einen militärischen Gruß an. „Gern doch." Damit wendet er sich auch schon ab und entfernt sich, während der Lance Corporal Haltung annimmt.

„Auch Ihnen vielen Dank". Doch der Wachsoldat bleibt stumm und unbeweglich, so dass Robert ihn einfach stehen lässt und die geringe Entfernung zu den Reihenhäusern überwindet.

Gleich beim ersten Haus wird er tatsächlich fündig, denn an der Tür ist eine kunstvoll kalligraphierte Schrifttafel angebracht. „Reverend McCork", liest Robert zufrieden und betätigt mit freudiger Erwartung den Türklopfer.

Bei dem Lärm der Umgebung sind die sich nähernden Schritte nicht zu vernehmen. So ist Robert überrascht, dass schon nach kurzer Zeit die Tür geöffnet wird. Ein wahrer Hüne steht Robert gegenüber, ihn genau musternd, fast taxierend. „Mein Sohn, wie kann ich dir helfen?", fragt er und seine tiefe, sonore Stimme lässt erahnen, dass dieser Mann es durchaus gewohnt sein mochte laut und mit Befehlston zu sprechen.

Robert lupft seinen Zylinder und verbeugt sich zum Gruß. „Guten Tag Reverend. Mein Name ist Robert Blum und ich überbringe Ihnen mit Freude Grüße von Jane Wells und von Reverend Elijah Ulysses Cook."

Einen Moment lang herrscht Schweigen. „Soso, vom alten Cook also?"

„So ist es."

„Nun, Mr. Blum, das freut mich. Aber seien Sie doch so freundlich und verraten mir, wer denn diese Jane Wells ist."

Robert ist ein wenig konsterniert. Gibt es das? Kann es wirklich sein, dass er Jane gar nicht kennt? Oder… Nein, das ist bestimmt ein Test, springen die Gedanken in seinem Kopf herum. Er will bestimmt nur herausfinden, ob ich wirklich mit ihr gesprochen habe. „Nun, selbstverständlich gern, Reverend", erwidert Robert lächelnd. „Es ist der, nun sagen wir es so, es ist der Künstlername von Amy Catherine Robbins, die bei der Eheschließung mit Herbert George Wells den Namen ihres Gatten angenommen hat."

Ein breites Lächeln breitet sich im Gesicht des Hünen aus. Er tritt einen Schritt zurück und bedeutet Robert mit einer Geste einzutreten. „So kommen Sie doch in meine bescheidene kleine Burg, Mr. Blum."

Er führt Robert in ein Zimmer, das sich gleich links neben der Eingangstüre befindet und einen Blick auf die Straße gewährt. Es scheint das Arbeitszimmer des Kirchenmannes zu sein. „Es ist zwar schon ein wenig spät für Tee, aber darf ich Ihnen trotzdem etwas anbieten?"

„Vielen Dank, nur bitte keine Umstände."

„Aber mein Sohn, das sind doch keine Umstände." Er tritt in den Gang hinaus und fragt eine Catherine lautstark, ob sie so nett wäre, noch eine Tasse Tee für den Gast zu bringen. Dann kommt er zurück und deutet mit ausdrucksloser Miene auf einen von zwei Sesseln, deren Lederpolster so aussehen, als könnten sie noch Zeugnis aus der Zeiten der Römer in Britannien ablegen. „Aber bitte, nehmen Sie doch Platz."

Kurze Zeit später halten beide je eine Tasse duftenden Tees in der Hand und kosten vorsichtig vom heißen Trank. „Nun, Mr. Blum", beginnt der Priester das Gespräch erneut, „was führt euch nun wirklich in mein Heim?"

Ähnlich wie im Hause Wells berichtet Robert ihm, wie es zu seiner Reise nach England gekommen ist. Sogar seine Enttäuschung, eben jene Zeitmaschine nicht gefunden zu haben, lässt er nicht aus, wie auch die geheimnisvolle Andeutung von Jane. „Außerdem gab Mr. Wells mir noch dieses Büchlein." Er kramt Wells' Geschenk hervor. „Während meiner Reise mit der Eisenbahn hatte ich Gelegenheit es zu lesen."

Der Reverend betrachtet erst das Buch und dann ihn kritisch. „Nun, es ist eine jener Geschichten des Guten alten Herbert", seufzt er. „Aber dann wissen Sie ja nun auch, wessen Grüße Sie da vorhin zu überbringen gedachten."

„In der Tat", gesteht Robert süffisant lächelnd. „Wenn ich die Zeichen richtig deute, so waren es Ihre eigenen, Mr. McCork."

Erstaunen zeigt sich im Gesicht des Reverends. „Gut kombiniert, Mr. Blum", muss er anerkennend zugeben. „Ja, in der Tat fühle ich mich geehrt, vom guten alten Herbert in seiner phantastischen Geschichte verewigt worden zu sein."

„Sie sind also tatsächlich mit dieser Apparatur durch die Zeit gereist?", kann Robert sich nicht zurückhalten.

McCork streicht sich nachdenklich übers Kinn. „Hmm… Genau genommen war es der alte Cook."

„Der wiederum nur eine Romanfigur ist."

„Ganz recht, Mr. Blum. Eine Figur in einem Roman", bestätigt der Reverend und blickt ihn forschend an.

„Eine Romanfigur, die Sie als Vorbild hat und…"

„Sagen wir lieber, die den alten Herbert inspiriert hat", unterbricht er Robert.

„Das mag sein", wendet der ein, „aber dann muss es doch auch etwas geben, eine Apparatur, die ebenfalls den Kuss der Muse darstellt, wenn Sie verstehen, was ich meine."

„Durchaus, durchaus. Aber eine sich zwingend ergebenen Schlussfolgerung kann ich nicht erkennen. Immerhin ist eine Inspiration genau das, eine Inspiration und keine Beobachtung."

Panik steigt in Robert auf. Will der Hüne andeuten, dass alles doch nur ein Hirngespinst ist? Kann es sein? – Natürlich kann es sein und die Gesetze der Wahrscheinlichkeit sprechen dafür, „du Narrr!" ergänzt er in Gedanken. Doch kann und will er das nicht akzeptieren. Denn das zu tun, hieße Leonie aufzugeben. Das wäre Verrat. Nein, es wäre geradezu so, als wäre er es selbst, der ihr das Leben raubt.

Also nimmt er seinen ganzen Mut zusammen und versucht einen neuen Anlauf. „Das würde ich in der Tat glauben, wenn Mrs. Wells mir nicht eindringlich nahegelegt hätte Sie aufzusuchen." Er blickt sein Gegenüber forschend an. Doch dessen Miene ist undurchdringlich. Also muss er nun aufs Ganze gehen. „Und außerdem ist da noch die Parole."

„Parole?" Nun spiegelt sich doch Erstaunen in McCorks Gesicht wider.

„Die Grüße von jenem Reverend Cook auszurichten und auch von ihr selbst, wohlweislich unter ihrem Künstlernamen. Das ist zwar alles sehr schön als reine Höflichkeit getarnt, aber dennoch eine Parole. Und eine derartige Vorgehensweise ist wohl nur erforderlich, wenn es hierbei noch eine andere Wahrheit gibt. Ja, ich würde sogar behaupten, dass es ein klares Anzeichen ist, dass jemand in der Angelegenheit ins Vertrauen gezogen werden soll."

Eine ganze Weile ist nur der gedämpfte Lärm der Stadt und das

Ticken der großen Standuhr im Raum zu vernehmen. Dann stellt McCork seine Teetasse mit einem Seufzer auf den Tisch vor ihnen. „Also gut", beginnt er, nur um sogleich wieder innezuhalten. Er legt seine Hände mit den Innenflächen aneinander und führt sie vor seine Lippen als wolle er sich selbst ermahnen Schweigen zu bewahren. „Also gut", setzt er erneut an. „Nehmen wir an, sie hätten recht. Nehmen wir an, es gibt da etwas, in das ich Sie einweihen könnte. Nehmen wir ferner an, es gäbe tatsächlich eine solche Apparatur. – Was erwarten Sie dann? Oder anders gefragt, was würden Sie damit anstellen wollen?"

Die Wahl der Konjunktivform ist Robert nicht entgangen, aber allein die Tatsache, dass sein Gegenüber überhaupt auf seine Schlussfolgerung eingeht und so reagiert, gibt ihm neue Zuversicht. Dennoch gilt es nun die Worte sorgfältig zu wählen. „Nun, wie ich bereits ausgeführt habe, ist die Krankheit meiner lieben Leonie heilbar, wenn sie frühzeitig erkannt und behandelt wird. Es muss halt ein geeigneter Arzt zur rechten Zeit gefunden und zur Stelle sein."

„Aha. Und was heißt das? Würden Sie diesen Arzt mit dieser Apparatur zu jenem Zeitpunkt transportieren wollen?"

„Diese Idee hatte ich in der Tat für eine Weile ernsthaft in Erwägung gezogen. Allerdings halte ich das inzwischen für zu riskant."

„Riskant? Inwiefern?"

„Ich müsste ihn in das Geheimnis der Zeitreisen einweihen. Schließlich müsste ich ihn zur Apparatur bringen, mit der diese Reise dann unternommen wird."

„Was wiederum auch eine Hypothese ist, um nicht das Wort Hirngespinst zu bemühen."

„Sehr freundlich von Ihnen", erwidert Robert mit schiefem Lächeln. „Aber die Wortwahl ist für mich zweitrangig, weil ich nun fast Gewissheit habe, dass diese Apparatur existiert und es nur noch darum geht, sie richtig einzusetzen."

„Hört, hört! – Und was wäre ein richtiger Einsatz? – Wenn ich das in aller Bescheidenheit fragen darf?"

„Oh, Sie dürfen. Sie dürfen, Reverend. – Inzwischen präferiere ich es mich selbst zu einem Zeitpunkt zurückzubringen, in dem ich einen fähigen Arzt dazu bringen kann seinen Wirkungskreis so zu verlegen, dass sein Wissen zur Verfügung steht."

„Das klingt nicht einfach, aber immerhin so, als hätten Sie bereits einen geeigneten Mediziner ins Auge gefasst, den sie zu beeinflussen gedenken."

„Mit dieser Vermutung liegen Sie in der Tat richtig", bestätigt Robert dem erstaunten Reverend.

„Darf ich auch erfahren, wer denn diese herausragende Persönlichkeit ist? Immerhin muss er von sich Reden gemacht haben. Wie sollten Sie sonst auf ihn aufmerksam geworden sein?"

„Auch mit dieser Schlussfolgerung haben sie ins Schwarze getroffen, Reverend. Es ist Rudolf Virchow, der seit Jahren in Wien an der Universität tätig ist. Er ist, so möchte ich behaupten, ein wahrer Virtuose, ja ein Revolutionär auf dem Gebiet der Hygiene und Seuchenbekämpfung."

„Virchow? Hmm… Der Name kommt mir irgendwie bekannt vor."

„Vor vier Jahren wurde ihm von der Royal Society die Copley-Medaille verliehen", verhilft ihm Robert auf die Sprünge. „Wenn ich richtig informiert bin, ist es die älteste und bedeutendste Auszeichnung, die dort vergeben wird."

„In der Tat! – Seit einhundertfünfundsechzig Jahren wird sie nun vergeben. Eine der größten, wenn nicht die größte Auszeichnung für einen Wissenschaftler unserer Zeit." Er beäugt Robert kritisch. „Und eine solche Koryphäe, dieses Genie wollen Sie – ja was? – für Ihre Zwecke einspannen?"

„Ich kenne keinen besseren Arzt und für Leonie ist das genau richtig", lässt sich Robert nicht verunsichern.

„Und wie wollen Sie das anstellen? – Wenn ich fragen darf und noch immer unter der Prämisse, dass die gesuchte Apparatur existiert, versteht sich."

„Ich bin überzeugter denn je, dass sie existiert", erwidert Robert lächelnd, „und ich werde einen Zeitpunkt abpassen, an dem er vor einer Weichenstellung im Leben steht, wenn Sie mir die Anspielung an die große Erfindung der Eisenbahn gestatten."

Ein Seufzer entfährt dem Reverend. „Warum würde es mich nicht wundern, wenn Sie auch diesen Zeitpunkt bereits gefunden haben?"

„Weil es so ist", gibt Robert lachend zurück. „Im Jahre zweiundfünfzig hat er sich entschieden einen Ruf nach Zürich abzulehnen, um später nach Wien zu gehen. Stattdessen muss ich es schaffen, dass er zurück nach Berlin, an die Charité geht."

„Aber warum das? Sie wohnen doch nicht in Berlin, oder?"

„Nein, aber die Charité in Berlin ist die Kaderschmiede für Mediziner in den Vereinigten Staaten von Mitteleuropa und wenn er dort seinen Wirkungskreis hat, dann bin ich mir sicher, dass wir auch in Württemberg Ärzte haben werden, die dieses Handwerk verstehen."

„Aber wäre ein solcher Eingriff in den Verlauf der Geschichte – und es wäre ein erheblicher, denn immerhin würden Sie die medizinische Versorgung eines der bedeutendsten Staaten des Kontinents verändern – wäre das nicht zu riskant?"

„Riskant? – Nun, wenn ich tatsächlich auf die große Politik einwirken wollte, vielleicht. Aber das habe ich nicht vor. Ich will lediglich dazu beitragen, dass einer der besten Ärzte seiner Zeit seinen Wirkungskreis an die Charité in Berlin verlegt."

„Aber dann wird er doch viele junge Männer lehren…"

„Genau", unterbricht Robert ihn enthusiastisch. „Genau das. Dann werden auch in Württemberg wahre Mediziner tätig sein und nicht länger den Aderlass als Therapie verordnen."

„Aderlass? Das ist ja wie im Mittelalter!"

„So ist es", bestätigt Robert seufzend.

„Aber was ist dann mit Wien?"

„Ich verstehe nicht… Was soll mit Wien sein?"

„Genau das frage ich Sie, Mr. Blum. Wenn dieser Virtuose der Medizin nicht mehr in Wien, sondern in Berlin tätig ist, was bedeutet es dann für Wien?"

„Seit der Thronbesteigung von Kaiser Friedrich ist Berlin der Mittelpunkt der Vereinigten Staaten von Mitteleuropa, nicht nur in puncto Politik, sondern auch was Kultur und Wissenschaften anbelangt. Wien wird folglich ebenfalls in den Segen kommen."

„Hmm…"

„Doch, doch", bekräftigt Robert. „Es ist doch stets so, dass das Zentrum den Takt vorgibt. Aus der Provinz lässt es sich nur schwer Einfluss nehmen."

„Das ist zwar richtig", lenkt McCork ein, „aber dennoch wird es sich auf weitere Kreise auswirken."

„Ganz sicher. Das sagte ich bereits."

„Gewiss, aber ich meine, dass es sogar einen gegenteiligen Effekt haben kann."

„Gegenteiligen Effekt? Inwiefern?"

„Menschen werden sterben, die bislang die Segnungen der Medizin erfahren haben und die sie nun nicht mehr, jedenfalls nicht mehr rechtzeitig erhalten."

Robert beäugt ihn missmutig. „Wenn Sie damit andeuten wollen, dass ich den Tod von Menschen in Kauf nehme, um meine Leonie zu retten…" Er bemerkt das Stumme Nicken des Reverends. „Nun, dann kann ich nur erwidern, dass ich sogar mehr Menschen das Leben zu erhalten gedenke. Immerhin sorge ich dafür, dass die Segnungen der wahrhaftigen Medizin schneller und weiter verbreitet werden."

„Ein Punkt für Sie, Mr. Blum", gesteht McCork ein. „Dennoch, oder gerade deswegen drehen Sie da ein ganz großes Rad."

„Zum Wohle aller… zumindest der großen Mehrheit."

„Zugegeben. Trotzdem müssen Sie eingestehen, dass Sie damit – wenn auch indirekt – Einfluss auf die Politik ausüben."

„Weil einige der Überlebenden in der Politik tätig sind?"

„Genau."

„Dann müsste es ja einen der ganz Großen vor einem Krankheitstod bewahren."

„Das wäre ein Beispiel. Schließlich können wir nicht wissen, wer maßgeblich auf den Verlauf der Geschichte hätte einwirken können, wenn ihm mehr Tage auf Gottes Erde beschert worden wären."

„Verstehe. Sie meinen also, dass diese kleine Änderung eine große Wirkung haben könnte?"

„Ja. Ganze Reiche könnten plötzlich nicht mehr existieren. Die Menschheit könnte im Chaos versinken und…"

„Nein, das kann nicht sein.", unterbricht Robert ihn unwirsch. „Es wird immer eine Ordnung geben – so Gott will."

„Wahrlich, so war es immer", lenkt der Reverend seufzend ein. „Es könnte jedoch eine andere sein, eine, die wir nicht schätzen." Robert will etwas einwenden, doch McCork bedeutet ihm mit einer Geste zu schweigen. „Doch wenn es Gottes Wille ist, so ist es an uns sie anzunehmen und uns zu fügen." Er sieht seinen Gast mit durchdringendem Blick an. „Auch Sie, Mr. Blum."

Robert nickt zustimmend. „Oh, das werde ich. Das Einzige, was ich erreichen möchte ist, Leonie zu retten. Welche Ordnung dabei herauskommt, nun, das ist mir einerlei, solange ich Leonie an meiner Seite habe." Er bemerkt den finsteren, nahezu strafenden Blick des Revernds. „Sogar, wenn Gott beschließen sollte, dass mir ein Leben mit Leonie nicht vergönnt ist, so werde ich mich fügen. Aber dann habe ich wenigstens alles versucht, was in meiner bescheidenen Macht als armer Sünder auf dieser Welt möglich ist."

Lange ruht der kritische Blick des Reverends auf Robert. Dann nickt er bedächtig. „Nun gut, mein Sohn. Wenn du wahrhaft so gottesfürchtig bist, so lassen wir den Allmächtigen entscheiden." Er erhebt sich mit einer raschen, fließenden Bewegung. „Folgen Sie mir, Mr. Blum." Er verlässt den Raum ohne Roberts Erwiderung abzuwarten.

Robert folgt ihm. Erst führt sie der Weg durch einige Korridore. Alsbald durchqueren sie einen Lagerraum, nur um diesen auf der anderen Seite durch eine Tür zu verlassen, die von einem gut gefüllten Regal den Blicken entzogen ist. Der Raum dahinter ist in schummeriges Licht getaucht, das durch zwei schmale, seit Jahren nicht gereinigte Fenster einfällt und den feinen Schwebestaub zu zerschneiden scheint. Kisten und Mobiliar stehen hier dicht an dicht, achtlos abgestellt oder sorgsam eingelagert und teilweise sogar mit Tüchern abgedeckt.

McCork räumt einige kleinere Behälter beiseite und zieht dann ein Tuch vorsichtig, damit nicht zu viel Staub aufgewirbelt wird, von etwas herab, das sich als eine schmucklose, roh gezimmerte Kiste entpuppt. Sie ist in etwa brusthoch, genauso lang und so breit wie ein typischer Kaminsessel. Ohne weitere Erklärung betätigt der Reverend einen verborgenen Mechanismus und mit einem vernehmlichen Klacken wird eine Seitenwand entriegelt. McCork wuchtet sie mit Leichtigkeit zur Seite und Roberts Blick fällt auf eine eher filigran wirkende Konstruktion aus fein ziselierten Metallrohren, die einen Hexaederstumpf bilden, der in Längsrichtung gestreckt wurde.

Ein Kribbeln durchzieht seine Eingeweide. – Er ist am Ziel! – Robert kann es noch immer kaum glauben und er hat Mühe sein Zittern zu unterdrücken. Die Apparatur existiert tatsächlich! – Mit aller Gewalt zwingt er sich zur Ruhe und kneift sich in den Arm, denn es ist ja nicht auszuschließen, dass dies alles nur ein Traum ist. Wenn es alles nur eine Ausgeburt seiner Phantasie sein sollte, so will er sie wenigstens in allen Einzelheiten wahrnehmen, in sich aufsaugen. Der Forscher in ihm übernimmt das

Regiment und systematisch beäugt er das Gebilde, das nun zum Greifen nah ist.

Innerhalb des von den Metallstreben aufgespannten archimedischen Körpers befindet sich ein Sitz – ebenfalls aus ziselierte Metallstreben gebildet –, der an jene Klappsitze der Römer erinnert, zumal die Sitzfläche ebenfalls aus Leder zu bestehen scheint. An einer Schmalseite des Gebildes, dem Sitz gegenüber, ist ein rechteckiger Kasten an den Streben befestigt. Auf der nach innen, zum Sitz hin gewandten Seite dieses Kastens erkennt Robert allerlei kleine Hebel, Tasten und Drehregler, die fortschrittlichsten, die das ausgehende neunzehnte Jahrhundert zu bieten hat.

„Ist es das, wofür ich es halte?", kann sich Robert nicht länger zurückhalten? Er muss schlucken, denn sein Mund ist trocken als wäre er seit Tagen in der Sahara umhergeirrt.

„Die Apparatur der Argonauten", bestätigt McCork knapp und betätigt einen der Hebel. Sofort wabern die Seiten des gesamten Gebildes schwach, so als wäre ein hauchdünnes Seidentuch zwischen den Streben gespannt und dezent von innen heraus beleuchtet. Außerdem scheint der Kasten zu erglühen und oberhalb der Schaltelemente flammen Kolonnen aus Zahlen und Buchstaben auf. „Hier", McCork zeigt auf den Kasten, „werden alle Koordinaten eingestellt, also Zeit und Ort. Am besten immer gleich auch für die Rückkehr, falls es einmal schnell gehen muss." Zur Demonstration betätigt er einige Drehregler und Hebel. „Der hiesige Ort und die aktuelle Zeit in…" Er hält inne, kramt seine Taschenuhr hervor, um sie sogleich wieder in seiner Westentasche verschwinden zu lassen, nachdem er sie abgelesen hat. „… in…" Eine weitere Betätigung des Reglers und des Hebels, „in einer Stunde."

„Für die Rückkehr?"

„Ja. Damit Sie sich damit nicht abgeben müssen. Wie gesagt, falls Sie einmal sehr schnell aufbrechen müssen."

„Aha. Wie bei den Morlocks, ja?", erinnert sich Robert an das Werk von Wells. Noch immer kribbelt alles in ihm und es kostet ihn ein gewaltiges Maß an Selbstkontrolle, sich nicht einfach hineinzustürzen, um sogleich die erste Reise zu beginnen.

„Oder wie auch immer Sie Ihre Widersacher ihr Ihrer Zeit nennen wollen", bestätigt der Reverend und tritt zurück, mit seiner Hand eine einladende Geste zeichnend. „Die Flucht in die Zukunft kann – wie Sie ja wissen – seine Tücken haben."

Robert nickt nur stumm. Die Aufregung, ein wahres Abenteuerfieber, schnürt ihm die Kehle zu. Der Drang, sich sofort auf diesen Sitz zu platzieren wird übermächtig. ‚Ruhig Blut bewahren!', ruft Robert sich selbst zur Ordnung und konzentriert sich auf die Erforschung der Funktionsweise.

„Und hier", McCork deutet auf eine andere Anzeige, unter der ebenfalls einige Drehregler und Hebel angeordnet sind, „stellen Sie Zielort und Zielzeit ein."

„So…", Robert räuspert sich, „so lässt sich also jeder beliebige Ort ansteuern? Von hier aus?"

„Ja. Und das gilt auch umgekehrt. Deshalb sollten Sie die Apparatur auch sofort nach Ankunft verbergen, damit sie nicht in falsche Hände gerät. Schließlich können die Rückreise ebenfalls von jedem beliebigen Ort aus antreten, denn die Zielkoordinaten – also in diesem Fall die der Rückkehr – ändern sich ja nicht."

„Ah, verstehe. Deshalb hat es also auch aus der Höhle heraus funktioniert."

„Ja, hätte es. Doch jene Geschichte, die Sie gelesen haben, ist natürlich reine Fiktion… Naja, Überwiegend."

„Aha. Überwiegend?"

„Glauben Sie mir, Mr. Blum, das, was Sie wirklich in der Zukunft erwartet, ist so fernab unserer Welt, dass niemand es glauben kann, ja noch nicht einmal zu lesen gewillt ist."

„Oh!"

„Aber Sie gedenken in die andere Richtung zu reisen, also in die Vergangenheit, nicht wahr?"

„Ja…" Robert räuspert sich erneut. Die Erregung schlägt ihm noch immer auf die Stimme. „Ja, so ist es."

„Nun, so lassen Sie uns beginnen und hoffen, dass wir Gott nicht doch noch damit versuchen. – Was soll ich für Sie einstellen? Welchen Ort und welche Zeit?"

Roberts Herz pocht so stark, dass es in seinen Ohren dröhnt. Er weiß, dass er seinem Gönner die genauen Daten nennt, doch das Rauschen übertönt sogar seine eigene Stimme. Wie ferngesteuert nimmt er auf dem Sitz platz, sobald ihm der Reverend bedeutet, dass alles bereit ist.

Soll er es wirklich wagen? Was erwartet ihn? Morlocks werden es nicht sein, denn die gab es in der Vergangenheit nicht. Aber was ist, wenn seine Ankunft beobachtet wird? Wenn Menschen etwas widerfährt, das unerklärlich ist, so ist ihr Verhalten schwer vorauszusagen. Was ist, wenn sie ihn, wenn er auf einmal aus dem Nichts auftaucht, für den Teufel höchstpersönlich halten? Werden sie vor Furcht in die nächste Kirche fliehen oder ihn wie die Exorzisten bekämpfen, ihn steinigen, auf den Scheiterhaufen zerren oder dergleichen?

Es ist ihm, als träte er seine letzte Reise an. Wie klischeehaft sieht er vor seinem inneren Auge sein Leben an ihm vorbeiziehen. Da ist sie wieder, die Jugend. So unbeschwert wie damals, als sich ebenfalls wie aus dem Nichts etwas Großes ankündigte.

***

Jugend

Nihil fit sine causa.   -   Nichts geschieht ohne Grund.!

Stuttgart, Herdweg Nr. 7 – 1861

Würdevoll öffnete der Diener den Verschlag der Kutsche. Unterdessen schritt ein weiterer Wegbegleiter, ebenfalls in schlichter, jedoch mit Goldbrokat verzierter Uniform, zum Gartentor.

„Ist dies das Haus des ehrenwerten Herrn Professor Ludwig Blum und seiner Gattin, Frau Professor Pauline Blum?", wandte er sich an die junge Frau, die ihm mit schnellen Schritten und wehendem Kleid und begleitet von einem etwa achtjährigen Mädchen entgegeneilte.

„Sehr wohl, werter Herr", entgegnete sie leicht außer Atem, einen Knicks andeutend.

Der Mann, er mochte sein sechzigstes Jahr bereits vor Jahren vollendet haben, blickte sie ein wenig irritiert und unschlüssig an. „Habe ich die Ehre mit der Hausherrin gar selbst?", fragte er denn doch ein wenig pikiert.

„Nein, nein", stieß die junge Frau hervor und errötete leicht. „Mein Name ist Anna. – Wenn Sie zu meinen Herrschaften wollen, muss ich Ihnen leider sagen, dass der Herr Professor noch am Institut weilt." Sodann wandte sie sich an das Mädchen ihrer Seite. „Schnell, Marie, lauf zu deiner Mutter und sage ihr, dass hoher Besuch ins Haus kommt."

Marie bedachte den Gast mit einem weiteren neugierigen Blick, folgte dann aber der Aufforderung und huschte ins Haus und Anna wandte sich wieder ihrem Gegenüber zu. „Verzeihung, der Herr, darf ich Ihren Namen erfahren, damit ich Sie melden kann?"

Der Mann deutete eine leichte Verbeugung an. „Vielen Dank Fräulein, aber zu viel der Ehre. Es ist der Herr Staatssekretär Häberle im Innenministerium Seiner Majestät Wilhelm, seines Zeichens König von Württemberg. Er wünscht im Auftrag Ihrer Majestät, Königin Pauline und Ihrer Majestät, Kronprinzessin Olga, etwas mit Frau Professor Pauline Blum zu besprechen."

Inzwischen hatte der genannte Staatssekretär die Kutsche verlassen. Der Diener schloss die Kutschentür, verbeugte sich untertänig und entfernte sich einige Schritte rückwärts, um seinem Dienstherren den Weg freizugeben. Der schritt auch sofort durch das nach wie vor geöffnete Gartentor auf Anna zu.

Sofort vollzog Anna einen vollendeten tiefen Knicks. „Euer Exzellenz", hauchte sie zittrig, „so kommen Sie doch herein. Ich werde Sie sogleich zu meiner Herrin führen." Mit der Hand hatte sie bereits die Tür hinter sich gegriffen und zog sie bei den Worten auf.

„Mit Freuden, junges Fräulein. So führt mich zu ihr. Geht bitte voran."

Anna erhob sich, inständig hoffend, es sei ihr nicht zu viel der Röte ins Gesicht stieg und folgte der Aufforderung des hohen Gastes, ihm vorauszugehen. So folgte er ihr ins Haus, in den Salon, den ihre Dienstherrin extra hatte einrichten lassen, damit deren Gatte standesgemäß Besucher empfangen konnte. Noch bevor Anna den Gast vertrösten musste, erschien Frau Pauline Blum bereits in der Tür.

„Willkommen in unserem Heim, Eure Exzellenz", begrüßte Pauline Blum den Gast mit der entsprechenden Ehrerbietung, was sie allerdings nicht davon abhielt ihrer Bediensteten mit einem Wink zu verstehen zu geben, sich zu entfernen, um für das leibliche Wohl zu sorgen. „Es ist mir und natürlich der gesamten Familie eine große Ehre."

„Oh, die Ehre liegt ganz auf meiner Seite, gnädige Frau Professor. Immerhin, so darf ich ausrichten, schätzen Ihre Majestät

Herrn Professor Blum als tragende Säule unsers Staates, formt er doch trefflich die junge Generation, damit sie beitrage, dass unser Königreich zu einem der bedeutendsten im Kaiserreich der Vereinigten Staaten von Mitteleuropa werde."

„So übermittelt bitte Ihrer Majestät unseren untertänigsten Dank und dass ich meinem Mann mit Stolz und Freude darüber berichten werde."

„Und Sie, Gnädige Frau, haben hier", er ließ seinen Blick anerkennend schweifen, „ein wahres Juwel geschaffen."

„Vielen Dank, Exzellenz, bemühe ich mich doch nur meinem Gatten eine gute Ehefrau zu sein. Doch das Gebäude ist, mit Verlaub, denn doch ein wenig groß für unsere Familie, vor allem aufgrund der vielen Nebengebäude. Aber die Auflagen haben wir beim Bau in Gänze erfüllt und wir konnten bereits einige Räume vermieten. Doch so nehmen Sie doch Platz."

Der hohe Gast folgte ihrer Aufforderung und auch Pauline setzte sich in einen der prächtigen Sessel. Kurz darauf servierte ihnen Anna etwas, was der Staatssekretär freudig als echten Bohnenkaffee identifizierte.

„Jaja, die Größe", nahm er den Faden wieder auf. „Nun, daher ist Ihr Anliegen, es möge tüchtigen Studenten eine Heimstatt werden, für Ihre Majestät, unserer Königin Pauline und auch für Kronprinzessin Olga, sehr verständlich." Genüsslich, wenn auch vorsichtig, nahm er einen kleinen Schluck seines Heißgetränks. „Ja, ich darf Ihnen mit Freude die Botschaft überbringen, dass dem entsprochen worden ist, jedoch auf eine etwas andere Weise als ursprünglich gedacht." Da Pauline ihren Gast nur verblüfft ansah, fuhr er fort, sobald er einen weiteren Schluck gekostet und mit einem zustimmenden Nicken sein Gefallen zum Ausdruck gebracht hatte. „Es dürfte den Ansprüchen eines besonderen Gastes Ihrer Majestäten genügen."

„Ein besonderer Gast?", hakte Pauline nach, in der Hoffnung zu erfahren, ob es sich tatsächlich nur um eine einzelne Person handele und welchen Standes er sei.

„Wie sich inzwischen herumgesprochen hat", führte der Staatssekretär weiter aus, ganz offensichtlich seinen Kaffee genießend, „ist auch Ihre Majestäten die überaus große Ehre zuteil geworden die diplomatischen Bemühungen und Erfolge unseres weltweit hochgeschätzten Kaisers zu unterstützen." Wieder nahm er einen vorsichtigen Schluck und ließ ihn genüsslich auf seiner Zunge zergehen. „Um es kurz zu machen, Ihre Majestäten haben die Ehre einen noblen Gast aus dem fernen Japan würdig zu beherbergen. Wie Sie sicherlich wissen, ist dieses ferne Land seit wenigen Jahren sehr bemüht von führenden Reichen in aller Welt zu lernen, um den Weg in die Moderne zu finden und – vielleicht sogar wieder selbst zu einem Kaiserreich zu werden."

„Ja, davon hörte ich", konnte sich Pauline nun doch nicht länger zurückhalten einzuwerfen. „Aber verzeiht, Eure Exzellenz. Ich bitte Euch mit Euren Ausführungen fortzufahren."

„Aber gern." Lächelnd setzte er seine Tasse ab. „Doch dürfte ich vorschlagen, die besagten Räumlichkeiten zu besichtigen? Immerhin sehen die Anforderungen vor, dass nebst einem Schlafzimmer, ein Studierzimmer mit Vorraum und natürlich auch eine Gesindestube vorhanden sein muss."

„Selbstverständlich, Euer Exzellenz. Dies ließe sich einrichten." Hastig erhob sich Pauline. „Bitte folgen Sie mir."

Der Staatssekretär zeigte sich umgehend begeistert, wirkte nach Rückkehr in den Salon dennoch ein wenig nachdenklich. Seine Stimmung hellte sich jedoch merklich auf, als er feststellte, dass Anna ihm bereits eine weitere Tasse Kaffee einschenkte.

„Nun, ich hoffe, Eure Exzellenz haben alles zur Zufriedenheit vorgefunden", nahm Pauline das Gespräch wieder auf und hoffte ihre innere Anspannung verbergen zu können.

„Oh ja, verehrte Frau Professor, ja, alles ist vortrefflich." Er hielt kurz inne, um einen Schluck zu kosten. „Allerdings wäre noch die Frage eines separaten Eingangs zu klären. – Darüber hinaus wäre noch ein Wachhäuschen für den, nun, nennen wir ihn Schutzmann, zu errichten. Aber Platz wäre hinreichend vorhanden."

„Selbstverständlich", stimmte Pauline eifrig zu. „Und natürlich ließe sich ein separater Eingang durch einige kleine Umbauten realisieren, und zwar so, dass sogar ein separater Zugang von der Sattlerstraße aus möglich ist."

„Ja, die Vorzüge der Ecklage ist mir bereits bekannt", bekräftigte der Staatssekretär mit Zufriedenheit. „Selbstverständlich wird das Ministerium sämtliche Kosten der Baumaßnahmen tragen."

„Oh, das ist sehr freundlich", entfuhr es Pauline. Daher fügte sie hastig hinzu: „Dann werden sich auch schnell gute Handwerker finden."

Ein Lächeln huschte über das Gesicht ihres hohen Gastes. „Die stehen in Kürze bereit, denn schließlich drängt die Zeit." Er räuspert sich. „Über die Konditionen, so wurde mir berichtet, ist bereits Einigung erzielt?"

„Einzig die Beurteilung Eurer Exzellenz stand noch aus", erwiderte Pauline lächelnd. Allerdings hatte sie sich insgeheim gefragt, ob sie nicht doch besser einen höheren Mietzins hätte verlangen können.

„Nun, dann", er leerte seine Tasse und stellte sie vorsichtig mitsamt der Untertasse auf den Tisch zurück, „wäre der Handel geschlossen." Er erhob sich, was Pauline veranlasste geschwind aufzustehen. „Verehrte Frau Professor Blum, so werde ich Ihre Gastfreundschaft nicht länger in Anspruch nehmen, die, so muss ich anmerken, durch ihren wahrhaft vollendeten Kaffee mir eine ganz besondere Freude ist. So werde ich nun umgehend Ihren Majestäten berichten."

„Eure Exzellenz sind uns stets willkommen und es wird mir immer eine Ehre sein, Eure Exzellenz mit Hochgenüssen die Zeit zu versüßen."

Er beugte sich vor, um ihr einen Handkuss aufzuhauchen. „Die

Freude ist auf meiner Seite und bitte richtet Eurem Gatter meine Hochachtung aus."

„Sein Dank sei Ihnen bereits jetzt Gewiss." Mit diesen Worten trat sie ein wenig zur Seite und folgte dann ihrem Gast zur Tür, wo sie ihn noch einmal in gebührender Form verabschiedete.

***

Stuttgart, Herdweg Nr. 7 – 1861

„Sie kommen!", rief Hermann aufgeregt. In Windeseile war er vom Gartentor die Stufen bis zu ihnen ins erste Obergeschoss hinaufgeflitzt und atmete nun schwer. „Sie kommen", wiederholte er noch einmal schnaufend.

„Wie haben's gehört", knurrte Franz verdrießlich und fügte leiser, nur für seinen besten Freund Robert vernehmbar, hinzu: „Müssen die Kurzen unbedingt mit dabei sein?"

Franz Fischer und Robert Blum, das wusste inzwischen nicht nur jeder in der Quinta am Gymnasium, waren bereits seit ihrer gemeinsamen Schulzeit am Progymnasium die besten Freunde. So manche Streiche, die – wären sie erwischt worden – ihnen eine ordentliche Tracht Prügel ihrer Väter und den Neid der Väter ach so braver Söhne eingetragen hätte, ging auf ihr Konto. Aber sie waren stets klug genug nicht zu sehr damit zu prahlen, so dass ihnen bislang keiner auf die Schliche gekommen war. So waren sie auch gegenseitig sehr darauf erpicht, den Kreis der Mitwisser auf ihre beiden Personen beschränkt zu halten und folglich niemanden, nicht einmal ihre Geschwister, einzuweihen.

„Nein", knurrte Robert zurück. „Lass mich machen."

„Aber schnell!", zischte Franz ungeduldig.

Robert verdrehte genervt die Augen und seufzte, bevor er sich seinem nächstjüngeren Bruder zuwandte. „Wir müssen uns aufteilen", schlug er Hermann vor. „Am besten du und Marie versteckt euch im Salon und wir treffen uns in der Küche, sobald sie die Räumlichkeiten besichtigen."

„Warum?", protestierte Hermann, der den Braten sehr wohl roch. „Ich will aber dabei sein."

„Das bist du doch", hielt Robert unbeirrt dagegen, „sogar mittendrin." Er blickte sich verschwörerisch um. „Schließlich müssen wir wissen, was sie geredet haben", fügte er im Flüsterton hinzu. „Es braucht immer gute Spione, um die Absichten der feindlichen Armee auszuspionieren."

Das war genau die Herausforderung, soweit kannte Robert seinen Bruder wirklich bestens, um Hermann wie einen Bluthund auf die Fährte zu setzen. „Na gut", gab der denn auch sofort klein bei. „Aber wenn sie uns erwischen?"

Robert bedachte seinen Bruder mit einem verächtlichen Blick. „Spione, die sich erwischen lassen werden füsiliert, das weißt du doch. Also gib lieber Acht."

„Schon, aber Marie…"

„Notfalls sagst du, dass du sie erwischt hast und zurückbringen wolltest…"

„Was ist mit mir?", hörten sie plötzlich die wütende Stimme einer Achtjährigen hinter sich.

„Ah, gut, dass du da bist", fing sich Robert schnell. „Wir hatten gerade darüber geredet, dass wir uns aufteilen und dass du mit Hermann im Salon spionierst, während Franz und ich uns um die Begleiter kümmern."

„Ach. Und wieso wir? Warum geht ihr nicht dahin?" Maria war offensichtlich nicht so leicht zu überzeugen.

„Nun, ich dachte, dass ihr diese wichtige Aufgabe übernehmen könnt. Aber wenn ihr euch lieber um die Diener kümmert wollt…" Er ließ den unvollendeten Satz nachwirken.

„Los, komm!", forderte Hermann seine Schwester auf. „Wir müssen vorher im Salon sein." Maria überlegte kurz, folgte ihrem Bruder dann, wenn auch ein wenig widerwillig.

„Nicht schlecht", merkte Franz grinsend an, sobald die beiden abgeschobenen Spione außer Hörweite waren.

Robert zuckte nur mit den Schultern. „Sehen wir lieber zu, dass wir unsere Posten beziehen."

„Schon unterwegs", gab Franz, noch immer breit grinsend, zurück und setzte sich in Bewegung. Kurz darauf hatten sie sich oberhalb der Eingangshalle versteckt und harrten der Dinge, die in Kürze passieren sollten. Wie sich herausstellte, war es keine Minute zu spät, denn schon wurden Schritte vor der Eingangstüre vernehmbar.

„Gott zum Gruße", ertönte eine sonore Stimme, „sehr verehrte Frau Professor Blum, verehrter Herr Professor Blum."

„Wer ist das?", zischte Franz unwirsch.

„Keine Ahnung", gab Robert ebenso mürrisch zurück, da auch er noch keinen Blick auf den Besucher hatte erhaschen können.

„Gott zum Gruße, Eure Exzellenz", hörten sie nun die Stimme von Roberts Vater antworten.

„Haben Sie die Güte meinen Gast und mich zu empfangen?"

„Sehr wohl, Eure Exzellenz. Herzlich willkommen."

Nun waren wieder Schritte zu vernehmen und drei Personen folgten dem Hausherrn in den Salon, während Roberts Mutter sich ein wenig abseits hielt. Den Staatssekretär Häberle hatte Robert gleich erkannt, aber die beiden fremdländisch aussehenden Begleiter – einer etwa im Alter wie Robert selbst und einer, den er vom Alter her schlecht einschätzen konnte und der Generation seiner Eltern zuschrieb – hatte er zuvor noch nie gesehen.

Da die Tür zum Salon nicht geschlossen wurde, denn auf Anweisung von Roberts Mutter brachte Anna etwas fürs leibliche Wohl, konnten die beiden heimlichen Beobachter dem Anfang der Konversation lauschen.

„Verehrter Herr Professor Blum, darf ich Ihnen meine Begleiter vorstellen." Offenbar war es der Staatssekretär gewohnt, dass er in dieser Hinsicht keine Frage stellte, sondern es als Ankündigung auffasste. „Dies ist der junge Herr Tanaka, Isamu Tanaka, aus dem fernen Reich der aufgehenden Sonne, der für einige Zeit Gast Seiner Majestäten ist und den Sie die Güte haben, in Ihrem Anwesen zu beherbergen."

„Sehr erfreut", vernahmen sie die Stimme des Hausherrn. Es folgte ein kurzes Schweigen, so dass Robert unwillkürlich an eine Irritation oder an eine Unbeholfenheit denken musste. Immerhin hätte auch er nicht gewusst, wie ein Gast aus so fernem Land zu begrüßen wäre.

„Enchanté. Le plaisir est tout à fait de mon côté.[2]" Überrascht stellte Robert fest, dass der Jüngere in fließendem Französisch antwortete, was seinen Vater nun veranlasste, ebenfalls ins Französische zu wechseln. Doch der Staatssekretär intervenierte sogleich.

„Verzeiht, werter Professor Blum. Eine Konversation auf Französisch ist mir zwar auch sehr angenehm, aber der ehrenwerte Herr Tanaka ist auch deshalb Gast Ihrer Majestäten, um unsere Landessprache zu erlernen. Da er seine Studien erst vor wenigen Tagen begonnen hat, gewährt mir dennoch die Bitte, ihn bei seinen Bemühungen dahingehend zu unterstützen, indem Sie stets das Hochdeutsch an den Anfang stellen."

„Eure Exzellenz, überbringt Ihr mir damit doch den Wunsch Eurer Majestäten und so ist es mir Befehl." Robert meinte tatsächlich das Geräusch des Aneinanderschlagens von Absätzen zu vernehmen.

„In seiner Begleitung", fuhr der Staatssekretär fort, die Antwort als überflüssige Äußerung überhörend, „ist sein persönlicher Adjutant, Herr Bushida, Tadashi Bushida. Er wird den Gast Seiner Majestäten stets zu Diensten sein."

Auch dieser Gast wurde begrüßt und der Kaffee kredenzt. Die Tür wurde geschlossen und Franz stellte missmutig fest: „Dann

---

[2] Sehr angenehm. Die Freude ist ganz auf meiner Seite.

bin ich ja gespannt, was unsere beiden Meisterspione gleich zu berichten haben."

„Werden wir sehen. Aber wir sollten zusehen, dass wir drüben im Quartier sind, bevor die ihren Kaffee geschlürft haben."

„Verstehe ich eh nicht, wie man dieses bittere Gesöff freiwillig trinken kann", bemerkte Franz, während er seinem Freund in Windeseile die Treppen hinab und zu den Nebengebäuden folgte. Hier herrschte bereits reges Treiben, denn eine große Zahl an Bediensteten schleppten unzählige Kisten und Gegenstände durch die neu erstandene Pforte an der Sattlerstraße in das eigens umgebaute Gebäude. Erstaunt blieb Franz stehen. „Wie lange wollen die bleiben? Für immer?"

„Keine Ahnung", gab Robert lachend zu. „Aber Professor Bömmel sagt doch immer, dass es für uns einfachen Leute immer nach einem Umzug mit Haus und Hof aussieht, wenn Majestäten zum Picknick fahren."

„Ja, der Bömmel. Der ist klasse", stellte Franz vergnügt grinsend fest.

„Mein Vater sagt, er hat deswegen einen Verweis vom Direktor Pfleiderer kassiert."

„Da bin ich gespannt, was das für ein feiner Pinkel ist, dieser… äh…"

„Isamu Tanaka", half Robert aus.

„Wie kannst du dir nur so einen Namen merken?"

„Ist doch nur ein Name", gab Robert unbeeindruckt zurück und zuckte mit den Schultern.

Doch Franz hörte nur noch mit halben Ohr zu, denn er war auf einmal ganz begeistert. „Was ist das denn?"

„Was?"

„Na das." Er wies auf einen der Diener, der im Eingangsbereich zu den Räumlichkeiten des Gastes ein hölzernes Gestell nach und nach mit Elementen einer japanischen Rüstung für Samurai bestückte. „Ist das eine Ritterrüstung?"

„So in der Art", erwiderte Robert ungerührt. „Das heißt übrigens Yoroi."

„Woher weißt du das denn?"

„Habe ich gelesen."

„Gelesen. Na klar, sicher im Deutschen Volksblatt[3]."

„Quatsch", knurrte Robert grantig, „in der Korrespondenz meines Vaters mit dem Innenministerium." Franz blickte ihn nur entsetzt an, mit vor Erstaunen offenem Mund. „Wenn die so geheimniskrämerisch tun", erklärte Robert verschmitzt grinsend, „muss ich doch nachsehen, wer denn da kommt. Und da waren dann viele Sachen aufgelistet, für die wir Platz vorhalten sollen."

„Und diese… diese…"

„Yoroi", half Robert aus.

„Ja genau, diese Rüstung, die war auch dabei?"

„Exakt. Allerdings habe ich bisher nur ein Bild gesehen."

„Ein Bild?"

„Jaja. Eher eine Bleistiftzeichnung." Er warf einen prüfenden Blick auf die Rüstung und machte seiner Verachtung Luft. „Das würde ich sogar besser hinkriegen."

„Was?"

„Die Zeichnung."

„Bestimmt", gab Franz zu, der um das besondere Talent Roberts wusste. „Danke übrigens nochmal für das Bild von Pauline." Seine Wangen wiesen auf einmal eine rötliche Färbung auf.

„Keine Ursache. Hauptsache, ich habe sie richtig getroffen." Robert erinnerte sich gut daran, wie viel Mühe er darauf verwandt hatte die ebenmäßigen Züge von Pauline Ganter aufs Papier zu bringen und der glühende Blick seines Freundes war

---

[3] Deutsches Volksblatt; Stuttgart: Schwabenverlag (hervorgegangen aus: Süddeutsche Zeitung für Kirche und Staat); 1848 - 1935. 1953-1965

ihm dabei nicht entgangen. „Vielleicht wirst du sie später heiraten."

„Nicht vielleicht", schnaubte Franz verächtlich, „ganz sicher sogar." Seine Züge nahmen einen verklärten Ausdruck an. „Stell dir das doch bloß vor, Pauline Fischer, geborene Ganter. Das klingt doch einfach gut." Er seufzte ergeben. „Ich sehe sie schon vor mir, im unglaublichen Brautkleid und…"

„Na, dann wünsche ich dir viel Glück bei ihrem Vater."

„Wieso?" Gleichsam aus dem siebten Himmel stürzte Franz auf den harten Boden der Realität zurück.

„Der lässt doch jetzt schon keinen an sein Töchterchen heran."

„Das ist auch gut so, denn sie ist mir bestimmt. – Das ist quasi unser Schicksal."

Robert zuckte nur mit den Schultern. „Wie gesagt, viel Glück." Er überlegte kurz und grinste. „Hat was von einem Epos."

„Wieso das denn?"

„Na, der edle Ritter Franz im Kampf gegen den bösen Drachen, um seine Prinzessin zu befreien."

„Du blöder Hansel!", schimpfte Franz und gab ihm einen Stoß.

Doch Robert lachte nur neckisch. „Jaja. Verliebt, verlobt, verheiratet", spottete er und wurde dann plötzlich wieder ernst. „Wird nicht leicht werden."

„Oh, das sagt der große, alte und weise Mann, ja?"

„Ich bin nicht alt", blaffte Robert. „Aber das sieht doch jeder, also, dass es schwer wird." Ein Knurren seines Freundes veranlasste ihn seine Hand tröstend auf die Schulter seines Freundes zu legen. „Ich verstehe zwar nicht, warum Väter so hart sein können. Also ich wäre froh, wenn sich viele für meine Tochter interessieren."

„Ja du."

„Wieso? Du etwa nicht?"

„Nein. Natürlich nicht, aber…"

„Aber was?", hakte Robert nach.

„Was ist, wenn es die Falschen sind?"

„Ach du grüne Neune! – Du bist ja schon genauso."

„Bin ich nicht!", protestierte Franz lautstark.

„Doch, doch", grinste Robert. „Vielleicht solltest du ihm das sagen."

„Was?"

„Du weißt schon. Immerhin kann er dann beruhigt sein, dass du die Falschen alle fernhältst."

„Hör auf dich über mich lustig zu machen!", fauchte Franz.

„Schon gut. Schon gut", wehrte Robert ab. „Du wirst schon eine Lösung finden und auf meine Hilfe kannst du zählen." Wieder ein Grunzen, das aber nun versöhnlicher klang. „Ich meine das im Ernst."

„Ja, weiß ich doch", seufzte Franz. „Danke dir."

„Gerne." Wieder grinste er. „Aber bei eurem ersten Kind will ich Pate sein."

„Heh!", protestierte Franz lachend und wurde rot. „Mal halblang."

„Nix da… Au! Da kommen sie!", unterbrach er sich selbst und zog Franz mit sich hinter die Hausecke. Doch zu spät.

„Robert!", ertönte die Stimme des gestrengen Professor Blum. „Komm her. Du darfst unsere Gäste willkommen heißen."

Der Angesprochene verdrehte kurz die Augen, um seinen Freund zu verstehen zu geben, wie wenig er davon hielt, drehte sich dann jedoch lächelnd zur Gesellschaft seines Vaters um. „Sehr gern, lieber Vater", antwortete er wie einstudiert und wie er wusste, dass es von der Generation seiner Eltern erwartet wurde. Er trat vor sie hin und verbeugte sich vor dem Staatsekretär. „Euer Exzellenz, herzlich willkommen im Haus meiner

Eltern."

„Vielen Dank, junger Mann", erwiderte der Gegrüßte und es bedurfte keiner großen Vorstellungsgabe seitens Roberts, um sich das anerkennende Nicken des hohen Herrn vorzustellen, wie er damit seinem Vater Respekt für die gute Erziehung zollte. Dabei schoss ihm nur durch den Kopf, hoffentlich werde ich später nicht auch so eine Marionette, deren Fäden so einfach zu ziehen sind.

„Mein Sohn, dies ist der angekündigte besondere Gast der Majestäten." Dabei wies er auf die beiden Japaner. „Das ist Tanaka Isamu."

Nun war es an der Zeit, seinen Vater zu verblüffen. Gekonnt wendete Robert sich dem Jüngeren zu. „Soyez le bienvenu, Tanaka-san[4]", begrüßte er ihn und verbeugte sich so wie er es in den Instruktionen gelesen hatte. „C'est un honneur d'accueillir un ami.[5]

„Merci cordialement et que la paix du soleil levant soit toujours avec toi.[6]" Auch Tanaka verbeugte sich. „Freundschaft ist mehr als ich erwarten darf", fügte er auf Deutsch hinzu. „Doch wir beide sind Schüler. Daher nennt mich bitte Isamu und verzeiht, ich spreche Eure Sprache nicht sehr gut."

„Gerne, Isamu", gab Robert lächelnd zurück. „So bitte ich um Verzeihung, denn ich spreche Eure Sprache gar nicht, noch nicht." Wieder lächelte er. „Mein Name ist Robert und übrigens, wir Schüler verwenden das sehr vertraute Du in der Anrede, wenn es genehm ist."

„Mit Vorliebe, Robert", erwiderte Isamu, nun ebenfalls lächelnd und reichte ihm die rechte Hand. „Ist das nicht die rechte Begrüßung in deinem Land?"

---

[4] Seid herzlich willkommen, Herr Tanaka
[5] Es ist eine Ehre einen Freund willkommen zu heißen.
[6] Herzlichen Dank und möge der Friede der aufgehenden Sonne stets mit dir sein

„Das ist richtig", bestätigte Robert und bemerkte, dass Isamus Blick auf Franz ruhte. „Oh, darf ich vorstellen, Franz Fischer, mein Freund und unser Klassenkamerad."

„Sehr erfreut." Auch ihm streckte Isamu die Hand entgegen.

Franz ergriff sie verlegen und murmelte: „Ganz meinerseits."

„Und dies", fuhr Isamu fort und wies auf seinen Begleiter, „ist Bushida Tadashi, mein Adjutant."

Robert hieß nun auch Bushida-san willkommen, mit der ungewohnt weniger tiefen Verbeugung, die vom Älteren mit ernster Miene erwidert wurde.

„Doch nun wollen wir unseren Gästen Zeit geben, sich in ihrem Quartier einzurichten", unterbrach der Hausherr. „Und heute Abend geben wir ein kleines Dîner zur Begrüßung. – Werdet Ihr uns mit Eurer Anwesenheit ehren, Eure Exzellenz?"

„Bedaure, verehrter Herr Professor, doch leider bin ich nicht abkömmlich."

Nachdem die Herren nochmals gegenseitig ihr tiefstes Bedauern zum Ausdruck gebracht haben, worüber sich Robert und Franz mit feixenden Blicken heimlich amüsierten und was wiederum Isamu nicht verborgen blieb, verabschiedete sich der Staatssekretär von den Japanern, die umgehend in den frisch bezogenen Räumlichkeiten verschwanden. Danach geleitete Roberts Vater seinen hohen Gast zurück zur Pforte, während Franz und Robert endlich zur Küche hinüber huschen konnten, um dort dem Bericht von Hermann und Marie zu lauschen.

***

Stuttgart, Schillerstraße Nr. 5 – 1863

„Werter Herr Kollege Blum, Sie haben inständig um diese Unterredung gebeten. Deshalb sind wir heute hier zusammengekommen und, damit wir möglichst umgehend zur Sache kommen können, erteile ich Ihnen hiermit das Wort."

„Vielen Dank Herr Direktor Pfleiderer", erwiderte der Angesprochene und erob sich.

„Behalten Sie doch Platz, verehrter Herr Kollege."

„Nochmals vielen Dank." Er setzte sich wieder, räusperte sich und begann erneut. „Verehrter Herr Direktor Pfleiderer, verehrter Herr Kollege Bömmel… Wie ich, nun sagen wir aus sicherer Quelle, erfahren habe, ist bei der diesjährigen Verleihung der Ehrenmedaille seitens Ihrer Majestät, Königin Olga, mein Sohn Robert einer der Auserkorenen." Bei diesen Worten blickte er seinen Kollegen Bömmel herausfordernd an, der im Auftrag der Königin den Vorsitz des Komitees zur Bestimmung der Freisträger innehatte. „Sind meine Informationen diesbezüglich korrekt, verehrter Herr Kollege Bömmel?"

Doch der Angesprochene schwieg und wandte sich dem Direktor zu. Der verstand die stumme Aufforderung und sagte mit leicht verärgertem Unterton: „Herr Kollege Bömmel, ich weiß sehr wohl, dass eine vorzeitige Bekanntgabe der Preisträger nicht den Statuten entspricht, jedoch erteile ich Ihnen ausdrücklich die Permission, die Frage des Kollegen Blum mit einem einfachen Ja oder Nein zu beantworten."

„Nun, vielen Dank Herr Direktor, dann lautet die Antwort ja, denn er ist – im Übrigen zusammen mit einem weiteren Mitschüler – nun einmal der beste in seiner Klasse."

„Der ich als Klassenlehrer vorstehe", donnerte Blum aufgebracht.

„So ist es", entgegnete Bömmel völlig ungerührt, „und das sollte Sie doch mit besonderem Stolz erfüllen."

„Stolz? Nein, denn zum einen erwarte ich von meinem Sohn, dass er stets sein Bestes gibt und zum anderen wird er eine solche Auszeichnung selbstverständlich nicht annehmen."

„Wieso das denn?", wunderte sich Bömmel nun doch. „Hat er wieder einen seiner inzwischen an der ganzen Schule berühmten Streiche verübt? Wie ich hörte soll der junge Tanka ihrem Sohn und dem Fischer darin inzwischen in nichts nachstehen." Blum bedachte ihn nur mit einem vernichtenden Blick. „Wenn das mein Junge wäre, wäre ich stolz darauf", konnte sich Bömmel nicht länger zurückhalten.

„Darauf?", schnaubte Blum verächtlich.

„Ganz sicher. Immerhin haben es die am weitesten gebracht, die früher die größten Lausbuben waren..." Ein Räuspern des Direktors ließ ihn zusammenfahren. „Was natürlich nicht heißt, dass es andersherum einen zwingenden Zusammenhang geben muss", ruderte Bömmel hastig zurück, aber nur um gleich die Flucht nach vorn anzutreten. "Oder ist die Auszeichnung etwa unter der Würde des Hauses Blum?"

„Nanana, Herr Kollege!", schaltete sich Direktor Pfleiderer nun etwas grantig, doch beschwichtigend ein.

„Oh, ich bitte um Verzeihung", hob Bömmel denn auch sogleich die Hände. „Das sollte nicht despektierlich gegenüber den Majestäten sein. Allein der Wissensdrang treibt mich, es zu verstehen, weshalb ein Vater seinen Sohn, für den er vor Stolz platzen müsste, dazu anhalten könnte, eine solche Auszeichnung Ihrer Majestät auszuschlagen."

„Weil es ein Geschmäckle hat!", donnerte Blum wütend. „Deswegen!"

„Ach was", kommentierte Bömmel mit einer wegwerfenden Handbewegung.

„Nicht ach was", echauffierte sich Blum weiter. „Der Sohn des Klassenlehrers erhält als Einziger den begehrten Preis. Na, was heißt das wohl? Jeder wird sich fragen, was denn da in der Familie gedreht und gemauschelt worden ist, um andere von der Gunst auszuschließen."

„Hat Ihr Sohn nicht in der Leichtathletik und im Fechten schon Preise gewonnen? Und war das nicht auch für alle ersichtlich?"

„Schon... Beim Fechten hat er in der Tat eine Menge vom jungen Tanaka gelernt, dass muss ich eingestehen."

„Aha. Und im Gegenzug hat er den jungen Gast den jungen Damen unserer Gesellschaft im Tanzkurs vorgestellt?"

„In vorbildlicher Weise, wie ich hörte", warf der Direktor anerkennend ein.

„Und wie ich hörte", fuhr Bömmel fort, „ist der junge Tanaka bei Ihnen aufgenommen worden wie ein eigener Sohn. Er ist wie selbstverständlich beim Picknick und sogar bei Ihrer Sommerfrische mit dabei. Ganz zu schweigen, dass Sie ihm sogar unsere Kirchenfeste nähergebracht haben."

„Wollen Sie mir das etwa vorwerfen, Herr Kollege, dass ich mich im besonderen Maße um die Gäste Ihrer Majestäten kümmere?"

„Natürlich nicht, Herr Kollege Blum, aber es heißt für mich, dass alle anerkennen können und werden, dass Ihr über den Zweifel erhaben seid und niemanden bevorzugt oder benachteiligt."

„Trotzdem bleibt ein Geschmäckle", beharrte Blum. „Immerhin nahm ich und meine Familie im Gegenzug an diplomatischen Empfängen teil, was für mich eine überaus große Ehre ist."

Schön wollte Bömmel antworten, doch er schwieg auf die Geste seines Vorgesetzten hin. „Da muss ich dem Kollegen Blum in der Tat beipflichten", murmelte der Direktor nachdenklich. „Verehrter Kollege Blum, nicht dass ich Sie im geringsten unter diesem Verdacht sehe…"

„Allein der Gedanke reicht bereits", schnaubte Blum aufgebracht.

„Lieber, verehrter Herr Kollege Blum, ich wäre Ihnen sehr verbunden, wenn Sie mir erlaubten meine Gedanken zu Ende zu formulieren."

„Selbstverständlich Herr Direktor. Verzeihung."

„Nun, wie gesagt, ich sehe Sie über jeden Zweifel erhaben, aber ich verstehe Ihren Einwand und gebe dem statt." Da Bömmel ihn daraufhin irritiert ansah, fügte er erklärend hinzu: „Eine solche Preisverleihung müsste für alle in allen Einzelheiten nachvollziehbar sein und selbst dann wäre da noch immer ein Hauch von

Zweifel, an Manipulationsmöglichkeit... Nein, da muss ich dem Kollegen Blum zustimmen, auch wenn es mich schmerzt, einem solchen Talent die gebührende Ehre zu versagen."

„Aha", gab sich Bömmel scheinbar geschlagen. „Was heißt das nun?"

„Mein Sohn wird die Auszeichnung ehrenhalber nicht annehmen."

„Dann haben wir ein Problem", erwiderte Bömmel gewitzt.

„Das glaube ich kaum", schnaubte Blum. „Immerhin gibt es keinerlei Zwang eine Ehrung anzunehmen. Es stellt keinerlei Missachtung der Majestäten dar."

„Das mag sein", sinnierte Bömmel kryptisch.

„Was ist es dann?", wurde nun auch Direktor Pfleiderer unleidlich.

„Weil wir einen zweiten Preisträger haben", platzte Bömmel heraus, „und der wäre dann ehrenhalber auch gezwungen diese Auszeichnung abzulehnen und das bedeutet eine Verwicklung auf höchster Ebene."

„Wieso das?", bohrte Blum nach, der offensichtlich die Zusammenhänge nicht so schnell begriff wie sein Vorgesetzter, der plötzlich sehr betroffen dreinblickte.

„Weil der zweite Preisträger, und zwar auf Augenhöhe, kein anderer ist als Isamu Tanaka."

„Nun, da sehe ich kein Problem", wischte Blum die Sorgen beiseite. „Unser Gast kann die Auszeichnung doch ohne weiteres annehmen."

„Eben nicht, Herr Kollege Blum", schaltete sich Direktor Pfleiderer nun ein. „Entweder es würde dazu führen, dass unser Gast diese Ehrung nicht als solche wahrnehmen würde oder aber – was ich für wahrscheinlicher halte, nach allem, was ich bisher über den jungen Tanaka erfahren habe – wird auch er sie ehrenhalber nicht annehmen, was einem Affront gegenüber den Majestäten gleichkäme. Und das, lieber Kollege, halte ich für schwerwiegender als ein mögliches Geschmäckle."

„Keine Frage", gab Blum nachdenklich zu. „Allerdings bestehe ich darauf, dass mein Sohn diesen Preis nicht annehmen kann, solange er in meiner Klasse ist."

„Das lässt sich im Nachhinein nun nicht mehr ändern", warf Bömmel fatalistisch ein.

„Was schlagen Sie also vor?", hakte Blum bei seinem Kollegen herausfordernd nach.

Doch der zuckte nur mit den Achseln. „Ich bin nur der Vorsitzende des Komitees, die die Preisträger nach den üblichen Kriterien ermittelt hat."

„Wer weiß noch von dem Ergebnis?", schaltete sich nun Direktor Pfleiderer ein.

„Nun…" Bömmel zögerte ein wenig, „bislang nur wir."

„Und das Komitee?", bohrte Blum nach.

„Dort kennt jeder nur sein Teilergebnis, denn ich habe es zusammenzutragen, damit es eben keine Manipulation gibt", klärte Bömmel verbittert auf.

„Von wegen Komitee", fauchte Blum, konnte seine Unflätigkeit jedoch nicht weiter ausführen.

„Na dann ist doch alles klar", freute sich Direktor Pfleiderer. „Sie streichen die beiden einfach von der Liste und niemand sonst wird es erfahren."

„Was drei wissen, erfahren hundert, wie schon Johannes Agricola wusste", murrte Bömmel.

„Was wollen Sie damit andeuten, Herr Kollege", herrschte der Direktor ihn an.

„Nichts, Herr Direktor, nur, dass ich das für sehr gewagt halte."

„Für gewagt? Sagten Sie nicht eben, dass Sie es sind, der die Auswertung zusammenführt?"

„Das ist korrekt, Herr Direktor."

„Nun, dann führen Sie mal die Auswertung zusammen, aber korrekt, wenn ich bitten darf."

„Das werde ich, Herr Direktor", antwortete Bömmel mit verschmitztem Lächeln. „Oh ja, das werde ich, sogar äußerst korrekt."

***

Stuttgart, Centralbahnhof – 1864

„Nun ist der Moment doch gekommen", fasst Isamu Tanaka seufzend das in Worte, was Robert schon seit Tagen durch den Kopf geht. „Wir wussten beide, dass uns dieser Abschied bevorsteht."

„Ja, ich weiß", gibt Robert kleinlaut zu. „Trotzdem ist es schwer. Es ist wie von einem Bruder Abschied zu nehmen."

„So ist es auch für mich." Er tritt einen Schritt zurück und legt seine Fäuste vor die Brust, angeblich die japanische Variante einer Umarmung. „Doch wir werden uns wiedersehen."

„So sehr ich es auch erhoffe und ersehne, doch ist dein Land so fern und – wie ich gehört habe – darf ich doch gar nicht ins Land."

„Oh doch!", erwidert Isamu mit verschmitztem Lächeln. „Zunächst einmal", er kramt etwas aus seinem traditionellen Gewand hervor, in das er sich für seine lange Heimreise gekleidet hat, die ihn über Paris nach Nantes sowie per Schiff nach Japan führt. „Hier", er hält Robert eine Papierrolle hin, die kunstvoll mit japanischen Schriftzeichen versehen ist. „Dies ist deine ganz offizielle Einladung nach Kobe in Japan."

„Aha? Kobe, deine Heimatstadt?"

„Ja. Wie du bereits vermutest hast bin ich von hoher Geburt und unsere Familie hat sehr gute Beziehungen zum Shogun Tokugawa Iemochi[7] und…", er sah sich prüfend um, „zu Komei Tenno, unserem Kaiser."

„Oh!", entfuhr es Robert.

„Doch berufe dich stets nur auf dieses Dokument." Da Robert ihn nur irritiert anblickte, erklärte Isamu, „Die Zeiten in meinem Land sind wild. Seit die Amerikaner uns vor über zehn Jahren einen Vertrag aufzwangen, sind die Tozama-Daimyō[8] in offenem Aufruhr und es wird sich zeigen, wer die Oberhand gewinnt."

„So ist Krieg in deinem Land?"

„Vielleicht ist das schon so, denn ich war vier Jahre lang fort. – Doch bis du das Erwachsenenalter erreicht hast, werden wir wissen, wer obsiegt hat. – Ich werde dir in meinen Briefen berichten."

„Das ist gut." Robert überlegte einen Moment. „Was muss ich noch wissen, damit ich ins Land kommen kann?"

„Was habt ihr denn für Heimlichkeiten?", mischte sich Roberts Vater nun ein.

„Stell dir vor, Vater, Isamu hat mich eingeladen."

„Eingeladen?"

„Ja, damit ich ihn in Japan besuchen kann", verkündete Robert freudenstrahlend die Neuigkeit.

„Aber ist das denn so einfach möglich? Wie ich hörte, ist dein Land doch sehr verschlossen."

„Das stimmt. Auch muss jeder Fremde eine Reihe von Prüfungen bestehen. Aber das schafft Robert mit links. Er weiß sich sogar schon richtig zu kleiden und die Höflichkeitsformen beherrscht er als wäre er in Japan aufgewachsen."

---

[7] 14. Shogun des Tokugawa-Shogunats; akzeptierte die gewaltsame Öffnung des Landes durch die „schwarzen Schiffe" des US-Commodore Matthew Perry 1853 im Hafen Uraga (Kuraki-gun, im Osten der Provinz Musashi)
[8] In der Edo-Zeit eine Gruppe von Lehensfürsten (Daimyō), Gegner der Tokugawa-Shogune

„Nana, nun übertreibe mal nicht, junger Mann."

„Doch, so ist es", bekräftigte Isamu. „Sobald er das Erwachsenenalter erreicht hat, darf er an den Prüfungen teilnehmen."

„Das ist aber noch so lange hin. Sechs Jahre, um genau zu sein."

„Zeit genug, um die Vorbereitungen abzuschließen", feixte Isamu. „Außerdem müssen wir noch ein Erkennungszeichen verabreden."

„Erkennungszeichen?", wunderte sich Robert. „Wozu das?"

„Man wird mich sehr traditionell einkleiden… sehr traditionell", betonte Isamu, „und dann in eine Gruppe junger Männer stellen, unter denen du mich erkennen musst."

„Hmm… Ach du meinst…"

„Genau. Meine Haartracht wird anders sein und mein Gesicht wird nach alter Tradition mit Farbe gezeichnet."

„Oh. Und wie soll ich dich da erkennen?", stöhnte Robert.

„Deswegen brauchen wir ein Zeichen."

„Verstehe. Und welches?"

„Wie wäre dies?" Isamu spreizte die Finger seiner linken Hand so, dass nur zwischen Mittelfinger und Ringfinger eine Lücke entstand[9]. „Wenn ich die Hand dann nach unten halte und dann noch meinen Daumen darüber lege, sollte es dir, aber niemand sonst auffallen."

„Warum ist das wichtig?"

„Weil sie dich sofort zurückschicken, wenn sie uns erwischen."

Mit einem kecken Seitenblick in Richtung seines Vaters erwiderte Robert grinsend: „Mich hat noch niemand erwischt."

***

---

[9] Vermutungen, dass dieses Zeichen später in ein einer bekannten Serie als Gruß der Vulkanier verwendet wurde, haben sich nicht bestätigt.

Cassel, Personenbahnhof – 1867

„Willkommen in Cassel", rief der Schaffner noch einmal, redlich bemüht, mit seiner Stimme das letzte Schnauben der Dampflokomotive zu übertönen. Wagenverschläge wurden geöffnet und die ersten Koffer von eifrigen Trägern aus den Abteilen auf den Bahnsteig gewuchtet.

Auch Robert schulterte seine Reisetasche, nahm seine Jacke – bei den Temperaturen fragte er sich, warum er nicht doch noch versucht hatte sie irgendwie in der prall gefüllte Tasche unterzubringen – und verließ das Abteil durch die schmale, unverkleidete Holztür. Tante Ursel, niemand nannte sie Ursula, hatte er noch nicht entdeckt. Doch machte er sich deswegen keinerlei Sorgen. Den Weg zu ihrer Stadtvilla kannte er noch gut von seinem Besuch vor drei Jahren her.

Damals war er, kaum hatte sich Isamu Tanaka auf seine Rückreise nach Japan begeben, zu einer Reise aufgebrochen, die ihn zuerst hierher nach Cassel – damals noch Hauptstadt des Kurfürstentums Hessen – und dann nach Bremen und sogar auf die Insel Norderney geführt hatte. Obwohl Bremen eine freie Reichsstadt war, gab es schon damals eine direkte Schiffsverbindung zur Insel, die der König von Hannover sich als Sommerresidenz auserkoren hatte.

Die Zeiten hatten sich in der Tat geändert. Durch den Krieg gegen Dänemark vor zwei Jahren hatten sich die Verhältnisse auch für Robert verändert. Die Sondersteuer, mit der das Königshaus in Württemberg den Abtrag der Kriegsschuld umlegte – Württemberg hatte sich wie andere Staaten im Bund, den heutigen Vereinigten Staaten von Mitteleuropa, auf die Seite der Königshäuser in Dänemark und England gestellt –, hatte Familie Blum trotz des sich gut entwickelnden Geschäfts mit den Cementwaren aus der Fabrik, an der auch sein Vater beteiligt war, zu spüren bekommen. Außerdem war das Salär der Professoren auch in diesem Jahr nicht erhöht worden.

Doch immerhin gab es das Königreich Württemberg noch, wenn es mit der Eigenständigkeit nicht mehr weit her war. Außerdem war es als Teilstaat der Vereinigten Staaten von Mitteleuropa, als sogenannter Gliedstaat, anerkannt. Aber sowohl das Königreich Hannover als auch das Kurfürstentum Hessen waren fortan ein Teil des Königreich Preußens und hatten lediglich den Status einer Provinz.

Gewiss, für Tante Ursel ging damit ein Traum in Erfüllung. Robert erinnerte sich noch genau, wie sie ihn beschworen hatte, niemand von ihrer Vorliebe für einen Anschluss an Preußen zu erzählen, vor allem nicht seinen damaligen Reisebegleitern. Mit erst fünfzehn Jahren hatte er zwar zur Verwandtschaft reisen dürfen, aber nur unter Aufsicht der Delegation des Hauses Württemberg, die zu offiziellen Gesprächen damals nach Cassel und wohl auch Hannover unterwegs gewesen war. Inzwischen wusste er, dass es damals um die Abstimmung im drohenden Krieg des Bundes gegen Dänemark gegangen war. Der war dann in der Hauptsache von Preußen und Österreich gemeinsam geführt worden und hatte zur Festigung des sogenannten ewigen Bundes beigetragen. Seitdem war die Führung im Bund endgültig auf das Haus Hohenzollern übergegangen und Kaiser Friedrich war zum unumstrittenen Führer der Vereinigten Staaten von Mitteleuropa geworden.

Doch zählte das jetzt überhaupt noch? Waren die Vereinigten Staaten von Mitteleuropa – noch immer war nicht entschieden, ob es VSM oder VSE heißten sollte, in Anlehnung an die VSA drüben in Amerika, die sich auch nur auf einen kleinen Teil des riesigen Kontinents beschränkten – ja, waren sie nicht eine Einheit, in der die Kleinstaaterei endgültig der Vergangenheit angehören sollte. Italien hatte das im vergangenen Jahr geschafft, sehr zum Missfallen der Regierung im Bund. Aber einen Krieg, auch noch gegen die vereinigten Länder Italiens und gegen das Kaiserreich Frankreich hätte unweigerlich auch Großbritannien und auch Russland in die Reihen der Gegner einscheren lassen. Doch so war letztendlich ein Status quo erreicht worden, der eine ähnlich lange Periode des Friedens ermöglichen sollte wie seit dem Wiener Kongress.

Und ich kann jetzt einfach von Stuttgart nach Cassel reisen ohne Zollkontrollen, ging es Robert durch den Kopf. Er lächelte zufrieden. Aufbruchstimmung. Eisenbahn und modernste Technik. Unbändige Energie versprach das alles. Nur etwas betrübte ihn. Denn in diesem Jahr fand nach langer Zeit die zweite Weltausstellung in Paris statt. Dorthin wäre er viel lieber gereist.

„Soweit kommt das noch!", hatte sein Vater gepoltert. „Noch nicht einmal erwachsen, aber schon den Herrn von Welt in Paris geben."

„Aber du fährst doch hin", hatte Robert eingewandt. Immerhin war er schon achtzehn. Gut, es waren noch drei Jahre bis er offiziell als erwachsen galt, aber war es nicht an der Zeit, um ihn auch langsam in das Familiengeschäft einzuführen. Der Besuch der Ausstellung, um sich vor allem die Erfindung des Gärtners aus Frankreich, jenes Herrn Joseph Monier, anzusehen und ihm die Verwendung dieses Eisenbetons für die eigenen Cementwaren abzuschwatzen, da konnte er doch schon beitragen.

„Nein. Und das ist mein letztes Wort!", hatte sein Vater gedonnert. „Besuche lieber Tante Ursel in Cassel."

Also war er nach Cassel gefahren. Und nun stand er hier auf dem Bahnsteig, den Blick auf den preußischen Adler gerichtet, der ihm mehr als deutlich zeigte, dass die Kleinstaaterei doch noch nicht überwunden war. Denn in erster Linie hätte er die Insignien des Bundes oder der Vereinigten Staaten von Mitteleuropa erwartet. Doch noch immer waren es die Einzelstaaten, die zuerst genannt wurden, selbst bei der Staatsangehörigkeit.

„Robert!", hörte er plötzlich eine ihm bekannte Stimme rufen. Dort, direkt unter dem Adler, dort stand sie, Tante Ursel und streckte ihm freudig die offenen Arme hin. Sofort eilte er zu ihr.

„Tante Ursel! – Danke, dass du mich abholst."

„Aber Robert, das habe ich dir doch versprochen… Und ja, ich weiß, du bist nun schon ein junger Herr, aber ich will mir von meinem Neffen nicht wieder eine Gardinenpredigt anhören." Sie drückte ihn herzlich. „So, und nun komm, mein Kutscher wartet vor dem Gebäude."

Während der Fahrt erzählte ihm Ursula von den Ereignissen und wie froh sie – wie auch vielen andere – war, dass der Kurfürst endlich im Exil in Böhmen weilte. „Die Preußen wissen zwar auch wie man Steuern eintreibt, aber doch ist mir das allemal lieber", sagte sie ohne Umschweife. „Und bei dem Kaiser ist unser Reich endlich wieder in guten Händen", erklärte sie im Brustton der Überzeugung.

„Ja, er will das Land zum modernsten und stärksten auf dem ganzen Kontinent machen."

„Oh ja. Überall entstehen neue Fabriken und ich weiß gar nicht wo die vielen Erfinder vorher waren."

„Ja, ich auch nicht", seufzte Robert abgrundtief. „Und jetzt sind sie alle in Paris."

„Bei der großen Ausstellung meinst du?"

„Genau", nickte Robert betrübt.

„Ach, jetzt verstehe ich, was Pauline in ihrem Brief gemeint hat." Sie lächelte versonnen und musste dann sogar lachen, als sie Roberts verdatterten Gesichtsausdruck sah. „Ja glaubst du denn, dass mir deine Mutter diesmal keine Instruktionen geschickt hat."

„Diesmal?"

„Sie ist eben deine Mutter. Und", sie hob wie belehrend den Zeigefinger, „von mir weißt du das nicht."

„Klar."

„Sie macht sich eben Sorgen und möchte nur, dass es dir gut geht."

„Jaja."

„So sind Mütter nun einmal. Das ist nichts, wofür man sich schämen müsste."

„Nein, das ist es nicht", widersprach Robert und hielt inne. „Es ist nur so, dass… Ach, wenigstens macht sie es heimlich."

„Du meinst, sonst wäre es peinlich?"

„Ja. – Das heißt, nein."

„Was denn nun?"

„Das war es mal."

„Jetzt nicht mehr?"

Robert schüttelt den Kopf. „Nein. Ich weiß es zu schätzen, aber ich schaffe das nun wirklich allein. Meine Geschwister bedürfen eher ihrer Fürsorge."

„Aha." Der skeptische Blick, mit dem sie ihn bedachte verursachte bei ihm Unbehagen.

„Trotzdem freue ich mich, dass sie zu mir hält", erklärte er dann versöhnlich. „Was ich meine ist, dass es gut ist, wenn sie es heimlich macht. Dann haben meine Geschwister und ich nicht das Gefühl wir würden es selbst nicht hinbekommen."

„Das ist eben die Kunst, mein lieber Robert. – Aber nun erzähle mir mal von dieser Weltausstellung. Wie ich gelesen habe, wird dein Vater sie besuchen."

„Ja", gab er zerknirscht zu. „Angeblich um sich die Sache mit dem Eisenbeton näher anzusehen…"

„Angeblich?"

„Na, den Herrn Monier könnte er doch auch so aufsuchen. Dafür braucht es doch keine große Ausstellung."

„Aha. Also glaubst du, es ist nur eine Ausrede?"

„Ja."

„Und deswegen bist du sauer?"

„Genau."

„Oder… Oder weil dir nicht auch so eine gute Idee eingefallen ist?", feixte sie. „Dir fällt wirklich nichts ein?", hakte sie nach, als Robert nicht mehr als ein Grummeln von sich gab.

„Was sollte ich schon für einen Grund haben? – Gibt es überhaupt einen anderen Grund als ganz einfach bei der größten Sache unserer Zeit mit dabei zu sein?"

„Nein, da hast du recht", gab sie sich geschlagen. „Dabei zu sein ist Grund genug."

Eine Zeit lang herrschte Schweigen. Dann kramte sie ein Stück Papier hervor und reichte es Robert. „Was ist das?", fragte er verblüfft.

„Sieh nach."

Skeptisch folgte er ihrer Aufforderung und entfaltete das Blatt. Irritiert starrte er darauf. „Ist das eine Reclameanzeige?"

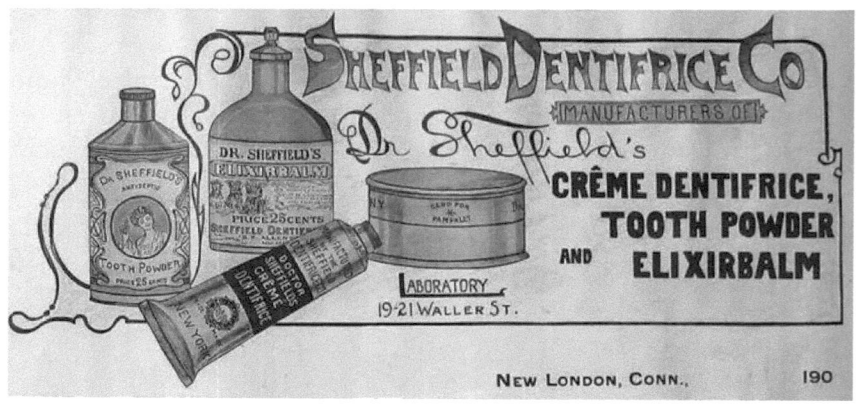

„Ja. Ich fand sie vor einigen Wochen in einem Journal."

„In einem Journal? Aber das ist doch eine Anzeige von einem Fabrikant aus New London und wenn ich das ‚Conn.' richtig deute, aus Amerika."

„Das kann schon sein", gab sie achselzuckend zu. Victoria stammt ursprünglich aus England, also bevor sie hier eingeheiratet hat, und sie hat Verwandtschaft drüben in den Staaten. – Tja, und wenn jemand zu Besuch kommt, dann bringt er eben so allerlei mit, auch…"

„… ein Journal", ergänzte Robert.

„Richtig."

„Aber was soll ich damit anfangen?"

„Wie du siehst, geht es dabei um ein neues Mittel für die Zahnpflege und du weißt…"

„Gewiss, Tante Ursel, du und deine Hygiene." Er seufzte. „Damals habe ich das gehasst, aber inzwischen weiß ich, wie wichtig sie ist."

„Siehst du und als ich das hier gesehen habe, da habe ich gleich dort nachgefragt."

„Du hast dort nachgefragt? Also korrespondiert?"

„Genau, und so habe ich erfahren, dass dieser Mister Sheffield – er ist übrigens Dentist – ebenfalls auf der Ausstellung vertreten ist." Sie bemerkte Roberts irritierten Blick. „Und sie suchen tatsächlich junge Leute, aus möglichst vielen Ländern, mit gesunden Zähnen. Tja, mein Lieber, du hast wirklich sehr ebenmäßige und gepflegte Zähne und so habe ich denn auch gleich nachgefragt."

Wieder kramte sie einen Zettel hervor und überreichte ihn dem verwirrt dreinblickenden Robert. „Hier ist die Adresse in Paris, bei der du dich melden kannst. – Ach, hatte ich erwähnt, dass sie den Einsatz auch entgelten?"

„Du… Du hast was?", fand er seine Worte wieder. Doch Tante Ursel blickte ihn nur amüsiert an. „Du meinst, ich soll als Vorführherr auftreten?"

„Sicher." Sie nickte zur Bekräftigung und lächelte verschmitzt. „Und wegen der Fahrkarte brauchst du dir auch keine Sorgen machen. Allerdings wirst du mit der vierten Klasse vorlieb nehmen müssen, denn eine Reise nach Paris kostet schon ein kleines Vermögen, vor allem jetzt."

Nun kam er aus dem Staunen nicht mehr heraus. „Ich soll… Ich soll nach Paris fahen?", stieß er hervor. „Alleine?"

„Ja wie? Traust du dir das nicht…"

„Und ob!" Unterbrach er sie hastig, nur um gleich innezuhalten. „Aber was ist, wenn…"

„Deine Mutter wird nichts verraten und ich natürlich auch nicht."

Nun konnte er nicht anders als seiner Tante um den Hals zu fallen. „Danke! Danke, Tante Ursel. Das ist der grandioseste Einfall des Jahrhunderts." Doch dann wurde er plötzlich nachdenklich. „Aber was ist, wenn die mich nicht nehmen?"

„Ach was", entgegnete sie mit wegwerfender Handbewegung. „Klar nehmen die dich. Du sprichst Englisch, Französisch und – wie ich hörte – sogar ein wenig Japanisch." Robert nickte, nun doch vor Vorfreude strahlend. „Außerdem bringst du die Voraussetzungen mit, die ich bereits angesprochen habe und du hast – soweit bin ich informiert – keine Hemmungen vor Publikum aufzutreten."

„Naja…" Doch seine finstere Miene hellte sich gleich wieder auf. „Nach Paris", hauchte er freudig.

„Nun, dann brauchst du heute gar nicht erst auszupacken, denn wenn du willst, kannst du bereits morgen den Zug besteigen."

„Aber was ist mit dir?"

„Mit mir?"

„Freust du dich denn nicht… Also ich meine, das ist so als…"

„… als ob ich dich loswerden will?", ergänzte sie seinen Satz und die Röte auf seinen Wangen verriet ihr, dass sie damit ins Schwarze getroffen hatte. „Ach Robert", seufzte sie. „Natürlich nicht. Aber die Vorstellung, dass dich ein so tolles Abenteuer erwartet… Da hätte ich ein ganz schlechtes Gewissen, wenn ich dich auch nur eine Stunde länger davon abhielte als nötig."

„Danke", freute sich Robert sichtlich. „Das ist wirklich unglaublich lieb von dir. Wie kann ich das bloß wieder gutmachen?"

„Gar nicht. – Doch. – Genieße einfach die Zeit und berichte mir ausführlich, wie es dir ergangen ist." Ein weiterer Seufzer entsprang ihrer Brust. „Ach, ich wünschte, ich wäre noch so jung und könnte mich selbst ins Abenteuer stürzen."

„Dann komm doch mit."

„Ach was. Der Trubel ist nichts mehr für mich. Das ist was für junge Leute, für solche, die die Welt erobern wollen."

***

Paris, Champ de Mars – 1867

„The stage is yours[10]", Washington Wentworth Sheffield schlug ihm freundschaftlich lächelnd auf die Schulter und wies mit der anderen Hand auf die erhöhte Plattform unter dem großen Plakat, das ähnlich gestaltet war wie die Annonce, die ihm Tante Ursel gegeben hatte. Alles hatte wunderbar geklappt, fast so als wäre er einem Szenenplan des Theaters gefolgt.

An der Adresse, die ihm Tante Ursel gegeben hatte, war er direkt auf den inzwischen berühmten Dentisten aus New London getroffen, der gerade mit seinem dreizehnjährigen Sohn Lucius Tracy das Haus hatte verlassen wollen. Freudig war er begrüßt und sogleich, nach erfolgter erfolgreicher Begutachtung seiner Zähne, eingewiesen worden, was von ihm erwartet wurde. Er solle auf der Bühne auf und ab spazieren, Zahnbürste und einen Topf mit der neuartigen Zahncreme sowie mit einem gewinnenden Lächeln seine ebenmäßigen Zähne zur Schau tragen. Und jetzt war es soweit. Der Moment war da.

Robert nickte. Das flaue Gefühl in der Magengrube machte ihn irgendwie unfähig zu antworten. Er drehte sich um und erklomm die wenigen Stufen. Dann ließ er den Blick durch diese gigantisch große Halle schweifen. Sie als ein Wunderwerk moderner Ingenieurkunst und Architektur zu bezeichnen, wurde

---

[10] Die Bühne gehört dir

dem überwältigenden Gefühl, das er bei dem Anblick empfand, nicht im geringsten gerecht. Schon ein Blick auf den Plan des Ausstellungsgebäudes[11] hatte ihm genügt, um ihm gebührende

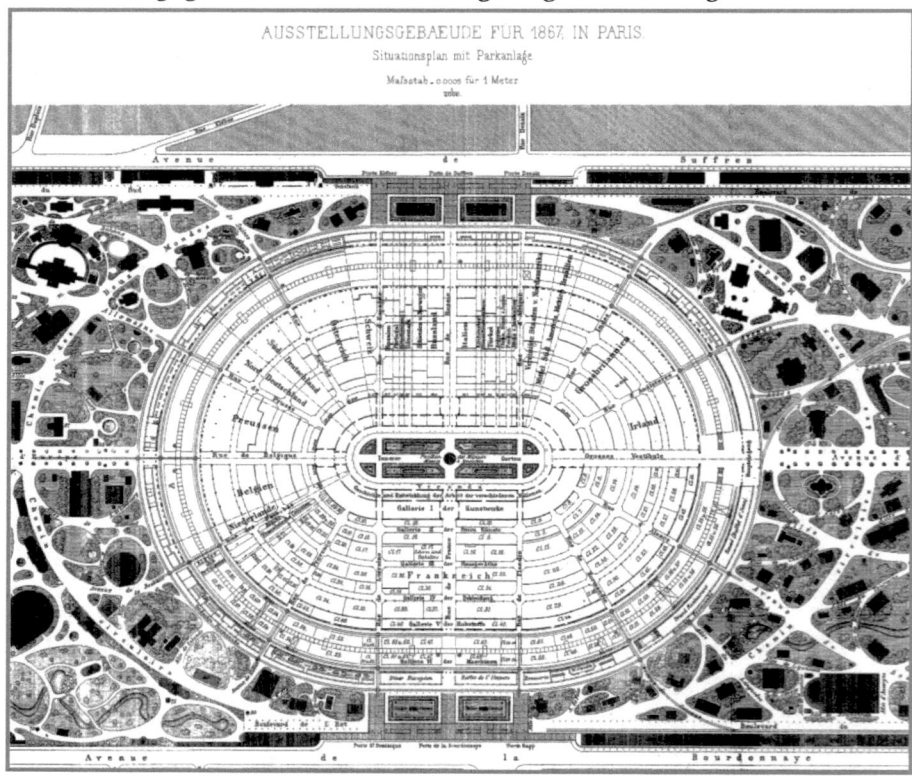

Ehrfurcht einzuflößen. Doch jetzt, in der Realität, war es noch überwältigender. Schier unglaublich, dass eine solche Konstruktion, von Menschenhand entworfen und errichtet, den Gesetzen der Natur trotzen und hoch aufragen konnte.

Hier in der dritten Galerie, in der schmalen Sektion, die für die Vereinigten Staaten von Nordamerika, die sich trotzdem als VSA präsentierten, reserviert war, befand er sich wie in einer Loge.

---

[11] https://commons.wikimedia.org/wiki/File:Paris_Weltausstellung_1867_Lageplan.jpg

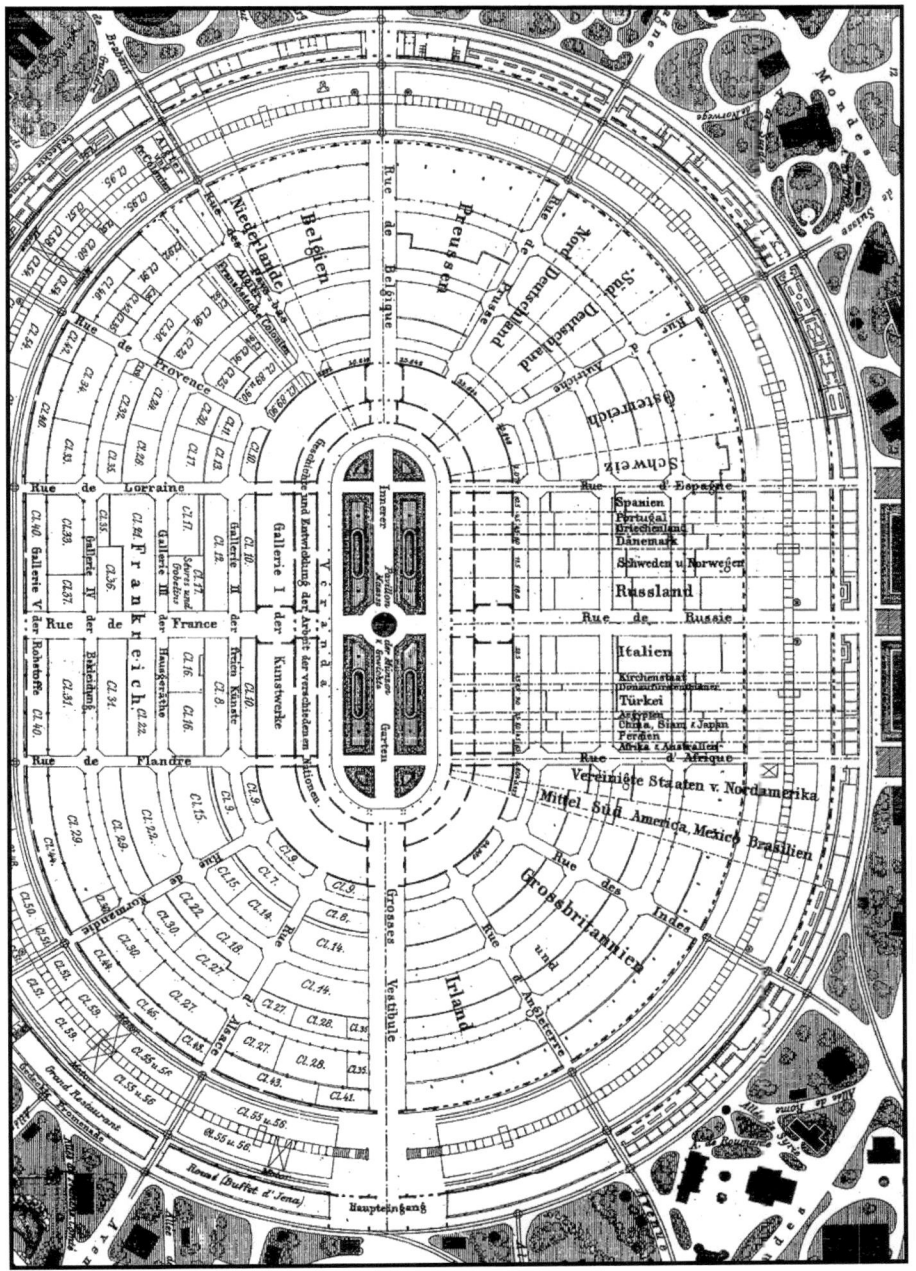

85

Denn von dieser Bühne aus überblickte er die Ausstellungsfläche der Lateinamerikanischen Länder zur großen Sektion, die dem britischen Empire vorbehalten war, um die Fortschrittlichkeit und wahre Weltmachtgröße zur Schau zu stellen.

In der anderen Richtung war da zunächst eine wahre Vielfalt, denn hier befanden sich die Pavillons der Osmanen, der Russen, aber auch der skandinavischen und iberischen Länder. Erst dahinter waren die Schweiz und die Staaten des Kaiserreichs vertreten, letztere zu seinem Missfallen noch immer als einzelne Staaten und nicht als Vereinigte Staaten von Mitteleuropa.

VSE, Vereinigte Staaten von Europa, muss es heißen, ging es ihm dabei durch den Kopf, denn es heißt ja auch VSA und nicht VSNA. So wie die junge Nation in der neuen Welt, so sollten sich auch die Völker im Bund endlich ihrer Größe und Bedeutung bewusst werden. Mit dieser Einstellung, das hatte er schon des Öfteren erfahren, war er nicht allein und auch nicht nur in seiner Generation. So war es aus seiner Sicht nur richtig, dass die Sektion der VSE ein wenig größer war als jene der Briten.

Nach einer Stunde hatte ihn der berühmte Dentist heruntergebeten. „Splendid, Mr. Blum", sagte er mit Begeisterung. „Sie machen das wirklich sehr gut. Aber wir dürfen es nicht übertreiben, sonst gewöhnen sich die Leute daran."

„Ach, deshalb…"

„Genau", unterbrach ihn Washington Sheffield, „deswegen habe ich die zwei hübschen jungen Damen gebeten an Ihrer statt dort oben die Aufmerksamkeit des Publikums zu erregen." Er lachte und schlug Robert anerkennend auf die Schulter. „Die Verkäufe entwickeln sich prächtiger als erwartet. Da dürfen Sie sich noch über einen schönen Bonus freuen."

„Bonus?", staunte Robert.

„But of course! Den haben Sie sich verdient. Immerhin machen Sie mich gerade reich und da ist es doch nur recht, wenn ich Sie am großen Erfolg ein wenig teilhaben lasse."

„Das ist sehr großzügig von Ihnen, Mr. Sheffield."

„Nonsens, mein Junge. Gute Leistung wird bei uns in den Staaten immer gut vergolten. Sie sollten sich wirklich überlegen, ob Sie nicht zu uns kommen. Ich kann es Ihnen zwar nicht versprechen, aber ich bin überzeugt, dass Sie das Zeug zum Millionär haben."

„Oh."

„Sobald Sie Ihre Matura abgeschlossen haben und dem Gesetze nach erwachsen sind, steht Ihnen die Welt offen, mein Junge. Und die Vereinigten Staaten von Amerika heißen nicht umsonst das Land der unbegrenzten Möglichkeiten." Wieder gab er ihm einen Klaps auf den Rücken. „Doch nun, gehen Sie, nutzen Sie die Zeit. Sehen Sie sich hier um. Wann hat man schon einmal die Gelegenheit die ganze Welt unter einem Dach zu finden?"

„Danke, Mr. Sheffield."

„Ach was", tat er es ab. „Seien sie einfach in etwa zwei Stunden wieder da. Die Bühne wartet auf Sie." Damit nickte er ihm noch einmal anerkennend zu und wandte sich dann seiner Kundschaft zu.

„Nun, dann werde ich mich endlich umsehen", murmelte Robert zufrieden und begann durch die Halle zu streifen.

Den Pavillon jenes Joseph Monier machte er alsbald ausfindig, doch erschienen ihm die Exponate aus Eisenbeton, auch wenn sie Konstruktionen aus Holz wirklich sehr trefflich nachempfunden waren, nicht sehr interessant. Da war die Vorführung der Brüder Charles und Norton Otis äußerst spektakulär. Die Erfindung ihres vor einigen Jahren verstorbenen Vaters, Elisha Graves, war eine doch recht simple, augenscheinlich sehr wirksame Sicherheitseinrichtung für Aufzüge. Auf Geheiß der jungen Unternehmer durchtrennte ein kräftiger Arbeiter mit einem einzigen Axthieb das Haupttragseil, an dem eine tonnenschwere Last hing. Mit einem lauten Krach rasteten geschmiedete Klauen in die Vertiefungen einer Zahnstange ein und verhinderten so den

Absturz der Last. Ein Blick auf die ausgestellten Patentzeichnungen zeigten ihm wie einfach diese Idee war und, dass er dank seines Talents eine derartige Zeichnung selbst hätte besser zu Papier bringen können.

Die Zeit war wie im Fluge vergangen und er wäre fast unpünktlich zum Pavillon von Sheffield Dentifrice zurückgekehrt. Doch der Dentist winkte ihn nur freudig heran.

„Junger Mann, kommen Sie, ich möchte sie einigen Herren vorstellen, die Ihnen vielleicht sogar bekannt sind, wenn ich mich recht an ihre bevorzugte Literatur erinnere, vor allem an jene aus den Staaten."

Robert war ein wenig irritiert und doch gespannt. Ja, er hatte es schon fast als ein wenig peinlich empfunden, als der Dentist ihn auf die Sammlung an Märchen, Abenteuerromanen und phantastischer Literatur angesprochen hatte. Doch die Zeit für Fachbücher würde ihn schneller wieder einholen als ihm lieb sein konnte.

„Mr. Clemens", wandte er sich an einen Mittdreißiger mit wallendem dunklen Haar und kräftigen dunklen Schnauzbart, „dies ist der junge Mann, der mich derzeit reich macht und der tatsächlich einige Ihrer Geschichten im *The Californian* gelesen hat. Fragen Sie mich nicht, wie ein junger Mann aus good old Germany an ein Journal aus California gelangt ist, aber so ist es."

„Oh I am very pleased", sagte jener Mr. Clemens und schüttelte Roberts Hand. "Samuel Clemens", stellte er sich vor.

„Robert Blum. Sehr angenehm", erwiderte Robert und sah sein Gegenüber fragend an.

„Ach", schaltete sich Sheffield lachend ein, „erwähnte ich schon, dass Mr. Clemens seine Geschichten unter einem Pseudonym veröffentlicht?"

„Nein, ich glaube nicht."

„Junger Mann, Sie dürften die Geschichte einem Herrn mit Namen Mark Twain zugeschrieben haben."

Roberts Augen weiteten sich. „Dann sind Sie Mark Twain?"

„Nun ja… Ein Pseudonym", entgegnete Clemens bescheiden, „aber irgendwie gefällt es mir und ich glaube, ich werde es beibehalten." Er blickte lächelnd zu Sheffield hinüber. „Es kann ja nicht jeder Sheffield heißen, so wie die bald weltberühmte Zahncreme, die dann buchstäblich in aller Munde ist."

„Ihr Wort in Gottes Ohr", lachte der Angesprochene. „Wenn mir Mr. Blum weiterhin zur Aufmerksamkeit der gesamten hier versammelten Welt verhilft, könnte es das wahrlich so werden." Er schlug Robert, der nur bescheiden lächelte, freundschaftlich auf die Schulter.

„Mich haben Sie jedenfalls schon einmal überzeugt."

„Das ist sehr gut Mr. Clemens oder doch lieber Mr. Twain?"

„Ganz wie Sie wollen."

„Stellen Sie sich vor Robert, Mr. Twain spielt doch tatsächlich mit dem Gedanken ins schöne Connecticut ansässig zu werden. Dabei liegt ihm doch schon das goldene California zu Füßen und selbst im Königreich Hawai'i hat man ihm noch vor kurzem gehuldigt, wie er uns zu berichten weiß."

„Nana, Mr. Sheffield", wehrte Clemens ab. "Vom Huldigen war nicht die Rede. Aber die Leute sind dort überaus gastfreundlich, nur ist dieses Paradies eher eine Verführung zur Trägheit und nicht der Hort des Schaffens."

„Deshalb sind sie jetzt auch hier in Paris, dem wahren Zentrum der Welt", mischte sich nun ein Mann ein, den Robert auf etwa vierzig schätzte. Der offenbar wohlsituierte Herr mit kurzem, doch gelocktem Haar und Vollbart war ganz eindeutig Franzose. „Die größten Künstlerkolonien, seien sie der Malerei, der schönen Künste oder der Schriftstellerei verschrieben, finden Sie nur hier."

„Das wird sich zeigen, Mr. Verne", entgegnete Clemens, alias Twain. „Dank Ihrer mir versprochenen Führung werde ich mir in wenigen Tagen selbst davon ein Bild machen können."

„Das werden Sie, Monsieur Twain." Dann wandte er sich Robert zu und streckte ihm die Rechte entgegen. „Jules Verne, Schriftsteller", sagte er fast ein wenig schroff.

„Robert Blum", er lächelte verschmitzt, „ein Schüler, von dem ein Mr. Sheffield behauptet ihn reich zu machen."

„Gut pariert", sagte ein älterer Mann, Robert schätzte ihn auf Anfang sechzig, der sich bislang schweigend zurückgehalten hatte und Englisch mit einem ungewöhnlichen Akzent sprach. „Gestatten, Andersen, Hans Christian Andersen aus Kopenhagen und, naja, ein Märchenerzähler."

„Jetzt sind Sie aber zu bescheiden", protestierte Sheffield, was Robert mehr als recht war, denn er bekam in diesem illustren Kreis keinen Ton mehr heraus. Seine Wangen glühten vor Aufregung, denn nicht einmal im Traum hätte er daran gedacht diesen ihm wohlbekannten Künstler einmal leibhaftig gegenüberzustehen. „Ihre Geschichten haben meinen Sohn Lucius schon immer in den Bann gezogen. Nein, darauf lasse ich nichts kommen." Dann wandte er sich an Verne. „Und von Ihren Büchern ist er kaum wegzubekommen."

„Ich auch nicht", gestand Robert und alle Blicke richteten sich auf ihn. „Oh, Verzeihung, ich wollte Sie nicht unterbrechen."

„Das ist schon in Ordnung", sagte Verne schnell, bevor Sheffield das Heft des Handelns wieder an sich reißen konnte. „Darf ich fragen welche es waren, die Sie gelesen haben?"

„*Voyage au centre de la Terre*[12]", gestand Robert umgehend. „Das haben Sie so beschrieben, dass ich am liebsten mit dabei gewesen wäre. Und dann natürlich *De la Terre à la Lune*[13]…"

„Das liest mein Sohn zur Zeit", unterbrach Sheffield ihn. „Ach was, er verschlingt es geradezu." Er lächelte überlegen. „Wahrscheinlich, weil es in den Staaten spielt, und ihn bestimmt her-

---

[12] . Die Reise zum Mittelpunkt der Erde
[13] Von der Erde zum Mond

ausfordern. Immerhin gelten die Staaten als das Land der unbegrenzten Möglichkeiten."

„Das ist wahr", gab Verne nachdenklich zu, „doch wie ich sehe, bedarf es immer erst der Kreativität und der Phantasie von uns Franzosen, bis die Amerikaner tätig werden."

„Das ist einerlei", wischte Sheffield den Einwand beiseite. „Sie werden erfahren, meine Herren, dass im Land der unbegrenzten Möglichkeiten auch dieses Abenteuer, ja, von einem wahrhaft würdigen Vertreter Ihrer Grande Nation, Mr. Verne, einstmals Wirklichkeit sein wird. Auch wenn es noch hundert Jahre dauern sollte[14], es wird passieren, davon bin ich fest überzeugt."

„Nun, dann obliegt es offenbar uns Dänen", ging Andersen nun dazwischen, „beizeiten wieder das Kind zu sein, was feststellt, dass der Kaiser keine Kleider anhat." Die Mienen seiner Gesprächspartner verfinsterten sich und er hob sogleich beschwichtigend die Hände. „Damit will ich die wahren Errungenschaften Ihrer Länder in keinster Weise schmälern, Meine Herren, doch belassen wir die Phantasie in der Literatur und wenden uns lieber realen Genüssen zu. Wie ich hörte, verfügt dieser Hort der Gastlichkeit auch über einige vorzügliche Quellen für Speis und Trank."

„Selbstverständlich", ging Verne sofort darauf ein, so als obliege es ihm die Rolle des Gastgebers zu übernehmen. „Außerdem ist das ein hervorragender Hinweis, denn auch ich könnte eine kleine Stärkung vertragen." Er blickte in die Runde. „Meine Herren, wollen Sie uns begleiten?"

Sofort stimmte die illustre Runde zu. Nur Robert hob abwehrend die Hände. „Pardon, ich hatte bereits das Vergnügen, da mich nun meine Pflicht ruft."

„Dafür hoffe ich, dass Sie mit mir heute Abend zusammen speisen", ging Sheffield auch sofort darauf ein. Dann verabschiedete

---

[14] Wahrhaft prophetisch, allerdings dauerte es 102 Jahre.

sich Robert von den Künstlern, um mit seinen Utensilien die Bühne zu besteigen.

Von dort oben aus verfolgte er die Herren noch eine Weile mit seinem Blick, bis sie in der Menge verschwanden. Dafür fiel sein Blick auf ein Gesicht, das im selben Moment als sich ihre Blicke trafen versteinerte. Dort stand niemand anderes als sein Vater.

Beinahe wäre Robert gestolpert, aber er fing sich erstaunlich schnell wieder. Er zwang sich zur Konzentration auf seine Aufgabe. Auch sein stets gefordertes breites Lächeln war sofort wieder da. Dem vernichtenden, strengen Blick seines Vaters wich er geflissentlich fortan aus und nach einer Weile konnte Robert ihn in der Menge nicht mehr ausmachen. Daher war es fast so, als hätte er das alles nur geträumt.

„Verflixter Mist!", fluchte er leise vor sich hin. „Ausgerechnet jetzt muss der hier auftauchen." Damit war er aufgeflogen, ja, tatsächlich erwischt worden. Na, das würde ein schönes Donnerwetter geben, wohl auch für Tante Ursel.

Diese Gedanken kreisten noch in seinem Kopf als er nach seinem kurzen Auftritt, der ihm dennoch unendlich lang erschien, von der Bühne stieg. Daher bemerkte er den eher unscheinbar gekleideten Mann mit hoher Stirn und üppigen Vollbart erst als der ihn ansprach.

„Da haben Sie bereits die erste Kostprobe erhalten, Herr Blum, wenn ich Ihren Namen richtig verstanden habe."

„Das haben Sie, ja. Mit wem habe ich die Ehre und welche Kostprobe meinen Sie?", erwiderte Robert erstaunt.

„Wilhelm Eppelsheimer", stellte er sich vor und reichte Robert die Hand. „Auf das Land der unbegrenzten Möglichkeiten hob ich an, um auch Ihre zweite Frage zu beantworten."

„Ich verstehe nicht ganz", gab Robert kleinlaut zu. „Was habe ich…?"

„Nun, da kommen Sie als junger Mann zu einer Weltausstellung – ich vermute, Sie haben gerade Ihre Matura abgelegt – und", er quittierte das Kopfnicken Roberts mit einem wissenden Lächeln, „und schon sind sie auf der Bühne eines Unternehmens aus den Vereinigten Staaten von Nordamerika."

„Naja, so gesehen… Aber wie kommen Sie darauf?"

„Nun, ich war vorhin Zeuge des Gesprächs mit den Schriftstellern und auch Ihres Wortwechsels mit dem Unternehmer…"

„Mister Sheffield."

„Genau, eben jenem. Er ist für mich das Paradebeispiel, der Inbegriff dieser aufstrebenden Nation."

Nun fragte sich Robert, worauf sein Gegenüber überhaupt hinauswollte. „Das ist er ganz offenbar, aber was verschafft mir nun die Ehre unseres Gesprächs?"

„Zunächst bewundere ich Ihre Offenheit, denn sowohl in meiner Heimat Alzey als auch in Karlsruhe, wo ich mich dem Studium der Ingenieurwissenschaften hingegeben habe, konnte ich derlei selten bis gar nicht feststellen. Selbst bei so banalen Angelegenheit, Pferdekutschen und Pferdebahnen durch maschinell betriebene Transporteinrichtungen zu ersetzen scheinen wir hier in der alten Welt unserer Zaghaftigkeit nicht entsagen zu können."

„Wie ich las, wurde selbst im ägyptischen Alexandria sogar eine Straßenbahn…"

„Ganz recht", unterbrach ihn Eppelsheimer. „Außerhalb Europas ist die Offenheit für Neuerungen, für Fortschritt und die Moderne gegeben. In unserem Land scheinen wir alles zu fürchten, das uns nicht schon seit Generation bekannt ist. Denken Sie nur daran, wie lange es gedauert hat, bis eine neue Straßenbeleuchtung eingeführt wurde."

„Ach das", tat Robert es ab und erinnerte sich an seine Begeisterung aus Kindertagen, als die ersten Laternen aus Metall errichtet wurden. „Aber ist das Neue, das Unbekannte und das Fremde nicht mit einer besonderen Faszination gepaart?"

„Sehen Sie", strahlte er, „das meine ich. Diese Einstellung bewundere ich und das alles hier", er wies mit einer Armbewegung auf die Umgebung, „bestärkt mich darin möglichst bald mein Glück in der neuen Welt zu finden und ich glaube", dabei blickte er Robert durchdringend an, „wir werden uns beide recht bald dort wiederfinden."

„Wer weiß", orakelte Robert. „Die Welt ist noch viel größer und da könnte es in der Tat so sein, dass ich Nordamerika bereise. Aber dort bleiben?" Er strich sich nachdenklich übers Kinn.

„Vielleicht nicht für immer. Immerhin hat unser Land auch seine schönen Seiten und seine Vorzüge, zumal mit der Gründung der Vereinigten Staaten von Mitteleuropa ein mehr als mutiger und zukunftsweisender Schritt erfolgt ist."

„Ja, zeitweise dort zu leben, das könnte ich mir in der Tat vorstellen", gab Robert nun unumwunden zu. Wer weiß, vielleicht laufen wir uns eines Tages tatsächlich dort über den Weg."

„Die Welt ist schon sehr klein geworden, werter Herr Blum. Sie wird mit jeder Erfindung kleiner." Er streckte ihm nochmals die Hand hin. „Es hat mich jedenfalls gefreut Ihre Bekanntschaft zu machen."

„Ganz meinerseits und", er lachte, „bis bald."

„Bis bald – Sie werden schon sehen."

***

Neapel, Orientreise 1 – 1868

„Oh, no, non si preoccupi[15]", bemühte sich Robert, um den übereifrigen Facchino[16] davon abzuhalten sich seiner Koffer und Taschen zu bemächtigen. Schon in Mailand und bei der Einschiffung in Genua hatte er seine bescheidenen Sprachkenntnisse nutzen können, die er sich auf Anraten jener Verwandten angeeignet hatte, die bereits des Öfteren nach Italien gereist waren. Immerhin hatte er so das inzwischen schon fast berühmte *Caffé*

---

[15] Oh, nein, nur keine Mühe
[16] Gepäckträger

Campari ohne Umwege ausfindig machen können. In seinem Reiseführer für Mailand von Anfang der Sechzigerjahre war es noch als besonderes Reiseziel genannt, wohl auch weil es sich in gegenüber dem Mailänder Dom an der *Piazza del Duomo* befunden hatte. Hatte, bis zum Abriss der alten Gebäude vor rund vier Jahren.

Da würden seine lieben, ach so gut informierten Verwandten staunen, dass er es tatsächlich gefunden hatte, wussten sie doch nur vom Abriss des alten Gebäudes. Inzwischen hatte Gaspare Campari sein Café an gleicher Stelle wiedereröffnet, diesmal allerdings in der sicherlich bald weltbekannten *Galleria Vittorio Emanuele II*. Zwar war die hochmoderne, die Technisierung der Gesellschaft symbolisierende Stahlkonstruktion des Dachs dieser Galerie in der Größe kaum mit jener vergleichbar, die er im vergangenen Jahr auf der Weltausstellung bewundert hatte, doch an Schönheit übertraf diese Galerie sie bei weitem. Insofern war der Spitzname, *Gartenlaube*[17], nicht als Verniedlichung gedacht, sondern eher der Versuch die Atmosphäre der Leichtigkeit in Worte zu fassen.

Dort, in edel ausgestatteten Räumlichkeiten, hatte er die Atmosphäre von Luxus und rauschendem Leben ebenso genossen wie den italienischen Kaffee, der von einem anderen Stern zu stammen schien.

Selbstverständlich hatte Robert auch vom berüchtigten Bitterlikör gekostet, den Kunden aus aller Welt inzwischen nicht mehr als *Bitter all'uso d'Olanda*[18], sondern einfach als *Bitter Campari* bezeichneten. Ob er es zugeben sollte, danach doch lieber wieder einen Kaffee getrunken zu haben, um den doch sehr eigentümlichen Geschmack durch wahren Hochgenuss zu ersetzen, dessen war er sich noch nicht sicher.

---

[17] Siehe Bild auf der nachfolgenden Seite:
https://commons.wikimedia.org/wiki/File: ie_Gartenlaube_(1867)_b_733.jpg
[18] Bitter nach holländischer Art

Doch dieser Hochgenuss hatte nun einmal seinen Preis und
genau deshalb blieb ihm nichts anderes übrig als seine Koffer
selbst an Bord zu bringen, denn der Hauptteil seiner Reise – und
damit der zu erwartenden Ausgaben – lag noch vor ihm.

„Mi dispiace molto. L'unità è più importante del lusso[19]", gab er schnell erklärend an. Dies, so hatten sie ihm nahegelegt, wäre eine akzeptierte Entschuldigung, da die Einigungskriege viele Adelige und zuvor Wohlhabende um ihr Vermögen gebracht hatte. Zur Verwunderung Roberts ließ der Mann denn auch sogleich ohne weiteres Murren von seinem Vorhaben ab und verschwand in der Menge.

Seufzend raffte Robert seine Habseligkeiten zusammen und ging über die Gangway, wie die Passerelle von der Seefahrernation Großbritannien genannt wurde, an Bord jenes Schiffes, das ihn zur nächsten Station seiner Reise, nach Syrakus, der Hauptstadt Siziliens, bringen sollte. Am liebsten wäre ihm eine durchgehende Schiffsreise gewesen, direkt nach Alexandria, doch die Abfahrt dafür um zwei Wochen hinauszuschieben, das passte einfach nicht in seinen Zeitplan. Zum Zeitpunkt seiner Einschiffung in Genua waren die Schiffsverbindungen in den Süden, die nach dem Aufstand bei Palermo vor zwei Jahren unterbrochen worden waren, wieder aufgenommen worden. So hatte er die Gelegenheit dieser Alternative beim Schopfe gepackt.

Sein Gepäck hatte er schnell in seiner winzigen Innenkabine verstaut. Eine Außenkabine gab seine Apanage, die ihm als Juniorbeteiligten an der Fabrik für Cementwaren gewährt wurde, nicht her. Also würde er das Auslaufen aus der Bucht von Neapel von Deck aus beobachten. Von hier aus, das stellte er zufrieden fest, hatte er einen guten Blick auf den Vesuv und die Vorbeifahrt an der pittoresken Insel Capri sollte das inzwischen geschulte Auge des Malers in ihm zufriedenstellen.

„Schon beeindruckend, nicht wahr Junger Mann?", sagte plötzlich jemand hinter ihm auf fast akzentfreiem Französisch. „Nur schade, dass man die berühmte Stadt Pompeji nicht so recht ausmachen kann."

Erstaunt drehte Robert sich zum Sprecher um. Ihm gegenüber

---

[19] Tut mir wirklich leid. Die Einheit ist wichtiger als Luxus.

stand ein, ganz offensichtlich gut situierter Herr, den Robert auf Mitte bis Ende vierzig schätzte. Trotz seiner stolzen, betont aufrechten Körperhaltung überragte Robert ihn um etwa eine Haupteslänge. Das karge, kaum noch vorhanden Haupthaar und die kleinen Gläser seiner Brille ließen den Mann deutlich älter aussehen. „Auch das ging mir gerade durch den Kopf", gestand Robert.

„Nun, das Wesentliche ist die Erfahrung vor Ort."

"Wahrscheinlich", pflichtete Robert ihm bei. „Nur schade, dass mir keine Gelegenheit blieb die Ausgrabung zu besichtigen. – Wart Ihr dort?"

„Ja, obwohl mein Interesse eher den antiken Helenen gilt."

„Dann könnt Ihr in Syrakus bestimmt schon auf Eure Kosten kommen."

„Nein, nicht wirklich", wehrte sein Gegenüber ab. „Dort ist alles durcheinander und schon zu oft geforscht worden. Nein, mich gelüstet es nach einer wirklichen Entdeckung."

„Oh. Also eine Weltneuheit…"

„Doch wo sind nur meine Manieren", unterbrach ihn sein Gegenüber und streckte ihm die Hand hin. „Gestatten, Schliemann, Heinrich Schliemann[20]. Kaufmann aus Sankt Petersburg."

---

[20] Heinrich Schliemann From: "Selbstbiographie". Leipzig, Brockhaus, 1892. {{PD-old}} Source: http://www.bassenge.com/ Category:Heinrich Schliemann

Freudig ergriff Robert die dargebotene Hand. „Robert Blum, Oberprimaner aus Stuttgart", entgegnete, unwissend einem der reichsten Männer Europas, und damit der Welt, die Hand zu schütteln.

„Ah, aus dem Schwabenländle", wechselte Schliemann gleich ins Deutsche. „Mal wieder Zeit Deutsch zu reden. – Wollen wir nicht zum vertrauten Sie wechseln?"

„Aber gern."

„Da bin ich ja froh, dass ich Sie in der Sprache der Diplomatie angesprochen habe. Ich war mir nämlich nicht sicher, ob Russisch oder Niederländisch, vielleicht auch das Englische angebrachter gewesen wären. Aber Deutsch ist noch besser."

„So viele Sprachen?", staunte Robert.

„Ach, halb so wild", wehrte Schliemann ab. „Spanisch und Italienisch waren auch einfach. Das Latein verlangte mir schon ein wenig mehr ab, da ich nicht die Gelegenheit hatte in der Schule zu studieren, da mein Vater sich mit der Kirche anlegen musste und daher das Schulgeld nicht bezahlen konnte." Er schüttelte sich als wolle er alte Plagegeister loswerden. „Aber das Altgriechische war in den vergangenen Jahren auch für mich eine Herausforderung." Wie zur Bestätigung nickte er heftig. „Immerhin halte ich die Kenntnisse in jener Sprache, die im Altertum so geläufig war wie heute das Französische, für unabdingbar."

„Es war damals die Sprache der Diplomatie?"

„Selbstverständlich. Immerhin wurde es von der halben damals bekannten Welt gesprochen, vom Balkan bis zum Indus und bis nach Nordafrika."

„Nun, ich glaube sogar in Ägypten, was mein Reiseziel ist", warf Robert ein.

„Sicher doch. Es war die Vatersprache Kleopatras. Ihre Mutter war die Erste, die tatsächlich kein Griechisch, sondern einen ägyptischen Dialekt sprach." Er stutzte und plötzlich schien ihm ein Licht aufzugehen. „Sagen Sie, Herr Blum, sind Sie nicht jener junge Mann, den ich vergangenes Jahr in Paris gesehen habe."

„Nun, ich war tatsächlich in Paris", gestand Robert verblüfft, „auf der Weltausstellung."

Ein wissendes Lächeln umspielte die Lippen Schliemanns. „Sie hatten dort, wie soll ich sagen, einen großen Auftritt?"

Nun hoffte Robert, dass nicht zu viel Blut in seine Wangen schoss. "Naja, ich…", stammelte er ein wenig hilflos. Immerhin brachte er überhaupt noch etwas heraus. Als sein Vater nach seiner Rückkehr kein Wort mit ihm redete und dann beim Mittagstisch plötzlich aufgesprungen und mit übertriebenem, zähnefletschendem Grinsen durchs Speisezimmer gegangen war, war ihm jeglicher Kommentar im Halse stecken geblieben. An das Donnerwetter danach erinnerte er sich noch gut, aber auch daran, dass sein Vater hernach denn doch wissen wollte, wie es ihm so trefflich gelungen sei sich in Paris durchzuschlagen. Seit diesem Tage war die Episode im Hause Blum nie wieder zur Sprache gekommen.

„Was war es doch gleich? Ein Waschmittel?"

„Zahncreme", half Robert aus.

„Ah, ja, richtig. Zahn…creme? Kein Pulver?"

„Nein, das ist ja gerade die Neuheit aus Amerika, was Mr. Sheffield dort feilgeboten hat."

„Da sehen Sie's", lachte Schliemann. „So werden Sie gleich zu einem Star, wie man drüben in den Staaten sagt."

„Sie waren drüben?", wunderte sich Robert. „Sagten Sie nicht Sankt Petersburg?"

„Jaja. Nach Russland habe ich geheiratet, was im Nachhinein ein Fehler war, habe im Krimkrieg ein wahres Vermögen gemacht und habe auch gleich die Staatsbürgerschaft dieses großartigen Landes angenommen. Ich konnte ja nicht ahnen, dass meine Heimat Mecklenburg mal ein Gliedstaat in einem vereinten Kaiserreich wird." Er seufzte nachdenklich. „Tja und dann hat mich mein Bruder Ludwig Anfang der Fünfziger nach Kalifornien gelockt." Er lachte kurz auf. „Goldsucher war er." Wieder lachte er. „Und ich hab's gefunden, das Gold. – Nein, nicht in der Erde", erklärte er auf Roberts irritierten Blick hin enthusiastisch, „in der Bank. Ich hab' einfach eine Bank für Goldhandel gegründet und in Eisenbahnen investiert." Er tippte Robert auf die Brust. „So einfach ist es heute zu unermesslichem Reichtum zu gelangen, junger Herr Blum. Wie dürfen die Schaufel nur nicht selbst in die Hand nehmen, junger Mann, sie müssen die Schaufeln verkaufen oder besser vermieten. Dann kommt das Gold zu Ihnen."

Robert nickte verständig. „Sie waren in Kalifornien? Dem wahren El Dorado?"

„Alle Dinge sind möglich dem, der da glaubt[21], mein Junge", zitierte er aus der Bibel. „Sogar eine unbeschadete Reise durch die unermesslich weite Wildnis von Amerika. – Aber jetzt bauen sie dort endlich eine Eisenbahnlinie. Eine, die von einer Küste zu anderen führen soll." Er lächelte versonnen. „Und wieder werden die Taler auf mich zurollen. Diesmal bin ich sogar an beiden Gesellschaften beteiligt. Da ist es letztendlich egal, wer das Rennen machen wird."

Bei all diesen Einzelheiten wurde es Robert ganz schwummerig. Er fühlte sich auf einmal recht klein, quasi als Sinnbild der Größe seines Heimatlandes Württemberg im Vergleich zur großen, weiten Welt. Dennoch antwortete er kühn: „Dort will ich auch noch hin, nach San Franciso."

„Oh, Frisco? Eine wirklich schöne Stadt. Naja, für die Verhältnisse in den Kolonien, wie die Briten es noch immer nennen. – Aber was zieht Sie denn in dieses – seien wir ehrlich – Provinznest?"

„Dort will ich mich auf meine Reise nach Japan vorbereiten…"

„Nach Japan?", unterbrach Schliemann ihn begeistert. „Das ist ja ein Zufall! Da treffe ich nicht nur im vergessenen Teil von Italien

---

[21] Markus 9,23b

auf einen deutschen Landsmann, sondern ausgerechnet auf einen der wenigen, die tatsächlich nach Japan reisen wollen." Er hielt kurz inne und hob den rechten Zeigefinger. „Japan. Da bin ich vor vier Jahren gewesen. Ein äußerst fremdartiges, aber faszinierendes Land." Wie zur Bekräftigung nickte er.

„Sie waren in Japan?", wunderte sich Robert. „Haben Sie denn die… die Einreiseformalitäten überstanden?"

„Ach die", winkte Schliemann ab. „Halb so wild. Naja, ich hatte einen Diplomatenpass von Preußen, da war das vielleicht einfacher. Immerhin hatten die gerade einen Vertrag geschlossen." Dann erzählte er ihm von seinem Aufenthalt und der langen Schiffsreise nach Amerika als Teil seiner großen Weltreise. „Aber warum interessiert Sie das so sehr? Warum wollen Sie ausgerechnet nach Japan. Amerika, ja, das ist der Traum der jungen Leute, aber Japan?"

Nun war es an Robert zu erzählen. Isamu Tanaka erwähnte er nur soweit wie er es mit seinem Freund abgestimmt hatte, aber er berichtete auch von der Einladung und, dass er vor den Prüfungen gewarnt worden war.

„Ja, davon hörte ich", gestand Schliemann. „Denen kamen wohl zu viele Ausländer ins Land. – Vernünftige Einstellung. In den Staaten ist ja gut zu sehen, zu welchem Sodom und Gomorra das führt, sogar zu einem Bürgerkrieg. Aber den haben sie jetzt trotzdem bald." Da Robert ihn nur erschrocken und ein wenig besorgt anblickte, fuhr er fort: „Die herrschenden Shogune waren vor ein paar Jahren politisch schon recht schwach und es mehren sich die Zeichen, dass die Kaisertreuen bald auf eine Entscheidung drängen. Dann wird es zum Krieg kommen, da bin ich mir sicher."

„Aber…"

„Nur keine Sorge", beschwichtigte Schliemann, „das wird ein Krieg der Kämpfer und Soldaten, nicht wie in den Staaten, wo die Bevölkerung auf einander losgegangen ist. – Wann wollen

Sie denn dorthin? Wissen Sie das schon?"

„Nicht genau. Im kommenden Sommer steht meine Matura an und dann…"

„Dann die Vorbereitung. Also etwa in zwei bis drei Jahren?"

„So ungefähr", stimmte Robert vage zu.

„Ach, bis dahin sollte es sich dort bereinigt haben. Ich gehe ganz stark davon aus, dass das alte, marode System der Shogune einfach in sich zusammenfallen wird, so wie sie den Amis schon in den Fünfzigern nichts entgegenzusetzen hatten."

„Und dann?"

„Dann wird auch Japan wieder einen Kaiser haben, einer, der die Macht im Land hat, so wie Russland, England und nun auch Deutschland – ach nein, Mitteleuropa, ich vergaß", merkte er sarkastisch an. „Mal sehen, wie lange das hält. Lombardo-Venetien ist ja seit den Revolutionsjahren nicht mehr dabei und inzwischen Teil des neuen Königreichs Italien. Wenn die Gebietsreform nicht bald kommt, bricht unser Vielvölkerstaat doch noch auseinander, denn auf Dauer kann selbst eine Ehe wie der verwitweten Kaiserin von Österreich und dem zum ungarischen König gekrönten Graf Andrássy keinen Zusammenhalt gewähren." Er seufzte abgrundtief. Dann wechselte er abrupt das Thema. „Doch was wollen Sie nun in Ägypten, junger Herr Blum? Auf den Spuren des großen Alexander wandeln?"

„Nicht nur", gestand Robert. „Vor allem die Pyramiden in Gizeh besichtigen. In Alexandrien dürfte vom großen Namensgeber nicht mehr viel erhalten sein."

„Das ist allerdings richtig", pflichtete Schliemann ihm bei. „Allerdings herrscht in der Stadt nicht so viel Trubel. Naja", korrigierte er sich sogleich, „herrschte, muss ich wohl eher sagen. Seit dem Bau des Mahmudiyakanal vom alten Hafen bis an den Nil und vor allem der Eisenbahnverbindung nach Kairo ist es mit der Beschaulichkeit vorbei."

„Dort soll es seit einigen Jahren sogar eine Straßenbahn geben", warf Robert ein, der sich im Vergleich zu seinem Begleiter langsam unwissend fühlte.

„Da waren die Briten schneller", tat er es als unwichtig ab. „Aber was soll's, der Streckenausbau in den Staaten ist viel lukrativer." Er lachte kurz auf. „In beiden Staaten, sowohl in Amerika als auch in denen von Europa. – Ironie der Geschichte."

„Aber wohin wollen Sie, wenn ich fragen darf?", nahm Robert nun das Heft des Handelns in die Hand. „Wenn ich recht vermute, nach Griechenland."

„Gut kombiniert, junger Herr Blum. An Ihnen ist ein guter Journalist verloren gegangen." Er lachte. „Ja, in der Tat, Griechenland ist mein Ziel, denn auch will mich der Archäologie verschreiben."

„Oh. Sie wollen alte Schriften studieren? Haben Sie deshalb die Sprache erlernt?"

„Diesmal haben Sie den Nagel nicht ganz auf den Kopf getroffen. – Nein, vornehmlich habe ich die Absicht Ausgrabungen vorzunehmen."

„Ausgrabungen? Aber ich dachte…"

„Sie dachten, dort wäre auch schon alles hervorgeholt, so wie hier in Italien?" Robert nickte zaghaft. „Mitnichten, junger Herr Blum, mitnichten. Vor allem wenig was in den Schriften Homers niedergeschrieben ist. Aber was die Ilias[22] angeht, so gut wie gar nichts."

„Ilias?", hakte Robert verdattert nach.

„Jajaja, ich weiß. Allgemein gelten diese alten Schriften als reine Fiktion. Aber ich bin überzeugt, dass ein Fünkchen Wahrheit in ihnen steckt, so wie in unseren Sagen. Deshalb glaube ich auch, dass es diese berühmte Stadt Troja wirklich gegeben hat, zumal sich auch die Römer darauf berufen. "

---

[22] Die Ilias eine der ältesten schriftlichen Werke in Europa. Es schildert u.a. den Trojanischen Krieg.

„Troja?"

„Ja, die Stadt, die wegen einer schönen Frau fallen musste." Er seufzte. „Cherchez la femme[23], wie es so schön heißt.

„Und Sie glauben, das hat es alles gegeben? Die schöne Helena, das hölzerne Pferd, König Priamos, die Helden wie Agamemnon, Ajax, Achilles, Hektor…?"

„Ganz recht. So ist es. Und ich werde es beweisen! Oh ja, ich werde es beweisen, indem ich dieses Troja unter all den Erdschichten entdecke, die seitdem darüber geworfen worden sind. Und auf Korfu werde ich anfangen, die Spur aufnehmen. – Ha! – Wer hat doch noch gleich das Rätsel der Pyramiden gelöst, zu denen Sie reisen wollen? Na?"

„Das, ähhh…"

„Sehe Sie, Sie wissen es nicht. – Weil es nicht von Belang ist." Robert nickte wie abwesend. „Doch wenn dieses große, um nicht zu sagen das größte Rätsel der Antike gelöst sein wird, ja, dann wird mein Name auf ewig damit verbunden sein!" Es erschien Robert als sei sein Gegenüber bei diesen Worten plötzlich über sich hinaus gewachsen, so weit, dass er ihn nun um Haupteslänge überragen müsste. Er blinzelte und atmete tief durch, um den Spuk zu vertreiben. „Verstehen Sie Herr Blum, Ruhm und Ehre, danach dürstet es mich. Darin zeigt sich der wahre Mann, denn sie sind nicht mit Gold aufzuwiegen, wie viel ich davon auch im Überfluss in meinem Leben angesammelt haben mag."

Das ist also des Pudels Kern, kam Robert der berühmte Ausspruch des Dr. Faustus in den Sinn. Dieser, auf den ersten Blick recht unscheinbar wirkende Mann hatte in seinem Leben die Armut hinter sich gelassen und alles erreicht, was sich die vielen Auswanderer von ihrer Zukunft im fernen Amerika erträumten, ja noch nicht einmal wagten zu erträumen. Ruhm und Ehre, die Anerkennung der Welt, nein, die ließ sich nicht kaufen. Sie war

---

[23] Französische Redewendung, heißt: Mach die dahinterstehende Frau ausfindig! –Oder im übertragenen Sinne: Es steckt immer ein Frau dahinter.

die wirkliche Herausforderung, auch für diesen Mann, dem offensichtlich sonst alles gelang, was auch immer er anpackte.

Doch das Schiffshorn riss ihn aus seinen Gedanken. Die Reise begann. Die Leinen wurden gelöst und das Schiff nahm Fahrt auf. Schon bald wurden die Konturen der Stadt kleiner und alsbald verschwammen sie zu einem undefinierbaren Farbgemisch, gleich links neben dem spektakulär aufragenden Berg, der mit seiner Eruption die römische Stadt Pompeji vernichtet hatte.

Während der Überfahrt hatte Robert noch die eine oder andere Gelegenheit mit dem mecklenburgischen Kaufmann aus Sankt Peterburg zu reden, nein, ihm zuzuhören. Immerhin erhielt er noch den einen oder anderen Hinweis für seine Japanreise und erfuhr auch, dass das Buch *La Chine et le Japon*, das Schliemann während der Überfahrt über den Pazifik verfasst hatte, nicht zu dessen Erfolgen zählte. „Sie sehen, auch ich bin vor Rückschlägen nicht gefeit, wie bereits erwähnte", kommentierte Schliemann es mit seiner besonderen Art von Humor.

In Syrakus trennten sich ihre Wege und Robert hätte ihn sicherlich bald vergessen, wenn er nicht an so vielen Stellen in der Stadt auf die Geschichte der alten Griechen gestoßen wäre. Vor allem beim Besuch des *Museo Archimede e Leonardo* war das Altertum fast präsenter als das ausgehende Mittelalter. Vor allem die vielen Modelle faszinierten ihn, auch wenn sie in der Fachwelt verschrien war, weil sie angeblich auf eine falsche Fährte lockten und die Phantasie blockierten. Vor allem letzteres, so fand Robert war ganz und gar nicht der Fall. Allein der Anblick des prunkvollen Modells der beiden zu einem Katamaran verbundenen Galeeren, die quasi einen kleinen schwimmenden Tempelbezirk trugen, löste in ihm ein wahres Feuerwerk von Szenerien des Altertums aus.

Aber auch die vielen Konstruktionen des Leonardo sprachen ihn an. Ob dies an dieser Zeit lag, in der moderne Technik ein Synonym für eine große, erfolgreiche Zukunft war? Es war ihm einerlei. Jedenfalls verbrachte er hier deutlich mehr Zeit als geplant.

Doch dann ging es endlich weiter nach Alexandria, jener Stadt, die noch immer den Namen ihres Gründers trug. Doch der alte Glanz der vormals größten Stadt am Mittelmeer war nur noch ansatzweise zu erahnen. Wie mochte es hier wohl ausgesehen haben, bevor jener Kanal und die moderne Technik der Eisenbahn Einzug gehalten hatte?

Die Pyramiden, der Weg dorthin war mehr als beschwerlich, was vornehmlich der unerträglichen Hitze – und das im Frühjahr – geschuldet war, stellten sich als große Enttäuschung heraus. „Das ist doch nur ein Haufen alter Steine!", hatte ein Mitbesucher seinem Unmut Luft gemacht, weil keinem von ihnen in jene Bereich Einlass gewährt worden war, die das Besondere ausmachten.

Ja, sicher, sie waren in den großen Hallen gewesen, hatten die Grabkammer besichtigt, aber was war mit jenen Kammern, in denen die neusten Funde entdeckt worden waren? Die Schätze waren ohnehin fort, von den Osmanen, den Franzosen und jüngst den Briten in die jeweiligen Museen geschafft. Nur die Wandmalereien, die konnten sie nicht bewegen. Dennoch fehlte ihm der Zauber, den er empfunden hatte, sobald er die Berichte darüber gelesen hatte.

So trat er ein wenig ernüchtert die Heimreise an. Doch seine Hoffnung, jenem Kaufmann noch einmal zu begegnen, erfüllte sich nicht. Gern hätte er ihn befragt, wie lange denn noch am Suezkanal gebaut werden würde, denn er war sich sicher, dass er eine erschöpfende Antwort erhalten hätte. Angeblich sollte es im kommenden Jahr, nach rund zehn Jahren endlich soweit sein.

„Dann könnte ich", murmelte er gedankenverloren, „von Japan durch den Kanal zurückkehren und wäre dann auch einmal um die Welt gereist."

***

„Verzeihung, verehrte Dame, habe ich Eure Erlaubnis ebenfalls unter diesem Baum Platz zu nehmen?", fragte Robert auf Französisch in aller Höflichkeit jene junge Dame in einem schlichten Sommerkleid aus Naturbaumwolle, das einige Elemente traditioneller griechischer Tracht aufwies. Sie war ihm auf dem Weg herauf, die Stufen bis zur Festung Angelokastro wollten kein Ende nehmen, bereits aufgefallen. Ihr brünettes Haar, geflochten zu einem Kranz, der ihr ebenmäßiges, schmales Gesicht einrahmte und so den leichten Sommerhut zu besonderer Wirkung brachte. Dann waren da ihre zwei wachsamen Augen, so unergründlich dunkel und doch so warm wie wohliges Feuer, die tief bis in sein Innerstes zu blicken schienen. Aufgrund der Grübchen erschien es Robert als lächelte sie ihm dabei auffordernd zu.

Im Schatten des jahrhundertealten Olivenbaums, hier an der äußersten Ecke des Festungshofes, wirkten ihre Züge noch weicher und anmutiger als unter der prallen Sonne auf dem Pfad herauf. Robert schätzte ihr Alter auf etwa zwanzig, doch nun, als sie mit klarer, fester Stimme antwortete, „aber gern doch, junger Mann. Wenn Sie mir ein wenig Konversation anbieten können, kommen Sie bitte an meine Seite", wollte er sich sogleich korrigieren und hätte nun schwören können, sie hätte bereits dreißig Sommer genießen können. Wie sonst hätte ein so hübsches, junges Ding so selbstbewusst auftreten können?

„So hoffe ich, Euren Ansprüchen würdig zu sein", entgegnete Robert und verbeugte sich leicht und lupfte seinen einfachen Hut, den er beim Aufenthalt bei seinem Cousin Georg-Wilhelm in Sarande erstanden hatte, drüben in Albanien, wo dieser als Vogelkundler unterwegs war. Der Hut hatte ihm bei der mörderischen Hitze dort bereits gute Dienste geleistet. „Gestatten, mein Name ist Robert Blum", stellte er sich vor und setzte seinen Rucksack auf den Boden.

„So sind Sie aus Deutschland?", fragte sie erwartungsvoll auf

Deutsch, ohne ihren Namen preiszugeben und bedachte ihn mit einem Blick, der Roberts Knie weich werden ließ.

„Ja, aus Stuttgart", bestätigte er und fächelte sich mit dem Hut ein wenig Luft zu, denn es schien noch heißer geworden zu sein.

„Oh, das muss eine schöne Stadt sein", sagte sie mit lieblicher Stimme, die direkt unter die Haut zu gehen schien. „Leider bin ich noch nie dort gewesen", wechselte sie nun ins Deutsche mit einem Dialekt, den Robert nicht sofort lokalisieren konnte. War es eher dem Bayerischen oder dem Österreichischen näher? „Setzen Sie sich doch", forderte sie ihn auf und Robert folgte der Einladung rechtzeitig, bevor seine Beine ihren Dienst versagen konnten.

„Und Sie", übernahm er das vertrautere Sie, ihrem Beispiel folgend, „sind vermutlich aus Österreich."

„Das ist wahrscheinlich einfach zu erraten", lachte sie und Roberts Herz setzte einen Takt aus. „Inzwischen lebe ich hauptsächlich in Wien, aber ich liebe die Berge", schwärmte sie als wäre sie gerade erst fünfzehn. „Aber was führt Sie auf diese wunderschöne Insel?", wollte sie wissen.

„Oh, ich bin auf der Reise nach Konstantinopel", antwortete er wie ferngesteuert, noch immer den Nachhall ihrer lieblichen Stimme im Ohr. „Da habe ich meinen Cousin drüben in Sarande besucht…"

„Oh. Dann haben sie bereits eine Einreisegenehmigung der Hohen Pforte[24]?", fragte sie, obwohl es eher eine Feststellung war.

„Ja, es hat eine Weile gedauert, zu lange, um genau zu sein." Er bemerkte ihren fragenden Blick und spürte dabei wieder dieses Kribbeln im Bauch. „Leider war es dann zu spät für eine direkte Schiffsverbindung. Dann habe ich eben diese Reiseroute über die Ionischen Inseln gewählt und kann wenigstens einige Besuche abstatten."

---

[24] Begriff für die Regierung des Osmanischen Reiches

„So haben sie zumindest schon einmal die schönste Insel im ganzen Mittelmeer kennengelernt", schwärmte sie und Robert ergänzte in Gedanken, und das schönste Mädchen weit und breit. „Wie schön wäre es hier auf dieser Insel zu leben, anstatt nur die Sommerfrische hier zu verbringen…" Ein Seufzer ließ sie verstummen.

„Sie waren schon des Öfteren hier?", erkundigte sich Robert, der noch immer rätselte, woher diese Schönheit stammen mochte.

„Oh ja", bestätigte sie. „Es gibt so viele schöne Orte auf der Welt, die Berge, die Weite Ungarns", wieder seufzte sie, „aber nirgends ist es so schön wie auf dieser Insel. Es ist als wäre es ein Teil vom Paradies."

Robert ließ seinen Blick über die Landschaft unterhalb der Festung schweifen. „Ja, wahrlich…" Er wirkte verträumt und ihm kam seine Begegnung mit Schliemann wieder in den Sinn. „Ob er es hier wohl gefunden hat?", murmelte er vor sich hin.

„Wer hat was gefunden?", erkundigte sich die junge Frau sofort.

„Ach, ein gewisser Herr Schliemann, ein Kaufmann…"

„Aus Sankt Petersburg", ergänzte sie lachend.

„Sie kennen ihn?"

„Wie könnte ich nicht? Er hätte hier auf der Insel am liebsten alles auf den Kopf gestellt. Jedenfalls hat er die Geduld mancher Zeitgenossen erheblich strapaziert."

Da war es wieder. Eben noch war sie vom erfrischend Liebreiz einer Sechzehnjährigen und jetzt wirkte sie wie eine reife Frau von Anfang dreißig. Irgendwie wurde Robert nicht schlau aus diesem bezaubernden Geschöpf. „So ist er weitergezogen?"

„Oh ja", beteuerte sie bezaubernd lächelnd, „und die Ruhe, die hernach einkehrte, war sehr wohltuend."

„Das glaube ich gern."

„Aber woher kennen Sie diesen Herrn? Sie sagten eben, sie wären auf einer weiteren Reise gewesen, im Frühjahr?"

„Ganz recht", bestätigte er, „auf meinem Weg zu den Pyramiden von Gizeh."

„Oh, Ägypten." Sie wirkte auf einmal nachdenklich. „Mein Vater war einmal dort, aber der Orient ist mir dort zu karg. Wie er berichtet hat, wächst dort kein Baum und kein Strauch. Da ist es mir hier", mit einer ausladenden Geste wies sie auf die umgebende Landschaft, „doch viel lieber."

„Das kann ich verstehen, denn dort ist wirklich kaum ein Grün zu sehen", erwiderte Robert. „Von den Pyramiden war ich dann auch noch enttäuscht, denn irgendwie wirkt alles wie verschlossen." Er seufzte. „Tja, und die Schätze sind längst fortgeschafft."

„Wahrscheinlich irgendwo in Paris oder in London", vermutete sie. „Aber hatten Sie als reicher Europäer kein Sonderzutrittsrecht?"

„Nein", wehrte Robert ab. „Außerdem würde ich mich nicht als reich bezeichnen, eher als Privatier…"

„Immerhin ist es doch schon die zweite Reise in diesem Jahr."

„Das ist richtig", gab er zu. „Aber ich muss doch haushalten, wenn Sie verstehen…"

„Durchaus", sagte sie mit einer Spur Anerkennung. „So haben Sie wenigstens nicht auch noch die Verpflichtungen des Adels zu erfüllen." Da Robert sie konsterniert anblickte, fuhr sie erläuternd fort: „Nun, da wird doch ein gewisser Lebensstil einfach vorausgesetzt, wie auch eine Großzügigkeit. Da haben Sie einen Vorteil, Herr Blum."

Sie ist also von Adel, schloss Robert daraus und so mancher Traum zerplatzte bereits im Ansatz, noch bevor er ihren Namen erfahren hatte. Wie hatte er auch nur annehmen können, er könne dieser Dame den Hof machen? Geblendet von ihrem Liebreiz und ihrer Schönheit hatte er sich in eine unausgesprochene Phantasie hineingesteigert, die sich nun als Hirngespinst in nichts auflöste. „Nun bitte ich um Verzeihung", begann er zaghaft, „wenn ich Euch gegenüber in das vertraute Sie gefallen bin.

Wie ist denn Eure geziemende Anrede, edle Dame?"

„Ach lassen Sie das doch", lachte sie amüsiert. „Es genügt, wenn ich diese steifen Umgangsformen tagaus tagein ertragen muss. Bitte belassen Sie es bei der Vertrautheit. Da kann ich die vielen Zwänge besser vergessen und meine Sommerfrische genießen."

„Nun, denn. Wie Sie wollen…"

„Wollen wir uns hier oben ein wenig umsehen?", unterbrach sie seine Gedanken und es war offensichtlich, dass sie auf seine Begleitung weiteren Wert legte.

„Gern", antwortete Robert reflexhaft und stand auf. „Gibt es hier noch etwas Besonderes…" Ihre Augen blitzten auf und ein verführerisches Lächeln umschmeichelte ihre zarten Lippen. „Ich meine natürlich außer der Kapelle oben auf der Plattform?"

„Nur die Steingrotte", antwortete sie als handele es sich um eine unsittliche Einladung. „Dort sollte es auch etwas kühler sein", fügte sie erläuternd hinzu, „was nach dem Aufstieg sicherlich ein Labsal ist."

„Das hört sich wirklich sehr einladend an", stellte Robert fest, schulterte seinen Rucksack und bot ihr seinen Arm an, den sie sogleich mit Freuden annahm.

„Ein Kavalier sind Sie obendrein", attestiere sie ihm lachend, „da fühlen sich die jungen Damen in Stuttgart bei Ihnen sicherlich geborgen."

Was sollte er darauf antworten? War nicht jede Anmerkung dazu verräterisch, anmaßend oder niveaulos? „Nunja", brachte er hervor und verstummte. Doch so leicht ließ sie sich nicht abspeisen. „Das mag sein", tastete er sich daher vorsichtig weiter vor. „Bislang ergingen sie sich in verlegenem Gekicher", ergriff er verbal den Stier bei den Hörnern.

„So war die Rechte noch nicht dabei", stellte sie unmissverständlich fest. „Und ich hatte mich schon gefragt, welche Frau so leichtsinnig sein könnte, einen Gatten wie Sie allein auf Reisen zu schicken."

Die Worte hallten in ihm wieder und ein Schwall Hitze überflutete ihn. Er hoffte, dass ihm die Röte nicht zu sehr anzusehen war. „Bislang nur meine Frau Mama", antwortete er ein wenig unbeholfen und entlockte ihr damit ein befreites und aufreizendes Lachen.

„Jetzt müssen wir aber still sein", rief sie sich vor allem selbst zur Ordnung, als sie die Schwelle zur Kapelle erreicht hatten.

Stumm nahmen sie die Pracht in dem unscheinbar wirkenden kleinen Gebäude aus roh belassenen Steinen in sich auf. Dann gab sie ihm mit einem Blick zu verstehen, dass sie genug gesehen hatte und umkehren wollte. Dieser Blick. Robert wäre bis ans Ende der Welt gegangen, wenn sie es verlangt hätte. Irgendwie schaffte er es sich aufrecht zu halten und ihr bei einem Fehltritt sogar Stütze zu sein. In dem Moment, in dem sie sich reflexhaft an ihn klammerte, um nicht zu stürzen, hätte er sie am liebsten fest in seine Arme geschlossen. Doch dank seiner guten Erziehung vermied er jegliche unsittliche Berührung und vergewisserte sich, dass alles in Ordnung sei.

Anschließend stiegen sie in die relative Kühle der engen Grotte hinab, die sie beide noch ein paar Male auf sehr enge Tuchfühlung brachte. Dann war es Zeit für den Abstieg, denn recht bald würde die Sonne zur Mittagszeit hoch über ihnen stehen.

„Es ist zwar fast unerträglich heiß, aber dennoch wäre ich einem Mahl zu Mittag nicht abgeneigt", sagte Robert in der Hoffnung, dass es ihr ähnlich erginge.

„Eine wunderbare Idee", ging sie zu seiner Freude darauf ein. „Ein Stück des Weges hinab gibt es den Ort Lakones", sprudelte es begeistert aus ihr hervor, „mit einem wunderbaren Einkehrhaus. Liegt das auf Ihrem Weg?"

„In der Tat", erwiderte Robert erstaunt. „Danach steht das Kloster Paleokastritsa und die blaue Grotte noch auf meiner Liste der heutigen Ziele", gestand er, auch deswegen ein wenig irritiert, weil ein streng dreinblickender Mann – kein Einheimischer, wie er feststellte – zustimmend in ihre Richtung nickte und dann verschwand. „Wenn die Zeit dafür reicht", setzte er noch hinzu.

Überrascht drehte sie sich zu ihm um und legte ihre zarte Hand auf seine Brust. „Das ist ja unglaublich! Bei mir auch." Sie lachte wieder so herzlich, dass er sie am liebsten wieder an sich gedrückt hätte. Oh ja, er wollte mehr Zeit mit ihr verbringen. Wollte er vielleicht sogar noch mehr, viel mehr? Unsinn!, rief er sich zur Ordnung. Sie ist von Adel und du ein kleiner Bürgerssohn… Vergiss es! Dennoch schwor er sich, jede Minute zu genießen, die er mit dieser Person verbringen durfte.

„… sogar einen Eselspfad", sagte sie und Robert fuhr der Schreck in die Glieder. Er hatte ihr – vor lauter Träumerei – nicht zugehört. Wie sollte er das jetzt erklären.

„Eselspfad?", fragte er scheinheilig. „Der Weg soll doch gar nicht so weit sein."

„Ist er auch nicht und reiten, ja schon", gestand sie, „aber nicht auf einem Esel. Da gehe ich lieber zu Fuß. Bei den herrlichen Ausblicken, die es entlang des Weges gibt, können wir uns Zeit lassen und sind dann am Abend in Agia Triada."

„Sie kennen sich sehr gut aus", merkte Robert erstaunt an.

„Ich komme jedes Jahr hierher", lüftete sie das Geheimnis. „Und daher kann ich auch eine gute Herberge empfehlen, denn wohin Sie auch immer danach reisen wollen, das werden Sie auf den neuen Tag verschieben müssen."

Wenn ich bei dir bleiben kann, meine Fee, schoss es ihm durch den Kopf, bleibe ich dort bis ans Ende meines Lebens. „Oh, ich bin nicht in Eile", sagte er stattdessen. „Mein Schiff legt erst in zwei Tagen ab."

„Meines auch. Aber dann haben wir ja noch Zeit", flötete sie ausgelassen und Roberts Herz kam erneut aus dem Takt. „Aber nun… Auf nach Lakones!", verkündete sie etwas lauter als es sich geziemte, aber die wenigen um sie herumstehenden Leute schienen keine Notiz von ihnen zu nehmen, sondern ebenfalls den Rückweg anzutreten. „Aber einen Blick hinunter zum Meer möchte ich noch erhaschen", flüsterte sie verschwörerisch, ergriff seine Hand – was für Robert einem Stromstoß gleichkam und es war ihm als breite sich ein Feuer von seiner Hand über den ganzen Körper aus – und zog ihn mit sich zur Festungsmauer als wären sie beide Kinder auf einer Schulwanderung.

Der Anblick war wirklich überwältigend, sowohl der Landschaft aus steil zum Meer abfallenden Hügeln als auch ihr sehnsuchtsvoller Blick aufs Meer hinaus. Noch immer hielt dieses wunderbare Geschöpf seine Hand. Jetzt hatte er eine Ahnung, was die kleine Meerjungfrau, die Schöpfung jenes Herr Andersen, den er in Paris getroffen hatte, beim Anblick des Prinzen empfunden haben musste.

Mit einem Seufzer riss sie sich los, leider auch von ihm und strebte der Gittertür und der dahinter beginnenden steinernen Treppe zu. Der Abstieg war weniger beschwerlich als der Aufstieg und so blieb genügend Luft, um ihr auf Nachfrage seine weiteren Reisepläne zu enthüllen.

„Japan?", staunte sie. „Und vorher durch Amerika? – Sie werden doch wohl nicht werden wie dieser Herr Schliemann?" Klang da etwa Besorgnis oder gar Entsetzen mit?

„Nein, das habe ich nicht vor", beschwichtigte er lachend. Er berichtete von Isamu Tanaka und dessen Einladung. „Und in San Francisco soll es die beste Möglichkeit geben, um sich auf den Besuch in Japan vorzubereiten."

„Da hatte ich es einfacher", gestand sie. „Mich hat keine Einreiseprüfung erwartet, als ich hier nach Griechenland gekommen bin, aber die Sprache, die habe ich inzwischen gelernt", fuhr sie munter plappernd fort. Inzwischen waren sie bei den ersten Häusern des Ortes Krini angekommen, den sie aber kaum eines Blickes würdigte, sondern weiter kräftig ausschritt, so dass Robert seine Mühe hatte mit ihr mithalten zu können.

„Ah, wieder etwas Wald", stellte Robert zufrieden fest und atmete den Duft der Pinien genüsslich ein.

„Ja, das ist das Schöne hier auf Kérkyra", bestätigte sie, den griechischen Namen für Korfu verwendend. „Das macht die Hitze erträglicher. Außerdem haben wir noch immer die frische Brise, die vom Meer kommt." Genießerisch breitete sie die Arme aus, so als wolle sie fliegen wie ein Vogel. „Wäre es nicht schön einfach in den Lüften zu segeln wie die Möwen?" Sie drehte sich leicht beschwingt im Kreis wie die Elfen auf der Opernbühne. „Ach, allen Zwängen einfach entflieh'n", seufzte sie. Robert ließ sich von ihrer Unbeschwertheit anstecken und anstatt zu wandern tänzelten sie entlang des Weges wie zwei Turteltauben, unbeobachtet wie sie glaubten.

So verging die Wegstunde bis zu ihrem Ziel im wahrsten Sinne wie im Fluge. Schon waren die ersten Gebäude vor ihnen aufgetaucht. „Dort vorn", sagte sie plötzlich und wies mit dem ausgestreckten Arm auf ein altes Gebäude direkt am Abgrund, das über und über mit wilder Blütenpracht überwuchert war. Unter diesem grünen und bunten Schleier luden Tische und Stühle zum Verweilen ein, zumal nicht einmal die Hälfte von ihnen besetzt waren. Sommerfrischler, stellte Robert mit einem kritischen Blick fest. Einheimische waren sicherlich schon dabei andere kühle Orte aufzusuchen und in der Mittagshitze ein wenig Schlaf zu finden. „Das sieht doch sehr einladend aus."

„Ja, kühler Schatten, Wind und ein herrlicher Blick bis aufs Meer", jauchzte sie. „Außerdem sind die Speisen eine Wucht, wenn Sie verstehen, was ich meine."

„Durchaus und ich könnte jetzt wirklich eine gute Portion vertragen."

Sie setzten sich an einen der etwas abseits stehenden Tische. Nach Roberts Einschätzung war es der bei weitem beste Platz, den dieses Lokal zu bieten hatte und er war froh, dass die anderen Sommerfrischler keinen Sinn dafür hatten. Doch er kam nicht dazu lange darüber nachzugrübeln, denn kaum hatten sie Platz genommen, da kam jemand in ungewohnter Dienstbeflissenheit zu ihnen. Er verbeugte sich, schon fast ein wenig zu untertänig fand Robert und fragte etwas, natürlich auf Griechisch. Noch bevor er ihn fragen konnte, ob er vielleicht anderer Sprachen mächtig war – Korfu war lange genug von Venetianern und anderen Mächten vereinnahmt worden – da übernahm seine schöne Begleiterin bereits den Part der Verständigung.

„Er sagt, er habe ein ausgezeichnetes Stoufado. Das ist ein typischer Eintopf mit hiesigen Kräutern und Rindfleisch", erklärte sie.

„Das klingt doch gut", erwiderte Robert und merkte, wie ihm bereits das Wasser im Munde zusammenlief.

„Dazu nehmen wir eine Karaffe Wein", bestimmte sie. „Am liebsten wäre mir ja ein gekühltes Münchner Bier", gestand sie seufzend und lachte dann. „Aber das wäre zu viel verlangt. Hier zwar nicht der Etikette wegen, sondern weil der Transport doch zu beschwerlich wäre… Nun, der Wein auf Korfu ist vorzüglich. – Sie trinken doch Wein, Herr Blum?"

„Jaja", beeilte er sich zu antworten und hoffte, dass er nicht zu hilflos wirkte, denn auf einmal wirkte seine jugendliche Begleiterin wieder wie die erfahrene Dame von Welt.

„Wie war das so mit Ihrem Freund aus Japan?", nahm sie die Unterhaltung wieder auf. „Hat er sich gut bei Ihnen eingefunden oder an seinen Traditionen festgehalten?"

„Naja, beides", gab Robert kryptisch zur Antwort und bemerkte ihren verwirrten Gesichtsausdruck. „Einerseits hat er sich für alles interessiert und wollte alles ausprobieren, andererseits hat er mir auch sehr viel von seiner Tradition berichtet und auch ein wenig beigebracht. Ich hoffe es wird mir bei der Einreise von Nutzen sein." Er berichtete ihr von den vielen Erlebnissen und welche Hinweise er ihm gegeben hatte, bis hin zu Kniffen der japanischen Kampfkunst.

„So haben Sie auch das gelernt?"

„Das wäre zu viel gesagt, eher die Grundzüge mitbekommen.

Diese Kunst zu erlernen ist auch in Japan eine Lebensaufgabe."

„Und die Sprache?"

„Sehr schwer", gestand er ein, „sogar für mich, obwohl ich ansonsten keine großen Schwierigkeiten darin sehe…"

„Genau wie ich", unterbrach sie ihn wie ein aufgeregtes Kind. „Griechisch habe ich in Windeseile erlernt. Aber wir kennen ja schon viele griechische Begriffe."

„Das ist beim Japanischen ganz anders", bestätigte er ihre unausgesprochene Vermutung. „Von der Schrift will ich gar nicht erst anfangen. Selbst das Entziffern von Runen ist ein Kinderspiel dagegen. Deshalb werde ich wohl doch etwas länger für meine Vorbereitungen brauchen…"

„Oh, unser Essen kommt bereits", unterbrach sie ihn unsanft, lehnte sich zurück und blickte dem Gastwirt und seiner Begleiterin entgegen, die das Essen wie auch den Wein kredänzten.

„Das duftet wirklich köstlich", schwärmte Robert, sobald sich die Wirtsleute wieder entfernt hatten.

„Doch zuerst", sie griff nach dem Weinglas und hielt es hoch, „sollten wir auf diese wunderbare Insel trinken."

Er tat es ihr gleich. „Vielleicht ist es an der Zeit, dass Sie mir Ihren Namen verraten", hielt er keck dagegen.

Nach einem kurzem Moment des Stutzens lächelte sie verführerisch. „Wenn wir doch schon so vertraut sind, nennen Sie mich doch Isabel… Aber nur, wenn ich Sie Robert rufen darf."

„Mit Vergnügen, Isabel", antwortete Robert und bemerkte wie ihm wieder die Hitze in die Wangen stieg. Schnell stieß er an und führte sein Glas zum Mund, was sie ihm ihrerseits gleichtat.

„Nun, Robert, ist das nicht herrlich?", flötete sie vergnügt. „Hier sind wir, wie im Paradies, allen Zwängen unserer steifen Gesellschaft entfleucht."

„So langsam verstehe ich, was Sie gemeint haben, die Leichtigkeit des Seins."

„Ja", strahlte sie und beugte sich vor. „Wollen wir das nicht ausnutzen? Ich meine, wenn wir dem schon entfleuchen und uns beim Vornamen rufen, wollen wir dann nicht zum freundschaftlichen Du übergehen?" Da Robert so perplex war, dass er nicht antworten konnte, fühlte sie sich befleißigt hinzuzufügen, „natürlich nur, wenn wir unter uns sind."

„G… Gerne", verhaspelte er sich und spürte wieder wie die Röte in seine Wange kroch. „Wie darf ich Sie… ich meine wie darf ich dich denn offiziell anreden? – Also nur für den Fall der Fälle."

„Geschickt gefragt, mein Lieber", lächelte sie anerkennend. „Der Name meiner Familie ist Hohenembs, von Hohenembs."

„Aha. Und der Titel? Nur damit ich die richtige Anrede erwische und nicht vor Scham im Boden versinken muss."

Wieder lachte sie ihr mitreißendes, befreites Lachen. „Du lässt auch wirklich nicht locker, wie?" Er schüttelte grinsend den Kopf. „Nun, Gräfin. Reicht dir das?"

„Oh ja", bekräftigte er. „Da ist es mir eine umso größere Ehre mit dir hier so vertraut zu sitzen."

„Ach was", tat sie es ab. „Für mich ist es eine Wohltat. So frei habe ich mich lange nicht gefühlt." Jetzt zwinkerte sie ihm zu. „Ich wünschte wir könnten das unser ganzes Leben lang so beibehalten."

„Ich könnte mir nichts Schöneres vorstellen", kamen die Worte wie von selbst über seine Lippen, als er ihr in die wunderschönen vor Wärme überfließenden Augen sah.

„Oh", flachste sie nun, „du willst mir doch wohl keinen Antrag machen, wie?"

„Ich… äh… nein… äh… das heißt…", stammelte er hilflos und war bestimmt rot angelaufen wie eine Tomate. Ihr schallendes Lachen tönte wahrscheinlich über die ganze Bucht, auf die sie blickten. Sogar einige der anderen Sommerfrischler drehten sich nun neugierig zu ihnen um und bedachten sie mit missbilligenden Blicken. Doch das focht Robert nicht an. Er hatte nur noch

Augen für Isabel, dieser wunderbaren Frau wie aus tausend und einer Nacht.

Der Wein löste nach und nach ihre Zungen und so erzählte Robert von seiner Jugend in Stuttgart, den Erlebnissen auf seinen bisherigen Reisen und von seinen weiteren Plänen. Von Isabel erfuhr er, dass sie ihre frühe Jugend an einem Bergsee in Bayern verbracht hatte, bevor es sie nach Österreich verschlagen hatte. Er erfuhr, dass das Leben bei Hofe auch für Adlige nichts Erstrebenswertes war und dass dies für alle Höfe in Europa galt. „Selbst damals bei Ludwig XIV", hob sie zur drastischen Verdeutlichung hervor. Wie Robert hatte sie weitere Geschwister, von denen viele inzwischen an anderen Höfen weilten, fern der Heimat.

„Deshalb ist die Zeit abseits mir so wertvoll", gestand sie ihm. „Dies hier", sie zeigte mit einer ausladenden Armbewegung auf die Umgebung, „ist sogar noch besser als ein Besuch bei meinen Eltern, auch wenn mein Vater auf die Etikette pfeift so oft es geht", fügte sie lachend hinzu.

Sogar während ihres Abstiegs zum Kloster, Robert hatte es sich nehmen lassen die Rechnung zu begleichen, waren sie unzertrennlich. So hätte er später gar nicht mehr sagen können, welche Schätze er im Kloster besichtigt hatte. Er hatte nur Augen für einen Schatz und der hieß Isabel.

„Wollen wir zu Fuß hinüber nach Agia Triada oder wollen wir von hier aus mit dem Boot fahren?", fragte sie beiläufig, als sie aufs Meer hinausblickten. „Es gibt Bootsführer, die steuern die blaue Grotte von hier aus an und bringen uns dann direkt in die Bucht."

„Das klingt nach einem sehr guten Plan", gestand er ein und so machten sie ein kleines Boot ausfindig – es bot nur ihnen beiden Platz, so dass andere Sommerfrischler auf andere Boote ausweichen mussten –und traten die Überfahrt sogleich an.

Wärme durchflutete ihn, als sie sich an ihn schmiegte und ihn vor Begeisterung einmal am Arm zog und ein anders Mal freudig umarmte, sobald sie die Grotte erreicht hatten. Der Anblick war wirklich wunderschön. Schöner wäre es nur gewesen, wenn er mit Isabel tatsächlich allein gewesen wäre. „Du Esel!", schalt er sich in Gedanken. „Für sie ist es nur ein Abenteuer. – Du führst dich auf wie ein verliebter Bock!" – Ja, es war ihm durchaus bewusst, doch ändern konnte er nichts. Er war einfach zu sehr hingerissen von Isabels Charme und Liebreiz.

Selbst am Abend, nachdem sie ein ausgezeichnetes Mahl und wieder den exzellenten Wein genossen hatten, hatte sein Verstand nichts zu melden. So folgte er ihr ohne Gegenwehr durch ein schmales Tor in die Dunkelheit eines privaten Gartens, als sie ihn plötzlich mit einem geflüsterten „komm!" aufgefordert und zusätzlich am Arm gegriffen hatte, um ihn mit sich zu ziehen.

Im schwachen Licht des Mondscheins konnte er erkennen wie sie ihren Zeigefinger über die Lippen legte, um ihm zu bedeuten, er möge schweigen. Dann beugte sie sich vor, um auf die Straße zu blicken, so als suche sie jemanden. Nach einer Weile, ihre Augen hatten sich an das spärliche Licht gewöhnt, drehte sie sich zu ihm um, umarmte ihn voller Leidenschaft küsste ihn ohne weitere Vorwarnung auf den Mund. Zuerst war er starr vor Schreck. Doch dann kochte das Blut in seinen Adern und er erwiderte den immer stürmischer werdenden Kuss mit ungeahnter Leidenschaft.

„Wir haben nur noch heute Abend", keuchte sie atemlos. „Schon morgen trennen sich unsere Wege und wer weiß, wann wir uns wiedersehen." Dann versanken sie erneut in einen Kuss, der die ganze Welt um sie herum zur Bedeutungslosigkeit verdammte.

Nach einiger Zeit hielten sie kurz inne, als Schritte zu vernehmen waren, die sich dann aber rasch entfernten. „Hier gibt es einen zweiten Ausgang", flüsterte sie und deutete voraus in die Dunkelheit. Noch bevor Robert sich überhaupt orientieren konnte, fasste sie seine Hand und ging voran. Sie führte ihn durch schmale Gänge und durch natürliche Lauben bis zu einem verwitterten Gartentor. Ohne zu zögern öffnete sie das Tor und sie schlüpften hinaus. Während sie sich nach allen Seiten umsah, verschloss Robert das Tor und folgte ihr dann den Hügel hinauf. Wo immer sie auch sein mochten in diesem kleinen Ort, er hatte längst die Orientierung verloren.

„Ich hoffe, du kennst dich hier aus", flüsterte er.

„Ja", kicherte sie, „ich schon." Schon ging sie weiter, ihn nach wie vor an der Hand haltend. Erst nach einer Weile und unzähligen Wendungen bedeutete sie ihm wieder ruhig zu sein und an Ort und Stelle zu verharren. Nach einem kurzen Moment war sie zurück. „Alles in Ordnung", flüsterte sie, ertastete wieder seine Hand und führte ihn zu einem Gebäude, aus dem nur in wenigen Fenstern hoch oben die bescheidene Helligkeit von Kerzen zu erkennen war. Die Tür, es war offenbar ein rückwärtiger Zugang, lag in völliger Dunkelheit. Doch Isabel öffnete sie mit der Leichtigkeit desjenigen, der dies sein Zuhause nannte. Auf ihr Zeichen folgte er ihr ins Haus und ließ sich durch den Gang und die Stiege, hinauf führen. Erst als sie vor einer Türe anhielten und sie in seiner Jacke nach dem Schlüssel kramte, wusste er, weshalb ihm dies hier nicht unbekannt war. Zwar waren die Häuser hier alle einander ähnlich, aber dies war sein Quartier! Sie hatte ihn hierher gelotst!

Hieß das etwa…? Eine heiße Woge durchflutete ihn und das Blut rauschte in seinen Adern. Daher hörte er nicht, was sie ihm zuflüsterte. Doch da umklammerte sie seinen Arm und drängte ihn durch die Tür, die sie hinter ihnen verschloss. „Isabel!" keuchte er. Doch die drängte sich an ihn und küsste ihn mit einer Leidenschaft, die jegliche Gegenwehr, hätte sie je bestanden, einfach hinwegfegte.

„Nur diese Nacht bleibt uns", hauchte sie ihm ins Ohr und sein Verstand schaltete völlig ab, als sie sich ganz einander hingaben.

***

Am nächsten Tag, er erwachte erst als die Sonne bereits hoch am Himmel stand, glaubte er zunächst, es wäre alles nur ein Traum gewesen. Doch dann fand er eine ihrer blütenverzierten Haarspangen… Sie war tatsächlich hier gewesen. Er hatte das alles tatsächlich erlebt! Vor Lust stöhnte er auf und schreckte hoch. Wo war sie?

Schwach erinnerte er sich daran, dass sie sich spät in der Nacht verabschiedet hatte. „Robert, ich hoffe inständig, dass uns das Schicksal wieder einmal zusammenführen wird, aber ich fürchte es wird uns nicht vergönnt sein. Umso mehr habe ich jede Minute mit dir in mir und werde sie mein ganzes Leben lang bewahren." Dann war sie fast lautlos hinausgehuscht.

In Windeseile fuhr er in seine Kleider und stürzte aus dem Haus. Wie von selbst fanden seine Füße den Weg zu ihrer Unterkunft. „Nein, die Gräfin ist bereits heute Morgen abgereist", hieß es lapidar. Der Hotelier zeigte noch nicht einmal den Anflug eines Bedauerns.

„Dann bin ich wohl zu spät", merkte Robert überflüssigerweise an und erntete nur ein gleichgültiges Schulterzucken.

Fortan war sein Tag trüb und leer. Er brachte es gerade noch zustande sein Gepäck zu holen, „nein, die Rechnung für Unterkunft wurde bereits beglichen", erhielt er auf seine Anfrage zur Antwort und murmelte ein leises „Danke Isabel", vor sich hin.

Irgendwie fand er dann rechtzeitig nach Korfu zurück, um sein Schiff zu besteigen. Aber selbst die Delphine, die das Schiff immer wieder bis Zakynthos begleiteten und doch so etwas wie Glück bringen sollten, konnten sein Trübsal nicht vertreiben. Immer wieder betrachtete er die Haarspange, strich zärtlich darüber und las immer wieder die wenigen Zeilen. „Liebster Robert, die schönsten Stunden meines Lebens sind auf ewig mit dir verbunden. – Isabel – PS: Für deine Reisen in Österreich habe ich dir hier etwas beigefügt, dass dir es bei mit der Bürokratie etwas leichter machen sollte.

Mit völligem Desinteresse hatte er jenes Dokument betrachtet, es war wohl von höchster Stelle ausgestellt und eine Art von besonderem Pass, doch was war es im Vergleich zu einem Lächeln von Isabel? Trotzdem verstaute er es, wie auch ihre Zeilen und die Haarspange, bei seinen Schätzen, die er bis zum letzten Atemzuge würde verteidigen, komme was wolle.

Nachdem auch die Insel Kythira hinter ihm lag, überquerte das Schiff die unsichtbare Grenze nördlich der Ägäis-Insel Chios und steuerte den Hafen von Smyrna[25] an. Dort verbrachte er die Zeit bis zur Weiterfahrt in einem Hafencafé und schrieb seine Erlebnisse auf.

Die Aussicht, vielleicht wieder auf Schliemann zu treffen, der angeblich seine Suche auf dieses Gebiet verlegt hatte, konnte ihn nicht länger begeistern. Im Gegenteil, er hoffte inständig, niemandem Bekanntem zu begegnen. Noch immer saß der Stachel zu tief.

Erst in Konstantinopel fand er hinreichend Zerstreuung und konnte sich endlich wieder darauf konzentrieren, all jene Sehenswürdigkeiten aufzusuchen, die er sich vorgenommen hatte. Für die schmachtenden Blicke der jungen Frauen, mochten sie auch so schön sein wie Aphrodite, hatte er nicht das Geringste übrig.

Für die Rückfahrt buchte er eine Passage, die ihn direkt bis nach Genua brachte. Noch war es erst Mitte Dezember und er wollte erst zu Weihnachten zu Hause sein. Außerdem war es vergleichsweise mild. Also folgte er seinem ursprünglich Plan die Städte Italiens zu besichtigen und besuchte zunächst Bologna, jene Stadt die im Mittelalter bereits die Sklaverei abschaffte und zu großem Wohlstand und großer Bedeutung, auch innerhalb des Kirchenstaates kam.

---

[25] Izmir

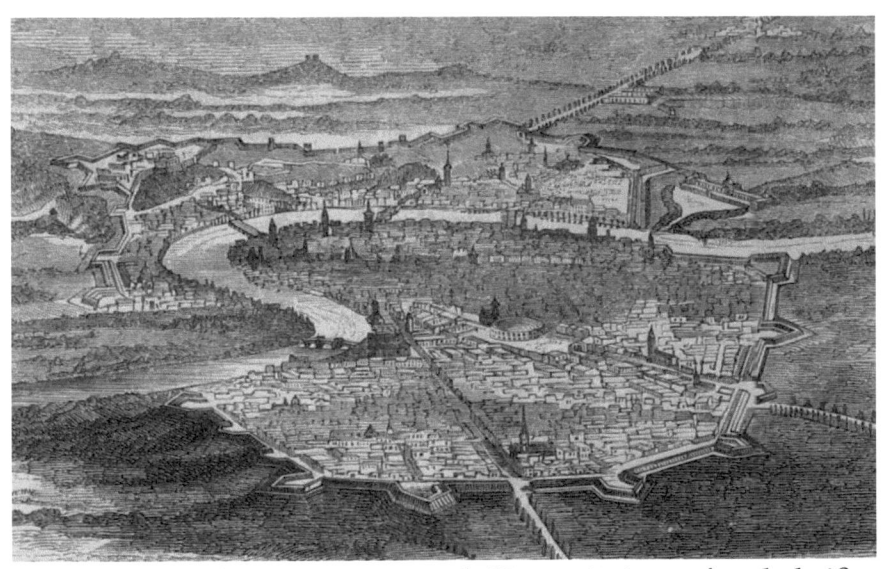

Danach führte ihn seine Reise nach Verona[26], jene oftmals heiß umkämpfte Stadt, sogar noch in den Einigungskriegen. Hier schien die Zeit stehen geblieben zu sein. Das Altertum und die Größe Roms waren ebenso noch auszumachen wie das Mittelalter und die Bastionen der Neuzeit.

Venedig, seine nächste Station, war im Winter wenig erbaulich. Die hochgepriesene Stadt, einst ein Zentrum der freien Kaufmannschaft, war nur noch ein Abglanz seiner selbst und schien im Schutt und Dreck zu versinken. Die Häuser wirkten baufällig und die Stimmung gedrückt.

Daher setzte er seine Reise schon am Folgetag fort. Per Schiff reiste er nach Triest, nahm den nächsten Zug am Bahnhof *Trieste Centrale* und wanderte alsbald einige Tage durch die Straßen von Wien. Gerade hatte er im *Café Central* seine Bestellung aufgegeben, er wollte seine Reisekasse vor der endgültigen Heimkehr

---

[26] https://de.wikipedia.org/wiki/Verona#/media/Datei:
Die_Gartenlaube_(1866)_b_397_1.jpg

nach Stuttgart – das Billet hatte er bereits bezahlt – so richtig plündern, da hörte er plötzlich eine vertraute Stimme sagen: „Ja, wenn das nicht der junge Herr Blum ist."

Erstaunt blickte er hoch und gewahrte niemand anderes als Heinrich Schliemann in Begleitung einer jungen orientalischen Schönheit vor seinem Tisch. Sofort sprang er auf und bot ihm die Rechte dar. „Herr Schliemann! Es ist mir eine Freude Sie hier zu sehen."

„Ganz meinerseits, mein Junge." Er wandte sich zu jener Schönheit um und sagte etwas auf Griechisch, wie Robert vermutete, der nun wieder mit einem Lächeln bedacht wurde. „Herr Blum, dies ist meine Frau Sophia. Wir befinden uns gerade auf der Hochzeitsreise durch Europa", ergänzte er schnell, da er den irritierten Gesichtsausdruck Roberts bemerkte und bevor der sich vielleicht zu einer unbedachten Äußerung hinsichtlich der Gattin in Russland hinreißen konnte. „Leider spricht sie nur ein wenig Englisch außer ihrem lieblichen Griechisch."

„Sehr erfreut", sagte Robert daher auf Englisch und verbeugte sich beflissentlich. Sie erwiderte die Grußformel selbstbewusst und reichte ihm die behandschuhte Hand, die Robert galant ergriff, um einen Handkuss aufzuhauchen. „Möchten Sie sich zu mir setzen?", lud Robert die beiden ein.

„Warum nicht…" Er wechselte ein paar Worte mit seiner Gattin, die offenbar zustimmte und so setzten sie sich. Die äußerst dienstbeflissenen Ober hatten bereits Stühle herbeigeschafft und servierten dem Paar umgehend Kaffee, so dass Robert daraus schloss, sie seien offenbar Stammgäste. „Was führt Sie nach Wien, junger Mann?", wollte Schliemann ohne Umschweife wissen.

So berichtet Robert von seiner Reise. Vor allem schilderte er die Landschaft von Korfu, die Schliemann jedoch nicht sonderlich interessierte. Auch seine Entdeckungen in Konstantinopel waren offenbar nicht der Rede wert, zumal sie keinerlei Hinweise auf sein geliebtes Troja enthielten.

Erst bei der Erwähnung der jungen Dame, die er auf Korfu kennengelernt hatte, wurde Schliemann hellhörig. „Von äußerster Anmut sagten Sie? Und sie wissen ihr Alter nicht so reicht einzuschätzen? Eine Dame, die allein nach Korfu reist? – Oder sind Ihnen vielleicht einige Herrschaften aufgefallen, die immer wieder wie zufällig als Sommerfrischler am gleichen Ort aufgetaucht sind?" Robert schüttelte wie ferngesteuert seinen Kopf, aber sein Gefühlsleben geriet ordentlich durcheinander als er sich die einzelnen Szenerien ins Gedächtnis rief. Erst jetzt wurde ihm bewusst, wie seltsam es ihm angemutet hatte. Aber er hatte nur Augen für Isabel gehabt. „Hmm… Äußerst ungewöhnlich", sinnierte der Kaufmann ratlos. „Den Namen hat Ihnen diese außergewöhnliche Dame natürlich nicht verraten, nicht wahr?"

„Doch", widersprach Robert, „Isabel."

„Isabel?" Schliemann schien verwirrt. „Nicht etwa Isabella?" Da Robert stumm verneinte, fragte er weiter: „War sie eine Einheimische oder eine Reisende?"

„Eine Reisende aus Österreich", klärte Robert ihn auf.

„Oh", entfuhr es seinem Gegenüber. „Isabel aus Österreich… Seltsam. – Und von Adel sagten Sie, nicht wahr?"

„Ja, aus dem Hause Hohenembs."

Konsterniert starrte Schliemann ihn an. „Etwa Gräfin von Hohenembs?", platzte es aus ihm heraus.

„Ja", bestätigte Robert verblüfft. „Sie sind ihr also schon begegnet, nehme ich an."

„Und ob ich das bin!", lachte Schliemann vergnügt. „Leider konnte sie meine Leidenschaft zum griechischen Altertum nicht so ganz teilen." Er seufzt ergeben. „Naja, so, wie sie mir von ihr berichtet haben, scheinen Sie ihrem Liebreiz völlig erlegen zu sein." Er nickte wissend, als er die Röte bemerkte, die Robert in die Wangen kroch. „Aber, junger Mann, Sie wissen schon, wen Sie mir da als Gräfin, na sagen wir einmal unterjubeln wollen?"

„Unterjubeln?"

„Ha, Sie wissen es wirklich nicht?", hakte Schliemann amüsiert nach.

„Nein, was denn?"

„Wer diese, wie sagte Sie gleich… Isabel…?"

„Ja, Isabel", bekräftigte Robert mürrisch und zugegebenermaßen ein wenig nervös, wenn nicht sogar beunruhigt.

Schliemann blickte ihn direkt an und schüttelte dann, fast ein wenig mitleidig seinen Kopf. „Nein, in der Tat. Sie wissen wirklich nicht, wer diese Isabel von Hohenembs ist", stellte er nun doch erstaunt fest.

So langsam war es mit Roberts Contence vorbei. „Da sie Ihnen offenbar bekannt ist", murrte er missmutig, „bitte ich Sie nun inständig mich in Kenntnis zu setzen", konnte sich Robert nicht länger zurückhalten und führte seine Tasse zum Mund, während eine nicht näher zu bestimmende Ahnung von seinem Denken Besitz ergriff.

„Isabel von Hohenembs, nun ja", begann Schliemann und strich sich nachdenklich über seinen gepflegten Schnurrbart, „Isabel ist einer von vielen Kosenamen von Elisabeth", erklärte er sodann lapidar und trotzdem begann Roberts Hand auf einmal zu so sehr zu zittern, dass er drohte seinen kostbaren Kaffee zu verschütten, und zwar noch bevor er den vollen Umfang der Enthüllung erfasst hatte, ja, noch bevor sein Gegenüber freudig lächelnd ergänzte: „Elisabeth, ihres Zeichens Königin von Ungarn und Kaiserin von Österreich."

***

Portsmouth (Hampshire, England) – 1896

„Das ist wichtig, Mister Blum!", reißt ihn die donnernde Stimme Reverend McCorks unsanft aus seiner Rückschau.

„Äh, ja, natürlich. Die richtige Zeit einstellen", wirft Robert verwirrt ein.

Der Reverend rollt enerviert mit den Augen. „Mister Blum", ruft er ihn zur Ordnung, „wenn Sie mir nicht zuhören, werden Sie irgendwo im Nirgendwo landen und dann ist es besser, wenn Sie die Reise überhaupt erst gar nicht antreten."

„Doch doch", beeilt sich Robert zu entgegnen, da er sich schon auf der Zielgerade um seinen Erfolg betrogen fühlt. „Ich höre Ihnen zu, Reverend. Die Zeit und auch den Ort einstellen haben Sie gesagt."

„Ganz recht", schnaubt McCork grantig. „Ohne diese Synchronisation geht es nicht."

„Schon verstanden", versichert Robert hastig. „Doch wie weiß ich, welchen Ort ich eingeben muss?" Da er nur ein ratloses Schweigen erntet, fügt er hinzu: „Es sind doch nur Zahlen einstellbar."

„Selbstverständlich", knurrt McCork und seufzte, als müsse er einem begriffsstutzigen Kind etwas erneut erklären. „Der Ort wird als Schnittpunkt von Längen- und Breitengraden angegeben, wie in der Seefahrt."

„Aha. Verstehe."

„Eine Liste der wichtigsten Orte", er beugt sich vor und öffnet den Deckel eines zylindrischen Behälters, der auf den ersten Blick den Anschein erweckt hatte, zur Tragkonstruktion der Apparatur zu gehören und holt ein Bündel zusammengerollter Papiere hervor, „ist hier verzeichnet. Naja, einige Orte auf dem Kontinent sind auch darunter", ergänzt er nach schneller Durchsicht. "

„Berlin...?"

„Ist verzeichnet."

„Würzburg? – Das ist eine Stadt im Königreich Bayern", fügt Robert zur Erklärung hinzu, „also Bavaria."

„Hmm..." McCork blättert hastig durch die Seiten. „Nein leider nicht... Doch! Hier." Triumphierend hält er Robert das Blatt vor die Nase, blickt dann noch einmal darauf und liest mühsam,

„Julius-Maximilians-Universität…"

„Perfekt!", fällt ihm Robert ins Wort. „Genau das ist mein Ziel im Jahr zweiundfünfzig."

„Hmm…" Er streicht sich grübelnd übers Kinn. „Sie wollen doch sicherlich im Anschluss an Ihre Intervention nachprüfen, ob sie erfolgreich war, nicht wahr?"

„Ganz recht", bestätigt Robert. „Am besten in Berlin, wohin Virchow seinen Wirkungskreis verlegen soll."

„Ach, deswegen die Nachfrage… Hmm…"

„Gibt es dabei irgendwelche Hindernisse?", fragt Robert verunsichert.

„Nein, eigentlich nicht", schüttelt McCork sein Haupt. „Die Koordinaten beziehen sich auf die Gruft des Doms in Berlin…"

„Auf den alten Dom oder den Neubau?", hakt Robert erschreckt nach.

„Soweit ich unterrichtet bin, wird der Neubau doch derzeit an gleicher Stelle errichtet, nicht wahr?" Robert nickt. „Sehen Sie Mr. Blum, dann ist es doch perfekt. Wenn Sie Ihre Ankunft so planen, dass Sie nicht zu Betriebszeiten der Baustelle dort ankommen, sollte niemand von Ihrer Anwesenheit erfahren."

„Ja, stimmt. Wahrscheinlich wäre eine Zeit in der Nacht am besten."

„Das sehe ich auch so. Sie dürfen nur nicht vergessen die Apparatur nach Ankunft sofort zu zerlegen und an einem sicheren Ort zu verstauen", bläut der Reverend ihm ein. „Wenn alles zu Ihrer Zufriedenheit ist, brauchen Sie die Apparatur anschließend nur wieder zusammenbauen, diesen Hebel betätigen", er zeigt auf einen kleinen, gelb markierten Hebel am äußersten rechten Rand der Steuertafel, „und vor dem Start etwa ein, nein besser zwei Schritte zurücktreten. Sicher ist sicher."

„Aber…"

Doch der Reverend lässt sich nicht beirren. „Dann wird sie ganz von selbst wieder zu mir hierher zurückkehren."

„Oh. Jetzt verstehe ich. Nun, meine Absicht war allerdings sie Ihnen zurückzubringen, damit ich Ihnen nochmals meinen Dank aussprechen kann."

„Nonsense! Das ist überhaupt nicht nötig, Mister Blum", lächelt er vergnügt. „Sollte alles nach Ihren Wünschen vonstattengehen, wäre eine erneute Reise nicht opportun, wie ich annehmen darf." Er lächelt süffisant. „Denn in dem Fall werden Sie sicherlich jede Minute mit Ihrer Liebsten verbringen wollen, nicht wahr?"

Geistesabwesend nickt Robert und seine Gedanken wandern wie von selbst zurück zu Leonie und plötzlich sieht er sie wie Isabel in jener Nacht auf Korfu. – Oh ja! Jede Minute, nein, jede Sekunde, wenn ihn der gleiche Sturm der Gefühle wieder so mitreißen wird, so wie damals bei Isabel.

Er muss ein Lachen zurückhalten, als er sich – schon seltsam zu welchen Sprüngen der menschlich Geist doch imstande ist – die Szenerie in Wien in Erinnerung ruft. Jenen Moment, als Schliemann ihm eröffnet, mit wem er jene Nacht dort auf Korfu verbracht hat. Ja ein Lachen, obwohl ihm damals nach allem anderen als Lachen zumute gewesen war. Tiefe Bestürzung hatte ihn befallen und es war ihm heiß und kalt den Rücken hinuntergelaufen.

Daheim unterließ er es überhaupt von seinem Aufenthalt auf Korfu zu berichten. Wie selbstverständlich stürzte er sich nach Weihnachten sofort in die Vorbereitungen für seine große Reise, die ihn nach Japan und dann tatsächlich einmal um die Welt führen sollte.

Erst nach seiner Rückkehr hatte er sich stark genug gefühlt, um selbst einige Recherchen zu betreiben. Dabei hatte er sich Stück für Stück herangetastet. Ansatzpunkt war ihr Name Isabel oder auch Elisabeth gewesen. Ja, zweifellos, Elisabeth, so war offenbar ihr richtiger Name und Isabel von Hohenembs nur ein Deckname zur Wahrung des Inkognitos.

Der Stachel, den Schliemann ihm in den Leib gerammt hatte, indem er ihn darauf aufmerksam gemacht hatte, saß noch tief.

Dennoch umfängt ihn auch nach so vielen Jahren diese starke Wehmut, die er bei seiner Abreise empfunden hatte. Selbst heute wird sein Herz schwer, sobald er ihr liebliches Gesicht vor seinem inneren Auge auftauchen sieht.

Bestürzt entnahm er damals aus den Journalen, dass sie zu jenem Zeitpunkt bereits seit fünf Jahren mit Graf Gyula Andrássy, verheiratet war. Er war einer jener Freiheitskämpfer für Ungarn gewesen, der in den Genuss ihrer Amnestie Ende der Fünfziger Jahre gekommen war.

Nur ein Jahr nach der Hochzeit war dann die Krönung der beiden zum ungarischen Königpaar erfolgt. Die gemeinsame Tochter, bekannt als Erzherzogin Eleonora Marie Valerie Mathilde Amalie von Österreich und Ungarn hatte im gleichen Jahr das Licht der Welt erblickt.

In den Folgejahren, so berichteten einschlägige Schriften, hatte Elisabeth sich mehr und mehr aus den Regierungsgeschäften zurückgezogen und war stattdessen durch die Welt gereist, mit Vorliebe zu ihrer Lieblingsinsel Korfu. Dennoch war im Spätsommer des Jahres neunundsechzig der Thronfolger geboren worden.

Nach offizieller Verlautbarung des Hofes wurden die fünf Vornamen des Thronfolgers als Anknüpfung an die Traditionen in Österreich und Ungarn gesehen. Schließlich hatten alle Männer, deren Namen so in Erinnerung bleiben sollten, nicht nur großen Einfluss auf die Geschichte des Landes, sondern auch auf das Leben der Kaiserin selbst gehabt.

Rufname und vorgesehener Regentenname Maximilian, im Gedenken an ihren Vater und auch ihr glückloser Schwager, der in Mexiko den Tod fand. Der zweite Name, Gyula, nach ihrem Gatten, dem neuen Held Ungarns strich die Verbindung der Länder hervor. Es folgten die Namen Franz, zu Ehren ihres verstorbenen ersten Mannes und natürlich Joseph, in Erinnerung an den Großvater des Thronfolgers.

Nur zum fünften Namen schweigen die offiziellen Stellen bis heute, so dass er in der Presse häufig gar nicht mehr erwähnt wird.

So hatte Robert nicht schlecht gestaunt, als ihm erst vor einigen Jahren ein Bericht in die Hände geraten war, in dem akribisch tatsächlich alle Vornamen des jüngsten Sprosses und Thronfolgers der K.u.K-Monarchie genannt worden waren. Die damalige Bestürzung ist ihm noch in lebendiger Erinnerung und er empfindet auch nach wie vor jene wohlige Wärme, wie seinerzeit, als ihm ein entsetztes, „Wie bitte?", entfahren war.

Doch heute umspielt ein geheimnisvolles, verschmitztes Lächeln seine Lippen, wenn er sich daran erinnert. Immerhin lautet der fünfte Vorname des Prinzen, der in einigen Jahren zum Kaiser von Österreich und König von Ungarn gekrönt werden wird, Robert.

***

Lückenschluss

Nihil fit sine causa.   -   Nichts geschieht ohne Grund.

New York – 1869

Erleichtert und doch mit dem Kribbeln der freudigen Erwartung im Bauch hielt Robert inne und ließ seinen Blick über die Szenerie schweifen. Ein Hauch von Frühling sorgte für erstes frisches Grün, hier im Battery Park an der Südspitze von Manahatta, wie diese Insel von den Indianern damals genannt worden war, als die Holländer sie ihnen abgekauft und anschließend in Neu-Amsterdam umbenannt hatten. Aber die Temperaturen ließen noch immer den gerade besiegten Winter erahnen. Obendrein verlangten die harten Sohlen der schweren Stiefel unzähliger Passanten, die sich nicht um die Wegeführung scherten, der Natur einiges ab. Dennoch behaupteten sich Gräser und erste Frühlingblumen in diesem Überlebenskampf.

Die ehrwürdige, wenn auch in ihrem flachen Rund unscheinbare Festung ragte wie ein abgespreizter Daumen von der Insel in die Upper Bay hinein, als wolle sie den Zusammenfluss von East River und Hudson River orchestrieren. Noch immer trotzte sie möglichen Angreifern von See her, auch wenn es seit über einem halben Jahrhundert keiner mehr gewagt hatte sich der gedeihenden Metropole New York in feindlicher Absicht zu nähern. Im Gegenteil, inzwischen war sie ein Symbol des Willkommens. Hier legten schließlich nicht nur Fähren von Jersey und Brooklyn, sondern auch Frachtschiffe und vor allem die Passagierschiffe aus Europa an.

Als Landmarke diente den Navigatoren dabei noch immer das höchste Gebäude der Stadt, die Trinity Church. Sie markierte auch das historische Zentrum der Stadt, direkt am Broadway, genau gegenüber der Einmündung der Wallstreet. Diese, im

Vergleich zum Broadway eher bescheiden anmutende Seiten-straße war dennoch einst das Zentrum des gesamten Landes gewesen. Denn hier befand sich die Federal Hall, der erste Sitz des Kongresses, wo George Washington seinen Eid als erster Präsident ableistete. Doch das war nun achtzig Jahre her, wie auch die große Revolution in Frankreich.

Seit der Zeit hatte sich viel geändert. Noch vor hundert Jahren hätte Robert seine Schiffsreise von London aus antreten müssen. Doch mit der Unabhängigkeit der Vereinigten Staaten war diese, von den Briten auferlegte Beschränkung aufgehoben worden. Seither war auch von Hamburg aus eine direkte Verbindung möglich. Inzwischen hatte sich sogar ein regelrechter Linienver-kehr entwickelt, der nicht nur Auswanderer beförderte, sondern eben auch Reisende wie Robert, die gedachten sich nur zeitweise auf dem jeweils anderen Kontinent aufzuhalten.

Während der Überfahrt war er mit zahlreichen gut betuchten Passagieren in Kontakt gekommen, obwohl er den Ozean nicht in der ersten Klasse überquert hatte – immerhin wollte er mit seiner Reisekasse haushalten. Wie so oft hatte die Leute sein außergewöhnliches Talent bewundert. Es war ihm sogar gelungen seine Kasse ein wenig aufzubessern. Mehr noch als der Verkauf einiger Zeichnungen, die wegen ihrer Detailtreue sogar der eher kostspieligen Daguerreotypie[27] vorgezogen wurden, war ihm das Glück vor allem beim Pokern hold gewesen.

Allerdings machte er sich keine großen Hoffnungen, dass er die Schuldscheine der feinen Gesellschaft je würde einlösen können, jedenfalls nicht vor seiner Rückkehr in sein Heimat, die nun ein Teil der Vereinigten Staaten von Mitteleuropa war. Dennoch wollte er hier in New York, in den Vereinigten Staaten von Nordamerika – nein, sie nannten sich ja inzwischen ganz unbe-

---

[27] Daguerreotypie, benannt nach dem französischen Maler Louis Dagu-erre, war im 19. Jahrhundert das erste kommerziell nutzbare Verfahren der Fotografie.

scheiden Vereinigte Staaten von Amerika – sein Glück versuchen. Er dachte dabei an eine der hiesigen Banken, die über Verbindungen nach San Francisco verfügten und es ihm so ermöglichen sollten, seine Barschaft mit weit weniger Risiko ans andere Ende dieses Kontinents zu bewegen, als er es auf herkömmliche Weise, versteckt in seiner Reisetasche, hätte bewerkstelligen können.

‚Wie anders es doch hier ist‘, schoss es ihm durch den Kopf als er das geschäftige Treiben um sich herum betrachtete. Wegen der Größe und der Nähe zum Meer drängte sich zwar der Vergleich mit der Hafenstadt Hamburg auf, aber die hatte doch eher einen ruhigen und beschaulichen Eindruck bei Robert hinterlassen. Die große Aufbruchstimmung, die sich in seiner Heimat wenigstens einige Jahre nach den Feierlichkeiten zur Einigung der Staaten im Deutschen Bund und im Kaiserreich Österreich noch hatte spüren lassen, war längst verblasst. Doch hier, in der neuen Welt, war sie spürbar, diese unbändige Energie, der Drang etwas Großes zu erschaffen, hier war sie fast mit Händen zu greifen. Es wirkte geradezu ansteckend.

Mit einem Seufzer betrachtete Robert die Schuldscheine in seiner Hand, steckte sie dann in die Innentasche seines Mantels, strich die Revers glatt und nahm seine Koffer wieder auf. Er ließ seinen Blick schweifen, um irgendeinen Hinweis zu erhaschen, in welche Richtung er sich wenden sollte.

„Hello Mister, guten Tag“, vernahm er eine recht junge Stimme und wandte sich erstaunt in jene Richtung, aus der er die Worte ausgemacht hatte. Der Junge, er mochte etwa zwölf Jahre alt sein, trug eine hochgeschlossene Jacke aus derbem Stoff und dazu Knickerbocker, was Robert wegen der Temperaturen doch ein wenig verwegen vorkam, zumal er trotz seines Mantels ein wenig fror. „Sie sprechen doch Deutsch oder?“, erkundigte sich der Junge weiter, Roberts Verblüffung ignorierend.

„Guten Tag, junger Mann“, fand Robert seine Fassung wieder. „Selbstverständlich, aber wie kommt es, dass du...?“

„Meine Eltern sind aus Bayern", unterbrach der Junge ihn, nun in die Aussprache des dortigen Dialekts fallend, den Robert eher ins Fränkische verorten wollte.

„Aha, dann bist du…"

„Ich bin Amerikaner", unterbrach ihn der Junge mit sichtlichem Stolz.

„Ja, das habe ich vermutet", merkte Robert an, denn auch der dem amerikanischen Englisch typische Einschlag war herauszuhören.

„Und Sie sind aus Deutschland", statuierte der Junge.

„Ganz recht", bestätigte Robert. „Genaugenommen aus Württemberg, das wiederum nun Teil der Vereinigten Staaten von Mitteleuropa ist."

„Na wenn schon", tat der Junge es mit einer lässigen Handbewegung ab. „Wir sind die ersten und einzigen Vereinigten Staaten."

„Naja, von Amerika auf jeden Fall", versuchte Robert sein diplomatisches Geschick, um sogleich das Thema zu wechseln. „Und du bist hier aus New York?"

„Yep", erwiderte der Junge knapp. „Sind Sie zu Besuch hier oder sind Sie ein Einwanderer?"

„Nun, eher zum Besuch eingewandert würde ich sagen…"

Der Junge sah ihn verwirrt an. „Das verstehe ich nicht. Was denn nun?"

„Naja, ich werde etwas länger bleiben, aber wohl nicht für immer."

„Aha." Er war dennoch ein wenig irritiert. „Hier in New York?"

„Nein, ich will hinüber nach Kalifornien."

„Ach so." Er klang enttäuscht. „Wenn Sie Gold suchen, müssen Sie aber eher nach Colorado oder Montana."

„Nein, lieber nicht."

„Aha." Wieder klang es wenig überzeugt.

„Sag mal, du kennst dich doch hier bestimmt gut aus."

„Na klar", gab der Junge nun leicht verächtlich zurück, so als wäre es fast eine Beleidigung überhaupt danach zu fragen, witterte sodann seine Chance. „Wieso? Wohin wollen Sie denn?"

„Nun, ich bin zwar auf der Durchreise, aber eine Unterkunft bräuchte ich schon."

Der Junge betrachtete ihn mit kritischem, abschätzenden Blick von Kopf bis Fuß. „Ein Hotel?"

„Nicht unbedingt. Ich dachte eher an ein Zimmer in einer Pension, wenn es das hier gibt", klärte Robert ihn auf. „Und wenn ein Restaurant in der Nähe ist, wäre das noch besser", fügte er hastig hinzu.

„Klar. Kein Problem. Für einen *Dime* kann ich Sie hinführen, Mister." Wie selbstverständlich hielt ihm der Junge die ausgestreckte Hand hin.

„Momentan kann ich dir nur einen Groschen anbieten, nimmst du den auch?

„Nee, nur unser Geld."

„Tja, dann müssten wir zuerst eine Wechselstube aufsuchen oder eine Bank", seufzte Robert.

Plötzlich wirkte der Junge wie elektrisiert. „Das ist kein Problem. Mein Dad macht sowas."

„Ist er bei einer Bank?"

„So ähnlich", erwiderte der Junge ausweichend. „Er macht was mit Schuldscheinen."

„Mit Schuldscheinen?" Fast automatisch kramte er sein Sammelsurium wieder aus seiner Innentasche hervor. „Solche?"

„Ja schon", erklärte der Junge als habe er ein Kleinkind vor sich. Gerade wollte Robert freudig darauf eingehen, da hielt der Junge wie abwehrend seine Hände hoch. „Aber er nimmt natürlich nicht alle. Nur welche, die von Ehrenleuten sind."

„Nun, dann habe ich ja doch gute Aussichten", stieß Robert freudig hervor. „Die Leute, von denen ich diese Scheine hier habe, gaben mir sogar die Bank an, bei der ich sie sonst einlösen könnte."

„Dann nimmt er sie bestimmt. Da brauchen Sie gar nicht weitersuchen", hatte der Junge es auf einmal eilig ihn von weiteren Nachforschungen abzuhalten. „Los! Kommen Sie mit!", forderte er Robert auf und schickte sich an loszugehen, nun auch ohne die vorher eingeforderte Bezahlung.

„Aha, zur Bank?"

Der Junge hielt inne. „Zu meinem Vater. Aber den *Dime* will ich trotzdem haben."

„Nun gut", ergab sich Robert und folgte ihm. „Verrätst du mir denn auch deinen Namen?"

Der Junge drehte sich zu ihm um. „Henry und wie heißen Sie?"

„Robert, Robert Blum. – Und wie ist der Name deiner Familie, Henry? Oder ist das ein Geheimnis?"

„Nee, warum denn. Wir heißen Goldman."

„Wie treffend!" Robert konnte sich eines Lachens nicht erwehren. „Nomen est omen, wenn du verstehst, was ich meine."

„Klar, sagt mein Vater auch immer."

„Dein Vater scheint ein kluger und gebildeter Mann zu sein, wenn er sogar Latein beherrscht. Und du dann wahrscheinlich auch."

„Ach was", wehrte Henry ab. „Wer braucht schon Latein? Das spricht doch eh keiner mehr. Rechnen ist viel wichtiger. – Sagt auch mein Dad."

„Na, da könntest du recht haben", gab Robert zu. „Vor allem, wenn du mal selbst Bankier werden willst."

„Ich weiß nicht", druckste Henry.

„Wie, nicht? Kein Bankier?"

„Nee."

„Aha. Was denn?"

„Railroads finde ich viel besser."

„Die Eisenbahn?", gab Robert vor sich zu wundern, obwohl er den Jungen gut verstand. Immerhin verströmte diese neue Technik ihren ganz besonderen Reiz. „So möchtest du also lieber selbst auf der Lok stehen, ja?"

„Nee." Henry schüttelte entschieden, fast entrüstet den Kopf. „Ich will eine eigene Railroad haben!"

„Du willst eine Eisenbahn besitzen? So wie diese…"

„Tycoons", half Henry aus. „Exactly", fügte er, vor Selbstsicherheit strotzend, hinzu und seine Augen funkelten vor Begeisterung.

„Alle Achtung, mein Junge." Robert pfiff vor Anerkennung. „Ein großer Traum."

Henry sprach dann auch sofort aus, was Robert bereits durch den Kopf ging: „Klar. Wir sind doch in Amerika."

***

Robert konnte sich glücklich schätzen, denn Henry war in seiner offenen, unbeschwerten Art ein guter Fremdenführer. Sogar über die Historie der Trinity Church, die sie recht bald erreicht hatten, konnte er ihm einiges berichten. Doch drängte Henry ihn sogleich weiter, so als solle Robert nicht ins Grübeln kommen, worüber auch immer. Aber dazu bestand keinerlei Anlass, es sei denn hinsichtlich der Frage, ob es nicht besser gewesen wäre eine Droschke zu nehmen, denn seine Koffer schienen mit jedem Häuserblock, den sie entlang des Broadways passierten, schwerer zu werden.

„Mal langsam mit den jungen Pferden", stöhnte Robert und setzte seine Koffer auf dem Pflaster, direkt vor dem Eingang zur Kirche ab. Er stemmte die Hände in die Hüften und bog seinen schmerzenden Rücken durch. „Ganz schön hoch", staunte er, weil sein Blick so unmittelbar den Kirchturm emporgewandert war.

„Ja, fast dreihundert Fuß", bestätigte Henry mit einer Mischung aus Stolz und Verwunderung über die Unwissenheit Roberts. „Aber die Türme der Brücke sollen sogar noch höher werden."

„Welche Brücke?"

„Na die nach Brooklyn rüber", klärte Henry ihn augenrollend auf. Offenbar kam der Junge zum Schluss, dass diese Neuankömmlinge aus Europa wirklich keine Ahnung hatten.

„Ah, ja. Darüber habe ich gelesen. Ich hatte gehofft, sie schon sehen zu können."

„Nee, die wollen erst nächstes Jahr anfangen zu bauen", dozierte Henry und war wieder von einer seltsamen Begeisterung befallen. „Die Arbeiter sollen einfach so da unten bauen können, also ohne Taucherglocke."

„Unter Wasser?"

„Ja. – Nee. Das Wasser wird irgendwie… weggedrängt", versuchte er eine Erklärung und es war offensichtlich, dass ihm das Verfahren nicht bekannt war.

„Weggedrängt?", gab Robert in gespielter Verwunderung zurück. „Das klingt ja fast wie bei Mose, als er das Volk Israel durch das Rote Meer in Sicherheit brachte."

„Ja genau, so wollen sie's machen", bestätigte Henry übereifrig, seinem Glauben an das Unmögliche freien Lauf lassend.

‚Ist das einfach nur seine Jugend, die ihn alles glauben lässt?', schoss es Robert durch den Kopf, ‚oder ist dieses Land wirklich das Land der unbegrenzten Möglichkeiten?' Laut sagte er jedoch: „Nun, da werden Sie dem lieben Gott wohl mit einigen Taucherglocken zur Hand gehen, vermute ich."

„Nee, irgendwie mit ganz großen Fässern oder Zylindern, haben sie gesagt."

„Interessant", gab Robert zu, ersparte sich jedoch die Nachfrage, ob das alles so bis ins Letzte durchdacht sei, denn mit welcher Antwort sollte er schon rechnen? Daher fragte er lieber: „Ist das da vorne die Börse[28]?"

„Ja klar! Los, kommen Sie!", forderte Henry ihn voller Elan auf. „Soll ich einen Koffer nehmen?"

„Nein, lass ruhig", wiegelte Robert ab, ohne Nachfrage, welches Vermögen ihn es wohl kosten mochte, wenn er darauf einginge. Mal ganz abgesehen davon, dass ihn die versteckte Geringschätzung seiner körperlichen Verfassung ärgerte. „Das geht schon", gab er ein wenig grantig zurück. „Schließlich habe ich noch eine lange Reise vor mir und da kann ich hier gleich ein wenig üben."

Henry zuckte nur mit den Schultern und setzte sich mit schnel-

---

28

https://en.wikipedia.org/wiki/New_York_Stock_Exchange#/media/File:New_York_Stock_Exchange_1882.jpg len Schritten in Bewegung, so dass Robert alle Mühe hatte ihm zu folgen. Das dichte Gedränge von Droschken, Pferdefuhrwerken und flanierenden Bürgern, viele davon ganz offensichtlich in großer Eile, machte es ihm auch nicht gerade einfacher. Schließlich gelang es ihm sich dort einen Weg zu bahnen, wo Henry behände jede Lücke ausnutzte, um dann unvermittelt stehen zu bleiben. „Das ist die Börse", erklärte er mit ausdrucksloser Stimme und wies nach rechts auf ein Gebäude hin, das in Roberts Augen eher ein nobles Stadthaus darstellte.

Die beiden Stockwerke oberhalb der im zarten Rot gehaltenen Säulen waren gerade einmal breit genug für fünf prächtige Fenster. Über dem dritten Obergeschoss, hier waren die Fenster zweigeteilt und etwas niedriger, um einer reichhaltigen Stuckverzierung Platz zu bieten, erhob sich ein verkleinertes Halbgeschoss, das ein Dach mit Dachterrasse trug. „Hatte ich mir irgendwie größer vorgestellt", konnte sich Robert nicht zurückhalten anzumerken. Das Gleichgültigkeit signalisierende Schulterzucken seines jungen Fremdenführers bemerkte er nur am Rande. Dafür bemerkte Robert nun, dass die Leute hier deutlich besser, ja vornehmer gekleidet waren als im Hafen. Sofort fühlte er sich in seinem neuen Mantel und dem modischen Zylinder nicht mehr so fehl am Platze, sondern im Gegenteil eher als Teil des Gesamten.

„Und das hier", unterbrach Henry ihn in seinen Betrachtungen, „ist die Federal Hall." Er wies auf ein Gebäude im klassizistischen Stil hinter ihm. Die Front des Gebäudes erinnerte mit ihren dorischen Säulen an einen griechischen Tempel, was eine gewisse Erhabenheit verströmte.

„Aha. Ist das, wo…?"

„Ja, hier wurden die Bill of Rights geschrieben und George Washington zum Präsidenten, äh…" Offensichtlich suchte Henry nach den richtigen Worten.

„Vereidigt?", half Robert aus.

„Genau. – Hier in New York und nicht in Philadelphia." Es klang ein wenig schroff.

„Interessant", gab Robert unumwunden zu, wobei er allerdings auch auf die offensichtliche Eifersüchtelei Bezug nahm, die er aus dem Hinweis auf die rivalisierende Stadt entnommen hatte. „Aber inzwischen trägt die Hauptstadt ja seinen Namen."

„Genau. Die in Philadelphia sagen immer, sie wären die erste Hauptstadt gewesen. Aber in Wahrheit war es New York", fügte er mit einer Portion Genugtuung hinzu.

„Also war Philadelphia nur eine Zwischenstation."

„Exactly."

„Muss für sie schwer zu ertragen sein", warf Robert lächelnd ein, während er noch immer in die Betrachtung des Gebäudes vertieft schien.

Ein Achselzucken war die Antwort. „Ist deren Problem. New York ist eh größer und wichtiger, denn hier kommen mehr Schiffe an und hier ist die Börse."

„Ganz recht", pflichtete Robert ihm bei und seufzte. „Wie weit ist es denn noch bis zu unserem Ziel?"

„Wir sind fast da. Es ist gleich dahinten um die Ecke", er wies mit der Hand voraus, „und dann in die Pinestreet." Erklärend fügte er schnell hinzu: „Das ist die nächsten Querstraße."

Robert nickte ergeben und nahm seine Koffer wieder auf, um dem Jungen zu folgen.

***

„Hier ist es", sagte Henry.

Robert betrachtete das Haus, vor dem sie angehalten hatten. Es war ein einfacher Backsteinbau, dessen Zustand er nur als baufällig bezeichnen mochte und ihm ein nüchternes, „aha", entlockte. Die Tür, auf die Henry wies, war deutlich anzusehen, dass sie wohl noch nie mit der gehörigen Sorgfalt behandelt worden war.

„Mein Vater hat sein Office im second floor", erklärte Henry und hielt ihm eifrig die Tür auf.

‚Was soll's', dachte Robert und trat in den Flur, der unerwartet sauber war. Dennoch stieg ihm der übliche Modergeruch alter Gebäude in die Nase. Er folgte Henry die knarrende Holztreppe hinauf in den ersten Stock und einem kurzen Flur entlang.

‚Stimmt', erinnerte sich Robert, erfreut, die enge Treppe nicht noch ein weiteres Stockwerk nach oben zu erklimmen, ‚das Erdgeschoss ist hier der first floor.'

Vor einer Tür mit Milchglaseinsatz hielten sie an. *M. Goldman & Company* las Robert den in goldenen Lettern gehaltenen Firmennamen ohne weiteren Zusatz.

Henry klopfte an und trat sofort ein, was ihm auch sogleich eine Standpauke des Firmeninhabers einbrachte, ein Mann, den Robert auf Ende vierzig schätzte. „Henry! Du sollst gefälligst warten, bis ich dich hereinbitte. Auch als mein Sohn hast du dich daran zu halten. Schließlich führe ich hier mit meinen Klienten vertrauliche Gespräche."

Doch der Angesprochene gab sich sichtlich unbeeindruckt. „Dad, das ist Herr Blum." Dabei wies er mit einer ausladenden Handbewegung auf Robert. „Er ist aus, äh…"

„Württemberg", half Robert aus und lupfte seinen Zylinder. „Guten Tag. – Herr Goldmann, nehme ich an."

„Guten Tag. Ja, Mark Goldmann ist mein Name. Besser gesagt, das war mein Name. Hier in den Staaten legen wir uns alle amerikanische Namen zu. Also nun Marcus Goldman." Er stand auf und blickte Robert erwartungsvoll an.

„Sehr angenehm. Blum, Robert Blum", stellte er sich vor.

Marcus Goldman kam um seinen kleinen Schreibtisch herum auf Robert zu und streckte ihm die Hand hin. „Ganz meinerseits."

Robert ergriff die Hand und schüttelte sie. „Ich freue mich nun auch Ihre Bekanntschaft zu machen, nachdem ich die außerordentliche Hilfsbereitschaft und die wahrlich weitreichenden

Kenntnisse Ihres Sohnes im Hinblick auf diese Stadt habe erfahren dürfen."

„Na, wenn er mal auch so einen Eifer an den Tag legte, wenn es um gute Umgangsformen geht. Da gibt es offenbar noch viel zu tun. Denn wie ich sehe, hat er Ihnen noch nicht einmal einen Koffer abgenommen."

„Oh, das wollte er", sprang Robert sogleich zur Ehrenrettung seines Fremdenführers ein, „aber ich habe abgelehnt."

„Aha."

„Ganz recht, denn ich bin auf der Durchreise und werde sie noch des Öfteren zu tragen haben. Daher sehe ich es als eine gute Ertüchtigung an."

„Nun, wie Sie wünschen. Und Sie stammen aus Württemberg?"

„Ja, aus Stuttgart."

„Die Stadt habe ich leider nie gesehen."

„Sie sind aus Bayern, wie ich hörte, vermutlich aus Franken?"

„Ganz recht, Herr Blum genau genommen aus Trappstadt."

„Trappstadt? – Nun, zugegeben…"

Goldman lachte. „Lieber Herr Blum, es hätte mich wirklich in Erstaunen versetzt, wenn Sie mir jetzt gesagt hätten, dass Ihnen dieses Nest ein Begriff ist."

„Naja…"

„Oh ja, Markt Trappstadt wie es hochtrabend heißt hat sogar zwei Schlösser, ein altes und ein neues", führte Goldman aus. „Wobei das neue auch schon hundertfünfzig Jahre alt ist", schnaubte er. „Aber im Vergleich zu Stuttgart, immerhin die Hauptstadt eines Königreiches ist es eindeutig ein Dorf." Er seufzte ergeben. „Das wird sich in den zwanzig Jahren seit ich von dort fort bin kaum geändert haben."

„Oh, zwanzig Jahre…", staunte Robert.

„Sehr wohl." Er schmunzelte. „Das Ungestüm der Jugend hat

Henry wohl von mir. Damals habe ich es dort einfach nicht mehr ausgehalten." Er seufzte. „Und warten, bis ich volljährig wäre, das konnte ich auch nicht."

Robert wurde es ein wenig unbehaglich, denn er war selbst gerade erst zwanzig und würde seine Volljährigkeit erst im nächsten Jahr erreichen. Doch das wollte er niemandem auf die Nase binden. „Das verstehe ich sehr gut, denn auch ich habe seit jener Zeit einige Reisen unternommen", lenkte er das Thema in eine andere Richtung. „Allerdings, so vermute ich, waren Ihre Beweggründe andere als meine. Immerhin schätze ich mich glücklich, einer Familie zu entstammen, die es mit der Fabrikation von Cementwaren zu einigem Wohlstand gebracht hat."

„Dann ist es in der Tat so", pflichtete ihm Goldman bei. „Denn als Handelsvertreter und zudem noch als Jude hat es mein Vater nicht immer geschafft alle Mäuler in der Familie zu stopfen. Hier in Amerika wäre es ihm anders ergangen, aber er war nicht zu bewegen das Frankenland zu verlassen." Er lachte kurz auf und zuckte mit den Schultern. „Gerade einmal bis nach Königshofen ist er gekommen, noch nicht einmal eine Tagesreise weit. Also habe ich mein Schicksal selbst in die Hand genommen."

„Das ist bewundernswert", merkte Robert anerkennend an.

Doch Goldman tat es mit einer Handbewegung ab. „Ach was, Herr Blum, es musste sein. Not lehrt beten, heißt es im Volksmund, aber es macht trotzdem nicht satt. Wenn man das erreichen will, muss man schon etwas unternehmen."

„Das scheint mir ein treffendes Motto für dieses Land", erwiderte Robert und nickte zustimmend. „Zwar bin ich gerade erst angekommen, aber die allgegenwärtige Aufbruchstimmung und die schier grenzenlose Zuversicht lassen kaum einen Zweifel daran, dass in diesem Land alles möglich ist."

„So ist es, Herr Blum, so ist es. Und werden sie das auch für sich nutzen?"

„Es reizt mich ungemein", gab Robert unumwunden zu. „Dennoch muss ich erst herausfinden, ob meine Talente hier gefragt sind."

„Bestimmt", ließ Goldman keinerlei Zweifel aufkommen, „gleich welcher Art sie sind. Darf ich dennoch fragen, was denn Ihr großes Talent ist?"

„Durchaus." Er räusperte sich. „Schon während der Schiffspassage habe ich einige Bilder und Zeichnungen anfertigen und sogar versilbern können, trotz der Daguerreotypie, die uns Künstlern nun in ganz Europa gehörig den Rang abläuft." Er bemerkte den fragenden Blick seines Gegenübers. „Oh, die Daguerreotypie ist ein Verfahren, um ein Abbild direkt auf eine Platte zu bringen, die mit Silber beschichtet ist, allein durch das Einfangen des Lichts über einige optische Linsen." Er lachte. „Im Mittelalter hätte man das sicher als Teufelswerk bezeichnet."

Goldman stimmte in sein Lachen ein. Es klang jedoch ein wenig gekünstelt, weil, so vermutete Robert, er keinerlei Vorstellungen von diesem Verfahren der Fotographie hatte. „Aber Sie sagten, Sie seien auf der Durchreise", lenkte er daher das Gespräch in eine andere Richtung.

„Ja, richtig, nach San Francisco."

„Oh, nach California…"

„Er will aber nicht nach Gold suchen", warf Henry vorlaut ein, was ihm sogleich eine Zurechtweisung seines Vaters einbrachte.

„Wenn Erwachsene sich unterhalten, haben Kinder zu schweigen!", blaffte er seinen Sohn an, der daraufhin schmollend die Arme vor der Brust verschränkte.

„Dieses ungebührliche Verhalten meines Sohnes bitte ich zu entschulden", sagte Goldman an Robert gewandt.

„Aus ihm spricht das Ungestüm der Jugend", kommentiert Robert verständnisvoll.

„Das mag sein, aber es ist trotzdem nicht recht." Er seufzte. „Doch, werter Herr Blum, was führt Sie zu mir, denn eine Galerie betreibe ich nicht, wie Sie wahrscheinlich bereits wissen."

Henry wollte gerade zu einer Erklärung ansetzen, aber der strafende Blick seines Vaters ließ ihn innehalten. Das war Robert nicht entgangen. „Nun, Ihr Sohn sagte mir, dass Sie mir bei der Vermittlung einer Bank und der Einlösung einiger privater Schuldscheine behilflich sein könnten", warf er daher geschwind ein.

„Ja, das ist eher mein Geschäft", bestätigte Goldman zögerlich. Dabei fuhr er sich nachdenklich mit der Hand übers Kinn. „Das mit der Bank macht keine Umstände. Zwar trage ich mich mit dem Gedanken selbst eine Bank zu gründen, aber vorerst würde ich Sie an meinen guten Freund Emanuel Lehman verweisen. Er wird übrigens heute Abend bei mir zu Gast sein. Wenn Sie es einrichten könnten uns ebenfalls zu beehren, werde ich Sie gern einander bekannt machen."

„Oh! Zuviel der Güte", wehrte Robert ab. „Es liegt mir fern, in Familienfeiern hineinzuplatzen."

„Ach was", tat Goldman ab. „Es ist eh eine halb geschäftliche Angelegenheit. Und da Emanuel seinen Sohn Philip mitbringt…"

„Philip kommt auch!", rief Henry vor Begeisterung, schwieg aber sofort wieder als er der drohenden Geste seines Vaters gewahr wurde.

„Nun, ob mein Sohn Henry mit von der Partie sein wird, muss sich noch entscheiden", orakelte Goldman in Form einer versteckten Zurechtweisung, „aber Joseph wird seinen Sohn Samuel mitbringen und so werden wir genügend Gelegenheit finden, um Ihr Anliegen zu besprechen."

„Dann nehme ich Ihre Einladung dankbar an", entgegnete Robert und zeigte sich doch leicht besorgt. „Allerdings bin ich nicht darauf eingerichtet."

Goldman bedachte ihn mit einem prüfenden Blick. „Nur keine Umstände, junger Herr Blum. Sie gehen ja nicht auf Brautschau."

„Nein, gewiss nicht", lachte Robert. „Doch komme ich ungern

mit leeren Händen und…"

„Das lassen Sie mal schön bleiben", unterbrach ihn Goldman und lachte dann. „Ich werde mir doch die bessere Verhandlungsposition nicht verspielen, wenn wir jetzt über Ihr zweites Anliegen, also diese privaten Schuldscheine, reden. Schließlich habe ich ja auch noch einige Vorurteile zu erfüllen, die über uns Juden nicht nur in der alten Heimat herumgeistern."

„Na dann hoffe ich, dass Sie mir überhaupt noch etwas lassen", stimmte Robert ein und kramte die Schuldscheine hervor, um sie seinem Gegenüber zu präsentieren.

Der betrachtete jeden einzelnen äußerst kritisch, seufzte und sagte dann: „Das wird nicht einfach, wenn keiner dieser Herrschaften mit einer hiesigen Bank in geschäftlicher Beziehung steht. Und der Transfer von diesen Scheinen", er zeigte auf das Bündel, „wird einige Wochen in Anspruch nehmen und die Banken berechnen Gebühren… na, ich weiß nicht, ob das alles den Aufwand noch rechtfertigt."

„Aber Herr Goldmann", hielt Robert dagegen, bewusst die deutsche Form des Namens wählend, „dann ist es vielleicht besser, wenn ich sie erst nach meiner Rückkehr eintausche."

„Oho! Auch Sie verstehen es trefflich zu handeln", stellte Goldman anerkennend fest, wenn nicht sogar mit einem Hauch an Bewunderung. „Aber denken Sie an das Risiko des Verlusts. Immerhin werden Sie die Wildnis auf diesem Kontinent durchqueren, auch wenn es seit kurzem eine Verbindung der Eisenbahnen gibt."

„Das ist wohl wahr", gab Robert zu. „Wollen wir die Sache nicht einfach abkürzen? Erhalte ich wenigstens genug, um meinen Aufenthalt in einer Pension damit abdecken zu können?"

„Da machen Sie sich mal keine Sorgen", lächelte Goldman. „Wie ich meine Bertha kenne, wird sie umgehend unsere Kammer herrichten."

„Nun, wenn das so ist", ergab sich Robert, „dann will ich mit

Dankbarkeit jeden Betrag annehmen, den Sie für gerechtfertigt halten, denn ich stehe schon so in Ihrer Schuld."

„Ach was", tat Goldman es ab. „Es ist uns eine Freude." Nun wandte er sich an seinen Sohn. „Henry, geleite doch Herrn Blum zu unserem Haus und sag deiner Mutter, das wir ab heute einen Gast bei uns haben."

Der junge strahlte vor Freude. „Dann mal los Mister Blum", drängte er Robert sogleich wieder zum Aufbruch.

„Mal langsam mit den jungen Pferden", hielt Robert dagegen. „Erst einmal will ich deinem Vater danken und mich von ihm verabschieden." Damit hielt er seine Hand dem Genannten hin, der sie auch freudig ergriff.

„Dann sehen wir uns heute Abend, Herr Blum."

„Es wird mir eine ebenso große Freude sein, wie ich sie bereits jetzt empfunden habe."

„Ganz meinerseits." Er wandte sich an seinen Sohn. „Und jetzt wirst du gefälligst die Koffer tragen."

„Geht klar", erwiderte Henry und ergriff die beiden Koffer. Es verstand sich von selbst, dass er es sich nicht anmerken ließ, dass sie schwerer waren als er es sich vorgestellt hatte.

Nach einem kräftigen Handschlag verließ Robert den Geschäftsraum, um Henry zu folgen. „Danke für deine Hilfe", sagte er, sobald er den Jungen eingeholt hatte, „aber ich weiß, dass die Koffer sehr schwer sind."

„Das geht schon", ächzte Henry.

„Dann gib mir wenigstens einen", schlug Robert einen Kompromiss vor.

„Sie haben doch gehört was mein Vater gesagt hat", gab der Junge störrisch zurück. „Außerdem wohnen wir gleich in der Nähe."

„Wie du meinst." Robert zuckte ergeben mit den Achseln und folgte ihm leichtfüßig, da von seiner Last befreit, auch im übertragenen Sinne.

„Haben Sie schon eine Braut?", fragte Henry unvermittelt und Robert wusste nicht, ob es aus wirklichem Interesse war oder nur, um sich von seiner Anstrengung abzulenken.

„Nein", antwortete Robert verblüfft. „Dein Vater hat schon so seltsam gefragt. Hat es damit irgendeine Bewandtnis?"

„Da geht es ihm wohl um Louisa."

„Louisa?"

„Ja meine Schwester", erläuterte Henry. „Sie ist fünfzehn und soll bald heiraten."

„Oho!", entfuhr es Robert und seine Gedanken rasten bereits unkontrolliert. Sollte er auch noch gleich verkuppelt werden? Zuzutrauen wäre es dem raffinierten Geschäftsmann durchaus, fand er.

„Ja, deshalb ist wohl Samuel heute Abend auch da."

„Aha", seufzte Robert erleichtert. „Dann ist er der Auserkorene?"

„Bestimmt", bestätigte Henry. „Ich habe sie neulich belauscht und ich weiß auch, dass Samuel ganz schön in sie verknallt ist."

„Na, dann ist doch alles bestens."

„Nö. Er ist achtzehn und mein Vater sagt, er muss bei den Lehmans noch viel lernen."

„Aha, was denn genau?"

„Was man eben so in einer Bank macht, irgendwelchen langweiligen Kram", gab Henry mit einem Tonfall zurück, der erkennen ließ, für wie naiv er Robert in diesem Moment hielt.

„Ach so. Er will also Bankier werden. Und die Lehmans haben eine eigene Bank?"

„Ja, eine ziemlich große sogar… Glaube ich zumindest."

„Dann kann sich deine Schwester ja glücklich schätzen, denn alle Bankiers, die ich kenne, sind richtig reich."

„Nur wir nicht." Sein Verdruss darüber war unüberhörbar.

„Naja, wie lange macht dein Vater das nun schon?"

„Keine Ahnung."

„Von heute auf morgen geht das nicht. Aber ich glaube, irgendwann seid ihr so reich, dass euch ganz Amerika kennt."

Henry lachte verächtlich. „Ja, ich auf jeden Fall", sagte er dann grimmig. „Ich werde sogar noch reicher sein als Mister Vanderbilt."

„Cornelius Vanderbilt?" Er bemerkte das Nicken seines jungen Gehilfen. „Na, da hast du dir ja gleich richtig was vorgenommen."

Der Junge zuckte nur gleichgültig mit den Schultern und es klang recht unbeteiligt, als er sagte: „Wir sind da."

***

Es war Robert noch immer ein wenig unwohl, denn so herzlich wie er von Bertha Goldman aufgenommen worden war, glich es schon fast dem Gleichnis vom heimkehrenden verlorenen Sohn. Daher fühlte er sich nun erst recht tief in der Schuld seiner Gastgeber, als er in seiner besten Garderobe zum Abendessen erschien.

Sofort wurde er von Mark Goldmann, alias Marcus Goldman, den Geschäftspartnern Emanuel Lehman und Joseph Sachs sowie deren Söhnen Philip und Samuel vorgestellt. Das Geschäftliche war weitaus schneller abgehandelt als Robert es sich erhofft hatte. Offenbar verfügten die Lehmans über gute Verbindungen im gesamten Land.

„Notfalls können Sie uns auch telegraphieren", vertraute Emanuel Lehman ihm an. „Wir haben uns an der nächsten Telegraphenlinie beteiligt, die von der *Western Union Telegraph Company* gebaut worden ist. Der Hauptzweck ist zwar", vertraute er ihm im vertraulichen Ton an, „die aktuellen Goldpreise zwischen den Küsten schneller auszutauschen, aber gegen eine Gebühr werden auch andere Nachrichten übermittelt." Robert nickte dankbar und ein wenig irritiert, denn in seiner Heimat war inzwischen ein dichtes Telegraphennetz entstanden. Aber hier in Amerika waren die geographischen Bedingungen sicherlich eine größere Herausforderung. „Wirklich ein guter Mann", fügte Lehman noch hinzu, „dieser Pope."

„Pope?"

„Ja, ganz recht", bekräftigte Lehman, „Franklin Leonard Pope. Ein echtes Genie, wenn Sie mich fragen. Und nun vergeudet er sein Talent als leitender Ingenieur bei der *Gold und Stock Reporting Telegraph Company*. Dabei haben wir ihm angeboten ein Unternehmen wie dieses zu finanzieren." Mit einem Seufzer setzte er hinzu: „Aber wenigstens bleibt er uns erhalten. Und Sie, Herr Blum, Sie können davon profitieren, denn so sind wir in der Lage Ihre Bankverbindung von Frisco bis Stuttgart zu ermöglichen."

„Ja, diese moderne Technik ist schon beeindruckend", riss Robert sich zu einem Kommentar hin. „Und vielen Dank für Ihre Unterstützung, Herr Lehman."

„Kein Ursache." Er gab Robert einen freundschaftlichen Klaps auf die Schulter. „Wenn Sie Ihre Reise unternehmen, werden Sie quasi stets von unserer Telegraphenlinie begleitet."

„Auch das hat etwas Beruhigendes", kommentiert Robert und sein Lachen wirkte ansteckend. Wenn er also seine Reise so wählte, dass er über Cleveland und die jüngst fertiggestellte Eisenbahnverbindung bis Sacramento fuhr, würde er – so hatte er erfahren – darüber hinaus auch stets auf Geschäftspartner stoßen, die ihrerseits gute Verbindungen nach Europa unterhielten. Ferner stellte es sich sehr schnell heraus, dass die jüngere Generation dieser Familien bedeutendes Interesse an den Ereignissen in Mitteleuropa und sogar am Gebrauch der deutschen Sprache zeigte. Folglich wurde die Konversation auch weiterhin auf Deutsch geführt.

„Mein Vater ist sehr froh, dass er unseren Namen nicht in Scramasax geändert hat", warf Samuel Sachs ein, als das Gespräch auf die jüngsten Debatten über die Festlegung einer Staatssprache in den Vereinigten Staaten von Amerika kam.

Robert hatte gleich einen guten Draht zu diesem jungen Mann, der im gleichen Jahr das Licht der Welt erblickt hatte wie sein Bruder Hermann. „Das wäre auch reichlich martialisch", merkte er kritisch an, „auch wenn es einfach nur eine simple Übersetzung ist."

„Durchaus", gab Samuel unumwunden zu, „aber der Familienname Sachs deutet doch eher die Zugehörigkeit zu den Sachsen an. Da würde ich ihn schon eher in Fränkl ändern, um unsere alten Wurzeln in Franken zu ehren."

„Ist Ihre Heimat denn nicht Amerika?", wunderte sich Robert.

„Auf jeden Fall", bekräftigte der junge Mann so deutlich, dass keinerlei Zweifel bleiben konnten. „Doch wie Sie bestimmt wissen, stammen unsere Familien, zumindest wir, die Sachs und die Goldmanns, aus der Nähe von Köngishofen an der Saale, also der Fränkischen Saale."

„Das ist mir bekannt", bestätigte Robert, erstaunt über diesen Lokalpatriotismus. „Allerdings bin ich davon ausgegangen, dass dieser neue Kontinent sich auf eigene Traditionen besinnen möchte."

„Keineswegs", widersprach Samuel mit glühendem Enthusiasmus. „Die Briten lassen daran keinen Zweifel, denn ber.ehmen sich geradezu so, als hätte es unsere Unabhängigkeitserklärung nie gegeben. Tja, und seit den Ereignissen um die Ausrufung der Vereinigten Staaten von Mitteleuropa ist hier das Deutsche besonders hoch angesehen, vor allem bei den unzähligen Auswanderern, die Ende der Vierziger herübergekommen sind, wie unsere Väter auch."

„Und ich dachte immer, die wären ausgewandert, weil die große Freiheit sie angelockt hat und sie der Reaktion auf die Revolution, also der Monarchie entgehen wollten."

„Durchaus, aber Kaiser Friedrich ist bei vielen, wenn nicht sogar allen Deutschstämmigen, sehr hoch im Kurs, wenn Sie mir diesen Börsenparkett-Jargon erlauben. Immerhin gilt der Kaiser als genauso liberal wie das Haus seiner Gemahlin aus England. – Stimmt das?"

„Das ist so", bescheinigte Robert. „Nicht ohne Grund wurde der Name Vereinigte Staaten übernommen, um genau das zu symbolisieren, was letztendlich auch Ihr Land ausmacht."

„Und gerade deshalb werden die Deutschen hier vielfach beneidet."

„Ach. Wie das?"

„Immerhin ist es ein Staatenbund, der es sogar schafft, unterschiedliche Völker mit unterschiedlichen Sprachen zu einen. Wenn ich da an die stolzen Ungarn denke oder die traditionellen Böhmen… ach nein, Tschechen, nicht wahr?"

„Ja richtig", bestätigte Robert. „Aber diese Völker zu respektieren, das haben wir wiederum von Amerika, also den VSA, gelernt", bremste Robert den Elan seines Gegenübers. „Daher wundert es mich umso mehr, dass hier nun eine erneute Abstimmung über eine Staatssprache angesetzt werden soll, wenn ich da richtig informiert bin."

„Ja, das sind Sie, Herr Blum. Und diesmal wird es keinen Verrat geben, wie vor einem Dreivierteljahrhundert, wie an diesem unsäglichen neunten Januar vierundneunzig, als dieser Herr Mühlenberg seine Heimat verleugnete."

„Na, also Verrat würde ich das nicht…"

„Oh doch!", echauffierte sich Samuel leidenschaftlich. „Es ist auch eine Frage der wirklichen Unabhängigkeit von den Briten, wenn Sie verstehen, was ich meine."

„Ja, das verstehe ich sehr gut", quittierte Robert. „Doch ist bei uns das Deutsche keine Staatssprache, sondern eher etwas wie eine Lingua Franca, denn in den einzelnen Teilstaaten sind die örtlichen Sprachen an erster Stelle, also das Ungarische, das

Slowakische…"

„So kann es hier dann ja auch sein", unterbrach Samuel ihn voller Eifer. „Nur müssen wir das Englische endlich zurückdrängen, um wirklich unabhängig zu sein. – Ah, sie kommen", unterbrach er sich selbst und wirkte auf einmal wie hypnotisiert.

Robert fand den Grund für diese Wandlung rasch heraus, denn die glühenden Blicke seines Gesprächspartners waren fortan einzig und allein auf eine junge Frau gerichtet, die – das musste Robert unumwunden eingestehen – an Schönheit und Liebreiz ihresgleichen suchte. Obwohl er längst ahnte, um wen es sich dabei handelte, entschlüpfte ihm dennoch die Frage: „Ist das die Tochter des Hauses?"

„Ja", gab Samuel zur Antwort und seine Stimme glich einer Mischung aus Krächzen und ehrfurchtsvollem Hauchen. „Noch heute werde ich um ihre Hand anhalten", fügte er wie abwesend hinzu.

Robert wollte ihm alles Gute bei seinem Unterfangen wünschen, aber schon wurden sie zu Tisch gebeten. Zu seiner Verwunderung wurde ihm sogar die Ehre zuteil an der Seite eben jener jüngsten Tochter des Hauses Platz zu nehmen. Einerseits erfüllte ihn dies mit einem Hochgefühl ungeahnten Ausmaßes, denn dieser bezaubernden Louisa so nahe zu sein, war mehr als atemberaubend. Andererseits war er sich bewusst, dass er nun gleich mehrfach unter intensiver Beobachtung stand und gehörig Acht geben musste, um sich Samuel nicht zum Todfeind zu machen.

„Es ist mir eine Ehre", brachte er dank seiner guten Erziehung hervor, die ihn vor der Sprachlosigkeit bewahrte. Ebenso schaffte er es ihr einen fast vollendeten Handkuss anzudeuten. Louisa errötete und senkte schüchtern den Blick. Ganz offensichtlich war sie es weder gewohnt derart beehrt zu werden, noch im Mittelpunkt des Geschehens zu stehen.

Jetzt muss ich aber aufpassen, dass ich mich nicht doch noch verliebe, ging es Robert durch den Kopf. Denn das Verhalten der jungen Schönheit imponierte ihm schon allein deshalb, weil viele junge Damen sich ihres Äußeren nicht nur bewusst waren, sondern weil es sie sogar zu einer bisweilen unerträglichen Arroganz verleitete. So war es Louisas Natürlichkeit, von der er gleich eingenommen war. Trotzdem rief er sich in Erinnerung, dass er mit äußerster Umsicht agieren musste, denn schon glaubte er die tausend Schwerter zu spüren, die ihm Samuel sicher gern in diesem Moment in den Leib gerammt hätte.

„Gibt es einen besonderen Anlass für dieses Fest?", fragte Robert seine Begleiterin, um eine Konversation in Gang zu bringen, sobald sie Platz genommen hatten.

„Oh ja", erwiderte Louisa und blickte Robert mit großen dunklen Augen an, „Papa hat doch sein neues Geschäft eröffnet und die anderen haben ihm dabei geholfen."

Es war Robert als bohre sich ihr Blick glühend bis direkt in sein Herz. In diesem Moment war er froh zu sitzen, denn er hätte nicht sagen können, ob seine Beine noch getragen hätten. Wie konnte es sein, dass ihn dieses bezaubernde Wesen so einfach um seinen Verstand brachte?

„Henry hat Ihnen sicher erzählt, dass es darum geht, dass ich alsbald verheiratet werden soll, nicht wahr?"

„In der Tat", brachte Robert trotz seiner Verblüffung hervor. „Das hat er in der Tat", setzte er noch hinzu. Über ihre Offenheit und Direktheit war er nun doch mehr als erstaunt. Konnte es sein, dass ihre Schüchternheit zu Beginn nur vorgespielt war?

„Typisch mein kleiner Bruder", tat sie es ab und bemühte sich dabei sehr souverän zu wirken. „Als wenn ihn das überhaupt etwas anginge."

Ist das nun ein üblicher Zwist unter Geschwistern, rätselte Robert, oder worauf will sie nun hinaus? „Nun, er scheint sich jedenfalls um Sie zu sorgen", warf er diplomatisch ein.

„Von wegen", tat sie es verächtlich ab. „Er kann es doch selbst kaum erwarten, dass ihm eine Braut zugesprochen wird.

„Nun, dafür ist er aber deutlich zu jung", hielt Robert dagegen. „Selbst wenn er sein Auge vielleicht schon auf eine Dame seines Herzens geworfen haben sollte."

„Eine?" Wieder war der Spott unüberhörbar. „Wenn wir die Traditionen nicht hätten, wüsste ich nicht, welche vor ihm nicht sicher wäre."

„So? Er ist doch höchstens erst zwölf."

„Ganz genau. Trotzdem führt er sich bisweilen so auf, als wäre er schon der große Herr. Dabei kann er sich gar nicht vorstellen, was es bedeutet."

„Nein, wahrscheinlich nicht." Insgeheim fügte er hinzu: Ob du es wohl weißt, mein Täubchen? Dabei war er in Gedanken wieder bei Isabel. Welch' unglaubliche Nacht war es doch gewesen. Eine Woge ungestümer Gefühle überschwemmte ihn und erst die Erkenntnis, dass er wahrscheinlich nur ein kleines Abenteuer für Isabel gewesen war, ließ ihn recht unsanft wieder in die Realität zurückkehren.

„Wussten Sie, dass es hier in Amerika Frauen gibt, die wollen, dass wir Frauen gleichberechtigt und unabhängig sein sollen?" Da Robert sie nun verwirrt anblickte, ergänzte sie enthusiastisch: „Ja, so unabhängig wie die Männer. Und Frauen sollen dann entscheiden, mit wem sie verheiratet sein wollen." Ihre Wangen glühten vor Erregung. „Warum sollten wir Frauen nicht den Männern einen Antrag stellen dürfen?", legte sie noch nach.

„Nun…" Robert trank einen Schluck Wasser, denn es war ihm auf einmal recht unbehaglich zumute.

„Sind Sie eigentlich verheiratet?", fragte sie wie aus heiterem Himmel und ihr Blick schien ihn zu verschlingen.

Robert hatte alle Mühe sich unter Kontrolle zu halten und sich am Wasser nicht zu verschlucken. Augenscheinlich war ihr das nicht entgangen, denn sie lächelte gewinnend und siegesgewiss. So war denn Roberts Kopfschütteln und sein gekrächztes „Nein" Anlass genug, um deutlicher zu werden.

„Mein Vater sagte, dass Ihre Familie in Stuttgart eine Fabrikation besitzt…" Robert räusperte sich und war noch immer nicht in der Lage etwas zu sagen. „Also ich könnte mir gut vorstellen in Stuttgart zu…"

Das Klingeln des Glases, gegen das Marcus Goldman mit seiner Gabel schlug, ließ sie abrupt verstummen und Robert konnte nicht umhin sich erlöst zu fühlen. Hatte er das jetzt richtig verstanden? Wollte Louisa andeuten, sofern man hier überhaupt noch von einer Andeutung sprechen konnte, dass sie seine Frau werden und mit ihm nach Stuttgart gehen wolle? War das vielleicht sogar vom Gastgeber so eingefädelt worden? War ihre mehr als offen gezeigte Zuneigung echt oder nur genauso gespielt wie ihre Schüchternheit? – So sehr auch der Sturm der Gefühle in ihm jubilieren wollte, so sehr schienen ihn auch unzählige Signalhörner mit ohrenbetäubendem Getöse zu warnen.

Wie in Trance nahm er wahr, wie der Gastgeber seine Gäste nun ganz offiziell begrüßte und auch ihn noch einmal vorstellte. Robert stand sogar auf, um sich für die Ehre zu bedanken. Der eisige, stahlharte Blick Samuels ernüchterte ihn auf der Stelle und war dankbar, dass er sich sogleich wieder setzen konnte und ihm sogar noch Zeit blieb, um über unverfängliche Themen zu sinnieren, mit denen er die Konversation mit seiner Tischdame fortsetzen könnte.

Doch die schwärmte in ihren eigenen Vorstellungen vom Leben in einer mitteleuropäischen Metropole, im Schatten eines Königshauses. Dabei schien sie gar nicht zu bemerken, dass Robert sich immer weniger beteiligte und sein Verhalten zum Schluss fast als wortkarg hätte bezeichnet werden können.

„Wie gefällt Ihnen die Kammer?", wechselte sie auf einmal wie beiläufig das Thema. Doch Roberts Argwohn wurde erneut entfacht.

„Sehr gut. Wirklich sehr modern und geschmackvoll eingerichtet. Haben Sie häufig Gäste zu beherbergen?"

„Nein. Eigentlich wollte meine Mutter in dem Raum eine Stube einrichten, um Bekleidung und Stickereien feil zu bieten."

„Ach so?"

„Ja, meine Eltern haben ein Bekleidungsgeschäft gehabt, als wir noch in Philadelphia wohnten. Aber in New York, so sagt mein Papa immer, da entsteht das wahre Amerika. Und das ist ein Amerika des Geldes und der Banken."

„Da hat er wohl recht", pflichtete Robert ihr bei, froh über das eher unverfängliche Thema. „Obwohl Philadelphia noch immer die größere Bekanntheit genießt, jedenfalls in Europa."

„Nicht mehr lange", hielt sie dagegen und winkte ab. Dann beugte sie sich ein wenig zu ihm hinüber und flüsterte verschwörerisch: „Wissen Sie was das Beste an der Kammer ist?"

„Nein, sie ist allerdings außergewöhnlich… nun, gemütlich."

„Ja, das ist sie." Sie lächelte verschmitzt und wieder zeigte sich eine zarte Röte auf ihren Wangen. „Und sie ist völlig abgelegen."

‚Ich muss die Kammer heute Nacht absperren!' – Das war der erste Gedanke, der Robert sofort in den Sinn kam als er ihren feurig glühenden Blick erhaschte. Im Geiste sah er sie schon hereinschleichen und sofort waren da wieder die Bilder von Isabel vor seinem inneren Auge. Ein unbändiges Verlangen stieg in ihm auf und er hatte alle Mühe sich nichts anmerken zu lassen. Die unerhörte und unsittliche Vorfreude, die ihn befiel, machte es ihm nicht gerade leichter. Kein Zweifel, Louisa meinte es ernst und offenbar stand sie ihrem Bruder in nichts nach, wenn es um diese Angelegenheiten ging. War sie wirklich erst fünfzehn? Wenn ihm nicht bald etwas einfiel, würde sie ihre Absicht womöglich in die Tat umsetzen und er würde die Familie entehren. Das galt es um alles in der Welt zu vermeiden. Daher durfte es gar nicht erst soweit kommen. Nun schalt er sich einen Esel. Hätte er doch bloß gesagt, dass eine Braut auf ihn warte. Doch es half nichts. Er brauchte einen Plan, um diesen Ort möglichst schnell zu verlassen.

Im selben Moment stand sein Entschluss fest. Gleich am folgenden Tag wollte er seine Reise fortsetzen. Immerhin hatte er alle Vorbereitungen für seine Überquerung des Kontinents bereits abgeschlossen. Selbst den Zeitplan der Eisenbahn hatte er hinlänglich studiert und irgendwas drängte ihn, den Zug zu besteigen, der am nächsten Tag gegen Mittag abfahren sollte. Er musste also nur noch einen Weg finden, um in dieser Nacht der Venusfalle zu entgehen.

Plötzlich hatte er den rettenden Geistesblitz. „Doch erst einmal will ich sehen, welches Himmelsspektakel Henry mir in der Nacht zeigen will", sagte er so beiläufig wie möglich.

„Heute Nacht?" Hörte er Enttäuschung aus ihrer Stimme oder sogar Wut auf den Bruder heraus? „Davon hat er mir gar nichts gesagt. Und ich hatte mich schon auf einen schönen Spaziergang gefreut. Wirklich heute Nacht?"

„Ja. Also, wenn ich ihn richtig verstanden habe." Er zuckte mit den Achseln und überlegte schon krampfhaft, wie er den Jungen instruieren und dazu bringen könnte, diese Idee als seine eigene zu akzeptieren. „Dabei habe ich ihm gesagt, dass es alles schon fast zu viel für einen einzigen Tag ist", spann Robert seine Ausführungen weiter. „Aber, dieses Spektakel lässt sich nicht verschieben und alle scheinen schon sehr gespannt darauf zu sein, wenn ich ihn recht verstanden habe." Er versuchte sich an einem gewinnenden Lächeln. „Dabei habe ich bei meiner Reise sehr viel Zeit eingeplant." Nun seufzte er als wäre es ihm eine schwere Bürde. „Da werden die kommenden Abende hoffentlich nicht öde und leer sein."

„Nein, gewiss nicht", erwidete sie mit einem glühenden Blick, wobei sie verschmitzt lächelte.

Das Ende der Mahlzeit erlöste ihn von weiteren Ausführungen. Wie es die Tradition wollte, zogen die Damen sich nun zurück. Währenddessen begannen sich die Herren dem Genuss von Tabak und Whiskey hinzugeben. Er verabschiedete Louisa nach allen Regeln der Etikette und einem vieldeutigen Hinweis, dass es morgen auch noch einen Tag gäbe, bevor er Henry zu sich winkte.

„Was gibt's?", fragte der unwirsch. „Wollen Sie jetzt auch noch wissen, wie sie meinen Vater rumkriegen, damit er ihnen Louisa gibt?"

„Nein, nein", lachte Robert. „Die Karten sind doch bestimmt längst gemischt." Er ignorierte den fragenden Blick des Jungen und sagte im verschwörerischen Ton: „Ich habe gehört, dass es in der Nacht ein Himmelsspektakel, eine Mondfinsternis oder einen Sternschnuppengewitter oder sowas geben soll."

„So?"

„Nun", er zuckte mit den Achseln, „ich dachte, du wüsstest was darüber."

„Nee, aber ich kriege das raus."

„Na gut. Wenn es sich lohnt, kannst du mir ja Bescheid geben."

„Klar mache ich. – Aber ich will dabei sein."

Robert verstand seine Andeutung und versprach: „Nun, wenn du nachher dieses einmalige Spektakel ankündigst, werde ich deinen Vater bestimmt überzeugen, dass du mit dabei sein kannst. Aber du musst schon überzeugend sein."

„Kein Problem." Damit machte Henry auch schon kehrt und Robert wandte sich den anderen Herren zu, die bereits die ersten Züge ihrer Zigarren genossen. Er gedachte es ihnen gleich zu tun, denn alles lief nun nach Plan und morgen gedachte er in jenem Zug zu sitzen, der ihn zu seiner ersten Station, nach Philadelphia bringen sollte. Von hier aus war es dann noch eine Reise von fast einer Woche bis nach Chicago. Die Dimensionen dieses Landes waren in der Tat gewaltig und in Europa nur mit den Weiten Russlands zu vergleichen.

***

Chicago – 1869

Eine Woche Reisezeit hatte Robert einkalkuliert. Dank eines unerwarteten Angebots hatte er sie nun erheblich verkürzen können. Denn das Abteil, das ihm eine Übernachtung im Zug ermöglicht hatte, war darüber hinaus von geringerem finanziellen Aufwand gewesen als die Übernachtungen in den Hotels entlang seiner Route. Auf die Idee, den Nachtzug zu nehmen, hatte ihn Samuel Sachs gebracht, der über den kurzfristigen Aufbruch Roberts zu sehr erfreut war, um es vor ihm verbergen zu können. Immerhin wurde er doch einen aus seiner Sicht lästigen Nebenbuhler los. Die schmachtenden Blicke Louisas waren ihm nicht entgangen und so war er überaus hilfsbereit bei allen Aktivitäten, die einen Aufbruch Roberts am Folgetag nicht nur ermöglichten, sondern sogar beschleunigten.

„Machen Sie sich doch keine Umstände", hatte Robert die Hilfe höflich abgelehnt.

Doch Samuel hatte sich nicht beirren lassen. „Ach, das sind keine Umstände, Herr Blum. Ich gedachte heute ohnehin am Bahnhof zu sein, um einen besonderen Gast von Mister Pope zu empfangen. Er ist ganz begeistert diesen Mann endlich zu treffen. Er hat mir gesagt, dass er da ein wahrliches Genie erwartet. Dann, so hat er meinem Vater versichert, könne er endlich die Welt der Telegraphie revolutionieren."

„Aha." Mehr hatte Robert nicht darauf geantwortet, denn inzwischen hatte er sich fast daran gewöhnt, dass es in diesem Land offenbar nur Superlative gab. Alles war am größten, am schnellsten, am wichtigsten oder es war revolutionär oder schlicht unübertrefflich. Etwas wie Normalität oder einfach nur realistisch, schien hierzulande nicht zu existieren. Dennoch war er sehr gespannt gewesen, diesem vermeintlichen Genie zu begegnen.

Allerdings hatte Robert die Begegnung dann doch eher als ernüchternd empfunden und der geniale junge Mann – er mochte etwa in seinem Alter sein – hatte auf ihn den hierzulande typi-

164

schen Eindruck gemacht, die er als Mischung aus Aufgeblasenheit, Selbstzufriedenheit und Imponiergehabe bezeichnen mochte. Das schier überbordende Selbstbewusstsein, das sich in einer dünkelhaft zur Schau gestellten Überheblichkeit ausdrückte, wirkte auf Robert nicht einschüchternd, wie offenbar beabsichtigt, sondern eher arrogant und abstoßend. Daher war er sehr froh gewesen, dass die Begegnung nur kurz gewährt hatte und mit nichtssagenden Floskeln beendet worden war.

„Gute Reise nach Frisco, Herr Blum", hatte zumindest Samuel ihm beim Abschied noch gewünscht.

Der Fremde hatte in der ihm eigenen Art nur geprahlt. „California? Ha! Selbst bei diesen Hinterwäldlern werden Sie bald von mir hören."

Robert hatte alle Mühe gehabt, dieses ungebührliche Verhalten zu ignorieren. „Da bin ich mir sicher", hatte er nur geschnaubt und süffisant hinzugefügt: „War mir jedenfalls ein Vergnügen Sie kennenzulernen, Mister..."

„Edison, Thomas Alva Edison", hatte sein Gegenüber ihn snobistisch aufgeklärt und sich im selben Moment grußlos abgewandt, wie von einem lästigen Bettler. Samuel hatte noch symbolisch seine Finger an seinen Zylinder gelegt und war dann seinem Gast hastig gefolgt. Robert war nichts anderes übrig geblieben als seinen Ärger hinunterzuschlucken und sich auf den Weg zu seinem Gleis zu begeben. Sobald er jedoch den Zug bestiegen hatte, war diese unsägliche Episode schon vergessen.

Der Zug hatte Philadelphia in den Abendstunden verlassen, so dass er seine erste Nacht, nachdem er den Goldmans für die Gastfreundschaft gedankt und Lebewohl gesagt hatte, bereits in seinem rollenden Bett verbracht hatte. Die Aufenthalte in Pittsburgh und Cleveland hatte er zwar genutzt, um wenigstens jene Stadtteile in der Nähe der Bahnhöfe in Augenschein zu nehmen, aber das war nichts gegen Chicago. Hier hatte er sich mit aufgeregtem Reisefieberkribbeln im Bauch auf den Weg in die Stadt begeben.

Nun hatte er endlich den Chicago River überquert und die geschäftige Kreuzung von Randolph und Wells Street, ganz in der Nähe des prächtigen Rathauses der Stadt erreicht. Mit ein wenig Verwunderung und auch Verzweiflung blickte er auf das Haus vor ihm. Das Briggs House[29], ein Hotel der gehobenen Klasse,

das vor rund dreizehn Jahren errichtet und ihm von Emanuel Lehman empfohlen worden war, ragte hoch über der Straße auf. Es schien auf einem Gitter aus unzähligen Balken zu ruhen, die wiederum von unzähligen Stelzen getragen wurden. Die Straßen selbst, so wurde er schnell gewahr, wurden von beiden Seiten her aufgefüllt. Die Arbeiten dazu mochten aber noch einige Zeit in Anspruch nehmen. Daher würde er, um es zu betreten, die hölzerne Treppe benutzen müssen, die seitlich neben dem Haupteingang errichtet worden war.

„Siehst du, mein Schatz", sagte jemand neben ihm zu dessen Begleiterin gewandt, „auch hier geht der Betrieb wie geplant weiter. Es besteht keine Gefahr."

---

[29]   https://de.wikipedia.org/wiki/Anhebung_von_Chicago#/media/
Datei:Briggs_house.jpg

„Das sagst du immer", gab sich seine Begleiterin unbeeindruckt.

„Und habe ich nicht recht gehabt?"

„Najaaa…"

„Denk nur daran, was sie bei unserem Haus gemacht haben. Das haben sie auf Rollen gestellt und dann an eine andere Stelle gebracht."

„Aber Bob, das war aus Holz", hielt die Dame unbeirrt dagegen. „Dies hier ist ganz was anderes. Es ist ein schweres Steinhaus."

„Na und?", wischte er ihren Einwand beiseite. „Sie haben auch schon andere Backsteinhäuser angehoben, sogar fast um neun Fuß. Stell dir das mal vor, Mary, neun Fuß!"

„Trotzdem. Was ist, wenn…?", gab sich Mary noch immer nicht zufrieden, stöhnte und umfasste ihren Bauch. Wie es den Anschein hatte, drohte sie in Ohnmacht zu fallen und Robert wollte zu Hilfe eilen, doch ihr Begleiter stützte sie bereits.

„Keine Angst, Mary. Um nichts in der Welt würde ich dich und unseren Kleinen einer Gefahr aussetzen."

„Unsere Kleine", verbesserte sie mit verschmitztem Lächeln und fasste sich wieder. „Ich glaube dir ja, Bob, aber ich habe einfach Angst. Verstehst du das nicht?"

„Doch, mein Schatz, das verstehe ich durchaus, aber sieh, dieser Herr", er wies auf Robert, dem es nun doch peinlich war, diese private Konversation belauscht zu haben, „er kann es dir bestimmt auch bestätigen."

„Nun…" Robert räusperte sich und suchte händeringend nach den richtigen Worten. „Ich muss ehrlich gestehen, dass ich heute erst hier angekommen bin und dass ich so was noch nie gesehen habe." Dabei zeigte er auf das Gebäude hinüber. „Ich meine, dass ganze Gebäude einfach so angehoben werden."

„Das ist eben Amerika", lachte der Mann und blickte Robert nachdenklich an. „Sie sind also gerade erst eingewandert?"

Robert schüttelte seinen Kopf. „Nein, ich bin nur auf Reisen."

„Ah, aus good old Germany, wenn ich recht vermute."

„Da vermuten Sie richtig", gestand Robert und überlegte kurz, ob er es präzisieren sollte, verwarf den Gedanken aber sogleich wieder.

„Hat man bei Ihnen in Germany denn noch keine Vorkehrungen gegen Überschwemmungen und gegen den Gestank der Abwässer vorgenommen?"

„Doch, durchaus. Aber dazu wurden die Häuser nicht angehoben, sondern neue gebaut, jedenfalls in der Vergangenheit, als diese Technik", Robert wies erneut in Richtung des stattlichen Gebäudes, „noch nicht zur Verfügung stand."

„Tja, das ist der Fortschritt. Was gestern noch als unmöglich galt ist morgen schon etwas Alltägliches. Nehmen Sie die Railroads zum Beispiel. Jetzt ist es sogar möglich ganz Amerika zu durchqueren. Vor wenigen Jahren musste man einen Scout dafür anheuern."

„Wie wahr", gestand Robert anerkennend zu und seufzte gedankenverloren.

„Und bald werden wir auch noch bis zum Mond fliegen", schwärmte der Mann weiter.

„Ach du." Die Frau knuffte ihren Begleiter in die Seite. „Bei deiner Phantasie solltest du lieber Bücher schreiben wie dieser verrückte Franzose."

Der Mann lachte. „Verrückt? Ja, bestimmt. Eine Reise zum Mittelpunkt der Erde? Lachhaft." Er wurde wieder ernst. „Nein, das ist wirklich Phantasie… Aber zum Mond…"

„Das ist genauso ein Hirngespinst, wie du immer sagst."

„Nicht ganz…"

„Wohl kaum. Hier auf der Erde wüssten wir wenigstens, dass wir einfach nur graben müssten, aber zum Mond, da…"

„Da werden wir irgendwann auch schon etwas finden", unterbrach er sie mit glühendem Blick.

„Ach ja?", erwiderte sie herausfordernd. „Etwa eine Railroad bauen?"

„Nein, aber dein Vergleich ist recht gut."

„Wieso das denn?", entfuhr es ihr.

„Vor hundert Jahren gab es keine Railroads und alles, was wir heute erleben galt als Hirngespinst."

„Ach so. Da machts du es dir aber einfach, Bob. Einfach sagen, da wird schon irgendein gescheiter Erfinder daherkommen und schwupps, schon haben wir die Himmelswagen wie in der Bibel berichtet wird. – Ist es so einfach?", murrte sie pikiert.

„Na was denn, mein Schatz? Und wenn es noch hundert Jahre dauern sollte und wir es nicht mehr erleben aber unsere Kinder", er strich zärtlich über ihren Bauch, „und Enkel werden es mit ansehen. Da bin ich mir ganz sicher."

„Trotzdem will ich da nicht hineingehen", riss sie ihn unsanft aus seiner Schwärmerei und in die Gegenwart zurück.

„Mary, es ist wirklich völlig ungefährlich", seufzte der Mann und blickte Robert hilfesuchend an. „Was meinen Sie werter Herr?"

„Nun, ich habe bemerkt, wie unbeschwert die Leute dort ein und ausgehen." Er schenkte der Dame ein beruhigendes Lächeln. „Mir ging es allerdings im ersten Moment wie Ihnen, gnädige Frau, aber jetzt, so muss ich sagen, werde ich es tatsächlich wagen, das Gebäude zu betreten. Immerhin wurde es mir als vorzüglichstes Hotel der Stadt empfohlen."

„Dann haben Sie den Rat eines wahren Kenners erhalten", bestätigte der Mann und streckte ihm die Rechte entgegen. „Aber wo sind nur meine guten Manieren? Gestatten, Robert Lincoln."

Er ergriff die Hand mit einem Lachen. „Das freut mich, zumal wir im Vornamen schon eine weitere Gemeinsamkeit haben, mein Name ist Robert Blum."

„Welche Fügung." Sie schüttelten einander die Hände. „Und

dies", er wies auf die Hochschwangere an seiner Seite, „ist meine Frau Mary."

Sie hielt Robert die Hand hin, der nach guter Manier einen eleganten Handkuss andeutete. „Sehr erfreut. Wann erwarten Sie denn das freudige Ereignis, wenn ich fragen darf?"

„Recht bald. Im Oktober." Mit einem kurzen Seitenblick zu ihrem Mann fügte sie hinzu: „Bob glaubt, dass es ein Junge wird…"

„Sehr wohl!", unterbrach er sie. „Und wir werden ihn Abraham nennen, nach meinem Vater."

Mary seufzte ergeben. „Aber sicher doch, mein Schatz. Trotzdem bin ich noch immer davon überzeugt, dass es ein Mädchen ist."

„Dann wird sie Mary heißen, so wie du, mein Schatz."

„Abraham Lincoln?", wunderte sich Robert. „Wie der berühmte Präsident?"

Sein Gegenüber nickte und erläuterte ohne Stolz, als wäre es eine Alltäglichkeit. „Mein Vater. Und er wird in seinem Enkel fortleben."

„Dann wünsche ich Ihnen alles Glück dieser Welt und dass der jüngste Spross der Familie in die Fußstapfen seines bekannten und sehr beliebten Großvaters treten möge."

„Haben Sie vielen Dank", sagte Mary, bevor ihr Gatte eine seiner berüchtigten Beschwichtigungen anbringen konnte. „Und Sie wollen wirklich dort hineingehen?", brachte sie das Gespräch wieder auf das Eingangsthema zurück.

„Allerdings", bestätigte Robert. „Ein solches Erlebnis werde ich mir nicht entgehen lassen und ich glaube sogar, dass es das wirklich nur in Amerika geben kann."

„Da haben Sie recht, Mister Blum, denn jetzt, nach diesem unsäglichen Krieg, geht es mit diesem Land wieder aufwärts."

„Das sehe ich überall", stellte Robert anerkennend fest. „Da werden Sie wohl bald Europa und sogar das British Empire auf die Plätze verweisen."

„Sehr bald sogar", erwiderte Lincoln mit wahrem Patriotismus.

„Nun, ich werde es mit Begeisterung verfolgen", gab Robert sich diplomatisch und hielt seinem Namensvetter die Hand hin. „Es hat mich jedenfalls gefreut Ihre Bekanntschaft zu machen."

Lincoln ergriff sie und sagte: „Mir, das heißt uns hat es auch gefreut. Und genießen Sie Ihren Aufenthalt in Chicago."

„Das werde ich, Mister Lincoln. Das werde ich", gab Robert mit fasziniertem Blick zum Gebäude hinüber zur Antwort. Dann wandte er sich dem Paar noch einmal kurz zu, lupfte seinen Zylinder zum Abschied und bahnte sich seinen Weg durch das Gewühl auf der Straße, um zu seinem Ziel zu gelangen.

***

Fort McPherson – 1869

„Pardon, Sir", wandte sich Robert an einen Bediensteten der Union Pacific Railroad, „warum halten wir hier?" Er war soeben der allgemeinen Aufforderung nachgekommen und aus dem Zug ausgestiegen. Nun stand er ein wenig ratlos neben dem Gleis im Staub des mittleren Westens. Die Sonne ließ hier schon um diese Jahreszeit die Luft vor Hitze flirren und er wünschte sich, seinen Zylinder gegen einen der hier üblichen Hüte eingetauscht zu haben.

Unweit befand sich ein einfaches Holzgebäude. Es bestand aus einem abgeschlossenen Raum für den Bediensteten der Bahn und einer überdachten Veranda, auf der eine Bank wartenden Passagieren Platz bot. Diese Hütte, eine andere Bezeichnung erschien Robert doch zu übertrieben, erinnerte ihn eher an einen einfachen Unterstand in Alpen denn an einen Bahnhof an einer Haupteisenbahnline. Immerhin prangte über dem Dach der Hütte ein Holzbrett, in das der Name Fort McPherson offenbar mit einem jener Eisen eingebrannt worden war, das ansonsten zur Kenntlichmachung der Viehherden benutzt wurde.

Der Angesprochene tippte zum Gruß an den Schirm seiner Schirmmütze. „Sir, wir hatten Meldung, dass es jüngst einige Auseinandersetzungen unserer Army mit den Cheyenne gegeben hat. Deshalb haben wir Order zu warten."

„Danke. Denken Sie, es wird länger dauern?"

„Das kann ich nicht sagen, Sir. Wir müssen warten, bis die Strecke wieder freigegeben wird. Am besten Sie folgen den anderen Herrschaften in die Stadt."

„Stadt?" Robert musste ihn mit unverhohlener Verblüffung angesehen haben. Denn er erblickte weit hinter dem Unterstand lediglich eine Ansammlung hölzerner Gebäude, deren Konturen in der flirrenden Hitze verschwammen.

„Ja, North Platte", erläuterte ihm der eifrige Mann. „Dort finden Sie auch Saloons und Quartiere."

„Quartiere? Dort? Ich dachte…"

„Yes, Sir, dort. Die in Fort Cottonwood sind für Zivilisten nicht mehr zugänglich, Sir."

„Cottonwood?" Robert war nun doch verwirrt und warf einen erneuten Blick auf das Holzschild am Unterstand und wies mit ausgestrecktem Arm darauf. „Aber dort…"

„Oh ja, Sir." Der Mann nahm auf einmal Haltung an. „Verzeihung, Sir. Seit kurzem ist das Fort nach General James B. McPherson benannt."

"Aha", quittierte Robert zufrieden und ließ seinen Blick wieder über die Häuser schweifen, die aus der Entfernung eher einem unordentlichen Haufen von Bauklötzen ähnelten und ihm bald als Synonym für eine typischen Stadt des Wilden Westens dienen sollten. „Und dieser Ort heißt North Platte?", hakte er nach, nur für den Fall, dass es auch hierbei Unklarheiten hinsichtlich der Namensgebung geben sollte.

„Ganz recht, Sir."

„Und hier gibt es Quartiere, also für den Fall, dass wir doch erst morgen weiterfahren?"

„Yes, Sir. Sogar Hotels, Sir." Der Stolz in seiner Stimme war unverkennbar. „Die Stadt erlebt derzeit mit der Railroad einen wahren Aufschwung und jeden Tag kommen neue Häuser hinzu. Sie ist nun schon dreimal so groß wie vor einem Jahr."

Robert nahm nun tatsächlich die rege Bautätigkeit wahr, sofern in dieser Hitze von rege gesprochen werden konnte. „Ja, das sehe ich. Heißt das, wir sind schon im Wyoming Territory?"

„Nein, Sir. Wir sind hier noch in Nebraska."

„Oh. Vielen Dank." Zum Gruß tippte er kurz an seinen Zylinder, wie er es in New York gelernt hatte.

„Keine Ursache, Sir", erwiderte der Mann und wandte sich bereits einem anderen Fahrgast zu.

Was Robert mehr als diese Hitze zu schaffen machte, war die Mutlosigkeit, die ihn auf einmal befiel. Bei seiner Reise durch Italien und Ungarn war ihm die Weite schon unendlich erschienen, aber wenn sie nach so langer Zeit noch immer diesen Bundesstaat – er war erst vor zwei Jahren Teil der Union geworden – nicht verlassen hatten, wie endlos würde sich seine Reise noch hinziehen?

Doch dann rief er sich in Erinnerung, dass er nicht in Eile war, holte vorsorglich sein Gepäck aus dem Abteil, um sich auf die Suche nach einem Nachtquartier zu begeben. Von einem Hotel wie das in Chicago konnte er hier allerdings nur träumen. Obwohl die eiligst errichteten Holzbauten bei näherer Betrachtung adrett und noch recht ansehnlich wirkten, machte er sich über die Sauberkeit oder gar einen Luxus jeglicher Art keine Illusionen. Er konnte froh sein, wenn er sein Nachtlager nicht mit zahlreichen Flöhen würde teilen müssen.

„Ob wir in dieser gottverlassenen Gegend wenigstens etwas vorfinden, das auch nur annähernd an die Zivilisation unseres neunzehnten Jahrhundert heranreicht? Was meinen Sie?", sprach ihn auf einmal jemand an. Der Mann, schwer zu sagen, ob er seine Fünfziger bereits erreicht hatte, machte auf den ersten Blick nicht den Eindruck, als legte er großen Wert auf die Begleiterscheinungen einer Zivilisation, vor allem was die Reinlichkeit anbelangte. Sein Haar, das unter dem hier üblichen breitkrempigen Hut hervorquoll, war struppig und sein Schnauzbart passte in seiner Ungepflegtheit zur unrasierten Erscheinung des Mannes. „Von einem Bad wollen wir lieber gar nicht erst träumen", seufzte er, als habe er Roberts Gedanken gelesen.

„Nein, in der Tat nicht", stimmte der ihm denn auch lachend zu. „Aber es ist ja heiß genug für ein Bad im Fluss."

„Fluss?" Der Mann blickte sich suchend um. „Sie müssen schleunigst aus der Sonne heraus, junger Freund. Wenn Sie hier einen Fluss sehen, ist es bestimmt eine Fata Morgana."

„Nein, sehen kann ich ihn von hier aus nicht", beruhigte Robert ihn. „Aber eben vom Zug aus schon. Wir sind ihm eine Weile sogar gefolgt. Er kann also nicht weit weg sein."

„Aha. Naja, das mag ja sein, aber das ist mir bei dieser Hitze zu weit. Nein, das ist nichts mehr für mich. Ich habe es da lieber etwas bequemer und", sein breites Grinsen ließ ein paar schlecht gepflegte Zähne erkennen, „einer aufreizenden Bedienung durch zarte weibliche Hände."

„Nun, Ihr scheint das Leben zu genießen, Mister…"

„In der Tat, junger Mann, habe ich doch schon viele schlechte Zeiten gesehen. Da greife ich bei jeder Annehmlichkeit sofort zu." Er streckte Robert die Hand hin. „Gestatten, ich bin Ed Judson oder besser bekannt als Ned Buntline."

„Robert Blum", erwiderte er und schüttelte die dargebotene Hand. „Bekannt? Da bitte ich um Verzeihung. Ich bin erst seit kurzem im Land und…"

„Aha", unterbrach Ed ihn mit sonorer Stimme. „Das erklärt fast alles. Nun ich bin ein bekannter Autor und Journalist, naja vor allem in California, wo ich nun schon seit einer halben Ewigkeit lebe." Er ließ seinen Blick schweifen. „Und jedes Mal, wenn ich mich doch wieder in diese Wildnis verirre, wird mir bewusst, warum ich das Leben in Sacramento und San Francisco vorziehe."

„Verständlich", pflichtete Robert ihm bei. „Aber warum dieser zweite Name? Bei uns in Europa haben nur sehr wenige Journalisten einen Künstlernamen."

„Ha! Künstlername ist gut." Er lachte schallend. „Naja, lassen wir es dabei. Immerhin ist der Name klangvoller und einfacher zu merken als Edward Zane Carroll Judson Senior, nicht wahr?"

„Nun, schon", musste Robert zugeben. „Aber Ed Judson…"

„Ah, die Zeiten sind vorbei", unterbrach ihn Ned.

„Zeiten? Vorbei?" Dann lächelte Robert verständnisvoll. „Etwa Zeiten, die, …sagen wir mal, nicht so…"

„…rühmlich waren", ergänzte Ned. „Sehen Sie, deshalb Ned Buntline. Aber nennen Sie mich doch Ned."

„Gern doch. Also Ned."

„Und Ihr Name ist Bob?", fragte Ned, während er den Weg in Richtung der Ansammlung von Gebäuden, die hier eine Stadt genannt wurde, fortsetzte.

„Robert. Aber bitte, ich habe ich mich schon daran gewöhnt, dass hier alle Namen abgekürzt werden", lachte Robert. „Bob ist in Ordnung oder okay, wie es hier heißt." Er seufzte. „Also so einfach kommt man hierzulande also zu einem Künstlernamen."

„Tja, fehlt nur noch die Kunst, wie?"

„Naja, ich bin kein Journalist, denn das Schreiben ist nicht so meine Stärke, aber ich glaube fürs Zeichnen habe ich schon einiges an Talent in die Waagschale zu werfen."

„Oh! Ist das so?" Ned klang begeistert.

Robert zuckte mit den Schultern „Immerhin war es einigen Mitreisenden auf dem Dampfer über den Atlantik einige Dollars wert."

„Das ist Talent genug", konstatierte Ned. Plötzlich hellte sich seine Miene auf. „Könnten Sie vielleicht einige Zeichnungen für mich anfertigen, das heißt, wenn Sie sich auch auf das Zeichnen von Personen verstehen?"

„Durchaus."

„Dann könnte es sein, dass Sie bald sogar ein bekannter Künstler werden, zumindest sobald meine Schriften mit Ihren Bildern erscheinen." Er lehnte sich im Gehen ein wenig zu Robert hinüber und raunte ihm im verschwörerischen Ton zu: „Und ich würde Sie selbstverständlich am Gewinn teilhaben lassen."

Ganz schön gewieft, dachte Robert, ein kleines, verwegenes und vor allem unverbindliches Versprechen und schon braucht er nichts für meine Bilder zu zahlen. „Das ist nur fair", sagte er trotzdem, um darauf einzugehen. „Wen soll ich denn zeichnen, Sie?"

„Nein, nein", wehrte Ned ab und lachte. „Mich bloß nicht. Von mir gibt es schon mehr Steckbriefe als mir lieb ist." Er schnaubte verächtlich. „Nein, ich bin auf der Suche nach einem jungen Mann, Bill Cody. Kennen Sie ihn?" Er sah zu Robert hinüber und bemerkte, dass es offensichtlich nicht der Fall war. Daher ergänzte er seufzend: „Sein richtiger Name ist William Frederick Cody. Er ist ein Freund vom berühmten Wild Bill Hickok, wenn Ihnen das was sagt."

Enttäuscht schüttelte Robert seinen Kopf. „Leider nein."

Ned blieb abrupt vor Robert stehen und bedachte ihn mit einem durchbohrenden Blick. Doch dann entspannte er sich wieder, als habe er Mitleid mit diesem Greenhorn. „Macht nichts. Bei diesem Wild Bill Hickok haben Sie nichts versäumt, denn so wild ist der nicht... naja, abgesehen davon wenn man ihn bei seinem Drink stört – ha! – und natürlich abgesehen von den vielen Schießereien, bei denen er schon eine Handvoll Leute ins Jenseits befördert hat."

„Oh!"

„Ach was." Ned seufzte und wischte sich mit einem vor Dreck

strozenden Tuch den Schweiß von der Stirn. „Aber was war, das war." Er steckte das Tuch ein und klatschte in die Hände wie ein aufgeregtes Kind. „Dafür ist dieser Cody ein wahrer Haudrauf, also im guten Sinne, wenn Sie verstehen."

„Aha. Also keiner dieser äh…, dieser Gunslinger[30]?"

„Nein, kein Pistolero, wie wir in California sagen. Er ist ein Scout. Bob, er ist ein echter Scout, einer wie er im Buche steht. Die Army reißt sich quasi um ihn und wie es heißt, war er sogar jüngst beim Zug gegen die Cheyenne mit dabei." Er tippte mit seinem Zeigefinger auf Roberts Brust als wolle er ihn erstechen. „Also, Bob, halten Sie ihren Stift und das Blatt bereit, um einen wahren Helden des Westens für die Nachwelt festzuhalten, damit wir ihn unseren Lesern präsentieren können. – Ah, sehen Sie mal", er zeigte in Richtung Stadt. „Ein Hotel und sogar mit Saloon. Das kommt ja wie gerufen. – Der erste Drink geht auf mich", fügte er hinzu und schritt bereits mächtig aus. Robert hatte alle Mühe ihm zu folgen, denn Ned war auf einmal so leichtfüßig unterwegs wie ein Pferd, dass die nahe Wasserstelle wittert.

Erst als Ned in der Schwingtür des Saloons stand, deren beiden Flügel er mit den Händen noch umfasst hielt, hatte Robert ihn eingeholt. Die Gäste schenkten ihnen nur einen kurzen Blick. Die meisten saßen an den Tischen und waren auf ihr Pokerspiel konzentriert. Andere lehnten lässig am Tresen. Sie hatten die Neuankömmlinge kurz mit einem Blick taxiert und waren umgehend wieder in ihre Gespräche vertieft. Das mochte dem Umstand geschuldet sein, dass sie nicht die ersten Gestrandeten waren, die sich hier einfanden.

Erst jetzt kam Robert dazu auf die Einladung Neds zu reagieren. „Bevor wir etwas trinken, würde ich mir gern erst ein Zimmer besorgen, damit ich mein Gepäck abstellen kann."

---

[30] Revolverheld

„Das lass mal schön bleiben, Bob", erwiderte Ned, während er weiterhin die illustre Gesellschaft beobachtete. „Wir sind hier in einer Frontierstadt. Da behältst du besser alles, was dir lieb ist, bei dir und vor allem ständig im Auge." Nun drehte er sich kurz zu ihm um. „Wenn du verstehst, was ich meine."

„Oh."

„Sicher ist sicher." Schon wanderte sein Blick wieder umher. „Aber ein Bett für die Nacht brauche ich auch noch. – Also komm mit, da rüber", er wies mit einer Kopfbewegung in Richtung einer für hiesige Verhältnisse gut gekleidete ältere Dame, die einen sehr resoluten Eindruck machte. „Ich verwette meinen goldenen Stift darauf, dass es diejenige ist, die wir dafür fragen müssen. Ich verwette sogar meinen Arsch darauf, dass ihr dieser Laden gehört." Er setzte sich in Bewegung.

„Die Wette werde ich nicht annehmen, denn das sehe ich genauso."

„Ha! – Da sind Sie doch kein so großes Greenhorn, wie ich gedacht habe, wie?"

„Ich gebe mir Mühe."

„Na solange sie sich nicht mit Pistoleros anlegen…" Er hielt inne und drehte sich zu Robert um. „Haben Sie überhaupt eine Waffe?"

„Naja…" Robert sah keinen Grund ihm von der Pistole zu erzählen, die er seit seiner Balkanreise mit sich trug.

„Also nein", seufzte Ned und rollte mit den Augen. „Dann sollten wir da schnell Abhilfe schaffen. Moderne Railroad hin oder her. Wir sind hier im Frontierland und da ist jeder bewaffnet, also zumindest jeder, der überleben will."

„Aye, Sir."

Ned bedachte ihn mit einem mitleidigen Blick und setzte seinen Weg fort und Robert folgte ihm. Schon wandte Ned sich mit einem freundlichen Gruß an die vermeintliche Eigentümerin des Saloons. „… ob sie noch Zimmer mit allen Extras zu vergeben haben?", hörte Robert ihn fragen.

Die Dame bedachte Ned mit einem eher angewiderten Blick und wollte zu einer Antwort ansetzen. Doch Ned fuhr inbeirrt fort. „Und natürlich auch eines für mein Begleiter hier."

Sie unterwarf Robert der gleichen Musterung und sofort hellte sich ihre Miene auf. „Na, ihr zwei Halunken seht aus, als hättet ihr meine Dienste bitter nötig." Sie lachte lasziv und funkelte Robert an. „Gern auch von mir höchst persönlich, wenn Sie verstehen, junger Mann."

Mit der für Damen bekannten typischen Zurückhaltung war es in diesem Land allgemein nicht weit her. Das hatte Robert bereits in New York erfahren, aber diese offene Direktheit machte ihn denn doch sprachlos.

„Das hört sich doch prächtig an", riss Ned das Gespräch an sich. „vor allem wenn das ein richtiges Bad mit einschließt."

Sie musterte ihn abschätzig. „Selbstverständlich, auch wenn ihr wahrscheinlich nicht lange bleiben werdet, wie ich das so sehe. Aber besser ein kleines Geschäft als gar keines. – Natürlich gehört ein Bad dazu."

„Mit Service?", konnte Ned sich nicht beherrschen nachzufragen.

„Gegen einen kleinen Aufpreis lässt sich das Arrangieren." Dann wandte sie sich wieder Robert zu. „Bei feinen jungen Herren, sehe ich das als meinen persönlichen Beitrag zum Wohlbefinden meiner Gäste, wenn Sie verstehen." Dabei funkelte sie ihn lüstern an.

„Oh, äh…" Robert räusperte sich und setzte erneut an. „Das ist sehr freundlich von Ihnen, aber ich dachte bei dieser Hitze eher an ein erfrischendes Bad im Fluss."

Auch wenn sie im ersten Moment irritiert schien, so fing sie sich sehr schnell. „Verständlich, junger Mann, aber der kommt von den Rockies herunter. Glauben Sie mir, junger Mann, so sehr möchte niemand erfrischt werden. Aber ich sehe schon, in Ihnen schlummert ein wahrer Held." Sie beugte sich ein wenig vor und dämpfte ihre Stimme. „Außerdem sind die Nächte hier äußerst kalt und da könnte ich Ihnen das Bett ein wenig vorwärmen, damit Sie schnell wieder zu Kräften kommen." Wieder schien sie ihn mit ihren Blicken verschlingen zu wollen.

„Das ist ja großartig!", platzte es aus Ned heraus. „Genau dieser Service macht einen Mann doch erst richtig glücklich. Gute Frau, das werde ich in meinem Journal dann auch besonders lobend hervorheben."

„Journal?"

„Ja, ich bin Journalist und schreibe derzeit über die Helden der neuen Railroad und gehört natürlich auch dazu, alle jene lobend zu erwähnen, die sich so tüchtig um die Helden kümmern." Nun beugte er sich zu ihr vor. „Da wird man Ihnen bald die Bude einrennen, wenn ich von ihrem Service berichte, wenn Sie verstehen."

Süffisant lächelnd nickte sie und brachte es dann auf den Punkt. „Mit anderen Worten, Sie können natürlich nur über das berichten, was Sie selbst am eigenen Leibe erfahren haben, nicht wahr?"

„Nicht nur", relativierte Ned großspurig, „aber das macht es natürlich… authentischer."

„Verstehe", erwiderte sie eine Spur kühler. „Nun, was darf es denn nun für die Herren sein, bevor ich ihnen die gute Küche und die ausgezeichnete Bar in meinem Hause empfehlen kann?"

„Also für mich das volle Programm", ergriff Ned die ihm dargebotene Gelegenheit. „Also alles, von dem die Leute schon träumen, wenn sie demnächst hier in dieser Stadt Station zu machen gedenken."

„Sehr wohl der Herr…"

„Buntline, Ned Buntline und dieses junge Greenhorn ist Mister Robert Blum."

„Aha. Mister Buntline und Mister Blum." Sie bedachte Robert mit einem süßen Lächeln. „Also gut, Mister Buntline", sie griff hinter sich nach einem Schlüssel und reichte ihn Ned. „Zimmer neun für Sie, das ist quasi unsere Suite, wenn Sie verstehen."

„Oh, ich verstehe durchaus. Ich verstehe, dass Sie Ihr Geschäft hervorragend verstehen, Ma'am."

„Etwas, das uns Profis auszeichnet, nicht wahr?"

„Gut gesprochen", lachte Ned. „Und was das Bad…"

„Wann immer sie wünschen, Mister Buntline. Es wird sich umgehend jemand um sie kümmern und ich verspreche nicht zu viel, wenn ich sage, dass die gute Fee keine Ihrer Wünsche offen lässt." Sie lächelte Ned vielsagend an und rief dann in den Saal: „Mary!"

Eine junge, wie Robert feststellen musste, äußerst attraktive junge Frau erhob sich von einem der Tische und kam dienstbeflissen herbeigeeilt. Ein Hauch von Röte ließ ihre Wangen erglühen als sie Roberts Blick begegnete. Sofort schlug sie die Augen nieder, knickste vor ihrer Chefin und fragte höflich: „Sie wünschen, Madam?"

„Dies ist Mister Buntline, ein besonderer Gast in unserem Haus. Bitte begleite den Herrn doch in seine Suite und sorge dafür, dass es ihm an nichts fehlt. Mister Buntline wird dir sagen, wann er ein Bad und deinen Service wünscht."

„Sehr wohl Madam", erwiderte sie emotionslos und knickste erneut. Dann wandte sie sich ihrem Kunden zu. „Darf ich Sie nun in Ihre Gemächer führen, Mister Buntline?"

„Sie dürfen, mein schönes Kind. Und wie sie dürfen." Wieder lachte er und Robert ging bereits davon aus, dass das Angebot hinsichtlich der Zeichnung damit erledigt hatte. „Ach und noch etwas Ma'am, bitte geben Sie mir doch Bescheid, wenn Bill Cody hier auftaucht."

„Bill Cody?"

„Ja, ein Freund von Wild Bill Hickok, der Büffeljäger."

„Ach, Sie meinen Buffalo Bill?"

„Das wäre in der Tat ein guter Name für ihn", konstatierte Ned.

„Er hat ihn sich wahrlich verdient. Immerhin hat er damals gegen Bill Comstock gewonnen."

„Bill Comstock, etwa der, den die Indianer Medicine Bill nannten?", hakte Ned nach.

„Genau, der beste Scout aller Zeiten und ein wirklich gutaussehender Mann", schwärmte sie unverhohlen, während ihr Blick wieder auf Robert ruhte.

„Ha! Bill gegen Bill", lachte Ned. „Ja, davon habe ich gehört und auch, dass Medicine Bill seine letzte Medizin erhalten hat. – Hmm... Buffalo Bill... Das ist gut." Er strich sich nachdenklich übers Kinn. „Das ist sogar sehr gut. Ich glaube das wird eine verdammt gute Story und, Ma'am, Ihr Etablissement wird dann weltberühmt sein."

„Das glaube ich erst, wenn ich es sehe, tat sie seine Lobhudelei ab." Doch plötzlich umspielte ein Lächeln ihre Lippen. „Aber vielleicht können Sie gleich mal zeigen, was Sie da auf die Beine stellen." Sie machte eine Kopfbewegung in Richtung Saloontür. „Da kommt er gerade."

Robert erblickte eine Gruppe von Männern, die ihre vom langen Ritt steifen Glieder reckten und sich den allgegenwärtigen Staub aus den Kleidern klopften, bevor sie einer nach dem anderen den Saloon betraten. Die ersten hatten sich bereits an den Barkeeper gewandt.

„Und einen Extra-Whiskey für den berühmten Buffalo Bill." Voller Anerkennung schlug er seinem Begleiter auf die Schulter. Der Mann, der hier als Buffalo Bill vorgestellt wurde war, so schätzte Robert, etwa Mitte zwanzig. Sein langes, dunkles Haar, das ihm in wilden Locken unter dem stark ramponierten Stetson bis auf die Schultern hinab fiel, war mattgrau vor Staub. Dagegen schien sein nicht getrimmter Viktor-Emanuel-Bart gegen den Staub gefeit zu sein. Gleiches galt auch für seinen Anzug aus Wildleder, offenbar ein erprobtes Kleidungsstück, denn auch die anderen Männer trugen diese, teilweise sogar mit farbigen Nähten und sogar Stickereien verziert. Das ebenfalls mit Stickereien verzierte Hemd aus derber Baumwolle machte sogar den Eindruck als habe er es soeben aus der Wäscherei geholt und sich übergestreift.

„Kommen Sie, Bob", sagte Ned und war schon auf dem Weg. Doch Robert war noch immer ganz umfangen von der Szenerie, wie er sie bislang nur aus Reiseberichten kannte. So drang die Stimme der Eigentümerin erst nach einer Weile zu ihm durch.

„Junger Mann?"

„Ja?" Robert wandte sich ihr zu und sie schenkte ihm ein bezauberndes Lächeln.

„Mister Blum, Zimmer vier für Sie. Es ist ein Eckzimmer und daher etwas abgelegener." Sie wies mit der freien Hand nach schräg oben. „Trotzdem dürfen Sie natürlich insbesondere bei dieser Lage den besten persönlichen Service erwarten." Sie hielt einen Moment inne, als wolle sie das Gesagte wirken lassen. „Wann darf ich Ihnen Ihr Bad richten?", fragte sie dann in einer Weise, die in Roberts Wahrnehmung das Wort Bad wie siebter Himmel erklingen und wildeste Spekulationen in ihm erblühen ließ.

„Vielen Dank Ma'am", erwiderte Robert und nahm den Schlüssel in Empfang. „Später. Momentan scheint mich noch die eine oder andere Pflicht zu rufen", fügte er hinzu und wies mit dem Kopf in Richtung der nun lautstark nach Whiskey rufenden Gruppe von Männern.

„Das verstehe ich. Nur zu. Auf einen Fingerzeig von Ihnen stehe ich Ihnen sofort persönlich zur Verfügung."

‚Sind alle Frauen in diesem Land so?' Das war der Gedanke der Robert durch den Kopf ging als er sich an seine Begegnung mit Louisa erinnerte und er wieder einmal zum Entschluss kam, dass er seine Kammer würde absperren müssen. „Darf ich mein Gepäck in Ihre Obhut geben?", fragte er sie. Einerseits wollte er ihre ganz offensichtlich lüsternen Gedanken ein wenig abkühlen und andererseits konnte er ihrem unbedingten Willen, ihm zu Diensten zu sein, überprüfen. Außerdem hatte es einen ganz praktischen Hintergrund, denn wenn er sich nun in die Gesellschaft dieser rauen Männer begab, würden ihm die Koffer nur hinderlich sein.

„Aber selbstverständlich, Mister Blum… oder darf ich Bob sagen?"

Robert zuckte mit den Schultern und entgegnete grinsend: „Bob, Robert oder Mister Blum, offenbar höre ich auf keinen der Namen."

„Das habe ich gemerkt", lachte sie angetan. „Sie haben das Herz am rechten Fleck. Sie gefallen mir."

‚Auch das noch!' Das war der erste Gedanke, der ihn bei dieser Antwort durchzuckte und der zweite: ‚Ich muss schleunigst hier weg!' – „Wo darf ich meine Koffer derweil abstellen?", fragte er, als habe er ihren Spruch gar nicht wahrgenommen.

„Die lasse ich gleich auf Ihr Zimmer bringen und dort wird sie niemand anrühren, da können Sie sicher sein."

„Danke Ma'am", brachte Robert dank seiner guten Erziehung heraus, denn ihm war nun endgültig klar, dass diese Frau in dieser Stadt immer ihren Willen bekam. Mit einem mehr als mulmigen Gefühl im Bauch hob er die Hand zum Gruß und ging dann zu Ned Buntline hinüber, der ihn schon mehrmals mit auslandenden Gesten dazu aufgefordert hatte.

„Kommen Sie, kommen Sie, Bob!", rief er nun und öffnete den kleinen Kreis. Dann stellte er Robert seinem Freund – er sagte tatsächlich Freund – Buffalo Bill vor. Damit waren die anderen quasi gleich mit eingeschlossen. Auch wenn sie sich selbst kurz mit Namen vorstellten und Robert entweder zuprosteten, ihm freundschaftlich oder süffisant überheblich auf die Schulter klopften, konnte er sich die Namen nicht merken. Aber das schien ohnehin niemanden zu kümmern, denn es drehte sich ganz offensichtlich alles um William Frederick Cody, alias Buffalo Bill.

„Stell dir vor Bob", kam Ned auch sogleich auf das Hauptthema, „Bill hat bei der jüngsten Schlacht gegen die teuflischen Cheyenne Dog-Men[31] ihren Anführer, den berühmten Häuptling Tall Bull erwischt."

„Dog-Men?", fragte Robert reflexartig.

„Nach einer Legende", erklärte ihm Bill Cody. „Die Cheyenne gelten ohnehin als sehr kriegerisch."

„Ja, davon hörte ich", bestätigte Robert.

„Aha. Dann wissen Sie bestimmt auch, dass sie in Militärgesellschaften organisiert sind…"

„Leider nein", musste Robert zugeben.

„Bob ist eben ein Greenhorn", schaltete sich Ned ein und erntete einen abschätzigen Blick von Cody.

„Nun", fuhr Cody an Robert gewandt fort, „die gefährlichste von denen ist die Dog-Men Society oder auch Society Dog Soldier. Sie sind zu keinem Kompromiss bereit und bekämpfen Weiße und andere Indianerstämme bis aufs Blut."

„Aha. Aber warum Dog-Men?", hakte Robert nach. „Gilt nicht eher der Bär oder der Wolf als besonderes Vorbild?"

„Ohohoho!" Cody schlug Robert anerkennend auf die Schulter. „Sie sehen zwar tatsächlich aus wie ein Greenhorn, Bob, aber wie ich sehe, sind Sie verdammt gut informiert."

„Besten Dank, aber ich versichere Ihnen, dass ich das erste Mal hier im Frontier Land bin."

„Dann meine Hochachtung, Bob. Aber um die Frage zu beantworten, ja auch Tiere wie der Fuchs oder sogar der Elch gelten den Cheyenne als machtvoll. Aber der Name Dog-Men geht auf

---

[31] Historisch gesehen galten die sogenannten Hundesoldaten als äußerst aggressive und effektive Kämpfer.

eine Legende zurück." Plötzlich schienen die Stimmen im Raum zu verstummen als wolle ein jeder die Legende hören. „Danach folgten dem Gründer zunächst nur die Hunde eines Dorfes, weil er kein Medizinmann war. Die Hunde wurden eines Nachts zu Soldaten, die dann große Heldentaten vollbrachten. Das hat dann andere Cheyenne überzeugt und sie folgen dem Beispiel und viele schlossen sich der Dog-Men Society an."

„Das hört sich fast so an, als wäre es eine sehr radikale, ja fast schon religiöse Bewegung", schlussfolgerte Robert.

„Genau das, Bob. Genau das sind sie. Die wollen nicht verhandeln und lieber sterben als sich zu beugen."

„Können sie haben!", rief einer und alle stimmten johlend ein.

„Damit sind sie eine Gefahr für unsere Regierung", gab sich Ned alle Mühe sich Gehör zu verschaffen. „Die will endlich ihre Ruhe haben an der Indianerfront", erklärte Ned nachdem sich der Lärm ein wenig gelegt hatte. „Solange diese Dog Soldiers existieren, werden auch die anderen Stämme wieder aufgewiegelt und deshalb geht unsere Army nun gezielt gegen diese Kämpfer vor."

„Auf mich können sie zählen!", rief ein anderer und wieder stimmten andere mit ein.

„Und Bill hat der Schlange den Kopf abgeschlagen!", rief einer der Männer aus zweiter Reihe über den Lärm hinweg. Er hob Glas Whiskey empor. „Auf Bill!" – „Auf Bill!" erscholl es im Chor und alle tranken ihre Gläser leer, um sofort nach mehr zu verlangen.

„Okay, Bob, was machen Sie hier im Frontierland?", fragte Bill Cody unvermittelt. Er musste sich dabei zu Robert hinüberbeugen, um sich Gehör zu verschaffen. Sofort tat es Ned im gleich, um bloß nichts von Robert Antwort zu versäumen.

„Ich bin auf der Durchreise nach Frisco…"

„Und er wird für mein Journal Zeichnungen anfertigen", ging Ned gleich dazwischen. „Wie wär's, Bob, wollen Sie nicht gleich

186

mal eine Kostprobe geben und den berühmten Buffalo Bill für die Nachwelt im Bild festhalten?"

„Aber sehr gern doch", gab Robert lächelnd und achselzuckend zurück. Schon hatte er seinen Zeichenblock und den Stift gezückt. „Wenn Sie gestatten, Bill?"

„Nur zu, Bob. Nur zu. Da bin ich gespannt, was Sie da zaubern können, was diese neumodische Photographie, von der ich hörte, nicht kann."

„Damit will ich mich wahrlich nicht messen", wehrte Robert bescheiden ab. „Ich selbst habe mich mit dem Verfahren der

Daguerreotypie beschäftigt und sogar eines der Geräte erworben. Aber für mich ist es ist noch immer genauso aufwendig wie das Anfertigen einer Zeichnung. Damit begann er bereits die ersten Striche seiner Zeichnung aufs Papier zu bringen. [32]

Zunächst schauten ihm alle gebannt zu, aber recht bald verlo-

[32] https://en.wikipedia.org/wiki/Buffalo_Bill#/media/ File:%22Buffalo_Bill%22_Cody.jpg

ren sie das Interesse. Einige konnten sich die Erlebnisse der vergangenen Schlacht gar nicht oft genug in Erinnerung rufen. Andere fanden Ablenkung in den ansehnlichen jungen Damen des Etablissements, die auf einmal in großer Zahl um sie herum und mitten unter ihnen waren. So fand Robert die Muße sein Werk zu vollenden und zugleich den Berichten von William Cody über die Schlacht zu folgen, die – da waren sich alle Anwesenden einig – endlich den Durchbruch im Kampf gegen die Indianer gebracht haben sollte.

Das vollendete Werk fand dann wieder allgemeine Beachtung und Bewunderung. Sogar Ned sparte nicht mit Lob. „Sie haben mir nicht zu viel versprochen, Bob. – Das wird Ihnen einige Dollars einbringen und es würde mich nicht wundern, wenn wir es bald überall in den Staaten sehen werden." Er gab Robert einen freundschaftlichen Klaps auf die Schulter und zeigte das Bild mit hoch nach oben gestrecktem Arm in die Runde.

***

Cheyenne – 1869

„Aussteigen? Gibt es wieder Auseinandersetzungen mit den Indianern?", erkundigte sich Robert bei Ned. Sie teilten sich ein Abteil seitdem sie North Platte verlassen hatten.

In der Nacht war es im Saloon noch hoch her gegangen. Aber irgendwann hatte der Whiskey doch seine Wirkung gezeigt und die Männer hatten sich auf ihre Zimmer zurückgezogen, wenn sie nicht ihren gesamten Sold verjubelt und nun unter freiem Himmel zu nächtigen hatten. Robert war während der Nacht ungestört geblieben und sie hatten noch am Vormittag den Zug bestiegen.

„Nein", erwiderte Ned und reckte seine Glieder. „Das war unsere heutige Tagesreise. Morgen geht's weiter. Aber heute wollen uns die Feierlichkeiten nicht entgehen lassen."

„Feierlichkeiten?"

„Die Stadt Cheyenne ist jetzt ganz offiziell Hauptstadt des Wyoming Territoriums."

„Oh!"

„Ja, oh. Und bald wird Wyoming als Bundesstaat in die Union aufgenommen. Da bin ich mir ganz sicher."

„Na, das wird doch wohl noch dauern, oder?"

„Wie kommen Sie denn darauf, Bob?"

„Muss das Gebiet dafür nicht eine Mindestbevölkerung aufweisen?"

„Na und? Cheyenne wurde vor gerade einmal zwei Jahren von General Dodge als Bahnstation der Union Pacific Railroad gegründet und hat inzwischen schon viertausend Einwohner. Sehen Sie sich um, Bob. Wenn das hier", er machte eine ausladende Geste und Robert konnte nicht anders als die quirlige, brodelnde Atmosphäre dieser Frontierstadt in sich aufzunehmen, „so weitergeht, dann wird die Stadt es sogar schaffen Denver drüben in Colorado den Rang abzulaufen."

„Na, ich weiß nicht."

„Aber ich", knurrte Ned. „General Dodge war nicht nur die rechte Hand von Präsident Grant im Bürgerkrieg, sondern danach Chefingenieur der Union Pacific. Ihn können Sie übrigens auf einem Bild erkennen, das in diesem Frühjahr aufgenommen wurde als die Verbindung zwischen den beiden Teilstücken der Bahnverbindung geschlossen wurde." Er bemerkt Roberts skeptischen Blick. „Na, kommen Sie mit in das Stationsgebäude", forderte er ihn deswegen auf.

Da er bereits vorausging, blieb Robert nichts anderes übrig als ihm zu folgen. „Eine Frage habe ich dann aber doch noch", keuchte er, als er ihn trotz seiner beiden hinderlichen Koffer eingeholt hatte. „Wieso heißt dieser Ort Cheyenne, wenn der Indianerstamm der Cheyenne doch eher als Feind gilt?"

Ned Buntline blieb abrupt vor der Treppe zum Gebäude stehen und drehte sich zu ihm um. „Eine gute Frage Bob." Er strich sich nachdenklich über seinen struppigen Bart. „Ehrlich gesagt, ich weiß es nicht. Keine Ahnung, warum General Dodge seine Stadt ausgerechnet nach seinem Gegner benannt hat. Aber es sind ja auch nicht alle Cheyenne solche Fanatiker wie die Dog-Men."

„Dann war es eher eine List, um die gemäßigten Cheyenne zu gewinnen?", versuchte sich Robert an einer kühnen Schlussfolgerung.

„Könnte sein. Aber es muss sich erst noch herausstellen, ob diese List wirklich erfolgreich ist."

„Immerhin scheinen die Sterne dafür gut zu stehen. Denn wie wir gestern von Buffalo Bill und seinen Männern gehört haben, sind die Dog-Men nun endgültig besiegt worden."

„Ach Bob", seufzte Ned. „Bei den Jägern war das erlegte Wild immer groß und zahlreich und bei den Fischern der Fisch größer gewesen sein als ihr Boot. Glauben Sie das ist bei den Scouts und Westmännern anders?"

„Keine Ahnung", gab Robert unumwunden zu und zuckte mit den Schultern.

„Naja. Hoffen wir dass Sie da richtig liegen." Er grinste breit und rieb sich die Hände. „Dann hätten wir *die* Story des Jahres, vom größten Held der Indianerkriege." Da Robert keinerlei spontane Begeisterung zeigt, fühlte er sich befleißigt enthusiastisch hinzu-zufügen: „Bob, wir werden berühmt!"

„Wer weiß…", tat der es dennoch ab und wechselte das Thema. „Wollten Sie mir nicht was zeigen, Ed?"

„Ja. Sicher. – Doch, Bob, ich heiße Ned. Immer. Vor allem hier im Frontierland." Er bedachte Robert mit einem strengen Blick.

„Schon in Ordnung, *Ned*." Robert betonte den Namen so, dass das N am Anfang eindeutig herauszuhören war. „Nun, was gibt es hier zu sehen, *Ned*?"

„Ha!", quittierte der Angespochene das Unterfangen. „Bob, wenn Sie das Schießen auch so schnell lernen, sind Sie bald bes-ser als Wild Bill Hickok", fabulierte Ned grinsend. „Na, egal.

Kommen Sie, Bob, ich will Ihnen was zeigen."

Er ging voran in das Holzgebäude, das offenbar erst jüngst errichtet worden war, denn es zeigten sich noch keinerlei Verwitterungsspuren. Erstaunlicherweise war es so groß, dass es über zwei Stockwerke verfügte und auch in Roberts Augen die Bezeichnung Bahnhof verdiente.

Ned hatte ihn in den großen Wartesaal geführt und wies mit einer theatralischen Geste auf ein gerahmtes Bild[33]. Es zeigte den

Handschlag der Vertreter der Union Pacific Railroad und der Central Pacific Railroad während der Abschlusszeremonie, der letztendlich die Verbindung der beiden Küsten symbolisierte.

„Ist er das dort?", fragte Robert und wies auf den Mann links.

„Nein, der andere", korrigierte ihn Ned Buntline. Tja, so ohne Uniform macht auch ein Generalmajor nicht viel her, wie?" Er lachte. „Aber im Gegensatz zu dem feinen Pinkel links, war sich

---

[33] https://de.wikipedia.org/wiki/Grenville_M._Dodge#/media/Datei: East_and_West
_Shaking_hands_at_the_laying_of_last_rail_Union_Pacific_Railroad_-_Restoration.jpg

General Dodge nie zu fein dafür den gleichen Staub wie seine Leute zu schlucken auch nicht als leitender Ingenieur bei der Union Pacific."

Robert beugte sich vor, um das Bild besser in Augenschein nehmen zu können. „Ja, wie es aussieht sind seine Männer auch tatsächlich näher bei ihm und sie strahlen viel mehr Stolz aus. Man hat fast den Eindruck als würde ihm der andere zu seinem Erfolg gratulieren."

„Es gibt eben Unterschiede", grinste Ned. „Vielleicht war das mit ein Grund, dass sie beim Wettlauf tatsächlich der Sieger waren. Die Union Pacific konnte viel mehr Gleise verbauen, was natürlich auch damit zusammenhängt, dass das Gelände östlich der Rockies günstiger dafür ist."

„Wie auch immer. Was zählt ist, dass wir nun mit der Eisenbahn reisen können und nicht mehr auf die Pferde und Kutschen angewiesen sind."

„Das ist eben der Fortschritt", ließ sich Ned nicht beirren. „Das neunzehnte Jahrhundert wird bestimmt einmal als das fortschrittlichste Jahrhundert in die Geschichte eingehen."

„Wer weiß."

„Oho! – Was sollte denn wohl noch erfunden werden, Bob?"

„Wie wäre es mit einem Fluggerät?"

„Fluggerät?", lachte Ned. „Bob, haben Sie zu viele Romane von diesen Zukunftsphantasten gelesen?" Da er bemerkte, das Robert nicht in sein Gelächter einstimmte, fügte er wieder ernsthaft hinzu: „Bob, niemand wird eine Fluggerät erfinden. Wofür auch? Wenn der Herrgott gewollt hätte, dass der Mensch fliegt, hätte er uns Flügel gegeben."

„Naja, über den Ozean schwimmen können wir auch nicht ohne Schiffe und Räder für eine Eisenbahn haben wir auch nicht von Gott erhalten", konterte Bob.

„Jajaja. Aber Bob. – Ein Fluggerät? Nein, das kann nicht Ihr Ernst sein. – Wozu sollte das gut sein?"

„Wer weiß? Vielleicht ist es dann ganz leicht die Rockies zu überqueren."

„Ach, gleich die gesamten Rockies? Das wird ja immer schöner! – Wenn ich nicht diesen fürchterlichen Durst hätte, könnte ich schwören, dass Sie schon zu viele Whiskeys hatten… Apropos, ich kenne da einen wirklich guten Saloon", er grinste breiter denn je, „mit dem besten Service, den Sie sich überhaupt vorstellen können."

‚Auch das noch!' So schoss es Robert sofort durch den Kopf. Würde er sich schon wieder in seinem Zimmer verbarrikadieren müssen? Ganz abgesehen davon, dass er sich nun wirklich nach einem Bad sehnte. „Nun, ein gutes, sauberes Bett nach einem prächtigen Mahl und ein richtiges Bad würde mir schon an Service genügen."

„Bob! Sind Sie etwa ein Eunuch? – In Ihrem Alter habe ich jeden Abend mindestens drei Ladies glücklich gemacht."

„Und mir genügt eine, die mich wirklich glücklich macht und dann nicht nur für eine Nacht."

„Oho! Ein edler Ritter auf Reisen", spöttelte Ned und lachte schallend. „Na, kommen Sie Bob. Heute wollen wir's mal richtig krachen lassen, schließlich gibt es in der Stadt etwas zu feiern." Er knuffte ihn auf den Oberarm und ging schon wieder voraus. „Also, auf geht's, in den besten Saloon des Westens."

Robert folgte ihm mürrisch durch das Gewühl dieser noch jungen Boomtown. Offenbar wurde diese Stadt erst in den Abendstunden richtig lebendig. Tagsüber lähmte die Hitze der gnadenlos sengenden Sonne jegliches Treiben.

Im Saloon ging es jedoch schon hoch her. Er musste schreien, um sich verständlich zu machen. Erst später, als der Whiskey für die nötige Bettschwere sorgte, störte ihn der Lärm nicht mehr, der selbst durch die geschlossene Zimmertür im zweiten Obergeschoss noch deutlich zu vernehmen war.

***

Ogden – 1869

Wie es sich herausgestellt hatte, dauerten die Feierlichkeiten in Cheyenne mehrere Tage an. Daher waren sie erst am übernächsten Morgen in aller Frühe aufgebrochen. Das Gebirge forderte jedoch seinen Tribut und der Zug kam nur langsam voran. Daher erreichten sie erst nach einem weiteren Zwischenhalt – die Nacht verbrachten sie in einer Herberge, für die selbst die Bezeichnung Stall noch zu hoch gegriffen wäre – endlich die Stadt Ogden, unweit des großen Salzsees im Utah Territorium. [34]

„Was ist so besonders an dieser…", Robert blickte auf eine Ansammlung von Häusern entlang schnurgerader Straßen, „…Stadt?"

„Ohoho, mein junger Freund. Mal langsam mit diesen Abfälligkeiten", wies Ned ihn scharf zurecht. „Ogden hat die besten Aussichten für die Junction Station."

---

[34] https://de.wikipedia.org/wiki/Ogden_(Utah)#/media/Datei: Birds_eye_view_of_ Ogden_City,_Utah,_Ty._1875._LOC_75696608.jpg

„Junction Station?" Robert warf einen Blick zurück auf ein immerhin zweigeschossiges Holzgebäude an der Bahnlinie. „Ein Knotenpunkt der Eisenbahn. Etwa der dort?"

„Ganz recht, Bob. So ist es. – Natürlich ist es ein provisorischer Bau, damit der Betrieb erst einmal richtig losgehen kann."

„Naja…"

„Sind alle in good old Germany so hochnäsig?", fuhr Ned ihn nun verärgert an. „Sehen Sie denn nicht, wie rasant die Städte hier im Frontierland wachsen?" Er wartete Roberts Antwort erst gar nicht ab. „Ogden hat bestimmt schon dreitausend Einwohner und täglich kommen mehr." Er machte eine ausladende Geste. „Erst leben sie in ihren Planwagen oder Zelten, aber mit der Railroad kommt genügend Bauholz hier an und ein Haus nach dem anderen entsteht, und zwar genau nach Plan, wie Sie wohl an den Straßen erkennen können."

„Ja, das typische Schachbrettmuster ist hier sogar noch ausgeprägter als in New York oder in Mannheim."

„Mannheim? Manhattan, meinen Sie wohl…"

„Nein", lachte Robert, „Mannheim ist eine Stadt ganz in der Nähe meiner Heimat und diese Stadt ist quasi auch auf dem Reißbrett entstanden. Aber wieso um alles in der Welt hat man ausgerechnet Ogden ausgewählt? Ist die Hauptstadt des Territoriums nicht die Salzseestadt?"

„Salt Lake City", knurrte Ned verdrießlich. „Ganz recht, boy. Aber die Stadt liegt zu weit südlich."

„Aha. Dann war es also hier, ich meine das Zusammentreffen der beiden Eisenbahnen?"

„Nein, das war am Promontory Summit. Das ist etwa fünfzig Meilen weiter im Norden." Da Robert ihn nun völlig verwirrt anblickte, seufzte er ergeben, fühlte sich jedoch befleißigt seinen Begleiter aufzuklären. „Hier gibt es die Stadt und der *Weber River*. Dort oben gibt es nichts, noch nicht einmal Wasser."

„Weber River?"

„Ja, benannt nach John Henry Weber, einer der größten Entdecker und Fallensteller des Westens Er hat den Briten ordentlich eines auf die Finger gegeben." Ned lachte hämisch und wurde dann wieder ernst. „Ich habe mal ein Essay über ihn veröffentlicht", erklärte Ned. „Und er kommt übrigens aus Altona in Denmark, wenn Ihnen das was sagt, Bob."

„Altona? Der größere Nachbar von Hamburg? Aber das ist doch jetzt Preußen."

„Ja, davon hörte ich. Da gab es vor ein paar Jahren einen Krieg, nicht wahr?"

„Ja Preußen und Österreich gegen Dänemark. Das hat letztendlich die Gründung der Vereinigten Staaten von Mitteleuropa beschleunigt."

„Die United States gibt es nur einmal, und zwar…"

„In Amerika", unterbrach ihn Robert. Da Ned etwas einwenden wollte, hob Robert beschwichtigend die Hand. „Was kann es denn Besseres geben als die Idee, die Vereinigten Staaten zu gründen?" Nun war es an Ned verblüfft zu schweigen. „Heißt das nicht, dass die Vereinigten Staaten von Amerika damit ein großes Vorbild sind?"

„Mag sein", knurrte Ned nachdenklich.

„Aber lassen wir die Politik", wechselte Robert das Thema. „Wie kam es denn nun dazu, dass die Verbindung der beiden Eisenbahnen jetzt hier in Ogden erfolgt?"

Es war als erwache Ned aus einer Trance. „Naja, das war… Die Central Pacific hat vor kurzem der Union Pacific einen Teil der Strecke, also vom Promontory Summit bis Ogden, abgekauft und den Rest gepachtet, und zwar…", lachte er abfällig, „für fast tausend Jahre."

„Tausend Jahre?"

„Jaja, ich weiß, dass es seltsam ist. Aber so können wir wenigstens hier in einer richtigen Stadt nächtigen und dann in Ruhe den nächsten Zug besteigen. Das ist diesmal dann einer der

Central Pacific Railroad." Ned strahlte. „Und der bringt uns dann bis Sacramento."

„Sacramento? Nicht San Francisco?"

„Nein, noch nicht, Bob. Da müssen wir leider noch auf eine Railroad verzichten. Aber wir haben die Wahl. Wir können mit einem Riverboat den Sacramento River hinunterfahren oder doch die Kutsche nehmen. Hmm… Oder wollen Sie doch lieber reiten?"

„Nein nein, das Schiff ist schon meine Wahl", gestand Robert und seufzte ergeben. „Aber noch sind wir hier und ich hoffe, dass es hier wenigstens ein richtiges Hotel gibt und nicht so einen Stall wie in…"

„Aber mit Sicherheit!", unterbrach Ned ihn. „Ich bevorzuge zwar das Globe Hotel, aber zur Feier des Tages sollten wir im Ogden Hotel unser Glück versuchen. Dort soll der Service weit besser sein."

„Danke Ned, aber ich brauche wirklich nur ein richtiges Bett."

„Bob, sind Sie sicher, dass Sie ein richtiger Mann sind? Sie meiden die Weiber als wären sie ein Fluch." Er lachte. „Eigentlich sind sie das ja auch, aber wer könnte schon ohne diesen Fluch leben oder wer wollte das überhaupt?" Bei diesen Worten bedachte er Robert mit einem strengen und herausfordernden Blick.

„Ned, ich bin einfach nur sehr müde. Außerdem liegt mir einfach nichts an windigen Abenteuern mit leichten Mädchen. Das ist alles." Da Ned nur mitleidig seinen Kopf schüttelte, fügte Robert hinzu: „Also das Ogden Hotel. Ich gehe davon aus, Sie kennen den Weg?"

„Selbstverständlich Bob." Er seufzte als hätte er einen hoffnungslosen Fall vor Augen. „Folgen Sie mir einfach Bob und passen Sie auf, dass Sie nicht unter die Räder oder die Pferde geraten."

„Keine Bange. So müde bin ich nun auch wieder nicht."

„Nein, bestimmt nicht, aber wie ich Sie nun kenne, Bob, dann haben Sie die Augen wieder überall, nur nicht auf der Straße. Das kann im Frontierland schnell böse ausgehen. Sightseeing heißt hier im Westen nämlich noch immer, dass man sich stets vorsehen sollte."

„Ich werde mich zusammenreißen und diese Stadt später in Augenschein nehmen", beschwichtigte Robert. „Versprochen."

„Na gut", knurrte Ned verdrießlich. Doch schon hellte sich seine Miene wieder auf. „Und nachher vielleicht ein Bild anfertigen, mit dem ich meinen Bericht ein wenig besser in Szene setzen kann?"

Robert zuckte mit den Schultern. „Ja, das hatte ich in der Tat vor. Aber dann müssten wir einen Tag länger bleiben, damit ich mir einen Überblick verschaffen kann. Das geht bei Tage einfach besser auch wenn die Sonne jetzt nicht mehr vom Himmel brennt und einem dabei das Hirn kocht."

„Oho! Sie werden doch wohl nicht auf einmal die Vorzüge eines Stetson zu schätzen lernen?", feixte Ned, der sich des Öfteren darüber lustig gemacht hatte, dass Robert noch immer lieber zum Zylinder griff. „Ganz in der Nähe vom Hotel ist das Court House. Vom Turm aus hat man einen hervorragenden Blick über die ganze Gegend, vom Salzsee bis zu den Wasatch Mountains und es ist überdacht."

„Wunderbar! Nun kann ich es kaum erwarten, diesen Anblick einzufangen."

„Ha!", lachte Ned. „Das klingt wieder ganz nach meinem Bob. – Aber jetzt werden wir trotzdem erst einmal etwas für die Nacht einfangen."

***

Sacramento – 1869

Erst zwei Tage später hatten sie einen Zug der Central Pacific Railroad bestiegen und dem vergleichsweisen Luxus einer Stadt entsagt. Die Haltepunkte im Staat Nevada – warum die öde

Wildnis von Nevada bereits seit fünf Jahren einen Bundesstaat bildete und Utah dieser Status verwehrt blieb, konnte auch Ned nicht erklären – glichen nun wieder eher Notunterkünften.

Sehr zur Freude von Robert war am historischen Ort des Zusammentreffens, am Promontory Summit, sogar ein Halt vorgesehen.

„Wo ist denn nun der berühmte Golden Spike, den jener Leland Stanford hier eingeschlagen hat?", hatte er von Ned wissen wollen.

„Aber Bob", hatte der nur verständnislos geantwortet. „Ein Nagel aus purem Gold? Der wäre doch schon längst nicht mehr hier. – Nein, den hat der ehrenwerte Leland Stanford, unser ehemaliger Gouverneur und jetziger Präsident der Central Pacific Railroad, gleich wieder mitgenommen. Den können Sie vielleicht dann in Frisco bestaunen."

„Also bleibt an diesem Ort hier, nur der besondere Hauch der Geschichte?"

„So ist es, Bob. Aber immerhin haben Sie genau hier", und er wies mit einer theatralischen Geste auf den Boden unter sich, "gestanden, an eben dem Ort, an dem die beiden Teile der Welt zusammengeschweißt worden sind."

„Ein wenig pathetisch, aber irgendwie muss ich Ihnen recht geben, Ned", hatte Robert ergeben erwidert.

Kurz darauf hatten sie die Reise fortgesetzt und die vorläufige Endstation der transkontinentalen Verbindung in Sacramento, der Hauptstadt Kaliforniens, erreicht. Das Gebäude wirkte von außen wie eines der Bauernhäuser der norddeutschen Tiefebene, die sich flach in die Landschaft ducken. Im Innern erinnerte das gewaltige Fachwerk aus Stahlträgern Robert eher an seinen Besuch in der großen Halle der Weltausstellung.

„Was wollen wir zuerst erkunden, die Bars an der Waterfront oder das neue Capitol?", fragte Ned, als sie das Holzdeck vor dem Gebäude betraten, wo das außenliegende Gleis an einem

Felsblock endete. Der gewaltige Block war dort in weiser Voraussicht als Prellbock platziert worden.

Doch Robert dämpfte den Übereifer seines Begleiters. „Wie wäre es, wenn wir uns erst einmal eine Unterkunft besorgen, damit wir unser Gepäck unterbringen können? Oder müssen wir das auch in dieser Stadt stets bei uns behalten?"

„Nein", lachte Ned. „Hier doch nicht! – Willkommen zurück in der zivilisierten Welt des neunzehnten Jahrhunderts." Er drehte sich einmal um sich selbst, die Arme ausgestreckt, als wolle er einem unsichtbaren Publikum die Umgebung vorstellen. „Gleich hier vorn gibt es schon sehr gute Hotels."

„Naja", wandte Robert ein. „Sehr gute Hotels haben auch meist sehr hohe Preise."

„Nur keine Bange, Bob. Die hier drüben werden unsere Reisekasse nicht zu sehr beanspruchen."

Robert blickte in die angegebene Richtung. Die Häuser waren in all ihrer Unterschiedlichkeit darin gleich, dass alle über eine Veranda verfügten, die es bei Regen gestattete mehr oder minder trockenen Fußes dem Straßenverlauf zu folgen. Darüber erhob sich stets ein Freisitz, der von den Räumen des Obergeschosses aus zugänglich und in einigen Fällen sogar überdacht war. Der Baustil der einzelnen Häuser, von rustikal über schlicht bis hin zu verspielt – wie anders hätte er die Verzierungen an den Balustraden und Säulen bezeichnen sollen – hätte jedoch kaum unterschiedlicher sein können. „Das sieht alles sehr einladend aus", konstatiert er denn auch.

„Ja, nicht wahr? Und das Beste ist, dass wir es von hier aus nicht weit bis zum Anleger haben." Dann rieb sich Ned nachdenklich übers Kinn. „Aber ich habe da noch eine andere Idee."

„Da bin ich aber gespannt. Welches Hotel ist denn noch auf der Liste Ihrer Empfehlungen, Ned?"

„Kommen Sie mit, Bob. Gleich in der nächsten Querstraße ist das Arcade Building, ein kleines, aber wirklich gutes Hotel. Das haben wir uns verdient." Er sah Robert an, dass er etwas einwenden wollte. „Außerdem ist es nur eine Meile vom Capitol entfernt", ergänzte er daher eilig und schritt voran.

Seufzend hob Robert seine Koffer an und folgte ihm. Immerhin, so redete er sich ein, ersparte es ihm eine stundenlange Suche, bei der er womöglich am Ende doch übervorteilt wurde.

Kurz darauf stellte er erleichtert fest, dass er nicht enttäuscht wurde. Das stuckverzierte Backsteingebäude bot allen Luxus, den er in den vergangenen Tagen so schmerzlich vermisst hatte. Schon die Front des Gebäudes, das sich mit all seiner Pracht zwischen den benachbarten Bauten hervordrängte ließ einiges davon erahnen. Die Bögen der Fenster und Eingänge unter dem mit einer Balustrade gesäumten Balkon über der Veranda wirkten ebenso erhaben wie der kleine Balkon im zweiten Obergeschoss, den Robert eher an der Front eines Palastes vermutet hätte. Der vergleichsweise unspektakuläre Eingang öffnete jedoch eine Welt des unbeschreiblichen Luxus der neuen Welt, denn die Lobby erinnerte ihn eher an die Eingangshalle jenes wunderschönen orientalische Palastes, den Robert während seines Aufenthaltes in Konstantinopel bewundert hatte.

„Na, Bob, habe ich zu viel versprochen?", feixte Ned.

„Nein, aber Sie erinnern sich doch hoffentlich, das weder ich noch meine Vorfahren Krösus heißen", erwiderte Robert und ließ seinen Blick erneut durch die üppig ausgestattete Lobby schweifen.

„Wie gesagt, da machen Sie sich mal keine Sorgen", orakelte er grinsend. „Für alles gibt es eine Lösung. Na, Sie werden schon sehen."

„Aha. Da bin ich gespannt."

„Ja, seien Sie, Bob. Denn das Arcade ist nicht nur ein Hotel, sondern verfügt auch über ein hervorragendes Restaurant, das selbst höchsten Ansprüchen genügt." Wieder wollte Robert etwas einwenden, doch Ned hob seine Hand, um ihn zum

Schweigen zu bringen. „Vertrauen Sie mir und lassen Sie mich machen..." Plötzlich schienen seine Augen vor Freude zu leuchten und er kicherte verschmitzt. „Na bitte. Nicht verzagen, stets den guten Ned fragen", murmelte er vor sich hin. „Kommen Sie mit Bob", forderte er ihn auf, packte ihn am Oberarm und zog ihn mit sich zu einem Trio gut gekleideter Herren.

„Was ist... Wer ist das?" Es klang eher wie ein Protest als eine Frage. Doch Ned blieb ihm die Antwort schuldig und zog ihn stattdessen weiter mit sich, bis sie das Trio erreicht hatten.

„Einen wunderschönen Tag wünsche ich, Mister governor", richtete Ned seinen Gruß an einen bärtigen Mittvierziger. „Ihnen, meine Herren natürlich auch", ergänzte er an dessen beide Begleiter gewandt. „Es ist mir eine Ehre, Sie hier anzutreffen, Mister govenor."

„Ex-governor", wiegelte der Angesprochene ab und blickte Ned auf sonderbare Weise an, als grüble er, wen er hier vor sich habe. Ein kurzes Aufhellen seiner Miene zeigte, dass er sein Gegenüber offenbar wiedererkannt hatte.

„Leider", seufzte Ned ergeben. „Dennoch hege ich die Hoffnung, wie übrigens auch viele Bürger in unserem Staate, dass Sie uns erneut die Möglichkeit geben, für Sie stimmen zu können."

„Alles hat seine Zeit, Mister Buntline. Jetzt gilt es das ganze Land für die Zukunft zu erschließen."

„Oh ja. Der große Lückenschluss ist endlich erfolgt und die Central Pacific ist unter Ihrer Leitung einer der größten Spieler in Sachen Railroads. Ist es daher nicht verständlich, dass die Leute sich danach sehnen, dass Sie wieder die Geschicke von California lenken und unseren Staat zum reichsten und besten in der Union machen?"

„Nun übertreiben Sie mal nicht Mister Buntline", wehrte der Angesprochene ab. „Um in unserm Land reich zu werden, braucht niemand den Staat. Ganz im Gegenteil. Ich bin fest davon überzeugt, dass der Staat uns sogar eher daran hindert reich zu werden."

„Dann ist es noch wichtiger, dass wir endlich wieder einen echten Gouverneur an der Spitze haben", schwadronierte Ned im besten Süßholzraspelton.

Wieder wehrte sein Gegenüber ab. „Alles hat seine Zeit. Nun sind andere ander Reihe. Lassen Sie's gut sein."

„Nein nein. Das habe ich sogar zu meinem jungen Freund Bob hier gesagt", ließ sich Ned nicht beirren und wies auf Robert. „Bob ist übrigens aus Europa und die Geschichte mit dem Goldnagel, dem berühmten Golden Spike, hat sich sogar bis nach good old Germany herumgesprochen. Ja, er war sogar ganz enttäuscht, dass er den Spike am Promontory Summit nicht entdecken konnte."

„Nun, das liegt daran", lachte der Ex-governor, „dass ich ihn gleich wieder mitgenommen habe, bevor noch ein großer Streit darum entsteht. Es versteht sich von selbst, dass jeder ihn sogleich wieder herausziehen möchte." Er blickte Robert an und streckte ihm seine Rechte hin. „Aber das haben Sie sich sicherlich schon gedacht, oder? – Bob? – Mit wem habe ich die Ehre?"

„So ist es in der Tat", erwiderte Robert lächelnd während er die dargebotene Hand ergriff und mit der anderen Hand seinen Zylinder lupfte. „Die Ehre ist dabei ganz auf meiner Seite. Mein Name ist Robert Blum und ich freue mich außerordentlich Sie kennenzulernen, Mister Stanford, wenn ich recht vermute."

„Ja, Sie vermuten richtig, Mister Blum." Er bekräftigte den Händedruck. „Leland Stanford." Auch er lupfte seinen Zylinder. Dann stellte er Robert in aller Kürze seinen beiden Begleitern vor. Ganz offensichtlich waren es seine Mitarbeiter, denn sie hielten sich höflich zurück, um Stanford die weitere Gesprächsführung zu überlassen.

„Und ich freue mich ebenfalls, Mister Blum", ließ Stanford auch keinerlei Zweifel daran aufkommen, dass diese Zurückhaltung seinen Erwartungen entsprach, „zumal ich in Kürze mit meiner

203

Familie zu einer Reise nach Europa aufbrechen werde."

„Wird Leland Stanford junior etwa auch mit dabei sein?", platzte es aus Ned hervor.

„Selbstverständlich. Wir werden ihm später wohl erzählen müssen, dass er bereits als Einjähriger den Kontinent mit der Eisenbahn durchquert hat und in Städten wie London, Paris und Rom gewesen ist."

„Er kann es als junger Mann später auf eigene Faust wiederholen", schlug Ned vor. „Bob", er schlug Robert freundschaftlich auf die Schulter, „ist der beste Beweis dafür, dass die junge Generation das Zeug hat die ganze Welt, ja sogar den Orient zu bereisen."

Auf Nachfrage von Stanford berichtete Robert von seinen Reisen nach Konstantinopel und Ägypten, was auch Stanfords Begleiter brennend interessierte, wie an ihren zahlreichen Nachfragen erkennbar war.

„Mister Blum, Sie müssen uns heute Abend die Ehre geben und mit uns zu Abend zu essen", schlug Stanford vor. „Wohnen Sie hier im Hotel?"

„Noch nicht, weil…"

„Das sollten Sie aber, denn es ist zwar klein, aber eines der besten", unterbrach Stanford ihn lächelnd. „Und selbstverständlich sind Sie mein Gast. Sie und Mister Buntline. Das versteht sich von selbst." Er blickte einen seiner Begleiter an. „Bitte sorgen Sie dafür, dass Mister Blum die Capitol Suite erhält. Und für Mister Buntline wird der gute Harry sicherlich auch noch ein Zimmer haben."

„Selbstverständlich, Mister Stanford." Sofort wandte der Angesprochene sich ab, um alles in die Wege zu leiten.

„Haben Sie vielen Dank, Mister Stanford", erwiderte Robert.

„Nicht der Rede wert", wehrte der ab. „Jedenfalls freue ich mich auf einen unterhaltsamen Abend."

„Ganz meinerseits und auch vielen Dank für diese Einladung, die ich mit Freuden annehme."

„Gern geschehen. Wir sehen uns dann heute Abend." Damit reichte er ihm die Hand zum Abschied. Robert ergriff sie und alsbald fand er sich wieder mit Ned allein in der Lobby wieder.

„Na, das lief doch wie am Schnürchen", bemerkte Ned mit breitem Grinsen und sich die Hände reibend. „Wie gesagt, Bob, machen Sie sich mal keine Sorgen. Der alte Ned regelt das alles. Und jetzt kommen Sie, sehen Sie sich mal das Beste Zimmer des Hotels an und dann spendieren Sie mir wenigstens einen ordentliche Drink an der Bar. Also nur so als kleines Dankeschön und am besten bevor Sie sich die Stadt und unser neues Capitol ansehen. Es ist ein Prachtbau, bei dem selbst Washington D.C. nicht mithalten kann."

***

Nihon-Koku

Exercitatio artem parat.   -   Übung macht den Meister!

San Francisco – 1869

Robert hatte denn doch eine ganze Woche in Sacramento verbracht. Seine Reiseberichte hatten Leland Stanford so sehr fasziniert, dass er darauf bestanden hatte, dass Robert ihn in seinem Anwesen aufsuchte. Die Dame des Hauses, Jane Elizabeth Standford, ihres Zeichens eine glühende Verehrerin der Vielfalt europäischer und orientalischer Kulturen, hatte Robert geradezu gedrängt, sehr ausführlich von seinen Reisen zu berichten. Für die von ihr eingeladenen Damen der gehobenen Gesellschaft von Sacramento waren es allerdings nur weitere Geschichten aus tausend und einer Nacht gewesen.

Allem Anschein nach hatten sie eher daran Gefallen gefunden sich ungeniert einem gut aussehenden jungen Mann zu nähern, manchmal sogar auf eine Art und Weise, die selbst der privaten Umgebung und hinter verschlossener Tür als unschicklich galt. Daher hatte es in Roberts Ohren wie ein Fanal der Freiheit geklungen, als Ned ihm eines Morgens mitteilte: „Unser Schiff legt übermorgen um zehn Uhr ab. Seien Sie also pünktlich, Bob. Sie wissen ja, der frühe Vogel…"

„Jaja, ich weiß, er fängt den Wurm. Bei uns heißt es, Morgenstund' hat Gold im Mund."

„Auch nicht schlecht", musste Ned zugeben. „Ihre Familie scheint sehr geschäftstüchtig zu sein, wenn es dabei schon um Gold geht."

„Eine Redensart", lachte Robert. „Will heißen, dass die frühen Stunden die wertvollsten des Tages sind. – Aber die Sache mit dem Wurm ist ja auch nur eine Redensart."

„Ha, mitnichten. Wer in diesem Land etwas erreichen will, muss eben schnell sein." Er grinste. „Der zweite Sieger hat das Nachsehen."

„Nicht immer", hielt Robert grinsend dagegen. „Bedenken Sie, werter Freund, dass es schließlich die zweite Maus ist, die den Käse erhält."

Doch Ned hatte es einfach mit einer wegwerfenden Handbewegung quittiert und war dann auf sein wahres Anliegen gekommen. „Wenn Sie sich wenigstens Ihre Nächte mit ein paar hübschen jungen Dingern um die Ohren schlagen würden…", hatte er seinen ursprünglichen Gedanken fortgesponnen. „Aber mit den alten Schachteln…" Ein hämisches Lachen gefolgt vor einem verständnislosen, ja fast mitleidigen Kopfschütteln hatten seine Sicht der Dinge verdeutlicht. „Verschwenden Sie doch nicht Ihre Jugend damit. Wenn Sie etwas lernen wollen, dann kann ich Ihnen gleich heute Abend drei sehr versierte Damen aus den Etablissements…"

„Nein danke, Ned!", hatte Robert ihn sehr bestimmt unterbrochen. „Das Thema hatten wir schon und die Damen, mit denen ich meine Zeit verschwende, wie sie sagen, das sind alles ehrenwerte Damen der Gesellschaft."

„Oh ja. Sicher", hatte Ned gemurrt. „Und selbst wenn die dazugehörenden Herren wenigstens ihren ehelichen Pflichten noch nachkämen, was wohl niemand so recht glauben kann, so wären die dennoch nicht abgeneigt ein wenig Frischfleisch zu naschen."

„Ned!"

„Ach, kommen Sie, Bob. Sagen Sie bloß, Sie haben diese lüsternen Blicke und die Anzüglichkeiten nicht bemerkt."

„Haben Sie etwa gelauscht?"

Ned war in schallendes Gelächter ausgebrochen. „Danke, Bob. Danke für die Bestätigung." Dann war er plötzlich wieder ernst geworden. „Sie haben doch wohl nicht etwa Gefallen daran gefunden, oder? – Ich meine, noch schneller können Sie sich die feinen Herren gar nicht zum Feind machen. Und glauben Sie mir, Bob, das wollen Sie wirklich nicht."

„Unsinn!", hatte Robert es abgewiegelt. „Auf den Kopf gefallen bin ich nicht. Ich lasse es die Damen einfach genießen und in ein paar Tagen ist alles Geschichte. Das ist alles. – Glauben Sie mir Ned, die Richtige wird sich schon finden und sie wird im passenden Alter sein." Dabei hatte er ein Schmunzeln unterdrücken müssen, weil ihm sein Abenteuer auf Korfu mit der vermeintlichen Gräfin wieder in den Sinn gekommen war.

„Na, wie Sie meinen, Bob. – Passen Sie auf sich auf und…", er hatte die Hand wie zum militärischen Gruß an die Stirn gehoben, „seien Sie pünktlich."

„Kein Problem", hatte Robert erwidert und im Hotel gleich den Auftrag hinterlegt ihn zeitig zu wecken.

Wenn Ned erstaunt darüber gewesen war, dass Robert am besagten Morgen zur rechten Zeit zur Stelle war, so hatte er es sich nicht anmerken lassen und das Thema auch während der weiteren Reise nicht mehr angesprochen.

In San Francisco hatte Ned ihn mit den Vertretern des Verlages und der Journale, die seine Berichte veröffentlichten, bekannt gemacht. Die anfängliche Skepsis ob der zeichnerischen Fähigkeiten Robert hatten sie schnell abgelegt, sobald er seine während der Reise angefertigten Zeichnungen vorgelegt hatte.

„Splendid!", hatte einer der Vertreter mit britischem Akzent angemerkt. „Wie ich sehe, verstehen Sie sich auch auf die Darstellung von Bauten, technischen Einrichtungen und sogar Kleidung." Letzteres hatte er besonders betont und die Darstellungen intensiver in Augenschein genommen. „Offenbar treffen Sie auch fremdländische Stile. Nun, wenn Sie nichts dagegen haben würde ich Sie gerne mit einigen Herren bekannt machen, die genau dieses Talent suchen, Darstellung von Dingen, die es noch nicht gibt, wenn ich es mal so ausdrücken darf."

„Sehr gern", hatte Robert ein wenig perplex geantwortet. „Dinge, die es noch nicht gibt…?"

„Oh ja, Entwürfe in der Mode, bei Möbeln und auch zur bildhaften Erläuterung von Patenten."

„Ah, verstehe. Es wäre mir eine große Freude."

„Dann kommen Sie, lassen Sie es uns mit einem Whisky bekräftigen. Zufälligerweise habe ich gerade in der vergangenen Woche einen sehr guten erstanden, einen echten Scotch."

„Da werde ich auf keinen Fall ablehnen."

„So gefällt mir das." Freundschaftlich hatte er Robert die Schulter gedrückt und im Nu ein paar Gläser und eine Flasche aus einem Sideboard hervorgezaubert.

Sobald die Herren erfahren hatten, dass der eigentliche Besuch Roberts in der Stadt seiner Vorbereitung auf die Überfahrt nach Japan diente, weil diese Stadt mehr oder minder die einzige mit einer Fährverbindung war, hatte er einige wertvolle Hinweise erhalten und auch das Versprechen, ihn mit dem Direktor des Asien-Instituts bekannt zu machen. Jener Direktor, so hatte Robert erfahren, hatte Nihon Koku[35] bereits dreimal besucht und eine umfangreiche Sammlung angelegt. ‚Was will ich mehr?', hatte Robert gedacht und seinem Gönner freudig schmunzelnd zugeprostet.

***

San Francisco – 1872

„Bob!" Die ihm noch sehr bekannte Stimme riss Robert aus seinen Gedanken. Er blickte sich suchend um und fand Ned Buntline, der freudig strahlend auf ihn zu kam. „Bob, Sie sind ja noch immer in diesem Nest hier."

„Ned. Schön Sie wiederzusehen. Dieses Nest, wie Sie es nennen, ist mir sehr ans Herz gewachsen."

---

[35] Japan – Japan Land oder Japan Reich

„Das freut mich." Er lachte. "Da werden Sie wohl doch noch bald ein Amerikaner, wie?"

„Wer weiß", flachste Robert. „Hier gefällt es mir jedenfalls recht gut. Und nochmals vielen Dank, dass Sie mich damals mit den Herren bekannt gemacht haben. So habe ich als Freiberufler ein gutes Auskommen und kann mich außerdem noch unter sehr fachkundiger Anleitung auf meine Reise vorbereiten."

„Sie wollen also noch immer zu diesen Schlitzaugen"

„Ned", erwiderte Robert im tadeligen Ton, „Japan ist ein traditionelles Reich, das jahrhundertelang dem Ansturm der Chinesen und Mongolen standgehalten hat."

„Jaja", ließ er sich nicht beirren. „Wie ich hörte bekämpfen sie sich deshalb lieber gegenseitig." Er seufzte. „Aber was soll's. Das haben wir Amerikaner ja auch hinbekommen. Ist ja gerade mal zwei Jahre her, dass wieder alles Staaten in die Union aufgenommen worden sind."

„Sehen Sie."

„Tja", grinste Ned, „wenn man sonst keine ernstzunehmenden Gegner mehr findet, muss man eben ein wenig, äh, trainieren."

„Na, ob die Leute im Süden das genauso sehen."

„Papperlapapp", tat er es ab. „Die haben verloren und dürfen froh sein, dass wir sie so freundlich und zuvorkommend behandeln. Andersherum, na, das mag ich mir gar nicht erst vorstellen." Er seufzte. „Ach was reden wir hier von dunklen Zeiten? Was treiben Sie so in dieser Stadt, Bob, noch immer Bilder für die Journale anfertigen?"

„Das auch. Aber die Idee mit den Designzeichnungen für Möbel und für Patente war wirklich gut und", Robert lachte, „sehr lukrativ."

„Freut mich, freut mich." Er schlug Robert freundschaftlich auf die Schulter.

„Und wie läuft's bei Ihnen, Ned. Hat das mit der großen Show mit Buffalo Bill geklappt? Noch habe ich nichts gehört."

„Abwarten, Sie Greenhorn. Mein Buch hat jedenfalls gut eingeschlagen und wenn alles gut geht, werden wir noch in diesem
Jahr mit einer Bühnenaufführung starten und zwar in Chicago."

„Wunderbar! Da wünsche ich Ihnen und Bill großen Erfolg."

„Danke, Bob. Den werden wir haben."

„Gibt es schon einen Namen für die Show?"

„Nun, ich dachte an *The Scouts of the Prairie*. – Na, wie gefällt
Ihnen das, Bob?"

„Sehr passend. Scouts? Also mehrere? – Daraus entnehme ich,
dass Sie nicht nur Bill dafür gewinnen konnten."

„Gut aufgepasst, Junge. Ja, in der Tat habe ich jemand gefunden,
der ebenso bekannt ist, nämlich John Baker Omohundro, der
allseits unter dem Namen Texas Jack bekannt ist und Josephine,
also eigentlich Giuseppina Morlacchi, eine sehr ansehnlich Balle-
rina aus Milano." Er seufzte schwer. „Sehr ansehnlich, aber der
gute Jack hat sie mir weggeschnappt. Naja… Apropos Milano.
Das ist in Italien. – Waren Sie nicht schon mal dort, Bob?"

„Ganz recht. Ein sehr schönes Land."

„Bestimmt! Bei diesen Frauen…" Schwärmerisch verdrehte er
die Augen.

‚Nicht schon wieder!', war der Gedanke, der sich Robert sofort
aufdrängte. „Werden Sie mit dieser Show dann auch durchs
Land ziehen?", kam Robert daher schnell aufs Thema zurück.

„Selbstverständlich. Wir werden in allen großen Städten auftre-
ten, vornehmlich natürlich in jenen, die sich zivilisiert nennen.
Ich halte die Leute dort eher für verweichlicht, aber das wissen
Sie bestimmt noch."

„Wie könnte ich das vergessen?", lachte Robert. „Dann werden
Sie auch nach Frisco[36] kommen?"

---

[36] Kurzfassung für San Francisco

„Hmm… Warum eigentlich nicht. Hmm… Am besten gleich im nächsten Jahr. Denn wie ich hörte, will ein verrückter Engländer hier eine Straßenbahn bauen, die mit einem Seil die Hügel hinauf gezogen werden soll. Was für eine verrückte Idee."

„Da stimmen Ihnen viele Leute zu. Aber es gibt auch welche, die das für eine gute Idee halten, weil die Pferde manchmal doch zu sehr geschunden werden."

Ned bedachte ihn mit einem skeptischen Blick. „Na, wenn mich nicht alles täuscht, gehören Sie auch zu denen, nicht wahr, Bob?"

„Ganz recht. Für mich passt das einfach zu Amerika, dem Land der unbegrenzten Möglichkeiten."

„Ha, von wegen unbegrenzte Möglichkeiten. Ein Seil? Das ist doch eher Altertum."

„Najaaa…"

„Na was? – Wenn die Bahn aus eigener Kraft den Berg hinauf-fahren könnte, das wäre was."

„Geduld Ned. Geduld. Ich bin mir sicher, dass es nur eine Frage der Zeit ist, bis das wirklich geschieht."

„Jaja und dann fliegen wir sicher auch bald zum Mond", feixte Ned und war dann sogleich perplex, weil Robert nicht auf seinen Scherz einging. „Sie glauben das doch wohl nicht wirklich?"

„Schon seltsam", sinnierte Robert. „Genau das sagte mir jemand in Chicago, also kurz bevor wir uns dann begegnet sind."

„Was, das wir zum Mond fliegen?"

„Genau. Seltsam nicht?"

„Und wer war dieser Knilch? Muss ja ein schöner Traumtänzer sein, noch ein größerer als Sie, Bob."

„Wer weiß? Immerhin haben wir denselben Vornamen. Er sagte, er heiße Robert Lincoln und sei der Sohn des Präsidenten."

„Oh!"

***

San Francisco – 1872

Ned hatte Robert auf eine Idee gebracht. Vielleicht brauchte jener Engländer seine Dienste. Inzwischen hatte er erfahren, dass es sich dabei um Andrew Smith Hallidie handelte, der bei jeder sich bietenden Gelegenheit das Thema seiner *Cable Cars* zur Sprache brachte. Zur Ehre seines geadelten Paten hatte er den Namen Hallidie zu seinem hinzugefügt, wurde allerdings weiterhin nur als Mister Smith angeredet.

„Vor allem für die Pferde ist es eine Qual Passagiere und Lasten auf die Hügel zu bringen", bestätigte Smith denn auch das Gerücht als er Robert zu einem Gespräch empfangen hatte. „Sehen Sie es sich doch an, zum Beispiel dort in der Jackson Street. Unglaublich, wie sich diese Kreaturen dort plagen müssen, um die Wagen von der Kearny Street zur Stockton Street hinaufzuziehen, wenn sie es denn überhaupt schaffen." Betroffen schüttelte er seinen Kopf. „Die Strecken sind einfach zu steil."

„Vielleicht braucht es einfach mehrere Pferde", schlug Robert vor.

„Ach was, junger Mann. Nicht mehr vom Alten. Neue Ideen müssen her. – Meine Idee, die Wagen einfach mit Maschinenkraft per Seil hinaufzuziehen wird alles ein wenig einfacher, sauberer und verlässlicher gestalten", schwärmte er und kam dabei richtig in Fahrt. „Mal ganz abgesehen davon, dass meine Bahn deutlich schneller sein wird, selbst auf den Abschnitten, die nicht ein Gefälle aufweisen."

„Aber was ist, wenn ein Seil reißt? Das birgt doch große Gefahren bei derart steilen Strecken", wagte Robert einen Einwand, wie es sicherlich jeder guter Journalist ebenso getan hätte.

„Dann greift die Sicherheitsmechanik, ganz ähnlich derjenigen, die bereits bei Aufzügen zur Anwendung kommt. Außerdem finde ich es im höchsten Maße seltsam, dass diese Frage nur bei meiner Erfindung gestellt wird aber nie, wenn wir davon reden, dass Pferde die Wagen hinaufziehen sollen. Glauben Sie etwa, die würden mit ihrem Maul nach den Wagen schnappen, wenn die Schirrung reißt."

„Eine Schirrung reißen?", wunderte sich Robert

„Sehen Sie, junger Mann. Das zweifeln Sie an, nicht wahr? Aber warum alles in der Welt sollte dann ein Seil reißen? Außerdem habe ich mir das, was wir auch hier verwenden wollen, vor rund fünf Jahren sogar patentieren lassen."

„Naja…"

„Ich sehe schon, etwas Neues zu akzeptieren fällt auch Ihnen nicht leicht."

„Das ist es nicht…"

„Nein? Es klingt aber verdächtig danach. – Aber lassen wir das. Vielleicht kann Ihnen mein leitender Ingenieur die Fragen beantworten und ihre Zweifel zerstreuen." Er ging voraus, durch eine Tür und Robert folgte ihm auf sein Geheiß. „Gehen wir hinüber in die Werkstatt." Wieder öffnete er eine Tür und sofort waren sie vom üblichen Treiben und dem Lärm einer Schmiedewerkstatt umgeben. „Da ist er ja", kommentierte Smith mit erhobener Stimme, um sich gegen den allgegenwärtigen Lärm Gehör zu verschaffen.

Smith ging voraus und berührte einen hochgewachsenen Mann an der Schulter, der sich daraufhin zu ihm umwandte. Robert erkannte das bärtige Gesicht und die hohe Stirn sofort wieder. Immerhin wusste er auch sofort, dass er mit ihm auf der Weltausstellung gesprochen hatte, konnte sich aber nicht mehr an dessen Namen erinnern.

„Darf ich Ihnen Mister William Eppelsheimer vorstellen, Mister Blum?"

„Freut mich Sie wiederzusehen", sagte Robert, ebenfalls bemüht die allgemeine Geräuschkulisse zu übertönen. Er trat auf Eppelsheimer zu und reichte ihm die Rechte, die der umgehend ergriff und kräftig schüttelte.

„Der Herr Blum", verfiel Eppelsheimer ins Deutsche. „Habe ich

214

Ihnen nicht prophezeit, dass wir uns wieder über den Weg laufen werden?"

„Oh ja, das haben Sie in der Tat."

„Wie ist es Ihnen ergangen… Oh, wir sollten höflich sein", merkte Eppelsheimer an und wechselte ins Englische. Zu Smith gewandt fügte er hinzu. „Mister Blum traf ich siebenundsechzig auf der Weltausstellung. Dort stand er auf der Bühne für einen Fabrikanten für Zahnreinigungsmittel…"

„Jetzt sagen Sie mir bloß noch, dass es sich dabei um den guten alten Sheffield handelt", platzte es aus Smith heraus.

„Sie kennen ihn?", wunderte sich Robert nun.

„Ich traf ihn einmal in New York", erklärte Smith. „Damals hat er mir sein Pulver angedreht, aber ich muss zugeben, dass es wirklich gut war. – Und für den… Was haben Sie denn dort überhaupt gemacht, auf einer Bühne… und dann noch auf der Weltausstellung?"

Robert gab ihm einen kurzen Abriss über die Ereignisse in Paris und wie er dann auch ein kurzes Gespräch mit Eppelsheimer geführt hatte.

„Da habe ich Mister Blum schon gesagt, dass wir uns noch einmal über den Weg laufen werden. Und, siehe da, hier sind wir." Er lachte befreit. „Was machen Sie hier in Frisco Mister Blum?", wollte er von Robert wissen.

„Hier habe ich eine gute Gelegenheit, um mich auf meine Reise nach Japan vorzubereiten." In aller Kürze schilderte Robert von seinen Studien im Asieninstitut und welche Hilfe ihm der Direktor dabei war.

„Sie wissen Kontakte zu nutzen", stellte Smith anerkennend fest und gab Robert einen Klaps auf die Schulter. „Und nebenbei betreiben Sie wahrscheinlich noch eine kleine Firma", mutmaßte er schmunzelnd.

„Nicht ganz", gab Robert zu. „Ich bin Freiberufler und verkaufe Zeichnungen an Journale oder für Patentanmeldungen."

„Oh!", entfuhr es Smith. „Etwa technische Zeichnungen?"

„Naja, so in der Art. Eher die bildliche und detaillierte Darstellung." Er kramte eine Zeichnung eines Stuhls im viktorianischen Stil hervor. „Dies ist für jemanden, der gerne ein solches Möbelstück angefertigt haben möchte."

„Splendid!" Smith war begeistert. "Sie könnten also auch Bilder von technischen Einrichtungen anfertigen, die dann patentiert werden sollen?"

„Genau das", bestätigte Robert keck.

Smith und Eppelsheimer wechselten vielsagende Blicke. Dann rückte Smith heraus mit seiner Idee. „Nun, Mister Eppelsheimer hat eine hervorragende Idee für eine besondere Kupplung. Die ist sehr wichtig, um die *Cable Cars* an das laufende Seil anzukoppeln und auch wieder zu lösen, wenn eine Station erreicht ist."

„Verstehe. So läuft das Seil ununterbrochen, nur die Wagen klinken sich bei Bedarf ein", fasste Robert es mit seinen Worten zusammen.

„Exactly", bestätigte Smith und blickte zu Eppelsheimer.

„Grob skizziert habe ich das schon", erklärte der dann auch ohne Umschweife. „Doch für ein Patent ist das noch nicht gut genug." Dabei blickte er Robert fragend an. „Wir müssten allerdings recht zügig daran gehen, denn wenn es um Patente geht, sollte man sich nicht sehr viel Zeit lassen. Wie ich hörte, interessiert sich Leland Stanford inzwischen auch dafür."

„Naja, er ist eben Eisenbahner", warf Robert achselzuckend ein. „Und eine solche Bahn hat eben einen ganz eigenen technischen Reiz."

„Durchaus, durchaus", gab Smith zu. „Genau deshalb hat es uns beide schließlich auch gepackt."

„Dabei dachte ich immer, dass Mister Stanford was Größeres gewohnt ist als ein paar kurze Linien die Hügel hinauf zu bauen", knurrte Eppelsheimer.

„Nanana", schaltete sich Smith ein. „Bitte nicht so abfällig, Bill. Immerhin handelt es sich um eine Revolution im öffentlichen Transport. Da kann ich Mister Stanford schon verstehen. Das ist doch mindestens genauso bedeutsam wie die Verbindung der beiden Teile unseres Landes von Küste zu Küste."

„Naja, schon", ruderte Eppelsheimer zurück. „ Nur die Außmaße sind halt schwierig zu vergleichen. Außerdem kann ich mir vorstellen, dass er mit seiner Central Pacific schon mehr als genug zu tun hat. Denn da gibt's bestimmt auch noch genug Probleme zu lösen."

„Bestimmt", bestätigte Robert, „aber vielleicht braucht er einfach diese neue Herausforderung."

„Er ist eben ein Unternehmer, so wie ich", stimmte Smith zu. „Also gilt auch hier, der Bessere wird gewinnen."

„Und das werden wir sein!", schnaubte Eppelsheimer.

„Also müssen wir uns sputen, nicht nur mit unseren Patenten", fasste Smith es zusammen. „Außerdem soll die Bahn schon im nächsten Jahr eingeweiht werden. – Na, wie sieht's aus, Herr Blum? Sind Sie dabei?"

„Kein Problem. Wenn Sie wollen, können wir sogleich anfangen. Heute habe ich keinerlei anderweitige Verpflichtungen mehr."

„Hervorragend", merkte Eppelsheimer auf Deutsch an, um sogleich wieder ins Englische zu wechseln. „Kommen Sie mit ins Büro, dort habe ich alle Unterlagen. Ich schlage vor, Sie geben uns eine Kostprobe, indem Sie uns zeigen, was sie aus der Radaufhängung machen, die wir ebenfalls patentieren lassen wollen."

„Aber gern. Allerdings müssten wir noch über die Konditionen reden, denn ich kann mir nicht vorstellen, dass Sie mich am Patent beteiligen wollen und", fügte er an Smith gewandt fort, „in der Sache bin ich ebenfalls Unternehmer."

„Sie sind richtig, Bob", lachte Smith und schlug ihm freundschaftlich auf die Schulter. „Denn auf gute Kooperation."

„Gerne."

„Nun, äh…" Eppelsheimer strich sich verlegen durch seinen dichten Bart. „Eine Beteiligung, hätte auch ich nicht im Sinn gehabt."

„Wir werden uns schon über Ihre Leistung einig werden", schaltete sich Smith ein. „An was haben Sie gedacht, Bob?"

„Derzeit erhalte ich drei Vierteldollar für ein Bild. Dies hier sehe ich als vergleichbar an, denn Sie erwarten schließlich hohe Qualität."

„Ganz genau", gab Smith unumwunden zu. „Wissen Sie was, junger Mann, deshalb schlage ich vor, dass ich noch weitere drei Vierteldollar drauflege, wenn das jeweilige Patent bestätigt worden ist."

„Eine gute Idee", pflichtete ihm Eppelsheimer bei und streckte Robert die Hand hin. „Abgemacht." Smith tat es ihm gleich

Robert ergriff beide Hände und schlug erfreut ein. „So sei es."

***

San Francisco – 1873

„Wie kommt es, dass die erste Fahrt nun doch erst heute stattfindet? Sollte es nicht spätestens bis zum ersten August sein, weil sonst die Konzession der Stadt erlischt?", forschte Robert nach. Er hatte Wilhelm Eppelsheimer in der großen Menschenansammlung entdeckt, die sich auf der Kreuzung von Clay Street und Jones Street, ganz in der Nähe des Nob Hill, versammelt hat. Sie alle wollten beim ersten großen Test des Cable Car mit dabei sein.

„Wir hatten noch ein paar Kleinigkeiten zu beheben", erwiderte Eppelsheimer angespannt. „Die Stadt hat ihre Konzession verlängert, verlangt aber nun, dass wir ab dem ersten September den Betrieb aufnehmen und tatsächlich Passagiere befördern." Dann wendete er sich wieder der Mechanik zu, setzte ein paar Hammerschläge und warf Robert einen triumphierenden Blick zu. „Jetzt sollte es gehen." Er lachte. „Auf zum großen Moment."

Er gab Smith ein Zeichen, der wiederum einem Arbeiter bedeutete, seine Position im Wagen einzunehmen. Als sogenannter Gripman sollte der Mann dafür sorgen, die Klaue des Wagons mit dem Fahrseil zu verbinden, um die Fahrt aufzunehmen. Der Arbeiter bestieg den Wagen recht zögerlich und es drängte sich Robert die Erkenntnis auf, dass der Mann dieser neuen Technik nicht so recht traute. Dennoch nahm der Gripman seinen Platz ein. Doch sobald als er aus dem vorderen Fenster sah, schreckte er zurück und verließ fluchtartig den Wagen, wurde jedoch von Smith aufgehalten.

„… zu steil…", hörte Robert den Mann über den Umgebungslärm hinweg sagen.

„Gibt es Schwierigkeiten?", erkundigte sich Robert, der nun näher an Smith und den Gripman herangetreten war.

„Ach was", fauchte Smith. „Dieser feige Hund hat einfach keinen Mumm in den Knochen und kein Vertrauen. Ich hätte doch darauf bestehen sollen, dass ein Miner[37] das übernimmt." Er fluchte und bestieg den Wagen, während der Arbeiter in der Menge verschwand.

„Was haben Sie vor?", erkundigte sich Robert, obwohl er die Antwort bereits ahnte, denn Smith war ein Mann der Tat, soweit glaubte er ihn einschätzen zu können.

„Alles muss man hier selbst machen", knurrte der dann auch. Dann wandte er sich direkt an Robert. „Was ist junger Mann, sind Sie bereit Geschichte zu schreiben?"

Da war sie wieder, eine jener Situationen, in denen Respekt verdient oder verspielt wurde. „Auf jeden Fall!", antwortete Robert und sprang beherzt in den Wagen. „Was ist meine Aufgabe?"

„Den großen Moment für die Nachwelt festzuhalten", blaffte Smith, noch immer grollend. „Das wird Ihnen zwar keinen Platz in den Geschichtsbüchern einräumen, aber immerhin haben Sie

---

[37] Minenarbeiter

dann an den Büchern mitgeschrieben."

„Worauf warten wir dann noch?", erwiderte Robert herausfordernd. „Zeigen wir der Welt, was Fortschritt ist."

„So ist's recht", knurrte Smith nun schon versöhnlicher. „Da stehen Sie wieder auf der Bühne, wie?" Er lachte. „Bob, Sie sind ganz nach meinem Geschmack. – Gehen wir's an." Er beugte sich vor und betätigte zwei Hebel. Der Wagen ruckte, so dass Robert kurz das Gleichgewicht verlor und sich nur durch einen beherzten Griff zu einer Haltestange vor dem Sturz retten konnte. Dann neigte sich der Wagen bereits nach vorn und folgte mit der Geschwindigkeit des Fahrseils dem ansehnlichen Gefälle der Clay Street hinab.

Nach kurzer Zeit genoss Robert die Fahrt wie eine ganz normale Zugfahrt. Der Jubel der Leute, die sich nun an der Straße drängten, gab dem Moment dennoch etwas Besonderes. Einige übermütige Jungen sprangen tatsächlich während der Fahrt auf. Sie hielten sich mit einer Hand fest, reckten den anderen Arm in die Höhe und stießen Jubelschreie aus, als gälte es einen gewaltigen Sieg zu feiern.

„Ja, Mister Blum, das ist der Fortschritt des neunzehnten Jahrhunderts!", ließ sich Smith von der allgemeinen Begeisterung anstecken. „Und merken Sie sich, in Amerika ist alles möglich. Das wird bald die ganze Welt erfahren." Er musste alles an Lautstärke aufbieten, um gehört zu werden.

Dem konnte Robert nur in Gedanken zustimmen, denn er bezweifelte, dass seine Antwort bei dem allgemeinen Jubel zu Smith durchgedrungen wäre. Denn die Menge jubelte nun auch den wagemutigen Jungen zu, die sich in ihrem Übermut gegenseitig zu übertreffen versuchten, bis die ersten Polizisten einschritten, weil ihnen die wilde Akrobatik doch zu gefährlich erschien.

Robert fragte sich unterdessen, wie sie denn wohl die Rückfahrt antreten wollten. Er hielt sich jedoch mit der Frage danach zurück und wartete ab, auch wenn der Jubel inzwischen ein wenig nachgelassen hatte. Die Antwort sollte er denn auch recht bald erhalten.

„Gleich können Sie mir ein wenig zur Hand gehen, Bob", hörte er Smith sagen. „An der Wendestation müssen wir die Drehscheibe betätigen."

„Kein Problem", gab Robert zur Antwort, dem die Idee, den Wagen einfach auf einer Drehscheibe zu wenden recht genial vorkam. So konnte dieselbe Klaue das umgelenkte Seil wieder greifen und der Wagen wurde den Berg hinaufgezogen.

Gesagt getan. An der Endstation betätigte Smith wiederum die Hebel und der Wagen kam recht abrupt zum Stillstand. „Für die Passagiere sollten sie noch ein paar Warnsignale installieren", schlug Robert vor, bevor sie aus dem Wagen kletterten.

„Warnsignale?"

„Damit die Leute sich rechtzeitig festhalten können, denn beim Start und auch beim Bremsen ist es doch recht ruckelig, wenn man nicht darauf vorbereitet ist."

Zunächst sah es so aus, als wolle sich Smith darüber mokieren, doch dann sagte er: „Das ist eine gute Idee, Bob. Vor allem die Damen könnten sonst in eine Situation geraten und meine ganze Bahn geriete in Verruf." Anerkennend klopfte er Robert auf die Schulter. „Wirklich gut. Danke."

„Keine Ursache. – Was habe ich jetzt zu tun?"

„Nehmen Sie einen, Bob." Er nahm zwei Hebel aus einer Halterung, reichte einen Robert und ging zum vorderen Ende des Wagens. „Führen Sie den Hebel hier ein bis er einrastet."

Robert folgte seiner Anweisung und spürte einen kleinen Widerstand. „Das scheint es gewesen zu sein."

„Bewegen Sie ihn vor und zurück." Wiederum tat Robert wie ihm geheißen und es klackte vernehmlich. „So ist's recht", kommentierte Smith. „Ich gehe nach hinten. Wenn ich sage jetzt, dann drücken sie den Hebel nach vorne und dann laufen wir außen auf der Scheibe mit, um den Wagen umzudrehen."

„Gut."

„Aber passen sie auf, denn wenn wir herum sind, müssen wir die Scheibe wieder einrasten. Am besten ich gebe Ihnen ein Zeichen."

„In Ordnung." Er packte den Hebel mit beiden Händen und nahm Aufstellung. Sobald Smith ihm das Zeichen gab, schob er den Hebel nach vorn und drückte mit aller Kraft. Langsam begann sich die Scheibe mit dem Wagen zu drehen. Hatte er gehofft, dass es, sobald die Apparatur einmal in Bewegung war, mit weniger Aufwand verbunden wäre, so sah er sich getäuscht. Daher war er froh, als sie die halbe Drehung vollzogen hatten und er den Hebel auf Anweisung von Smith in die andere Richtung betätigte, bis ein lautes Krachen verkündete, dass die Plattform arretiert war.

„Wunderbar", hörte er Smith sagen. „Und nun", er nahm Robert den Hebel ab, um beide wieder im Wagen zu verstauen, „wollen wir mal sehen, wie einfach es sein kann diesen Hügel zu erklimmen. Kommen Sie." Er sprang in den Wagen und Robert beeilte sich ihm zu folgen.

Kaum hatte er festen Halt gefunden, da ließ Smith bereits die Mitnehmerklaue das Fahrseil ergreifen und der Wagen setzte sich mit einem Ruck in Bewegung. „William wird uns hier noch einen Dämpfer einbauen, wie er sagte", erklärte Smith. „Das sollte das Einklinken etwas weniger dramatisch machen. – Aber Ihre Idee mit dem Signal ist wirklich gut. Am besten eine Glocke, dann wissen auch die Leute drumherum, dass es losgeht und sie können die Bahn freigeben."

Die Fahrt bergan war nicht weniger von Jubel begleitet. Trotz des tatkräftigen Eingreifens der Ordnungshüter schafften es doch wieder einige Jungen auf den Wagen aufzuspringen und auch wieder sicher von Bord zu gehen. Keiner von ihnen wollte sich der Schmach aussetzen, beim Absprung ins Straucheln zu geraten oder unter allgemeinem Gelächter zu stürzen.

Am oberen Endpunkt, nahe der Triebstation, wiederholte Smith das Abkopplungsmanöver und brachte den Wagen unter großem Jubel zum Stillstand. Dann wandte er sich an die Menge und verkündete, dass jeder ab dem ersten September in den Genuss gerate mit dieser Bahn zu fahren. Auch dies wurde mit allgemeinem Jubel quittiert. Sofort stürzten sich die Reporter auf Smith, um ihn mit Fragen zu löchern. Er ließ es geduldig über sich ergehen, würden sie doch auf ihre Art Werbung für sein neues Unternehmen betreiben.

Robert verdrückte sich, um Eppelsheimer zu suchen. Nach einiger Zeit fand er ihn mit einigen Leuten im Gespräch, die in einer Weise gekleidet waren wie sie für Leute aus dem Frontierland üblich war. Als er näher herankam, stellte fest, dass er zumindest einen von ihnen kannte. „Na, so eine Überraschung! Ned?"

Der Angesprochene drehte sich um und lächelte ihn freudig an. „Selbstverständlich, Bob. Ich bin doch immer dort, wo sich gerade der Nabel der Welt befindet."

Sie fielen sich in die Arme. „Wirklich schön Sie wiederzusehen", gestand Robert. „Heißt das, dass Ihre Show jetzt in Frisco zu Gast ist?"

„Exactly", erwiderte Ned grinsend und wandte sich seinen Begleitern zu. „Nun, Buffalo Bill kennst du ja bereits..." Robert erkannte nun Bill Cody und die beiden begrüßten sich ebenfalls wie alte Freunde. „Aber sicher doch, auch wenn es bei unserer Begegnung doch andere Umstände waren. Freut mich außerordentlich."

„Ganz meinerseits", erwiderte Bill. „Wart Ihr das, dort auf der Bahn?"

„Ja", gestand Robert.

„Nun, so hatte ich recht, Bob. Ihr seid wirklich ein sehr mutiges Greenhorn und aus Ihnen könnte tatsächlich noch ein echter Frontiermann werden.

„Das glaube ich kaum", wiegelte Robert ab. „Das zu glauben, halte ich doch für zu vermessen. Aber danke für die Aufmunterung."

„Kein Ursache", lachte Bill und schlug ihm freundschaftlich auf die Schulter.

„Und diese beiden hier[38]", riss Ned die Unterhaltung wieder an sich und zeigte auf seine weiteren Begleiter, einen Mann, der

etwa in Roberts Alter war und ihm auch in der Körperlänge glich sowie auf eine kleinere Frau mit südländischem Äußeren, „das sind Texas Jack und die liebliche Giuseppina Morlacchi – wenn ich das richtig ausgesprochen habe – am liebsten nenne ich sie einfach Josie."

---

[38] https://de.wikipedia.org/wiki/Datei:Texas_Jack_Cody_et_al.jpg

„Sehr erfreut", sagte Robert und hauchte ihr einen Handkuss auf, wie er es gelernt hatte.

„Oh, ein Kavalier der alten Schule", stellte sie freudig erstaunt fest und blickte dann ihren Begleiter an. „Das meinte ich, Jack."

Der Angesprochene verzog angesäuert das Gesicht. „Jaja, das lerne ich auch noch", erwiderte er und wandte sich dann an Robert. „Vielleicht können Sie mir ja zeigen, was ich tun muss, um das Herz einer europäische Prinzessin zu gewinnen, damit sie endlich mein wird." Er lachte, als sie ihn mit dem Ellenbogen knuffte.

„Mascalzone[39]! – Du hast es doch schon längst und wenn du so weitermachst, überlege ich es mir noch einmal."

„Aber Josie, meine liebste Giuseppina, siehst du denn nicht, dass ich nur alles tun will, um dich glücklich zu machen." Er schloss sie in seine Arme und gab ihr einen verstohlenen Kuss, damit sie nicht den Zorn der Umgebung auf sich zogen ob des unschicklichen Verhaltens in der Öffentlichkeit. Für Robert fügte er erklärend hinzu: „Wir wollen am Sonntag in vier Wochen heiraten, wenn wir wieder in New York sind. Vielleicht geben Sie uns auch die Ehre?"

„Oh, das würde ich sehr gerne, aber zu der Zeit gedenke ich bereits in der anderen Richtung unterwegs zu sein."

Da Jack ihn nur entgeistert ansah, erklärte Ned: „Bob will tatsächlich noch immer nach China, zu diesen Schlitzaugen."

Robert bedachte ihn mit einem finsteren Blick. „Japan, Ned, nicht China. Und deren Augen sind auch ganz in Ordnung."

Ned lachte schallend. „Schon gut, Bob. Für mich sehen die alle gleich aus."

„Ja, das sagen die von den Europäern und Amerikanern auch", konstatierte Robert. „Ist wohl eine Frage der Perspektive."

---

[39] Schuft, Schelm, Schlingel

„Hmm... Im Ernst jetzt?" Ned war nun doch perplex. „Aber man erkennt doch drei Meilen gegen den Wind, ob man einen Engländer, einen Duchman, einen Franzosen oder einen Deutschen vor sich hat."

„Wie gesagt, alles eine Frage der Perspektive, Ned", kommentierte Robert und hoffte damit diesen Exkurs zu beenden.

„Sie wollen nach Japan?", erlöste Josie sie aus der misslichen Lage. „Lassen die Ausländer überhaupt ins Land? Wie ich hörte, ist das Land doch sehr verschlossen."

„Das ist richtig", bestätigte Robert. „Doch Ausnahmen bestätigen die Regel, wie so oft. Es ist allerdings nicht ganz einfach hineinzugelangen", führte er weiter aus, „denn soweit ich weiß braucht man auf jeden Fall schon einmal eine Einladung..."

„Und die bekommt man wahrscheinlich nur, wenn man jemand dort kennt und man deshalb schon einmal da gewesen sein muss", fiel sie ihm ins Wort. „Also", sie Schlug die Hände aufeinander, „geht's doch nicht."

„Naja, um dort jemand zu kennen, muss man nicht unbedingt dort gewesen sein", relativierte Roberet. „Auch Japaner reisen durch die Welt, vor allem, um zu lernen. Außedem gibt es offenbar viele Diplomaten, die eine Einladung erhalten, ohne je vorher dort gewesen zu sein oder dort jemand persönlich zu kennen." Robert schilderte in aller Kürze, wie er die Bekanntschaft von Isamu Tanaka gemacht hatte und wie es zu der Einladung gekommen war.

„Alle Achtung, Bob, staunte Ned und der feixende Unterton war verschwunden. „Da habe ich Sie ja gewaltig unterschätzt." Er gab ihm einen freundschaftliche Klaps auf die Schulter. „Und bitte sagen Sie ihrem Freund, er möge das nicht auf die Goldwaage legen, was ich gesagt habe. Vielleicht lerne ich es ja auch noch irgendwann diese, äh, Perspektive einzunehmen, wenn Sie mir helfen."

„Dabei bin ich Ihnen gerne behilflich", ging Robert darauf ein.

„Doch jetzt", unterbrach Cody die beiden, „brauchen wir erst einmal gute Orskenntnis, um etwas zu finden, wo wir unser Wiedersehen und diesen geschichtlichen Moment für diese Stadt ordentlich feiern können."

„Nichts leichter als das", grinste Ned. „Wenn es darum geht, da hat der gute alte Ned ein ganz feines Näschen. – Kommt alle mit. Vorhin habe ich da schon genau das Richtige entdeckt." Er legte seine Hand auf Roberts Arm und raunte ihm zu: „Keine Sorge um Ihre Reisekasse. Das geht selbstverständlich auf mich."

***

San Francisco – 1873

„Verzeihen Sie, Sir, habe ich die Ehre mit Mister Blum, Robert Blum?"

„Ja, das bin ich", gestand Robert ein wenig Perplex und musterte den Mann mit prächtigem, leicht ergrautem Schnurrbart vor ihm. Das Haupthaar des Mannes zeigte noch ein wenig, wie dunkel es einmal gewesen sein mochte. Ausgeprägte Geheimratsecken ließen allerdings den Eindruck einer hohen Stirn zurück. „Freut mich." Er streckte Robert die Hand hin, die jener leicht zögerlich ergriff. „Freut mich außerordentlich. Ethan Smith", stellte er sich vor und schüttelte Roberts Hand kräftig.

„Die Freude ist ganz auf meiner Seite", erwiderte Robert. „So sind Sie der Botschafter auf dem Weg nach Japan?"

„Konsul", verbesserte Smith, „wir wollen es doch nicht übertreiben, aber, wer weiß, vielleicht wird die Vertretung eines Tages zu einer Botschaft ausgebaut." Er lachte, wurde jedoch sofort wieder ernst. „Kapitän Dawson sagte mir, dass Sie so freundlich waren, uns, also meiner Frau Eleanor…", er zeigte auf seine blondierte Begleiterin, die Robert auf Ende vierzig schätzte und die ihm ihre Hand entgegenreckte, so dass Robert ihr in Anwendung seiner guten Sitten einen Handkuss aufhauchte, während die weiteren Ausführungen ihres Gatten ungehört verhallten.

„Oh, wie galant, junger Mann", flötete sie und ihr eher verlegen wirkendes Lachen entblößte eine Reihe ebenmäßiger, gute gepflegter Zähne.

„Habe die Ehre", erwiderte Robert knapp und deutete eine Verbeugung an. „Es ist mir eine Freude Ihre Bekanntschaft zu machen.

„Ja, meine Liebe", übernahm Smith wieder die Führung des Gesprächs, „in good old Germany pflegen sie ganz offensichtlich noch die alten Sitten, genauso wie in deiner englischen Heimat", fügte er an seine Gemahlin gewandt hinzu.

„Splendid", versicherte sie kokett, „das vermisse ich in den Staaten noch immer."

„Wir sollten die Hoffnung nicht aufgeben, Darling. Wenn der Westen erst einmal vollständig besiedelt ist und die Wilden gezähmt sind, kommt auch die Zeit, in der gute Sitten bei uns gefragt sein werden."

„Ach, Ethan, dein Wort in Gottes Gehör und möge die Zeit bald kommen." An Robert gerichtet fügte sie hinzu: „Wahrscheinlich hat unsere Regierung Ethan deshalb ausgewählt, um unser Land dort drüben zu repräsentieren, weil ihm diese Etikette nicht fremd ist. Stellen Sie sich nur einmal vor, junger Mann, man würde einen jener rauen Burschen aus dem Frontierland entsenden… Nicht auszudenken."

„Dann können wir auch gleich die gesamte Flotte schicken", fiel ihr Gatte ihr ins Wort. „Bevor diese ungehobelten Burschen auch nur den Mund aufmachten, hätten wir schon den nächsten Krieg. Und das – äh, darf ich Sie Bob nennen?" Auf Roberts Nicken fuhr er fort: „Das sind nämlich wirklich ausgebuffte Kämpfer, drüben in Nihon. Das haben mir alle versichert, die schon einmal dort waren."

„Den Eindruck habe ich auch gewonnen, Mister Smith…"

„Ethan", verbesserte Smith ihn. „Da Sie mir gestattet haben Sie Bob zu nennen, Ethan."

„Also gut, Ethan", setzte Robert neu an, wobei es ihm doch befremdlich erschien einen Konsul im Alter seines Vaters beim Vornamen anzureden. „Wie gesagt den Eindruck hatte ich auch." Er schilderte in aller Kürze seine Begegnung mit Isamu Tanaka und seinem Adjutanten Tadashi Bushida, wobei er vor allem auf die Trainingsstunden im traditionellen japanischen Zweikampf abhob.

„Ha! Dann wissen Sie ja was ich meine, Bob. – Jedenfalls wollen wir uns von einer guten Seite zeigen, damit wir das Land weiter öffnen, um gute Geschäfte zu machen. – Und was bringt Sie dazu nach Nihon zu reisen?"

„Damals, vierundsechzig, habe ich Isamu Tanaka versprochen ihm einen Besuch abzustatten."

„Verstehe. So haben Sie also eine Einladung von ihm?"

„Ganz recht", bestätigte Robert, „sogar schriftlich."

„Das ist gut." Smith wirkte erleichtert. „Die Burschen nehmen dort alles so übertrieben genau. Na, Sie werden schon sehen. Wir müssen dort sogar unsere Kleidung gegen die landesübliche Tracht Eintauschen und unsere für die Dauer wegschließen. Unglaublich, nicht wahr?"

„Ach, deshalb die Holzkiste?"

„Exactly. Sie haben sich also schon eine besorgt?"

„Den Schiffszimmermann habe ich dafür bezahlen müssen und auch noch gleich die Summe für die Rückreise hinterlegen müssen", erklärte Robert. „Das habe ich für Geldschneiderei gehalten."

„Das war es dann wohl in der Tat", pflichtete Smith ihm bei, nachdem Robert ihm den Betrag genannt hatte, den der Zimmermann eingefordert hatte. „Aber wissen Sie was? Sie haben uns immerhin die einzige Erste-Klasse-Kabine überlassen", knüpfte er an sein Eingangsthema an und Robert winkte großzügig ab. „Da wird es uns eine Ehre sein, Sie stets an unserem Tisch als unseren Gast willkommen zu heißen."

Nun war Robert doch überrascht. „Das ist sehr großzügig von Ihnen, Ethan." Noch immer fiel es ihm schwer den Vornamen zu gebrauchen.

„Aber das ist doch selbstverständlich", bekräftigte nun auch Eleanor. „Und ein wenig Unterhaltung wird uns gut tun, vor allem, weil Sie offenbar weitgereist sind. Woher stammen Sie überhaupt?"

„Aus Stuttgart, im Königreich Württemberg, also den Vereinigten Staaten von Mitteleuropa."

„Oh, wie interessant!", flötete sie. „Da müssen Sie uns viel erzählen. Hier hört man so manches. Es muss ja dort drüben ein richtiger Boom sein."

„Boom?", wunderte sich Robert.

„Oh, verzeihen Sie Bob, das ist wohl ein neuer Modeausdruck aus den Städten der Ostküste", erklärte Eleanor. „Dieses Wort wird immer verwendet, wenn dieses unglaubliche Wachstum der Siedlungen und die Entwicklung der Wirtschaft im Frontierland beschrieben wird."

„Ah, verstehe…"

„So ähnlich muss es bei Ihnen zu Hause dann wohl auch sein."

„Nicht ganz", gab Robert zu, „aber im Vergleich zu früher erscheint mir der Ausdruck durchaus angebracht." Er schilderte in aller Kürze seine Eindrücke aus seinen Mittelmeerreisen, auch unter Zuhilfenahme seines Notizbuches, aus dem er einige Zeichnungen demonstrierte.

„Das haben Sie gezeichnet?", warf Eleanor verblüfft ein. Sobald Robert ihre Frage mit einem Nicken beantwortete, schnitt sie ihm sofort das Wort ab. „Dann müssen Sie einfach einige Zeichnungen für mich anfertigen. Was meinst du Ethan?"

„Auf jeden Fall", bekräftigte der sofort, als könne er seine Worte nicht länger zurückhalten. „Natürlich nur, wenn das für Sie in Ordnung ist, Bob. Selbstverständlich werden wir das auch angemessen honorieren."

Robert war so perplex, dass er sich vom Geschäftssinn seiner Umgebung anstecken ließ und sein übliches Honorar von sich gab, bevor er sich seiner guten Sitten besinnen konnte. „Natürlich nur, wenn Sie vollauf zufrieden sind", fügte er daher hastig hinzu.

„Aber auf jeden Fall", ließ Smith keinerlei Zweifel aufkommen. „Und ich freue mich auch schon auf Ihre Reiseberichte. . Konstantinopel? Sie waren tatsächlich bei diesen Wilden Osmanen?"

„Das sind keine Wilden", verbesserte Eleanor ihren Mann. „Das waren sie vielleicht mal, als sie vor vierhundert Jahren diese Stadt erobert oder als sie vor zweihundert Jahren Wien belagert haben, nicht wahr?" Hilfesuchend wandte sie sich an Robert.

„Nein, wild sind sie nicht", pflichtete er ihr bei, „aber alles wirkte dort ein wenig…" Er suchte nach Worten.

„Dekadent?", half ihm Smith aus.

„Ja, das trifft es ganz gut", gab Robert zu. „Alles wirkt in die Jahre gekommen. Der alte Glanz ist zwar noch zu erahnen aber er ist längst verblasst, wie ein uralter Anstrich", versuchte Robert seine Eindrücke zusammenzufassen.

„Verstehe", murmelte Smith. „Der kranke Mann am Bosporus, wie?"

„Naja…"

„Wir mussten immerhin zweimal einen Krieg führen, weil sie ihre Provinzen nicht im Griff hatten."

„Aber Ethan, das ist das ist doch schon eine Ewigkeit her."

„Keine sechzig Jahre", widersprach der. „Aber immerhin haben wir seitdem eine richtig schlagkräftige Navy.

„Ach, Sie meinen den Krieg achtzehn-fünfzehn gegen die Barbareskenstaaten von Tripolis, Algier und Tunis?"

„Exactly, Bob. Damals, als Sie, also Ihre Vorfahren in Europa, diesen Napoleon losgeworden sind, da haben wir den Bastarden ein für alle Mal das Handwerk gelegt."

Robert widersprach nicht. Es war ihm wohl bekannt war, dass dies erst nach dem späteren Eingreifen einer von Briten und Niederländern entsandten Flotte gelungen war. Erst sie hatten den diktierten Friedensschluss durchzusetzen vermocht. Vielmehr war er erstaunt über das Wissen seines Gesprächspartners. Denn selbst Leute wie Ned, der viel herumgekommen war, wussten oftmals nur, dass es jenseits des Atlantiks Land gab, was jedoch für ihr eigenes Schicksal ohne Bedeutung war.

„Aber immerhin haben die Osmanen Tripolis wieder bändigen können", führte Smith seinen Gedanken fort.

„Ja, das stimmt. Dafür hat Frankreich sowohl Tunis als auch Algier unter seine Kontrolle gebracht", ergänzte Robert.

„Also endgültig Ruhe. Das ist sehr gut. Die Unterstützung der Franzosen für uns im Unabhängigkeitskrieg werden wir Amerikaner nicht vergessen, auch wenn wir vorher, also im vergangenen Jahrhundert, viele Kriege gegen sie geführt haben." Er wirkte zufrieden und doch auch nachdenklich. Dann wechselte er wieder einmal abrupt das Thema. „Werden Sie zur Hundertjahrfeier wieder zurück sein?".

„Nun, das sind ja noch ein paar Jahre."

„Nur drei, denn sechsundsiebzig ist für uns das entscheidende Jahr, weil da die Deklaration der Unabhängigkeit erfolgt ist."

„Ehrlich gesagt, ich weiß es nicht", gestand Robert. „Immerhin bin ich auch schon ein Jahr später nach Japan unterwegs als geplant. Aber wie ich erfahren habe, gab es in Edo im vergangenen Jahr eine große Katastrophe. Insofern war es vielleicht ganz gut, dass ich später daran bin."

„Indeed. Ja, der große Brand. Jaja. Da sind die Japaner wie wir Amerikaner, einfach nicht unterzukriegen. Die bauen alles wieder auf. Außerdem müssten sich die Unruhen von achtundsechzig inzwischen gelegt haben. Der Tenno hat das Land nach Jahrhunderten der Shogunherrschaft endlich wieder im Griff. Wie es heißt, hat er den Palast wieder bezogen und die Stadt Edo in

Tokyo umbenannt, was wohl sowas wie östliche Hauptstadt heißt."

„Tokyo? Östliche Hauptstadt?", wunderte sich Robert.

Smith lachte kurz auf. „Jaja, geradezu so als hätten sie gleich mehrere. – Nunja. Sie werden also genau zum richtigen Zeitpunkt nach Nihon, also ins Nihon Koku, wie sie selbst das japanische Reich nennen, kommen. – Für wann haben Sie denn Ihre Heimreise geplant für nächstes Jahr?"

„Das wäre wahrscheinlich", gestand Robert. „Aber ich hoffe doch ein wenig länger zu bleiben und dann gedachte ich den Weg über Indien zu nehmen, denn kurz nachdem ich in Konstantinopel war, wurde der Kanal bei Suez eingeweiht und so könnte ich selbst einmal mit einem Schiff auf einem Kanal durch die Wüste fahren."

„Oh! Einmal um die Welt!", fuhr Eleanor dazwischen. „Das ist dann ja wie in dem neuen Roman von Jules Verne, dieses *Le Tour du monde en quatre-vingts jours*[40], nicht wahr?"

„Nicht ganz", widersprach Robert verlegen lächelnd. „In achtzig Tagen werde ich es nicht schaffen, selbst wenn ich meinen Aufenthalt in Frisco als Unterbrechung nicht in die Berechnung einbeziehe."

„Das ist ja auch nur ein Roman", tat es Ethan mit einer unwirschen Handbewegung ab. „Reine Phantasie. Als wäre sowas überhaupt möglich", schnaubte er ungehalten. „Selbst die modernsten Dampfschiffe brauchen ihre Zeit und mit der neuen Verbindung der Railroad ist es noch immer eine Woche von Küste zu Küste. Achtzig Tage. So ein Nonsense. Das sind einfach nur Hirngespinste eines Schreiberlings, der wohl zu tief ins Glas geschaut hat", echauffierte er sich. „Allein schon sein Werk *De la Terre à la Lune*[41], das du vergangenes Jahr gelesen hast Liebes,

---

[40] Reise um die Erde in 80 Tagen
[41] Von der Erde zum Mond, Werk von Jules Verne von 1865

zeigt schon wie weit sich der Kerl von der Realität fernhält."

„Dennoch gibt es viele Landsleute von Ihnen", wagte Robert einzuwerfen, „die fest daran glauben, dass eines Tages ein Amerikaner auf dem Mond sein wird."

„Unsinn…" Er hielt inne und strich sich nachdenklich über seinen prächtigen Schnurrbart. „Naja, wenn überhaupt, dann wird es auf jeden Fall ein Amerikaner sein", lenkte er dann großspurig ein. „Aber wie soll das gehen, Bob? Mit der Railroad wird's doch mehr als schwierig?"

„Kein Ahnung", gestand Robert und zuckte zur Bekräftigung mit den Achseln. „Was wissen wir schon, was in zehn oder hundert Jahren möglich ist?"

„Oh, da haben Sie recht, Bob. Vor hundert Jahren waren wir noch die Leibeigenen eines alten, missratenen englischen Königs – verzeih mir Darling – und sehen Sie uns heute an!"

„Ja, heute fahren wir nach Japan", kehrte Robert zum ursprünglichen Thema zurück.

„Exactly. Allerdings mit einem Zwischenhalt im Königreich von Hawaii. – Haben Sie überhaupt ein Visum für Hawaii?"

„Bereits besorgt", entgegnete Robert und klopfte auf seine Brusttasche.

„Das ist gut. Ansonsten", Smith grinste, „bin ich als Konsul berechtigt eines offiziell bei König Lunalilo für Sie zu beantragen."

„Lunalilo? Nicht Kamehameha?"

„Nein, König Kamehameha ist im Dezember verstorben und nach der Verfassung von Hawaii hat die Legislative nun König Lunalilo zum neuen Staatsoberhaupt gewählt."

„Oh, das war mir nicht bekannt. Trotzdem vielen Dank für Ihr Angebot, aber die Sache mit dem Visum hat tatsächlich schon die Reederei übernommen…"

„Wahrscheinlich für mehr als eine Handvoll Dollar." Das Seufzen Roberts bestätigte seine Vermutung. „Machen Sie sich nichts draus, Bob. Dafür lade ich sie gleich heute Abend zu einem hervorragenden Wein ein." Er beugte sich leicht vor und senkte seine Stimme. „Ich habe extra darauf bestanden, dass Kapitän Dawson eine ausreichende Menge davon bunkert." Er zwinkerte ihm zu. „Bis heute Abend, Bob."

Sie reichten einander die Hände und Robert verabschiedete sich von Eleanor wieder mit einem Handkuss. „Vielen Dank", sagte er. „Die Einladung nehme ich gerne an."

***

Honolulu – 1873

„Kommen Sie mit, Bob", fordert Smith ihn auf. „König Lunalilo wird uns empfangen. Oder wollen Sie lieber den Schauerleuten zusehen, wie sie unsere Vorräte an Wasser und Früchten auffüllen?"

„Zuviel der Ehre", wehrte Robert ab. „Weder bin ich im diplomatischen Dienst noch für einen solchen Anlass passend gekleidet."

„Ach was", wischte Smith seinen Einwand beiseite. „Zum einen habe ich verlauten lassen, dass sie Vertreter der Vereinigten Staaten von Mitteleuropa sind und zum anderen ist er garantiert nicht über die modischen Gegebenheiten in Europa informiert. Also, Ihre Majestät wartet auf uns."

„Nun denn", lenkte Robert ein und folgte dem Ehepaar Smith zur bereitgestellten Kutsche. Er nahm den Sitz entgegen der Fahrtrichtung ein und hatte so einen guten Ausblick auf den Hafen, in dem ihr Dampfsegler *Panama* festgemacht hatte. „Es ist schon ein kleines Paradies", stellte er seufzend fest. „Nur die Hitze macht mir zu schaffen."

„Angeblich gewöhne man sich mit der Zeit daran", entgegnete Smith. „Das haben mir jedenfalls viele von jenen versichert, die einige Jahre hier verbracht haben."

„Die haben das wahrscheinlich deshalb nicht mitbekommen,

weil sie stets betrunken waren", warf Eleanor ein.

„Mag sein, Liebes."

„Selbst der König, so heißt es, ist da keine Ausnahme." Ihr Gatte zuckte nur mit den Schultern und grinste. „Da fehlt es eindeutig an einer starken weiblichen Hand", fügte sie ein wenig oberlehrerhaft hinzu.

„Ich glaube, ich verstehe was du meinst", seufzte Smith. „Aber bei der hübschen Victoria durfte er ja nicht zum Zuge kommen."

„Das war seine Cousine", unterbrach ihn Eleanor entrüstet.

„Ich weiß, Liebes. Ist das bei Adelshäusern nicht so üblich? Ich meine, die heiraten doch alle nur untereinander."

Sie warf ihm einen vernichtenden Blick zu. „Bei den Habsburgern vielleicht."

„Wie auch immer", beendete er den Exkurs. „Jedenfalls war die Familie dagegen und Emma, die Witwe von König Kamehameha hat von sich aus nicht in eine Ehe eingewilligt."

„War das die Witwe seines Vorgängers?", war es nun an Robert ein wenig entsetzt zu fragen. Er hatte nicht angenommen, dass hier womöglich ähnliche Sitte herrschten wie bei den Azteken.

„Nein, die vom Bruder seines Vorgängers", korrigierte Smith und lächelte verschmitzt. „Kompliziert, nicht? – Aber im Grund nicht so sehr wie bei den großen Häusern in Europa." Mit einem Seitenblick zu seiner Gattin fügte er hastig hinzu: „Zumindest bei den Habsburgern."

„Naja…" Robert wollte dem etwas entgegenstellen, aber auf den Ausruf von Eleanor hin, „Der ist ja winzig!", wandte er sich dem Palastgebäude zu, dem sie sich nun näherten.

„Ja, Liebes, aber nicht im Vergleich zu der übrigen Bebauung", relativierte ihr Gatte sogleich. „Immerhin ist das Gebäude zweigeschossig. Außerdem gibt es wohl Pläne einen neuen Palast zu errichten, aber die wirtschaftliche Lage erlaubt es derzeit nicht." Auf den fragenden Blick Roberts erklärte er: „Der Walfang ist stark rückläufig und die Herstellung von Zucker steckt noch in den Kinderschuhen." Er lachte. „Außerdem möchte der König gerne eine Sonderregelung mit uns aushandeln, um den Zucker steuerfrei in die USA einzuführen."

„Aha. Sind wir deswegen bei ihm?", hakte Robert nach.

„Nein. Er weiß, dass ich nur auf der Durchreise bin, aber er wird nichts unversucht lassen, um in der Sache voranzukommen. Die Lage ist ein wenig prekär, vor allem nach der Meuterei."

„Meuterei?"

„Ja. Die Armee hat den Befehl verweigert und so hat er kurzerhand die Armee aufgelöst." Smith lachte trocken. „Spart außerdem noch Sold und die Kosten für Ausrüstung und Munition."

„Naja, eine Armee ist ja kein Selbstzweck."

„Durchaus nicht, Bob. Aber eines muss man dem Herrscher lassen. Er hat sich sehr gut mit den Briten und den Franzosen gestellt. Sie garantieren für die Unabhängigkeit des Königreiches und auch die USA werden keine andere Einmischung dulden." Dabei blickte er Robert scharf an.

„Meinen Sie etwa…"

„Genau. Ich weiß, dass zwar Ihr König in Stuttgart gute Beziehung zu König Lunalilo unterhält, aber die Machtansprüche Ihres Kaisers sind allen sonst Beteiligten nicht ganz geheuer."

Robert hob abwehrend die Hände. „Dazu kann ich nichts sagen. Immerhin habe ich meine Heimat vor vier Jahren verlassen und mir ist nicht bekannt, dass das Königreich Hawaii überhaupt von öffentlichem Interesse war."

„Inzwischen durchaus, Bob. Und wenn ein Nihon Koku sich nun ebenfalls einmischt, wird Präsident Grant das für seinen Wahlkampf zu nutzen wissen, denn er will schließlich eine zweite Amtszeit, jetzt da wieder alle Staaten in die Union zurückgekehrt sind."

„Da werde ich mich bestimmt nicht einmischen", entgegnete

Robert mit einem Seufzer. „Ansonsten muss mir nun die Frage erlaubt sein, weshalb sie mich überhaupt zu diesem Besuch eingeladen haben."

„Damit sie es quasi aus erster Hand berichten können, sobald Sie wieder in Ihrer Heimat sind, Bob."

„Nun, wenn es weiter nichts ist. König Karl wird die schwarz-rote Flagge Württembergs bestimmt nicht über diesem Palast hier aufziehen wollen." Dabei wies er auf das Palastgebäude, das nun, nach der Durchfahrt durch das Tor, vor ihnen unverhüllt aufragte. Die Baufälligkeit war ersichtlich und erschreckend zugleich.

„Ja, Bob, ich weiß was Sie meinen. Der Zustand des Gebäudes spiegelt die wirtschaftliche Lage des Königreiches recht gut wider. Deshalb hatte wohl die Delegation der südlichen Staaten von Germany einige Hilfen zugesagt und einen Handelsvertrag abgeschlossen."

„Oh", entfuhr es Robert. Er zuckte mit den Schultern. „Zucker sagten Sie, nicht wahr?"

„So ist es."

Wieder zuckte Robert mit den Achseln. „Schwer zu glauben. Immerhin weiß ich, dass in Hessen – dort habe ich meine Tante besucht – eine große Menge an Zuckerrüben angebaut wird. Warum dann ein Abkommen über Zucker?" Er wirkte ratlos. „Aber vielleicht war es auch nur eine nette Geste."

Smith lachte schallend. „Ich sehe schon Bob, Sie verstehen mehr von Diplomatie als sie selbst zugeben möchten." Er wurde wieder ernst. „Wir sind da." Mit einem Blick zu seiner Frau fügte er hinzu. „Ja, Liebes, ich weiß, es ist wieder einmal an der Zeit für gute Manieren." Damit stieg er aus und half seiner Frau aus dem Wagen.

***

Midway – 1873

„Es ist schon bemerkenswert", wandte sich Robert an Kapitän Dawson, „dass Sie dieses Atoll in dieser unendlichen Weite gefunden haben."

„Nun, Mister Blum, das ist die Kunst der Navigation", erklärte Dawson in einem Ton als hätte er es mit einem Lehrjungen zu tun. „Bereits vor hundert Jahren beherrschte schon James Cook sie so meisterhaft, dass er die Inseln im Pazifik gezielt ansteuern konnte. Und jetzt sind wir im neunzehnten Jahrhundert und vor allem nicht mehr im fünfzehnten als Columbus seine Reise antrat", ließ er sich ausgiebig aus. „Der hat ja noch nicht einmal den ganzen Kontinent auf Anhieb gefunden, sondern nur ein paar Inseln in der Karibik."

„Schließlich konnte er ja nicht ahnen, dass ihm auf seinem Weg nach Indien ausgerechnet Amerika in die Quere kam", unternahm Robert einen Versuch zu einer eher klägliche Ehrenrettung für den Entdecker.

„Ja, das war Pech für ihn", lenkte Dawson auch ein, „aber dass er seine Insel Hispaniola später wiedergefunden hat, hatte wohl mehr mit Glück als Navigationskunst zu tun."

Robert zuckte nur mit den Schultern und beobachtete wie sie an einer kleineren Insel vorbeizogen. „Warum müssen wir Midway überhaupt ansteuern? Immerhin ist unser Schiff doch mit Segeln ausgestattet."

„Die Maschine macht das Steuern nicht nur in Häfen einfacher", erklärte Dawson geduldig. „Hinzu kommen Flauten, die recht lange anhalten können. Außerdem gibt es noch die Strömungen auf unserer Passage und die sind nicht zu verachten. Nein, da ist es schon besser, wenn wir nicht nur auf die Kräfte des Himmels vertrauen müssen."

„Das leuchtet ein", gab Robert unumwunden zu. „Wird die Reparatur lange dauern?"

„Höchstens einen Tag."

„Oh."

„Trotzdem werden wir erst übermorgen wieder in See stechen."
Er blickte amüsiert in Roberts fragendes Gesicht. „Sonst wären
es dreizehn Tage…"

„Ah, verstehe. Eine Unglückszahl für Seeleute?"

Dawson zuckte mit den Schultern. „So heißt es", seufzte er.
„Und bevor wir es uns mit der Mannschaft verderben, gönnen
wir uns eben den einen Tag. Vorräte haben wir in Honolulu
genug gebunkert."

Dann gab er lautstark einige Kommandos und Robert beobachtete wie der Bug des Schiffes nach Norden drehte, um in das
schmale Fahrwasser einzuschwenken, das genügend Tiefe aufwies, um der *Panama* die Fahrt ins Innere des Atolls zu ermöglichen.

Der Hafen an der Ostseite der Sandinsel, wie die größere der
beiden Inseln des Atolls genannt wurde, bestand aus einem
einfachen Kai, der lediglich auf der Seite zur Atollmitte hin von
einem Wellenbrecher flankiert wurde. Das Riff um das Atoll war
offenbar ausreichend, um den Hafen zu schützen.

Von seiner erhöhten Position schätzte Robert, dass er die Insel in
weniger als einer Stunde würde umrunden können. Wegen der
Hitze verwarf er den Gedanken daran jedoch sehr schnell wieder. Stattdessen beobachtete er die Seeleute beim Vertäuen und
ging dann zu seiner Kabine, um sich auf den Landgang vorzubereiten.

***

Edo – 1873

Erst nach fast einer Woche auf See, die ein aufs andere Mal so
ungastlich war, dass Robert von Seekrankheit geplagt worden
war, begegneten ihnen einige andere, kleinere Segler und der
Ausguck verkündete: „Land in Sicht!"

Dennoch dauerte es eine ganze Weile, bis die Küste auch von Deck aus gut auszumachen war und Robert hatte den Eindruck als steuerte der Kapitän das Schiff nicht weiter auf die Küste zu, sondern als folge er deren Verlauf. Erst nach einer geraumen Weile drehte das Schiff den Bug in Richtung Norden, folgte der Küste jedoch noch immer im gleichen Abstand. Dann schienen sie sich von der Küste auf der Steuerbordseite zu entfernen und erst als auch auf der Backbordseite Land in Sicht kam, schlussfolgerte Robert, dass sie nun in die Bucht von Edo einfuhren.

„Tokyo, nicht Edo", murmelte er vor sich hin, um sich zu verbessern. Er würde Isamu fragen, weshalb ausgerechnet jener Name gewählt worden war. Er wusste, in China gab es bereits zwei Städte, die den Namen Hauptstadt führten, eine südliche, Nanjing und eine nördliche, Beijing. Ob dieses Tokyo in China dann womöglich als Dongjing bezeichnet würde? Fragen über Fragen.

Als der Bug des Schiffes in Richtung Nordost schwenkte, eilte Robert in seine Kabine, um die Kopie des Stadtplans[42] von Edo zu holen, die er während seiner Studien angefertigt hatte. Er verzichtete jedoch darauf, den Namen Edo durch Tokyo zu ersetzen, denn er war sich nicht sicher, welche Schriftzeichen zu verwenden wären. Außerdem war der Plan bestimmt schon ein Vierteljahrhundert alt und

[42] https://upload.wikimedia.org/wikipedia/commons/b/b1/ Edo_1844-1848_Map.jpg

damals hieß die Stadt Edo. Insofern stimmte es nach seiner Ansicht nach.

Je weiter sie in die Bucht hineinstießen, desto mehr Segel- und Ruderboote begleiteten sie. Ein größeres Segelschiff, das zu ihnen gestoßen war als der Ausguck Land gesichtet hatte, wich nicht von ihrer Seite. Daher vermutete Robert, dass es sich dabei ein Schiff einer Einheit handeln musste, die allgemein als Küstenwache bezeichnet wurde.

Erst geraume Zeit nachdem er wieder an Deck gekommen war zeichnete sich vor ihnen das Ende der Bucht ab und je weiter sie sich näherten, desto mehr waren einzelne Gebäude auszumachen. Welches von den unzähligen geschwungenen Dächern zum Palast oder zur großen Festung gehören mochte, erschloss sich für ihn allerdings nicht.

Kapitän Dawson ließ einen Salutschuss abfeuern und Flaggensignale setzen. Die gesamte Mannschaft war nun in weißer Paradeuniform gekleidet. Außerdem wurden an Deck nun Matten ausgelegt und Niedrigtische sowie ein Teekessel bereitgestellt. Robert wusste aufgrund seiner Studien, dass dies zum guten Ton des Willkommens gehörte.

Alsbald kamen einige Männer in landestypischen weiten Gewändern und Langschwertern an ihren Seiten an Bord. Die Haare hatten sie mit einer Spange hochgesteckt und sie sahen sich mit ernster Miene um. Das harte Krachen der hölzernen Sandalen klang während der allgemeinen Stille ohrenbetäubend laut.

Einer von ihnen, offenbar der Anführer, näherte sich Kapitän Dawson, hielt etwa eine Körperlänge vor ihm an und verbeugte sich leicht. Dawson erwiderte diesen Gruß auf ähnliche Weise. Dann schritt er weiter und begrüßte Ethan Smith, der ihm zum Zeichen seines diplomatische Status etwas entgegenhielt, das Robert nicht erkennen konnte. Doch offenbar genügte es dem Mann, denn er verbeugte sich erneut und ließ einen Laut hören, der in Roberts Ohren wie ein „Ho!" klang.

Der Knicks von Eleanor Smith wurde übersehen, was Robert wieder verdeutlichte, dass auch im Kaiserreich Frauen und Männer unterschiedlich behandelt wurden. Er selbst erwiderte die Verbeugung, so wie er es von Isamu Tanaka gelernt hatte.

Das Teezeremoniell, das aufgrund der begrenzten Verständigungsmöglichkeiten weitestgehend schweigend absolviert wurde, dauerte doch länger als Robert vermutet hatte. Der Anführer studierte die Papiere, die Dawson ihm dabei übergab. Er nickte dann zustimmend und übergab die Papiere einem seiner Leute. Dann standen die Japaner unvermittelt auf, verbeugten sich und verließen das Schiff.

„Und nun?", konnte sich Robert es sich nicht verkneifen Kapitän Dawson im Flüsterton zu fragen.

„Jetzt begleiten sie uns zu unserem Liegeplatz bei der Insel, auf der die Einreiseformalitäten auf Sie warten."

Robert hatte während seiner Studien darüber gelesen als auch den Berichten gelauscht. „Werden Sie auch an Land gehen?"

„Nein, diesmal nicht. Der Aufwand ist mir zu groß." Er hob damit auf das obligatorische Wechseln der Kleidung in eben jene japanische an. „Die Mode bei uns in den Staaten mag mit der in Europa vielleicht nicht mithalten können, aber sie ist mir dennoch tausendmal lieber als das, was hier üblich ist."

„Vielleicht wird das in einigen Jahren auch anders sein", merkte Robert achselzuckend an. „Wird meine Kiste auf der Insel bleiben?"

„Ja, unter Zollverschluss", bestätigte Dawson direkt, „bis Sie Japan wieder verlassen, auf welchem Weg auch immer." Da Robert ihn fragend anblickte, ergänzte er: „Im Falle Ihres Ablebens wird Ihr hinterlegtes Geld für die Rückreise verwendet, um Ihre Kiste nach Hause, zu Ihren Angehörigen zu schaffen."

„Oh."

„Naja", er kratzte sich verlegen am Hinterkopf. „Verlassen Sie sich nur nicht darauf. Ich hörte davon, dass einige auch gerne das Geld einstreichen, die Kisten plündern und den Rest einfach in Neptuns Arme werfen, sobald sie auf hoher See sind." Robert blickte ihn betroffen an. „Wie gesagt, ich habe davon gehört." Er seufzte. „Schwarze Schafe gibt es in jeder Branche. Aber bei mir, da kann ich Sie beruhigen, wird Ihre Hinterlassenschaft in guten Händen sein, bis ich sie in Frisco unserer Reederei übergebe. Wenn es denn je soweit kommen sollte."

„Danke", erwiderte Robert mit trockenem Mund. „Ich habe noch immer die Absicht das Land aus eigener Kraft wieder zu verlassen und meine Habseligkeiten an mich zu nehmen."

„So ist's recht. Fortis fortuna adiuvat[43]... Ah, es geht los." Er brauchte seiner Mannschaft, die noch immer durchweg in weißer Uniform gekleidet war, keine Befehle zu erteilen, um das Schiff festzumachen. Alles war eingespielt und auch die Männer an Land verstanden ihr Handwerk.

Kurz darauf wurden die Passagiere von Bord zu einem Gebäude in jenem typischen japanischen Baustil der geschwungenen Dächer begleitet, während die Holzkisten am Kai abgelegt wurden. Dort wurden sie von Trägern aufgenommen und zu jenem Gebäude gebracht, in dem die Passagiere von Händlern – gegen entsprechendes Entgelt – die landestypische Kleidung in Empfang nahmen. In separaten Räumen erfolgte dann etwas, das nur als Einkleidungszeremonie bezeichnet werden konnte.

Obwohl das Anlegen der Kleidung Teil seiner Vorbereitungen gewesen war und er bereits jetzt feststellte, dass ihm seine Sprachstudien tatsächlich dabei halfen sich zurechtzufinden, war ihm die Aussprache seiner Helfer dennoch fremd. In dieser Hinsicht erging es ihm ähnlich jenen, die Deutsch als Fremdsprache erlernten und dann auf jemanden stießen, dessen Deutsch stark von einer Mundart geprägt war. Er würde ganz offensichtlich auf die Geduld seiner Gastgeber vertrauen müssen, um sich einzugewöhnen.

---

[43] Den Mutigen hilft das Glück

Sobald er in japanischer Kleidung wieder den Hauptsaal betrat, fand er seine Kiste in unmittelbarer Nähe. Ein Mann bedeutete ihm, dass er seine fremdländischen Utensilien in die Kiste packen sollte. Auf Anweisung des Mannes wurde die Kiste sofort versiegelt und von den Helfern auf ein Zollschiff gebracht, wie Robert wusste. Zu seiner Überraschung konnte er die knappen Anweisungen des Mannes tatsächlich verstehen und fand sogar den Mut ihm in dessen Landessprache zu antworten. Sollte es ihn gefreut haben, so ließ er es sich nicht anmerken. Auch auf das verlegene Lächeln Roberts erfolgte keinerlei Regung, ähnlich wie bei der kaiserlichen Garde in Berlin oder Wien. Robert wurde noch eine Quittung übergeben und damit war der erste Akt der Ankunft abgeschlossen.

Nun wurden die frisch Eingekleideten in ein anderes, sehr großes Gebäude geführt, dessen geschwungenes Dach mit Ornamenten verziert war. Im Innern glich es einer großen Halle. Sie alle nahmen auf den Matten an den niedrigen Tischen Platz. Tee wurde serviert und nach einer kurzen Einleitung, die von eigens bereitgestellten Übersetzern erläutert wurde, begann ein Shinshoku[44] mit eine religiösen Prüfung, die auch Fragen zur Landeskunde einschloss. Zum Abschluss musste Robert seinen Namen mit japanischen Schriftzeichen auf ein Dokument schreiben. Es diente ihm fortan als inländischer Pass, den er stets bei sich zu tragen habe.

Nun wurden sie aufgefordert diese Halle durch eine zweiflüglige Tür zu verlassen. Ein Teil der benachbarten Halle – das Gebäude war offensichtlich noch größer als es Robert beim äußeren Anblick erschienen war – war durch einen Vorhang abgesperrt. Nach einem lauten Gongschlag teilte sich dieser Vorhang. Auf der ihnen gegenüberliegenden Seite standen Männer Seite an Seite und blickten die Einreisenden mit ausdruckslosen Gesichtern an. Robert wusste, dass nun die Gegenüberstellung erfolgte.

---

[44] Shinshoku (神職; „Gottesdiener") – shintöistischer Priester in Japan.

Einreisen durfte er nur, wenn er seinen Gastgeber erkannte, wobei es dem untersagt war ihm dabei behilflich zu sein. Einzige Ausnahme war das Ehepaar Smith, da Ethan als Konsul entsandt worden war und daher seinen persönlichen Gastgeber nicht kennen konnte.

Weil Robert seinen Freund Isamu Tanaka seit fast zehn Jahren nicht mehr gesehen hatte und weil beide seither vom Jüngling zum Manne gereift waren, wäre es keinem von beiden gelungen den jeweils anderen unter diesen Umständen zu erkennen. Auf wesen Anraten auch immer hatten sie damals bei ihrem Abschied ein kleines Erkennungszeichen vereinbart. Daher verschränkte Robert seine Finger in der damals verabredeten Weise und betrachtete die Gruppe der Japaner auf der anderen Seite der Halle bis er das bekannte Zeichen bei einem von ihnen ausmachte. Er wandte sich diesem Mann direkt zu, verbeugte sich und sagte auf Japanisch: „Herr Tanaka Isamu, meine herzlichsten Grüße an meinen Freund."

„Yōkoso[45], Robert Blum, mein Freund. Konnichiwa[46]." Auch er verbeugte sich und ging dann auf ihn zu, damit sie im richtigen Abstand die Form des Aisatsu[47] wiederholten konnten. Dann geleitete Isamu seinen Freund hinaus. Dabei raunte er ihm zu: „Ohne unser Zeichen wäre es für mich schwierig geworden."

Draußen hatte Robert noch Gelegenheit sich von Kapitän Dawson zu verabschieden. „Offenbar werden Sie nicht mit uns zurückfahren", sagte er und überreichte Robert einen Umschlag. „Ihre Vorauszahlung für die Rückpassage, Mister Blum. Viel Glück." Dann wandte er sich auch schon ab und stapfte in Richtung Liegeplatz seines Schiffes davon, während Robert seinem Gastgeber zu einem Boot folgte, das sie von dieser Insel hinüber

---

[45] Yōkoso (ようこそ) – Willkommen
[46] Konnichiwa (こんにちは) – Guten Tag
[47] Aisatsu (挨拶) – Begrüßung auf Japanisch. Das wichtigste: die Verbeugung, quasi das japanische Pendant zu unserem Händedruck.

zum Festland, zur Stadt brachte.

Die beiden Freunde nutzten die Gelegenheit der Überfahrt, um sich über ihre Erlebnisse in den vergangenen Jahren seit der Verabschiedung auf dem Bahnhof auszutauschen. Doch erst als sie im Stadthaus angekommen waren, Robert sollte bald erfahren, dass der Begriff Stadtpalast dafür angemessener wäre, zeigte ihm Isamu, dass er die Geste ihrer alten Freundschaft nicht vergessen hatte und umarmte ihn.

„Bei uns gilt das noch immer als unschicklich", erklärte Isamu. „Aber vielleicht schafft es die nächste Generation, auch dies von euch zu übernehmen. Vorerst lernen wir von den Preußen unsere Armee und von den Briten unsere Flotte auf den neuesten Stand zu bringen."

„Alles eben zu seiner Zeit", orakelte Robert.

„Ich war nicht der Einzige, der nach Europa entsandt war, um zu lernen", gestand Isamu. „Es ist noch eine große Delegation unterwegs, um noch mehr zu lernen. Noch bevor dieses Jahrhundert zu Ende geht, wird Japan auf dem gleichen Stand sein wie die großen Mächte bei dir", prophezeite Isamu und Robert hatte keinerlei Zweifel, dass dies auch gelänge.

Erst nach einer Weile gingen sie in den Teil des Gebäudes, der für offizielle Anlässe vorbehalten war und Robert wurde der Familie Tanaka vorgestellt. Hier konnte er nun zeigen, dass er die Grundlage der guten, traditionellen japanischen Umgangsformen gelernt hatte. So wurde er wohlwollend als Gast der Familie willkommen geheißen.

„Dann werden wir in ein paar Tagen aufbrechen", raunte Isamu ihm zu.

„Wohin?"

„Nach Kobe, unserem Lehen. Es ist heute eine kaiserliche Präfektur und meine Familie hat die Ehre dort weiterhin zu regieren und dem Kaiser nun ganz offen unseren Respekt zu zollen", erklärte Isamu stolz. Er übergab ihm ein Dokument. „Wenn du willst, kannst du dir alles in der gesamten Präfektur ansehen. Dieses Siegel", er zeigte auf das Dokument, „weist dich als Mitglied unserer Familie aus."

Robert nahm es sprachlos, jedoch äußerst dankbar entgegen.

***

Kobe – 1873

„Diese Gebäude sehen ja fast genauso aus wie die in Sacramento", staunte Robert als er mit Isamu durch die belebten Straßen von Kobe schritt.

Isamu Tanaka zuckte nur mit den Schultern. „Naja, Häuser sind Häuser."

„Schon, aber der Baustil ist doch in den Ländern unterschiedlich."

„Ah, du vermisst die traditionellen, kunstvoll gestalteten Dächer, nicht wahr?", vermutete Isamu und Roberts Nicken bestätigte ihn darin. „Nun, die sind Gebäuden vorbehalten, die den Regierenden der Repräsentation dienen. Das war in den Jahrhunderten der Shogunherrschaft so, auch schon im alten Kaiserreich."

„Aha."

„Ja. Daran wird auch unser Tennō Heika[48] nichts ändern, obwohl er Meiji[49] als sein Nengō[50] ausgegeben hat. Aber du wirst nicht enttäuscht werden. Vor allem bei Tempeln wirst du die Gestaltung der Dächer finden, die alle Fremden gern bestaunen."

„Tennō Heika? Heißt das nicht einfach kaiserliche Majestät? Oder ist das sein Name?"

„Nein, das ist schon richtig", bestätigte Isamu. „Es schickt sich nicht den Namen des Tenno zu nennen, so wie bei euch. Aber

---

[48] tennō heika 天皇陛下 „kaiserliche Majestät"
[49] Meiji 明治 „aufgeklärte Herrschaft"
[50] Nengō (japanisch 年号) „Jahresdevise" oder „Äraname"

natürlich kennen wir alle seinen Namen Mutsuhito[51]." Er seufzte. "Ich weiß, für dich ist das schwer zu verstehen, denn ihr sagt
einfach Kaiser Friedrich, aber hier ist das Nennen seines Namens
ein Privileg, das nur seiner Familie zusteht."

„Oh. Verstehe. Nun, so werde ich eben auch einfach Tennō Heika sagen und mir vorstellen, dass Heika sein Name ist. Dann verplappere ich mich wenigstens nicht."

„Das ist gut", lachte Isamu. „Du bist weise, Robert, dich selbst so zu disziplinieren und quasi selbst zu besiegen."

„Naja, so besonders ist das nun auch wieder nicht", beschwichtigte Robert.

„Doch mein yūjin[52], das gilt bei uns als besonders erstrebenswert. Denn nur wer sich selbst zu besiegen weiß, der ist von wirklicher Größe."

„Oh! Dann nehme ich es als Kompliment."

„Das solltest du auch", bekräftigte Isamu und wunderte sich, weil Robert abrupt stehen geblieben war. „Was ist los?"

„Es ist eine Tragödie."

---

[51] https://commons.wikimedia.org/wiki/File:Mutsuhito-Emperor-Meiji-1873.png
Tenno Mutsuhito (睦仁) - Wie in Japan üblich, wurde der Kaiser zu Lebzeiten nicht mit einem persönlichen Namen, sondern mit tennō heika (天皇陛下 „kaiserliche Majestät") bezeichnet.
[52] yūjin 友人 - Freund

„Was denn?"

„Nun, dass ich meine Reisekamera zwar behalten durfte und sie nicht auch noch in diese Zollkiste packen musste, aber nun habe ich sie nicht dabei."

„Reisekamera?"

„Ja, eine Daguerre. Ganz neu, ein zweiundsiebziger Modell. Stell dir vor, die war sogar in San Francisco erhältlich, denn die Daguerreotypie – oder auch Photographie, wie viele zum Verfahren sagen, das Louis Jacques Mandé Daguerre vor über dreißig Jahren entdeckt hat – setzt sich in Amerika noch schneller durch als in Europa." Robert seufzte schwer. „Aber wenigstens habe ich meine Bleistifte und meine Kladde dabei." Schon hatte er sie hervorgeholt und begann zu zeichnen[53], sehr zur Verwunderung seines Freundes und einiger Passanten.

„Was ist denn hier in der Straße so besonderes zu sehen, das es wert ist es zu zeichnen?", fragte Isamu nun doch.

„Diese ganze Szenerie", erklärte Robert ohne innezuhalten. „Am liebsten würde ich auch die Bewegung der Leute festhalten, aber das kann auch eine Kamera nicht. Vielleicht wird ja mal eine Erfunden, die nicht nur den Augenblick, sondern einen ganze Szene einfängt."

„Aber wozu? Es sind doch nur alte Häuser und viele einfache Leute, sogar Bettler sind darunter."

„Und trotzdem ist es faszinierend. Diese vielen Einzelheiten. Sieh dort oben, die Fahnen… Leider habe ich keine Farben, denn der rote Drache auf goldgelbem Grund leuchtet geradezu vor dem tiefen Blau des Himmels", erläuterte Robert seinem Freund, der Roberts Begeisterung noch immer nicht teilte. „Und dort", Robert wies auf ein anderes Gebäude, „siehst du die Ornamente am Gesims und die Verzierungen oberhalb der Balkone?"

---

[53] Nächste Seite: Handzeichnung Robert Blum 1873 – Hauptstraße in Kobe, Japan

Robert wartete eine Antwort gar nicht ab. „Und dort, all diese vielen farbenfrohen Laternen, das ist für mich genauso beeindruckend wie für dich damals. Erinnerst du dich an unsere langweilige Straße in Stuttgart?"

„Ach das", lachte Isamu. „Jetzt verstehe ich dich. Jetzt verstehe ich auch, warum du damals so reagiert hast und warum du jetzt so begeistert bist und ich erinnere mich, was dein Vater damals gesagt hat." Er hielt kurz inne, um sich das Gesagte ins Gedächtnis zu rufen. „Das, was wir täglich um uns haben sehen wir schon gar nicht mehr, so sagte er glaube ich."

„Ja, das waren seine Worte", bestätigte Robert.

„Tja und jetzt erst begreife ich, wie wahr die Worte deines Vaters waren. Für mich ist das hier eben nur das übliche Treiben in unserer Stadt."

„Genau. So war es das damals auch für mich in Stuttgart als du Dinge bestaunt hast, die ich schon gar nicht mehr bemerkt habe", pflichtete Robert ihm bei und bewunderte die philosophische Betrachtung seines Freundes. „Ich werde mir in den nächsten Tagen einfach die Zeit nehmen und mal mit meiner Kamera umherstreifen, auch wenn es noch immer ein großer Aufwand ist Bilder aufzunehmen und im Labor zu entwickeln."

„Aufwand?"

„Naja, die Kamera ist zwar so klein, dass sie in eine kleine Reisetasche passt, aber das Stativ ist recht sperrig. Außerdem dauert es eine Weile, bis ich den Balg und das Tuch befestigt habe. Immerhin braucht man jetzt keine großen Platten mehr, um das Licht einzufangen."

„Das klingt nach einem großen Unterfangen."

„Nicht mehr. Die kleinen Platten und der Karton für die Bilder sind inzwischen recht handlich."

„Trotzdem…"

„Du hast schon recht", seufzte Roberet. „Vielleicht kommt irgendwann mal jemand auf die Idee die Bilder gleich fertig entwickelt aus der Kamera hervorzubringen."

„Eine wahrliche Zaubermaschine wäre das", lachte Isamu. „Robert, woher nimmst du nur immer diese Phantastereien? Liest du noch immer diese Phantasiegeschichten von Voltaire, Poe und Verne, von denen du mir berichtet hast?"

„Vor allem Jules Verne", gab Robert zu. „Er versteht es vortrefflich den Geist von den Zwängen unserer Zeit zu befreien. *Vingt mille lieues sous les mers*[54] war schon ausgezeichnet, besser noch als *Autour de la Lune*[55]. Aber sein jüngstes Werk scheint alles in den Schatten zu stellen. Es ist offenbar jüngst erschienen und heißt *Le Tour du monde en quatre-vingts jours*[56]. Ich werde es mir beschaffen, sobald ich die Gelegenheit dazu erhalte. Auf eine Übersetzung brauche ich ja nicht zu warten."

„Und dort, in diesen Geschichten, beschreibt er einen solchen Zauberapparat?"

„Nein, aber andere und das beflügelt meinen Geist und so kann ich mir vorstellen, dass irgendwann einmal das fertige Bild auf dem Karton direkt aus der Kamera herauskommt, sobald die Belichtung erfolgt ist."

„Karton?" Isamu deutete mit der Hand an, dass er darunter eher die Größe eines Plakats verstand.

„Nein, nicht so riesig", bremste Robert seinen Eifer. „Er ist etwa doppelt so groß wie eine Postkarte und die Beschichtung auf darauf ist lichtempfindlich..."

„Was ist eine Postkarte?", unterbrach ihn Isamu.

„Oh, ja... Hmm... Das ist sowas wie ein offener Brief." Er zuckte mit den Schultern. „War recht praktisch damals, auf meiner Reise. Da gab es das zum ersten Mal."

„Offen? Aber dann kann das ja jeder lesen."

---

[54] Zwanzigtausend Meilen unter dem Meer.
[55] Reise um den Mond
[56] Reise um die Erde in 80 Tagen

„Ja", bestätigte Robert. „Deshalb ist eine Postkarte auch nur für Korrespondenz geeignet, die nicht vertraulich ist, wie Grüße eines Reisenden an die Daheimgebliebenen."

„Schon, aber ein Brief wäre doch genauso gut."

„Dafür ist es deutlich günstiger eine Postkarte zu versenden, jedenfalls bei uns. Und ein Daguerrekarton bietet auf der Rückseite genügend Platz eben für diese Grüße und die Angabe der Adresse."

„Aha. Dann verschickst du also Bilder anstatt Briefe?"

„So in der Art."

„Und die Bilder nehmen keinen Schaden?"

„Die Chemikalien sorgen dafür, dass das Bild erhalten bleibt und der Karton ist widerstandsfähig, um selbst der rauen Behandlung durch die Sendboten zu widerstehen. – Sobald ich dieses Bild fertiggestellt habe, zeige ich es dir."

„Da bin ich gespannt. Aber es ist besser, wenn wir meinen Vater vorerst nicht einweihen."

„Warum das?", war es nun Robert sich zu wundern.

„Er ist sehr… nun, traditionsbewusst. Er hat den Sieg der Kaisertreuen begrüßt, weil er es gerne sieht, dass das alte Kaisertum wieder zu neuem Glanz kommt, obwohl er selbst hätte Shogun werden können."

„Shogun? Du meinst, du bist der Sohn eines Shoguns?"

„Nein. Er hätte es werden können. Aber ich glaube nicht, dass er es geworden wäre. Vielleicht hätte er es sogar abgelehnt."

„Geht das denn?"

„Nicht so einfach", gestand Isamu. „Jedenfalls nicht so wie du es dir vorstellst. Er hätte die Wahl verhindern müssen."

„Aha."

„Es ist eh einerlei."

„Wahrscheinlich besser so."

„Ja. Er war schon immer kaisertreu und vielleicht steht er deshalb vielen Neuerungen noch immer sehr reserviert gegenüber. Sogar die neumodischen Waffen sind für ihn eine Beleidigung der Ehre, weil sich die Kämpfer nicht mehr Augen in Auge gegenüberstehen."

„Verstehe. Nun gut. Dann warten wir besser, bis er morgen abgereist ist. Das war doch morgen, oder?"

„Ja, das hast du richtig verstanden."

„Wenn ich dir gezeigt habe, wie es funktioniert, kannst du noch immer überlegen, ob wir ihm die Bilder zeigen wollen oder nicht."

„Das ist gut", stimmte Isamu zu und betrachtete die Einzelheiten der Zeichnung. „Aber ich bezweifle, dass sie besser sein werden als deine Zeichnung."

„Danke", lachte Robert. „Du kannst mir glauben, sie sind es." Dann schwiegen beide und Robert vollendete seine Zeichnung der Straßenszene.

***

Ashiya – 1873

Erst drei Tage später fanden sie Gelegenheit auf die Technik der Daguerreotypie zurückzukommen. Sie hatten die Stadt Richtung Osten verlassen und ihre erste Rast in der Kleinstadt Ashiya eingelegt. „Was wirst du denn mit deiner Kamera auf den Karton bringen?", wollte Isamu wissen. „Bei unserer Rückkehr den Palast oder das große Tor?"

„Später vielleicht. Erst mal nicht."

„Nicht? Und was ist jetzt deine Wahl?"

„Ich dachte an etwas Alltägliches, wie die Straßenszenerie, die ich gezeichnet habe", erläuterte Robert seine Idee. „Schließlich will ich damit festhalten, wie das Leben wirklich ist und nicht etwas, das Künstler immer wieder als Motiv wählen."

„Aha und an was genau hast du dabei gedacht?", hakte Isamu wissbegierig nach.

„An das da", erwiderte Robert und deutete auf eine der typischen Garküchen[57], die er schon auf seinen Streifzügen durch die Stadt schätzen gelernt hatte.

„Wieso das denn?", protestierte Isamu leicht verärgert. „Da gibt es doch bessere Motive als ausgerechnet etwas, das die Armut in meinem Land zeigt."

„Mag sein, aber auch das ist das Leben. – Auch bei uns leben nicht alle in Palästen."

„Das habe ich gesehen."

Robert seufzte. „Nur bedauerlich, dass ich die Farben nicht einfangen kann."

---

[57] Garküche in Ashiya bei Kobe – aufgenommen von Robert Blum 1873

Isamu zuckte nur mit den Schultern. „Irgendwann wird hier ein richtiges Restaurant stehen, so wie bei dir in Stuttgart, weil Nihon genauso reich ist wie dein Land und weil es dann keine Armut mehr gibt."

„Da bin ich mir sicher", pflichtete Robert ihm bei. „Zumindest, was den großen Reichtum anbelangt." Er seufzte. „Aber auch bei uns gibt es Armut. Sogar sehr große Armut und ich habe den Eindruck, dass es noch schlimmer ist, als zur Zeit meiner Vorfahren."

„Wie kann das sein? Sollte nicht jede Generation daran arbeiten den Wohlstand zu mehren?"

„Oh ja", pflichtete Robert ihm bei. „Es ist nur so, dass nur wenige zu Wohlstand, ja zu großem Reichtum gekommen sind. Sehr viele leben aber trotzdem in großer Armut. Vor allem die vielen Arbeiter, die nun in den Fabriken arbeiten, die überall in Europa entstehen. Die haben manchmal noch nicht einmal genug, um zu überleben. Sehr oft müssen ihre Frauen und sogar auch ihre Kinder arbeiten, damit sie über die Runden kommen."

„Aber wie kann das sein?", unterbrach Isamu ihn zornig. „Wenn diese Fabriken, wie du mir gesagt hast, so viele Dinge produzieren, dass deren Preis unglaublich niedrig ist, müssten dann nicht alle im Wohlstand leben."

„Leider nein", seufzte Robert. „Bei meinen Brüdern ist das anders. Sie zahlen den Arbeitern einen guten Lohn, aber die meisten Fabrikanten teilen den Reichtum nicht."

„Das ist unehrenhaft", stellte Isamu schroff fest. „Du wirst sehen, Nihon wird aller Welt zeigen, dass der Wohlstand auch bei jenen ankommt, die ihn ermöglichen, so wie der Samurai die Ehren erfährt und nicht der Shogun."

„Das glaube ich gern, denn nachdem was ich in der kurzen Zeit hier erfahren habe, bin ich davon überzeugt, dass es so kommen wird. Du wirst es bestimmt noch erleben, mein Freund und das Kind dort auf jeden Fall."

„Welches Kind?"

Robert wies in die Richtung, in die er nun auch die Kamera ausrichtete. „Das kleine dort, auf dem Arm der Frau[58]. Wahrscheinlich ist es seine Mutter. – Darf ich sie im Bild festhalten?"

„Lass mich machen", gab Isamu spitzbübisch lächelnd zur Antwort. Dann wandte er sich an die Frau, die nach einigem Zögern sogar begeistert zustimmte. Sofort schritt Robert zur Tat, bevor sie es sich anders überlegen konnte.

„Was hast du ihr gesagt?", wollte er von Isamu wissen, nachdem die Platte belichtet und er sich bei der Frau bedankt hatte.

„Ooch, nur dass du ein ganz besonderer Gast bist, der unsere Familie beehrt."

„Aha." Robert bemerkte ein Schmunzeln und hakte nach. „Und was noch?"

„Naja, dass du Bilder für deinen sehr berühmten König in einem ganz weit entfernten Reich malst und sogar unseren Tennō Heika von deiner Kunst überzeugt hast."

---

[58] Mutter mit Kind in Ashiya bei Kobe – aufgenommen von Robert Blum 1873

„Und das hat sie dir geglaubt?"

„Sie weiß, dass ich ein Tanaka bin." Er sagte das im Brustton der Überzeugung eines Mannes, der es gewohnt war, dass ihm die Welt zu Füßen lag.

„Du bist einfach unverbesserlich", lachte Robert und begann seine Kamera wieder zu verstauen.

„Ich glaube, das habe ich damals bei dir gelernt."

„Bei mir?", wunderte sich Robert.

„Ja, weißt du nicht mehr, als wir damals tanzen gelernt haben und du mich dem hübschen Mädchen vorgestellt hast?"

„Ach das", lachte Robert.

„Genau."

„Die hat noch einige Jahre danach gefragt, ob du mal wieder nach Stuttgart kommst."

„Tatsächlich?"

„Sie hat dir wirklich gefallen, oder?"

„Oh ja." Seine Augen bekamen einen seltsamen Glanz, der jedoch schnell verblasste. „Aber es war nur ein schöner Traum. Meine Familie hätte einer Verbindung nie zugestimmt."

Sie schwiegen eine Weile. Was gab es dazu auch schon zu sagen?

„Für heute ist's genug", brach Robert das Schweigen. „Lass uns etwas von den Köstlichkeiten der Garküche kosten und dann gehen wir ins Labor, um zu sehen, ob die Aufnahmen was geworden sind."

„Ja, das bringt uns auf andere Gedanken. Außerdem ist diese Garküche eine der besten weit und breit." Isamu grinste.

„Na wunderbar", erwiderte Robert erfreut und sein Magen knurrte wie zur Bestätigung.

***

Kobe – 1873

„Gibt es einen besonderen Anlass, dass wir heute hier im Palast speisen anstatt die Stadt zu durchstreifen?", fragte Robert, den das Gefühl beschlich, etwas Wichtiges außer Acht gelassen zu haben.

„Nicht wirklich", antwortete Isamu achselzuckend. „Es ist nur so, dass unser Koch ein Meister der Zubereitung jener Speisen ist, die wir heute kosten werden."

„Aha. Jetzt bin ich aber neugierig."

„Ja. Das sollst du auch sein."

„Und euer Koch ist der Beste darin?"

„So ist es. Da kommen die anderen einfach nicht mit und ich dachte mir, es wäre besser wenn wir gleich das Beste genießen."

„Grundsätzlich richtig. Das ist auch mein Lebensmotto, denn unsere Zeit ist zu kurz, um sie zu verschwenden."

„Genau. Und deshalb speisen wir im Palast. Außerdem haben wir hier die Gelegenheit uns der Künste hinzugeben."

Bevor Robert nachfragen konnte, schlug er einen kleinen Gong und kurz darauf trat eine sehr kunstvoll geschminkte Frau durch die filigrane Schiebetür. Isamu bemerkte den irritierten Blick seines Freundes. Er beugte sich zu ihm hinüber und flüsterte: „Sie ist eine Geisha, was in deiner Sprache *Frau der Künste* heißt."

„Künste?"

„Ihr Gesang ist äußerst lieblich und sie wird uns die Zeit kurzweilig gestalten."

Die Geisha verbeugte sich und trat näher. Das Klacken ihrer hölzernen Sandalen erschien Robert im Vergleich zur Stille des Palasts besonders laut. Sie verbeugte sich erneut und holte ein Saiteninstrument hervor. Auf Geheiß von Isamu begann sie dem Instrument sanfte Klänge zu entlocken.

Robert holte seinen Block und den Bleistift hervor. „Bis ich meine Kamera geholt habe und sie einsatzbereit ist, habe ich bestimmt zu viel von ihrer Darbietung verpasst", erklärte er flüsternd und begann sie zu zeichnen[59].

Isamu beobachtete ihn dabei und konnte nicht umhin seine Anerkennung auszusprechen. „Auch du bist ein Künstler, gewissermaßen ein Hōkan[60]."

„Hōkan?"

„Ja, so nennen wir einen Mann der Künste. Jemand, der es mit seiner Kunst versteht den Frauen und den Mächtigen zu schmeicheln."

„Naja…"

„Deine Kunst ist das Zeichnen, so wie die Musik die Kunst unserer Geisha ist."

„Vielen Dank dafür", erwiderte Robert leicht verlegen. „Nur das mit dem Schmeicheln, dass gelingt mir noch nicht so gut."

---

[59] Geisha – Zeichnung von Robert Blum
[60] Hōkan (幇間; „Schmeichler") männliche Geisha

„Besser als du denkst", lachte Isamu. „Immerhin", setzte er zu einer Erklärung an, als er bemerkte wie perplex Robert war, „warst du damit bei meiner jüngeren Schwester bereits erfolgreich."

„Oh. Das war nicht meine Absicht… Also, bitte verstehe mich nicht falsch…" Da Isamu schallend lachte, brach er ab.

„Nein, mein Freund, sie ist bereits vermählt. Und auf ein Abenteuer, wie diese Gräfin, die du während deiner Reise kennengelernt hast, ist sie nicht aus."

„Das, äh…" Er bemerkte, wie ihm die Röte ins Gesicht stieg und verfluchte sich insgeheim Isamu von seiner amourösen Eskapade erzählt zu haben. „Gut", war dann alles, was er noch herausbrachte und er sich sogleich wieder seiner Zeichnung zuwandte, in der stillen Hoffnung damit die Peinlichkeit zu überspielen.

„Oh, unsere Speisen", hörte er Isamu sagen, ob aus Taktgefühl oder dem Zufall Tribut zollend, dass die Bediensteten endlich die kunstvoll gestalteten Platten mit den Delikatessen servierten. „Eine wahre Köstlichkeit", schwärmte er.

„Was ist das?", fragte Robert nun doch interessiert, da ihn die kleinen Häppchen an jene Canapés erinnerten, die er während seiner Reise einmal gekostet hatte. Aber hier handelte es sich zweifelsohne um Fisch und nicht um belegte Brote.

„Wir nennen es Sushi", erläuterte Isamu. Dann zählte er offenbar die Zutaten auf, doch Robert musste zu seinem Bedauern feststellen, dass seine Sprachkenntnisse dafür nicht ausreichten. „Leider weiß ich nicht, wie diese Früchte des Meeres bei euch genannt werden", gestand Isamu zerknirscht, „aber ich hoffe, du wirst sie so lieben wie ich." Mit einer unmissverständlichen Geste lud er Robert ein zuzugreifen.

„Nun, Probieren geht über Studieren", zitierte Robert und kam der Aufforderung nach.

***

Kobe – 1874

„Was bedrückt dich?", fragte Isamu frei heraus, da ihm die ungewöhnliche Stimmung seines Freundes nicht entgangen war.

„Das Ende meines Aufenthaltes rückt näher und so sehr ich es auch wünsche, doch kann ich die Zeit nicht festhalten."

„Was treibt dich fort?"

„Es ist nun das fünfte Jahr, das ich auf Reisen bin und es wird Zeit, dass ich endlich etwas zum Wohlstand und der Entwicklung meines Landes beitrage, so wie du nun schon Aufgaben in der Präfektur hier übernimmst."

„Das ist der Lauf der Zeit, mein Freund. Wir können unsere Jugend nicht auf ewig festhalten, so wie du die Zeit in deinen Bildern verewigst." Er nahm den Zeichenblock zur Hand und begann darin zu blättern. Er zeigte auf ein Bild[61]. „Das ist gut, aber wa-

---

[61] Ehepaar vor ihrem Haus – Zeichnung von Robert Blum

rum hast du es gezeichnet? Ist es ein besonderes Paar?"

„Nein, nur ein Ehepaar, das ich beobachtet habe. Aber so sehe ich Nihon und daheim wird es etwas Besonderes sein, exotisch, wenn du verstehst, was ich meine."

„Durchaus. Dein Talent ist beachtlich und ich glaube, dass du damit", er deutete auf den Block, „bereits einen größeren Beitrag geleistet hast, als ich es hier mit meinen Aufgaben vermochte."

„Nicht alle schätzen die Kunst so sehr wie du und deine Familie. Dagegen ist unbestreitbar, was du bereits für das Wohlergehen in Kobe geleistet und wie sehr du dem Namen Tanaka bereits Ehre gemacht hast."

Isamu winkte ab. „Ich bin noch immer ein gelehriger Schüler. Bis zur Reife oder gar zum Meistergrad ist es noch ein langer Weg für mich."

„Dennoch gehst du ihn bereits Schritt für Schritt und ich denke, ich habe meinen nun gefunden."

„Oh. – Wirst du mir die Ehre zuteilwerden lassen mich einzu-weihen?"

„Selbstverständlich. Die Wissenschaft fasziniert mich. Ganz besonders lässt mich der Gedanke nicht los, das Geheimnis des Magnetismus zu lüften."

„Die geheimnisvolle Kraft, die unsichtbar und doch spürbar ist, ja sogar schweres Eisen bewegen kann?"

„Ja, Eisen. Aber warum nicht auch Bronze oder andere Metalle?"

Isamu zuckte mit den Schultern. „Sagst du es mir?"

„Sobald ich es herausgefunden habe, bestimmt. Aber dafür wer-de ich noch einiges an Forschung betreiben müssen." Er seufzte. „Ich hörte, dass in diesem Jahr ein großer Kongress in Britisch Indien stattfinden wird. Glaubst du, ich finde in Tokyo ein Schiff, das mich nach Indien bringt?"

„Wir werden eines finden, eines, das auch den Piraten vor der Küste von China widerstehen kann. Aber du solltest auf jeden

Fall noch bis zum Lampionfest[62] bleiben."

<hr />

[62] Lampion – bemaltes Papier – Zeichnung von Robert Blm

„Lampionfest?[63]“

„Ja, einmal im Jahr fahren alle Bewohner mit ihren Booten hinaus und lassen, sobald es dunkel geworden ist, unzählige Lampions aufsteigen. Es ist eines der größten Feste in Nihon. Das solltest du dir auf keinen Fall entgehen lassen.“

„Nun hast du mich neugierig gemacht“, gestand Robert. „Also nehme ich dein Angebot gerne an und verschaffe mir ein wenig Aufschub bis zum unweigerlichen Moment, in dem unsere Trennung bevorsteht.“

„Du wirst es nicht bereuen. Vielleicht wirst du es sogar mit deiner Kamera festhalten?“

Robert überlegte einen Moment und gestand dann: „Leider nein. Ohne Tageslicht wird es schwierig und das Magnesium ist zwar gleißend hell, wenn es entzündet wird, jedoch nur auf sehr kurze Entfernung. Da werde ich also mal wieder meine Zeichenkunst bemühen müssen.“

„Nun, vielleicht ist das sogar besser. Jedenfalls freue ich mich darauf das Fest mit dir verbringen zu können, auch wenn der Schmerz danach umso größer sein wird.“

„Ist es mit den Piraten wirklich so dramatisch?“, wechselte Robert das Thema, um der Emotionen Herr zu werden.

„Mal ja, mal nein. Seit die Briten verstärkt vor der Küste Chinas mit ihren Kriegsschiffen kreuzen wird es besser. Aber sie können nicht überall sein. Deshalb ist es besser ein Schiff mit guter Bewaffnung und einer kampferprobten Besatzung zu wählen.“ Er bemerkte Roberts Betrübnis. „Wir werden eines finden, denn unser göttlicher Tennō Heika hat die Briten eingeladen, damit wir von ihnen lernen, wie eine große Flotte aufgebaut werden kann. Ich bin mir sicher, dass wir auf einer ihrer Schiffe einen Platz für dich finden werden.“

„Dann hoffen wir mal, dass in Europa kein Krieg herrscht, sonst

---

[63] Lampionfest – Licht in der Dunkelheit

komme ich nicht weit..." Er seufzte. „Aber dann hätte es auch keinen Sinn nach Britisch Indien zu fahren."

„Also werden wir bald erfahren, wie die Dinge in deiner Heimat stehen."

***

Tokyo – 1874

„Hier in der Stadt ist der Aufbruch des Nihon-Koku schon deutlich zu spüren", stellte Robert fest, „vor allem nach der Zeit im Süden." In Gedanken war er wieder beim Lampionfest und er musste sich eingestehen, dass Isamu mit seiner Schwärmerei für dieses Ereignis nicht übertrieben hatte. Es hatte ihm das Abschiednehmen deutlich schwerer gemacht.

„Ja, das ist so", pflichtete Isamu ihm bei. „Kobe ist eben auch nur eine Stadt in der Provinz. Es ist das Previleg der Hauptstadt nicht nur dem göttlichen Tennō Heika nahe, sondern auch Vorreiter der Meiji-Devise *wakon yōsai*[64] zu sein." Er seufzte schwer. „Wenn nur mein Vater dem nicht so, so... zögerlich gegenüberstünde."

„Auch das ist der Lauf der Dinge", versuchte Robert eine Erklärung, „die junge Generation will das Alte einreißen und das gleißende Neue entstehen lassen und die alte Generation schwört auf das Altbewährte. – Das habe ich in allen Ländern erfahren, die ich bisher bereist habe."

„Ich weiß", grummelte Isamu, „habe ich es selbst auch erfahren. Dennoch stellt es meine Geduld auf eine harte Probe."

„Das ist das Los derjenigen, die eine Tradition fortsetzen sollen. Da schätze ich mich glücklich, meinen eigenen Weg zu finden, wenn es mich auch Jahre gekostet hat und ich damit jetzt erst ganz am Anfang meiner Reise stehe. Bei meinen Brüdern ist es ähnlich, denn selbst wenn sie eine Professur anstreben sollten, so

---

[64] wakon yōsai (和魂洋才) - japanischer Geist, westliche Technologie

267

müssen sie doch ein eigenes Sujet für ihre Kunst finden. Wollen sie allerdings die Fabrikation fortführen, werden sie deine Situation sehr gut nachempfinden."

„Nun, mich freut es jedenfalls, dass du so guter Dinge bist", schüttelte Isamu seinen Schwermut ab. „Denn so habe ich keine Bedenken, dass du das Geschenk zum Seppuku[65] verwendest."

„Oh nein, auf keinen Fall!" Robert erinnerte sich an den Tag der Abreise aus Kobe, als er von der versammelten Familie Tanaka verabschiedet worden war. Ihm war die große Ehre zuteil geworden ein *Aikuchi*[66] zum Geschenk zu erhalten.

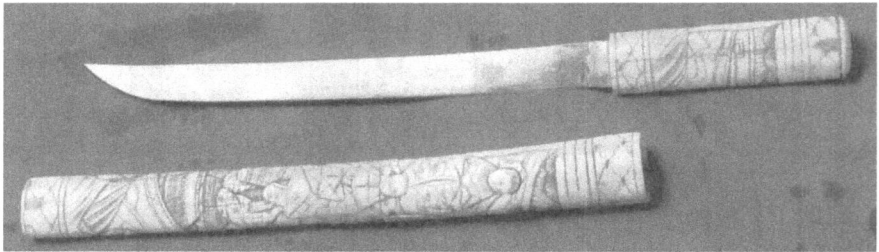

Als Familienoberhaupt stand es dem Vater von Isamu zu, es zu überreichen, zumal es sich hierbei um ein altes Familienerbstück handelte. So hatte er eine längliche hölzerne Schatulle hervorgeholt und sie Robert im feierlichen Ritus überreicht.

Völlig perplex hatte Robert sie entgegengenommen und auf Geheiß seines Freundes geöffnet.

„Ein Aikuchi", hatte Isamu erklärt.

Robert hatte nicht widerstehen können die Klinge aus der kunstvoll verzierten Scheide zu ziehen und zu bewundern. „Vielen

---

[65] Seppuku (切腹) ritualisierte Art des Suizids

[66] Aikuchi (合口, 匕首) - kurzes Tantō (Kampfmesser), von Samurai im Alltag getragen und sollten zum Ausdruck bringen, dass der Träger nicht „kampflustig" war, aber jederzeit bereit, sich zu verteidigen. Es diente auch als Waffe beim Seppuku – eigenes Bild

Dank, vor allem, dass ich für würdig befunden wurde, ein solches Erbe der Familie Tanaka zu tragen."

Isamu übersetzte seine Worte für ihn und auch die Antwort des Familienoberhauptes. „Mein Vater sagt, nur wenige seien würdig und du bist einer davon."

„Meinen größten Dank auch dafür und ich weiß trotzdem nicht, ob ich es überhaupt annehmen darf."

„Doch du darfst und du solltest", versicherte ihm Isamu. Es abzulehnen wäre zwar ein Gebot der Bescheidenheit, in diesem Falle aber eine Beleidigung."

„Oh. – Selbstverständlich nehme ich es an und", gerade rechtzeitig erinnerte er sich der Dankesformel, „ich werde es stets in Ehren halten, wie auch meine Nachkommen es tun werden."

Noch einmal war ihm versichert worden, dass er als Mitglied der Familie gelte, so wie auch Isamu als Teil der Familie Blum aufgenommen worden war.

„Immerhin", rissen ihn die Worte seines Freundes aus seinen Erinnerungen, „wurde es in der damaligen Zeit dafür verwendet. Doch auch das ist nun Vergangenheit."

„Gut zu wissen. Und nochmals vielen Dank für diese Ehre und ich werde alles daran setzen, dieser Ehre auch gerecht zu werden." Ohne nachzudenken langte er zum Griff des Messers, das er in traditioneller Weise an seinem Gürtel trug. „Und ich werde es auch gegen jegliche Begehrlichkeit zu verteidigen wissen, notfalls auch gegen Piraten, dank des Unterrichts deinerseits in der Kampfkunst."

„Da bin ich mir sicher", erwiderte Isamu lächelnd, „aber auch, dass es gar nicht erst soweit kommen wird. Dafür haben wir das passende Schiff für dich ausfindig gemacht. Allerdings sind diese Engländer ein seltsames Volk, denn es scheint bei ihnen verpönt zu sein, dass ein Mann eine solche Waffe bei sich führt."

„Nicht nur die Engländer, sondern auch viele andere Länder in Europa, denn in Sachen Disziplin und Ehre können wir alle noch etwas von Nihon lernen."

„Es gibt immer und von jedem etwas zu lernen, wenn du aufmerksam bist. Das ist eine Weisheit meines Lehrmeisters, deren Wahrheit ich inzwischen nur bestätigen kann."

„Wirklich weise."

„Ja, er sagte auch: Das höchste Ziel der Kampfkunst ist es, sie nicht einsetzen zu müssen[67]."

„Das werde ich stets anstreben", versprach Robert und seufzte, weil er wusste, dass nun der Moment des endgültigen Abschieds da war.

Isamu begleitete ihn noch zum Schiff, das an der Insel angelegt hatte. Dann erfolgte der Abschied auf traditionell japanische Weise, so wie der Abschied damals im Bahnhof in der Art und Weise erfolgt war, wie sie im Königreich Württemberg üblich war.

Bald nachdem Robert an Bord gegangen war legte das Schiff ab. Sehnsüchtig heftete er dann seinen Blick auf den Kai, bis er die Gestalt seines Freundes nicht mehr ausmachen konnte.

Erst dann wandte er sich dem Bug zu, den Blick nach vorn, in Richtung Zukunft, dem nächsten Abenteuer entgegen.

***

---

[67] https://oryoki.de/blog/japanische-weisheiten

Wanderjahre

Dum spiro, spero.   -   Solange ich atme, hoffe ich.!

Stuttgart – August 1876

„Nochmals meine allerherzlichsten Glückwünsche." Robert schüttelte seinem Jugendfreund Franz die Hand und wandte sich dann wieder dessen Ehefrau Pauline zu. Sie hielt den jüngsten Spross der Familie in ihren Armen. „Dir natürlich auch Pauline. Gerne hätte ich euch direkt nach dem freudigen Ereignis aufgesucht… – das war doch am vierzehnten, nicht wahr?"

„Ja, am vierzehnten", bestätigte Pauline. „Und vielen Dank." Sie warf ihrem Mann einen auffordernden Blick zu.

„Vielen Dank", murmelte der und klang ein wenig niedergeschlagen.

„Ich bin gleich wieder da", verabschiedete sich Pauline. „Unsere Tochter braucht eine besondere Zuwendung." Damit verschwand sie auch schon aus dem Raum.

„Was ist los?", hakte Robert nach.

„Eine Tochter", gab Franz tonlos zur Antwort.

„Ach Franz", seufzte Robert, „so wird es beim nächsten Mal endlich der Stammhalter." Tröstend schlug er ihm auf die Schulter. „Wer weiß, vielleicht wirst du sie irgendwann einmal gut verheiraten und somit selbst auch zu den bedeutendsten Familien im Land gehören."

„Unsinn", schnaubte Franz. „Du weißt sehr wohl, dass vom Adel selbst die reichsten und angesehensten Fabrikanten noch immer als Bauern angesehen werden."

„Ja", seufzte Robert ergeben, „leider ist das oft noch so. Noch. Aber es ändert sich. Mit Kaiser Friederich ist doch ein anderer Geist eingekehrt. Denke nur an die wirkliche Gleichberechtigung der Völker in unserem Land…"

„Was die Adligen noch immer aufs Heftigste bekämpfen", unterbrach ihn Franz. „Sie würden am liebsten das alte Kaiserreich Österreich wieder erstehen lassen."

„Jaja. Aber dem hat die Kaiserin Elisabeth eine Absage erteilt. – Hmm… Darf sie eigentlich noch den Titel Kaiserin führen?"

„Gute Frage. Bestimmt. Aber wenn es doch soweit kommt, wollen sie die Krone gleich ihrem Schwager Karl Ludwig angedeihen lassen."

„Na, ich weiß nicht…"

„Doch doch", bekräftigte Franz. „Vordergründig, weil sie sich mit dem Ungarn, diesem Andrássy, eingelassen hat. Ich für meinen Teil glaube eher, das liegt daran, dass Elisabeth keine geborene Habsburgerin ist."

„Ach du liebe Güte! Das ist ja schon fast wie bei der Götterdämmerung in der Oper von Richard Wagner." Da Franz ihn nur fragend ansah, fuhr Robert fort: „Wie du weißt, war ich in Bayreuth. Deshalb habe ich leider auch euer freudiges Ereignis verpasst."

„Bayreuth? Was hast du denn da verloren? Wolltest du nicht wieder nach Amerika, zur Hundertjahrfeier?"

„Schon, aber Pläne ändern sich."

„Und warum dann ausgerechnet nach Bayreuth, in die tiefste Provinz Bayerns?"

„Am Sonntag wurde dort die Oper *Der Ring des Nibelungen* uraufgeführt. Richard Wagner hat selbst für die Inszenierung gesorgt und es ist ihm wahrlich gelungen."

„Aha."

„Ja, ein wahres Meisterwerk und die gesamte Veranstaltung war ein gewaltiges Spektakel. Fast alle hohen Häuser in unserem Land waren zugegen."

„Najaaa…", wollte Franz einwerfen.

Doch Robert ließ ihn nicht zu Wort kommen. „Es soll fortan jedes Jahr wiederholt werden."

„Soso. Dann hast du dich also mitten unter den Hochadel gemischt und dir eine hochwohlgeborene Braut ausgesucht?", feixte Franz nun.

„Selbstverständlich", ging Robert mit breitem Grinsen darauf ein. „Schon morgen reise ich weiter zum Schloss Hohenzollern, um meine Verlobung zu feiern."

„Oh! Ja klar, weil schon was unterwegs ist, nicht wahr?", schnaubte Franz verächtlich.

Robert blickte sich um, als wolle er sich vergewissern, dass sie nicht belauscht würden und raunte seinem Freund im Flüsterton zu: „Nicht so laut. Schließlich steht die Ehre der Dame auf dem Spiel." Doch schaffte er es nicht, seinen ernsten Gesichtsausdruck aufrechtzuerhalten und so prusteten beide los.

„Robert, der alte Schwerenöter", lachte Franz und gab sich ganz plötzlich sehr ernst. „Zuzutrauen wäre es dir allemal." Er schlug Robert freundschaftlich auf die Schulter.

So entging ihm, dass Robert zusammenzuckte und etwas bleich wurde. Seine Gedanken wanderten in jene Nacht, die er mit der vermeintlichen Gräfin verbracht hatte. ‚Wenn der wüsste', schoss es ihm durch den Kopf, sagte aber: „Tja, mein Lieber, die Frauen reißen sich eben um mich."

„Jaja, deshalb bist du auch gleich mehrfach verheiratet", spottete Franz lachend.

„Da bin ich eben wählerisch."

„Wählerisch? Von wegen! Dir gibt einfach kein Vater die Hand seiner Tochter. So sehe ich das", knurrte Franz.

Anstatt ihr Wortgefecht mit einer kecken Antwort fortzusetzen, zuckten beide zusammen, als Pauline plötzlich fragte: „Was siehst du so?" Keiner von beiden hatte bemerkt, dass sie zurückgekehrt war.

Doch Robert überspielte die Situation gekonnt. „Tja, das ich das eben davon habe, dass ich so viele Jahre auf Reisen war", flachste er. „Da hat mir schon mein bester Freund die schönste Frau im Königreich weggeschnappt und darf sich nun auch noch freuen, Vater einer so prächtigen Tochter zu sein."

„Oh", brachte Pauline nur hervor und errötete sogar leicht.

Franz zugewandt ergänzte Robert: „Also ist meine Prophezeiung also doch eingetreten."

„Ganz recht", erwiderte der ein wenig stolz und doch verlegen lachend.

„Welche Prophezeiung?", wollte Pauline wissen, die soeben noch das Gesicht ihrer Tochter mit Küssen bedeckt hatte und nun ihren Blick nun zwischen ihrem Gatten und Robert hin und her schweifen ließ.

„Siehst du", gab sich Franz ein wenig beleidigt. „Jetzt lässt sie nicht mehr locker, bis du ihr alles, aber auch alles erzählt hast."

„Ja, hast du das denn nicht schon längst getan?", wunderte sich Robert und seufzte schwer, sobald er dessen Kopfschütteln bemerkte.

„Nein, hat er nicht." Paulines Kommentar klang übertrieben pikiert.

Auf die Geste seines Freundes, die sagen sollte, „du hast es dir eingebrockt. Nun sieh zu, wie du es auslöffelst", seufzte er erneut. Dann räusperte er sich und begann recht zögerlich. „Nun, meine Liebe, ich habe damals eine Zeichnung von dir angefertigt…"

„Oh! Die ist von dir?", war es nun an Pauline sich zu wundern. Sie warf ihrem Gatten einen bösen Blick zu. Ganz offensichtlich hatte der ihr dieses Detail verschwiegen.

„Ja und weil Franz sie unbedingt haben wollte", fuhr Robert fort, „habe ich ihm damals gesagt, dass er sie mir ruhig lassen solle, denn er würde dich bestimmt sowieso mal heiraten und könne dich dann doch jeden Tag sehen."

„Aha, und weiter?"

„Nichts weiter." Robert zuckte mit den Achseln, wusste jedoch, dass sie sich damit nicht zufrieden gab. „Er hat nur gesagt, dass er sich da ganz sicher ist", fügte er daher ergeben seufzend hinzu.

Erwähnen wollte er außerdem noch die Schwärmerei seines Freundes, als der damals träumerisch ihren Familiennamen Ganter durch Fischer ersetzt hatte. Der geradezu panische Gesichtsausdruck seines Freundes überzeugte Robert jedoch davon abzusehen. Stattdessen ließ er sich dazu hinreißen zu sagen: „Da wusste ich schon, dass ich keine Chance hatte, denn auch ich war mir dabei sehr sicher. Leider. Ansonsten hätte ich auf jeden Fall mit um deine Gunst gebuhlt."

„Ach so", kommentierte Pauline lächelnd. „Tja, dann hättest du dich eben nicht so lange so rar machen dürfen."

„Was soll das denn heißen?", brauste Franz nun auf.

„Liebling", beschwichtigte sie ihn gleich, „es ist doch einfach traumhaft für eine Frau, wenn sie gleich von mehreren Männer umworben wird und ich bin da keine Ausnahme." Sie legte ihm ihre Hand auf seinen Arm. „Aber ich hätte mich auch dann für dich entschieden." Sie küsste ihn zärtlich.

Franz konnte seine Freude nicht verbergen und sie fügte mit ernster Miene hinzu: „Und für Robert werden wir auch noch eine Frau finden, denn immerhin dürfte die ja schon geboren sein und mit siebenundzwanzig wird es auch langsam Zeit für einen jungen Herrn zu heiraten."

„Allerhöchste Zeit", schnaubte Franz vergnügt.

„Kommt Zeit, kommt Rat", wiegelte Robert ab.

„Ach was", wischte Pauline es beiseite. „Ich wäre jedenfalls froh, wenn unsere Leonie", dabei strich sie zart mit ihrem Finger über das Gesicht ihrer Tochter, „mal mit so einem Mann wie dir vermählt wird."

„Der kann sich auf jeden Fall glücklich schätzen", ging Robert gleich darauf ein, „denn sie wird bestimmt so schön wie ihre Frau Mama." Mit frechem Grinsen fügte er hinzu: „Wäre ja nicht auszudenken, wenn sie ganz nach ihrem Vater käme."

„Nanana!", protestierte Franz auch sogleich. „Darüber brauchst du dir keine Gedanken machen."

„Ach wieso?", feixte Robert weiter. „Willst du andern Männern keine Schönheit gönnen?"

„Quatsch", knurrte Franz. „Die sollen mal schön die Finger von ihr lassen."

„Oh-oh. Du willst doch nicht etwa genauso werden wie dein Schwiegervater?"

„Was soll das denn heißen?"

„Na, dein Töchterchen wegsperren wie Dornröschen und niemanden an sie heranlassen?"

„Ha! Dich bestimmt nicht", grantelte Franz nun.

„Wovon redet ihr zwei denn hier?", schaltete sich Pauline nun ein.

„Nichts", knurrte Franz.

„Nur dass Franz alle Verehrer seiner Tochter vergraulen möchte, so wie dein Herr Papa es gemacht hat."

„Hat aber nichts genutzt", lachte Pauline Amüsiert und wurde dann wieder ernst. „Außerdem, bis das für unsere Kleine ansteht, dauert es noch einige Jahre."

„Eben", gab Franz knurrig von sich.

„Dann weiß ich gar nicht, warum du dich so aufregst." Er bemerkte, dass Franz schon wieder aufbrausen wollte. „Also reg dich nicht auf."

„Was habt ihr beide denn?", hakte Pauline nun doch ein wenig misstrauisch nach.

„Ach nichts", knurrte Franz noch immer verdrießlich.

„Es geht noch immer um das Thema Brautschau", warf Robert

mürrisch ein.

Pauline warf ihrem Gatten einen ermahnenden Blick zu. „Er wird schon eine finden…"

„Bestimmt drüben in Amerika. Angeblich kann man da ja eine gute Partie machen."

„Franz!"

„Na was?", verteidigte der sich. „Stimmt doch, oder?", wandte er sich an Robert.

„Wer weiß…", erwiderte der grinsend.

„Oh, Robert!" Pauline wirkte auf einmal wie elektrisiert. „Dann ist da vielleicht doch was dran?" Sie blickte ihn mit funkelden Augen an.

„Was ist woran?"

„Naja, beim Kaffeekränzchen, gleich nach der Geburt, da haben die Damen tatsächlich alle vermutet, dass du bestimmt drüben schon heimlich geheiratet hast."

Abwehrend hob Robert die Hände. „Tja, da muss ich wohl alle enttäuschen."

„So?", hakte Pauline nach und dehnte das Wort so sehr, dass ihre Zweifel deutlich zum Audruck kam.

„Naja, der Versuchungen gab es zwar einige", gab Robert zögerlich zu und schmunzelte, weil er sich an die Situationen in Sacramento erinnerte. „Aber mein Herz habe ich nicht verloren."

„Das ist aber schade", fühlte Pauline mit ihm. „Na, wir werden schon fündig werden", prophezeite Pauline nun in der ihr eignen tröstenden Zuversicht.

„Wir? – Bemüht euch nicht", wehrte Robert ab. „Was das angeht, da fühlt sich meine Familie schon befleißigt, allen voran meine kleine Schwester."

„Naja, sie macht sich halt so ihre Gedanken", verteidigte Pauline sie.

„Wie gesagt, ich mache das schon."

„Viel Zeit hast du ja nicht mehr", warf Franz ein. „Sonst bist du bald schon dreißig und noch immer Junggeselle."

„Das Drängen wird ihm auch nicht helfen", ergriff Pauline Partei für Robert. „Sonst gibt es noch ein Unglück."

„Na, wenn es mir zu bunt wird", wehrte Robert ab, „packe ich wieder meine Koffer…"

„Ha! Willst du mal wieder davonlaufen?", feixte Franz und ignorierte den ermahnenden Blick seiner Frau.

Robert zuckte nur mit den Schultern. „Nenne es wie du willst. In San Francisco habe ich nicht nur eine Aufgabe, sondern vor allem auch meine Ruhe."

„Wie auf deinen einsamen Wanderungen, ja?", merkte Franz abfällig an.

Ein Lächeln stahl sich auf Roberts Lippen als er wieder an seine Wanderung auf Korfu und die Begegnung mit der vermeintlichen Gräfin dachte. „Manchmal sind sie gar nicht so einsam…", orakelte er. „Aber ja, wie auf meinen Wanderungen."

„Schon klar", ließ Franz nicht locker. „So ziehst du weiter, wie eine Biene, von einer Blume zu anderen." Er grinste. „Hast du dir schon die nächste ausgesucht?"

„Franz!", ermahnte Pauline ihn streng.

„Lass nur, Pauline." An seinen Jungendfreund gerichtet sagte Robert: „Ja, habe ich. Gleich zum Herbstbeginn werde ich die neue Eisenbahn nach Calw nutzen, um den Nordschwarzwald zu erkunden."

„Ach ja, Nordschwarzwald. Das Land der holden Jungfrauen", spottete Franz.

Robert parierte die Anfeindung seines Freundes. „Wenn du es sagst… Du kennst dich bestimmt aus." Zu Pauline gewandt erklärte er: „Ich fahre nach Calw, um dort an der Lesung einer Autorin teilzunehmen, die eine Biographie über David Livingstone verfasst hat."

„Ist sie wenigstens hübsch?", knurrte Franz dazwischen und ärgerte sich sogleich über Roberts freche Grinsen.

„Oh, über den Entdecker der berühmten Viktoriafälle?", fragte Pauline begeistert nach, so als habe sie die Stichelei ihres Gatten nicht bemerkt und Robert nickte zustimmend.

„Naja, im Schwarzwald soll es ja auch einige richtig berühmte Schönheiten geben, die selbst die Sirenen von Odysseus blass aussehen lassen", ließ Franz nicht locker. „Vielleicht ist sie ja eine davon und sie schreibt dann über dich und deine Japanreise…", merkte er sarkastisch an und lachte, „…während der Flitterwochen."

„Aber Franz!", wies ihn Pauline nun doch scharf zurecht.

„Na was?", verteidigte der sich. „Robert ist derjenige, der diese Flausen im Kopf hat."

„Flausen? Bei Flitterwochen? – Das ist doch viel zu wichtig, um es einem Zufall zu überlassen." Doch ihr Gatte zuckte nur mit den Schultern und grinste.

„Lass mal gut sein", bremste Robert ihren Eifer. „Zur rechten Zeit wird es sich ergeben…"

„Unsinn!", schnaubte Franz. „Mit den Tüchtigen ist das Glück und selbst ist der Mann. Auf einen Zufall hoffen, das ist doch weibisch."

„Franz!", brauste Pauline auf und ließ ihrem Ärger freien Lauf. „Was ist denn in dich gefahren?" Doch ihr Gatte winkte bloß wortlos ab. „Du weißt doch, Gottes Wege sind unergründlich und wenn…"

„…wenn es tatsächlich jene Marie Gundert ist", spann Robert ihren Gedanken weiter, „dann ist es eben Fügung."

„Oho! Ihren Namen kennst du also auch schon…"

„Natürlich kennt er den", bremste ihn Pauline schroff. „Er hat doch eben erzählt, dass sie aus einer Biographie liest, die sie verfasst hat und wenn sowas angekündigt wird, geben sie auch den Namen des Autors an. Und wenn dann doch mehr daraus wird, sollten wir uns mit ihm freuen. – Du benimmst dich wie der letzte Holzfäller", schalt sie ihn. „Anstatt dich zu freuen, dass Robert sogar die Patenschaft für unsere Leonie übernehmen will, machst du alles, um ihn aus dem Haus zu vergraulen."

Robert unterdrückte ein Grinsen, weil Franz dreinblickte wie ein in den Senkel gestellter Schuljunge. Stattdessen sinnierte er: „Oh ja, Gottes Wege sind wirklich unergründlich…" Seine Gedanken waren plötzlich wieder bei Louisa Goldman. Doch er besann sich schnell wieder. „Ja, dass haben wir alle schon erfahren und keiner von uns sollte sich dem verwehren."

„Jajajaaa", knurrte Franz gelangweilt.

„Oh das wäre doch schön, wenn du tatsächlich dein Glück findest", juchzte Pauline nun. „Wirst du denn dann endlich sesshaft werden, wenn du endlich die Eine gefunden hast?", wollte Pauline wissen.

Robert zuckte mit den Achseln. „Wahrscheinlich…"

„Die Frage ist nur wo", ging Franz dazwischen. „Immerhin ist er noch immer so ruhelos…"

Doch Pauline schnitt ihm das Wort ab. „Auch das ändert sich." Dann wandte sie sich wieder Robert zu. „Aber es stimmt schon. Du hast so viele große Reisen unternommen." Unvermittelt hielt sie inne, als sei ihr etwas eingefallen. „Sogar einmal um die ganze Welt…", fuhr sie lächelnd fort. Wie beiläufig ging sie zu einem kleinen Tisch hinüber, ergriff ein darauf liegendes Buch und hielt es in die Höhe. „Das ist ja schon fast so wie hier in diesem neuen Roman von Jules Verne, in achtzig Tagen um die Welt."

„Ja, so ähnlich", lachte Robert, „aber nicht in achtzig Tagen. Ich habe dafür mehr als fünf Jahre gebraucht." Er streckte die Hand aus, als wolle er es entgegennehmen.

„Bei dir war es ja auch keine Wette", relativierte Pauline und reichte ihm das Buch.

„Nein, war es nicht", bestätigte Robert und warf einen Blick auf den Umschlag[68]. „Hmm… Wirklich eine gute Erzählung."

„Du kennst die Geschichte?"

„Ja", gab er zu. „Ich habe sie gelesen, bevor die Übersetzung erschienen ist.

„Oh."

„Aber ich musste immer wieder daran denken, wie einfach es heutzutage ist um die ganze Welt zu reisen." Er lachte kurz auf. „Ich bin sogar durch den neuen Kanal bei Suez gefahren, also quasi mit dem Schiff mitten durch die Wüste. Nur glaube ich nicht, dass es auf meiner Route in achtzig Tagen zu schaffen ist."

„Darauf kommt es gar nicht an", wehrte Pauline seinen Einwand ab. „Entscheidend ist, dass du einmal um den ganzen Erdball gereist bist."

---

[68] https://commons.wikimedia.org/wiki/File: JulesVerne-ReiseIn80Tagen.png

„Dabei war ich fast ausschließlich in der nördlichen Hemisphäre. Den Äquator habe ich nur kurz überquert, als ich durch die Straße von Malakka gesegelt bin." Er seufzte. „Und in Südamerika oder im Süden von Afrika war ich noch gar nicht."

„Das hört sich ja so an, als willst du schon wieder auf Reisen gehen", resümierte Pauline bestürzt.

Robert zuckte nur mit den Schultern, schwieg jedoch.

„Man könnte fast meinen", mischte sich Franz nun wieder ein, „dass du damit tatsächlich die Bemühungen deiner Familie zu unterlaufen beabsichtigst, die rechte Braut für dich zu finden."

„Das wäre töricht", stellte Robert mit breitem Grinsen klar. Er amüsierte sich, dass sein Freund stets auf das eine Thema zurückkam. „Denn wenn mein alter Herr etwas zu arrangieren gedenkt, hilft es mir auch nicht nach Amerika zu gehen oder noch weiter weg, vor allem, wenn alles letztendlich auf eine Idee meiner Frau Mama zurückzuführen wäre. Doch die haben derzeit gottlob andere Sorgen."

„Du warst doch auch in Indien. Die Frauen dort sollen ja auch sehr hübsch sein", piesakte ihn sein Freund erneut.

„Franz!" Sie bedachte ihn mit einem finsteren Blick. „Nun fängst du schon wieder damit an. – Außerdem, was soll das überhaupt heißen? Was weißt du darüber? Hast *du* da etwa eine im Sinn?"

„Nein, nein", wehrte Franz gleich ab. „Das habe ich doch nur gehört", beschwichtigte er. Dennoch schien er seine Gattin damit nicht zu besänftigen. So fühlte er sich befleißigt zu sagen: „Liebes, für mich wäre das nie eine Alternative gewesen und ich bin mir sicher, das weißt du, aber für…"

„Lass gut sein", ging Robert dazwischen. „Selbst wenn es so wäre, so sind die Regeln in Indien noch viel strenger als hier. Selbst für die Briten wäre es nicht einfach dort eine Frau von Stand zu ehelichen. Außerdem war ich nur für kurze Zeit dort. Der Magnetismus-Kongress fand nicht statt, weil die *British East India Company* Anfang des Jahres aufgelöst worden war. Wusstet ihr übrigens, dass deren Flagge fast genauso aussieht, wie die der Vereinigten Staaten von Nordamerika?"

„Ja. Aber nicht ablenken", erwiderte Franz.

„Nein, wirklich?", wunderte sich Pauline und konnte dann doch nicht umhin mit einem schweren Seufzer zu fragen: „Wann wirst du uns endlich die Dame deines Herzens vorstellen, Robert?"

„Drängt mich einfach nicht", seufzte der Angesprochene in der Überzeugung, dass ihm derzeit offenbar jeder seiner Freunde und Bekannten diese Frage stellte, als drehe sich die ganze Welt nur noch darum. „Wenn die Zeit gekommen ist, werde ich es euch wissen lassen und dann hoffe ich, dass ihr nicht dagegen redet."

„Wir werden sehen", kommentierte Franz dagegen mürrisch, als habe ihn eine düstere Vorahnung beschlichen.

***

Calw – 1876

„Vielen Dank Frau Isenberg." Der Mann vor Robert in der Schlange verbeugte sich, um seinen Dank auch mit der Körpersprache zum Ausdruck zu bringen. Vielleicht, so schoss es Robert durch den Kopf, wollte er sie auch nur hofieren, denn, das musste er sich eingestehen, Marie Gundert, verwitwete Isenberg, war eine schöne Frau. Zwar vollendete sie bald ihr fünfunddreißigstes Lebensjahr, aber auf ihn wirkte sie gute zehn Jahre jünger.

„Was kann ich für Sie tun, junger Mann?", rieß ihre Stimme ihn aus seinen Überlegungen. Er hatte gar nicht mitbekommen, dass der Mann vor ihm bereits das Feld geräumt hatte.

Bei ihrem Blick durchlief ihn ein heißes Kribbeln, was doch recht irritierend war.

„Oh. Ja." Robert räusperte sich. „Vielen Dank, Frau Gundert", fand er seine Worte wieder. Er warf einen Blick auf das Buch in seiner Hand, um sich zu vergewissern, dass er sie mit dem richtigen Namen ansprach. „Oder ist das nur Ihr Künstlername?"

„Nein", lachte sie und Robert gefiel ihr Lachen, wie auch die kleinen Grübchen, die sich dabei in ihren Mundwinkeln zeigten. „Gundert ist mein Mädchenname. Aber vielleicht haben Sie sogar recht, denn es heißt ja, bis der Tod euch scheidet, aber der Name bleibt dennoch erhalten bis, ja bis zu einer neuen Eheschließung." Ihre Augen schienen dabei zu funkeln und entfachten in ihm eine Glut, die ihn sofort an Isabel denken ließ. „Insofern wäre Hesse seit nun zwei Jahren der richtige Name."

„Oh. Dann trotzdem noch alles Gute." Robert war irritiert, das er empfand als habe gerade jemand einen Schwall eiskalten Wassers über ihn gegossen. Sie war also schon vor zwei Jahren erneut in den Stand der Ehe getreten. „Es freut mich, dass Sie ihr Glück gefunden haben."

„Vielen Dank." Ihr Blick trübte sich ein oder wollte Robert es nur glauben? Das Strahlen ihrer Augen, dieser Glanz war auf einmal verschwunden. „Für die Kinder ist es gut, dass sie wieder einen Vater haben." Sie seufzte. „Möchten Sie, dass ich Ihr Exemplar signiere?", versuchte sie sich wieder geschäftsmäßig sachlich zu geben.

„Sehr gern." Er hielt ihr sein Exemplar der Biographie über Livingstone hin. Sie nahm es und er bewunderte, wie sie auf den Tisch vor sich legte, öffnete und mit geschwungener Handschrift *Deine Marie Gundert* hineinschrieb.

„Nachdem das Geheimnis gelüftet ist", versuchte sich Robert in Konversation, „dass Sie das Glück hatten, persönlich mit Livingston zu sprechen, verstehe ich auch diesen Detailreichtum. Ich selbst hatte das Gefühl dabei gewesen zu sein."

Mit einem gewinnenden Lächeln gab sie es an ihn zurück. „Ja, das macht es etwas einfacher es aufzuschreiben, wie auch meine Erfahrungen aus meiner Kindheit in Indien."

„Indien? Dort war ich für einen kurzen Zwischenaufenthalt

während meiner Rückreise aus Japan."

„Oh. Japan. Wie exotisch. Wie um alles in der Welt kommen Sie nach Japan?"

Robert erzählte ihr in aller Kürze von Isamu und der Einladung, während sie Exemplare weiterer begeisterter Leser signierte.

„Das ist wirklich genügend Stoff für ein Buch. Haben Sie je daran gedacht eines darüber zu verfassen?"

„Bisher noch nicht, aber nun… Insofern freut es mich umso mehr, dass ich Ihrer Lesung beiwohnen durfte."

„Ganz meinerseits. Es hat mich wirklich gefreut Sie kennengelernt zu haben Herr…"

„Blum, Robert Blum", antwortete Robert mit belegter Stimme, denn urplötzlich hatte er das Gefühl einen Frosch im Hals zu haben.

„Robert", sagte sie eine Spur zu sehr versonnen, nur um gleich zu ergänzen: „Herr Blum, es hat mich wirklich gefreut und vielleicht besuchen Sie ja noch meine weiteren Lesungen?"

„Das würde ich mit Freude tun, aber ich fürchte, dass ich nur wenige Tage in Calw und der Umgebung verbringen werde und dann nach Stuttgart zurückkehre. Aber die neue Eisenbahn macht es möglich, dass ich anreise, sofern ich Kenntnis erhalte."

„Wenn Sie mir Ihre Adresse hinterlassen, sende ich Ihnen gern eine Einladung." Sie schob ihm ein Blatt Papier hin und gab ihm einen Bleistift.

Robert nahm beides und schrieb seine Adresse in Stuttgart auf, während sie das Buch eines weiteren Interessenten signierte. Bei der Übergabe berührten sich ihre Finger für einen kurzen Moment, aber für Robert war es als habe ein Funken gesprüht und ihr Lächeln ging ihm durch und durch.

Sie warf einen Blick auf das Blatt und ergriff ein weiteres Blatt, um etwas darauf zu schreiben. Anschließend reichte sie es Robert. „Kommen Sie doch einfach morgen zum Tee. Dann können

Sie mir ausführlich von Ihrer Reise berichten."

„Sehr gern", hörte Robert sich selbst sagen und verspürte eine ungewohnte Aufgeregtheit als er die Adresse auf dem Blatt entzifferte. Wenn er sich nicht täuschte, würde ihn die morgige Wanderung direkt an ihrer Haustüre vorbeiführen. „Ist es Ihnen recht, wenn ich meine für morgen geplante Wanderung zur Stärkung mit Tee bei Ihnen unterbreche?"

„Oh, es wäre mir eine große Freude. Allerdings kann ich Sie nicht mit meinem Mann bekannt machen, denn der weilt in seiner Heimatstadt Reval im Gouvernement Estland."

***

Den ganzen Tag lang verspürte Robert eine Aufregung wie schon lange nicht mehr. In der Nacht hatte er kaum Schlaf gefunden und für die Schönheit der Natur, die ihn ansonsten in den Bann zog, hatte an diesem Tage nichts übrig. Wie konnte es sein, dass seine Gedanken ständig um diese Frau kreisten, eine verheiratete Frau wohlgemerkt?

Selbst das derzeitige schlechte Wetter störte ihn kaum. Die Temperaturen waren Ende September meistens moderat, insbesondere in den höheren Lagen des Schwarzwaldes. Für Wanderungen waren sie geradezu ideal. Hingegen waren die Regengüsse, kurz und intensiv, ungewöhnlich. Sie waren üblicherweise dem April vorbehalten und nicht der Zeit des Übergangs vom Sommer in den Herbst.

Nicht immer hatte er Unterschlupf in einer der zahlreichen Hütten gefunden und seine ansonsten wettererprobte Kleidung zeigte einige Schwächen. Das kalte Rinnsal, das auf seinem Rücken hinabrann, bestätigte seine Vermutung und er nahm sich vor, erst seine Kleidung zu wechseln bevor er den versprochenen Besuch unternahm.

Allerdings würde er sich hoffnungslos verspäten. Obendrein öffnete der Himmel seine Pforten erneut und wahre Sturzbäche ergossen sich über ihn als er sich in unmittelbarer Nähe ihres

Hauses am Stadtrand befand. Ohne lange darüber nachzudenken lief er schnellen Schrittes zum Haus, um unter dem vorgezogenen Dach Schutz zu suchen. Das Prasseln des Regens war so laut, dass er nicht hörte wie die Haustüre geöffnet wurde und er erschrak als er plötzlich angesprochen wurde und sich reflexhaft umdrehte.

„Herr Blum?" Ihre Stimme elektrisierte ihn jedoch sofort und er vergaß völlig, welchen erbärmlichen Anblick er bieten musste. „Um Himmels Willen, so kommen Sie doch herein. Es ist ja die reinste Sintflut hier draußen." Sie trat zurück und öffnete die Tür weiter, um ihn einzulassen. Selbst in jenem einfachen Kleid und den hochgesteckten Haaren sah sie bezaubernd aus.

„Bitte um Verzeihung", sagte Robert zerknirscht als er über die Schwelle trat. „Ich fürchte, ich bin derzeit nicht in der besten Verfassung, um Ihnen einen Besuch abzustatten."

„Es wäre auch geradezu ein Wunder. Immerhin scheinen sich die Mächte des Himmels regelrecht gegen Sie verschworen zu haben", zerstreute sie seine Bedenken.

„Dafür hat es sich mächtig abgekühlt", merkte Robert an.

„Ein Grund mehr so durchnässt nicht länger da draußen zu bleiben." Sie zeigte auf die Garderobe. „Wenn Sie dort ablegen möchten…" Doch dann schien sie es sich anders zu überlegen. „Ihr Mantel ist völlig durchnässt", stellte sie nüchtern fest. „Am besten hänge ich ihn gleich in der Waschkammer zum Trocknen auf." Wie zum Zeichen, dass sie keinen Widerspruch dulde, streckte sie die Arme aus, um den Mantel von ihm entgegenzunehmen.

Robert übergab ihr den Mantel und es war offensichtlich, dass er durchnässt war bis auf die Haut. „Verzeihung", murmelte er verlegen. „Vielleicht ist es doch besser, wenn ich zuerst mein Quartier aufsuche, um mich umzuziehen."

„Kommen Sie mit", forderte sie ihn auf und ging voran zur angegebenen Waschkammer. „Ich werde Ihnen trockene Kleidung besorgen und dann hänge ich Ihre Kleidung zum Trocknen auf und morgen tauschen wir dann zurück."

Es kam Robert gar nicht in den Sinn ihr zu widersprechen. Außerdem blieb ihm keine Zeit, denn nachdem sie den Mantel aufgehängt hatte, verschwand sie bereits mit den Worten, „fangen Sie schon an, ich bin gleich zurück."

Hatte er das richtig verstanden? Er sollte sich schon einmal entkleiden und sie käme dann mit trockenen Kleidungsstücken ihres Mannes zu ihm zurück. Bei dem Gedanken daran durchflutete es Robert heiß und kalt und seine Hände begannen zu zittern. Dennoch begann er damit sein Hemd aufzuknöpfen, ließ sich jedoch Zeit, damit er nicht ganz entblößt dastünde, wenn sie zurückkam.

Damit ließ sie sich ganz offenbar viel Zeit. Er hatte sein Hemd wie auch seine Schuhe bereits ausgezogen und auf eine Kommode gelegt. Nun war er bereit sich der völlig durchnässten Hose zu entledigen, traute sich jedoch nicht, obwohl das Wasser aus den Fasern nun in seine Strümpfe floss. Er hätte sich ihrer gleich mit den Schuhen entledigen sollen. Also holte er es jetzt nach.

Warum brauchte sie so lange? Fand sie am Ende doch nichts Passendes? War sie allein im Haus? Hatte sie nicht Kinder erwähnt? Musste sie sich erst um die Kleinen kümmern? Was sollte er machen, wenn ihm die dargebotene Kleidung nicht passen sollte? Die Gedanken überschlugen sich.

Endlich kehrte sie zurück und sein Herzschlag setzte einen Moment lang aus. Denn jetzt trug sie ein zartes Gewand, ein Hauch von Nichts und ihre Haare fielen ihr in langen Locken auf den Rücken. Sie legte einen Stapel Kleidung neben sein Hemd auf die Kommode. Sie griff nach dem Hemd und hängte es an eine der Leinen, die im Raum gespannt waren. „Ich habe vorsorglich gleich alles mitgebracht. Wie ich vermutet habe, ist wohl alles an Ihnen durchnässt."

„So ist es", brachte Robert nur mühsam hervor. Denn sie drehte sich zu ihm um, lächelte verführerisch und streckte die Hand aus, um das nächste Stück in Empfang zu nehmen. Robert war irritiert. Wollte sie etwa im Raum bleiben während er sich umkleidete?

„Was ist?", fragte sie herausfordernd, trat dicht vor ihn hin und sah ihn mit glühendem Blick an. Irgendwas sagte ihm und der Himmel mochte wissen, wie er darauf kam, dass sie unter diesem zarten Hauch von Nichts nackt war. Eine heiße Woge durchflutete ihn und ohne einen weiteren Gedanken daran, was hier geschah, folgte er ihrer Aufforderung und übergab ihr sein Unterhemd und seine Hose.

Wieder sah sie ihn herausfordernd an, trat noch dichter an ihn heran. Ohne den Blick von seinen Augen zu wenden legte sie ihm ihre Arme um den Hals und reckte ihm ihre Lippen entgegen. Wie von selbst verschloss er ihren Mund mit einem Kuss, der immer eindringlicher wurde, je länger er dauerte. Schon bemerkter er wie sie ihr zartes Nichts abstreifte. „Wollen wir nicht lieber ins Bett gehen, um uns ein wenig aufzuwärmen?", fragte sie lasziv.

Robert nickte nur stumm. Eng umschlungen, im Kuss versunken verließen sie den Raum und sie führte ihn hinüber ins Schlafzimmer. „Aber was ist…?"

Sie legte ihm die Hand auf die Lippen. "Wir sind allein. Die Kinder sind bis morgen bei meinen Eltern." Damit zog sie ihn zu sich ins Bett und wieder einmal ergab er sich seiner Wollust und ließ er sich von seinen Gefühlen hinwegschwemmen.

***

Stuttgart – 1878

„Schade, dass Vater das nicht mehr miterleben kann", seufzte Robert und drückte die Hand seiner Mutter zum Trost.

„Erzähle mir von Berlin", forderte sie ihn auf. „Genauso wie du es deinem Vater berichtet hättest. – Warst du selbst mit bei der Friedensverhandlung mit dabei?"

„Nur an einigen Tagen hatte ich Zutritt, aber ich weiß, dass Kaiser Friedrich es geschafft hat", begann Robert freudig zu erzählen. „Stell dir vor, sogar die Briten haben zugestimmt, dass die Osmanen fast den ganzen Balkan verloren haben."

„Ist das jetzt alles russisch?"

„Nein, die erhalten nur Bessarabien. Dafür haben sie zugestimmt, dass die Rumänen, die Bulgaren, die Serben und sogar die Montenegriner nun eigene Staaten bilden… natürlich unter Führung europäischer Adelshäuser."

„Aha."

„Und die Völker von Bosnien und Herzegowina treten unseren Vereinigten Staaten von Mitteleuropa bei."

„Und das haben die Briten einfach so akzeptiert?", wunderte sie sich.

„Denen war offenbar nur wichtig, dass Russland nicht auch noch Konstantinopel einnimmt oder sogar im Osten bis ans Mittelmeer vorstößt."

„War es denn so schlimm für die Osmanen?"

„Nun, ganz offensichtlich haben alle die Russen unterschätzt. Aber dafür hat unser Kaiser mit Zar Alexander gleich ein neues Abkommen geschlossen, das den Russen freie Hand im Osten lässt und uns ihren Beistand sichert."

„Im Osten?", hakte seine Mutter nach.

„Ja, um die Chinesen im Zaum zu halten und die osmanische Vorherrschaft in Ost-Turkestan zu brechen, vor allem in den Khanaten Kokant und Buchara."

„Ach davon verstehe ich doch nichts", seufzte Pauline Blum. „Dann erzähle mir lieber von deinem Besuch in Paris. War die Weltausstellung wieder so groß wie damals als du deinen Vater so erzürnt hast?"

„Mir kam es jedenfalls so vor, obwohl die Ausstellung wieder in den Hallen von siebenundsechzig stattfand. – Stell dir vor, es gibt jetzt sogar Maschinen, die Eis herstellen können."

„Aber wozu das denn? Es gibt doch schließlich die Eiskeller."

„Schon, aber keiner muss mehr im Winter Eis einfahren und die ewige Feuchtigkeit ist dann auch nicht mehr das Problem."

„Nun, das wäre schon besser."

„Allerdings ist das wohl nichts für private Anwendungen, denn die Maschinen sind viel zu groß. Aber das elektrische Licht, das die Amerikaner eingeführt haben, das wäre etwas."

„Was soll das sein?"

„Ein Herr Edison…"

„Edison?"

„Ja, Thomas Alva Edison – damals in Chicago, habe ich ihn im Bahnhof getroffen und war über seine Arroganz wirklich konsterniert…"

„Und der ist Amerikaner?"

„Ja und er hat herausgefunden, wie der elektrische Strom einen Faden dauerhaft zum Glühen bringen kann." Er bemerkte ihren skeptischen Blick. „Ja, wirklich, und zwar so, dass er nicht einfach verbrennt, sondern sehr hell aufglüht. Dabei gibt er so viel Licht ab wie zig, wenn nicht sogar hunderte von Kerzen."

„Na, ich weiß nicht…"

„Doch wirklich", versicherte Robert begeistert. „Und wenn es im Haus installiert ist, reicht es, wenn man einen kleinen Schalter umlegt und der Raum ist sofort erleuchtet, als hätte die Dienerschaft alle Kerzen eines ganzen Kronleuchter auf einmal angezündet."

„Das wäre wirklich mal was", stimmte sie mit verhaltener Begeisterung zu. „Ach, übrigens, vor einigen Wochen ist ein Brief für dich gekommen, aus Calw." Sie zeigte aufs Sideboard.

„So?", fragte Robert scheinheilig. Ein seltsames Gefühl beschlich ihn und es verhieß nichts Gutes. Sogleich fragte er sich, ob sein Abenteuer mit Maria Gundert doch noch ein Nachspiel haben sollte.

„Ja, es sieht aus, als hätte eine Dame ihn geschrieben…"

„Hast du ihn gelesen?", fragte er ein wenig zu hastig und Pauline wehrte gleich mit entschiedener Geste ab.

„Aber nein! Wo denkst du hin? – Nur die Anschrift und die ist ohne Zweifel von einer Frau geschrieben worden."

„Aha. Na, kann ja gut sein."

„Oh. So weißt du wer das ist?"

„Nein, aber ich vermute er ist von Frau Gundert, die Schriftstellerin, die ich bei meinem Aufenthalt dort kennengelernt habe."

„Gundert? – Robert, hast du ihr…"

„Aber Mama! Wo denkst du hin. Sie ist wieder verheiratet und heißt inzwischen Hesse, wenn ich mich richtig erinnere. Nach dem Tod ihres Mannes hatte sie ihren alten Namen wieder angenommen. So hat sie es mir damals erzählt, als ich bei ihrer Lesung war."

„Lesung?"

„Sie hat eine Biographie über David Livingstone veröffentlicht." Er bemerkte ihren fragenden Blick. „Der Afrikaforscher, dem nachgesagt wird, er habe die Quellen des Nils entdeckt."

„Aha. Sagt mir nichts." Sie tätschelte seine Hand. „Na dann lies ihn mal in Ruhe. Ich hab' noch allerlei zu tun." Ohne weitere Umschweife hielt sie ihm ihre Wange hin, damit er ihr einen Kuss aufhauchen konnte und verließ dann das Zimmer.

Sofort war Robert beim Sideboard. Hastig griff er nach dem Brief, nur um ihn sofort ungeduldig aufzureißen. Seine Augen flogen über die Zeilen. Dann stockte sein Atem, als er las: … *Mit großer Freude denke ich an die schönen Herbsttage zurück. Anfang Juli wurde unser Sohn Hermann geboren. Am Anfang war es schwer, aber er hat den Winter gut überstanden. Und ich kann Ihnen versichern, er ist seinem Vater wie aus dem Gesicht geschnitten…*

Mit zittrigen Händen ließ Robert den Brief sinken. Konnte es sein? Er las den Absatz wieder und wieder. „Unser Sohn steht da", murmelte er vor sich hin. War es tatsächlich die geheime Botschaft oder interpretierte er da nur etwas hinein, was es gar nicht gab? Wieder las er die Zeilen. Das Gefühl der Gewissheit wollte nicht weichen und zur verhaltenen Freude gesellte sich auch Wehmut und Sehnsucht nach einer eigenen Familie.

***

Stuttgart – 1881

„Robert! Das ist ja eine schöne Überraschung." Ihr strahlendes Lächeln zeigte Robert, dass ihre Freude von Herzen kam. „Ich wusste gar nicht, dass du wieder im Lande bist. So komm doch herein." Pauline Fischer trat einen Schritt zurück und bat den Jugendfreund ihres Mannes mit ausladender Geste in ihr Haus.

„Gern doch, liebe Pauline", erwiderte Robert. Er hielt dennoch inne, denn auf einmal waren laute Kinderstimmen zu hören. „Oh. Ich hoffe, ich komme nicht ungelegen."

„Keineswegs, wenn du es ertragen kannst, dass es heute bei uns etwas lauter sein wird. Leonie wird heute fünf und sie hat viele Gäste eingeladen." Sie schmunzelte und fuhr fort: „Allerdings ist die Etikette der jungen Damen und Herren noch nicht sehr ausgeprägt. Sei also gewarnt."

„Danke dafür", lachte Robert, „aber dessen war ich mir durchaus bewusst." Er kramte ein kleines Paket aus seiner Jacke hervor. „Da kommt dieses kleine Präsent wohl genau zur rechten Zeit."

„Du wirst sie doch wohl nicht verwöhnen wollen", beschwerte sich Pauline nicht sehr überzeugend. „Franz ist so vernarrt in unser Mädchen, dass ich ihn ständig davon abhalten muss sie mit Gaben zu überhäufen." Sie seufzte schwer. „Ansonsten wird ihr nur übrig bleiben einen reichen Königssohn zu heiraten, damit er ihre Wünsche dann noch erfüllen kann."

„Keine Sorge. Es ist nur ein Kinderbuch, das ich bei meinem Besuch in Paris entdeckt habe."

„Ach Robert", seufzte Pauline. „Ständig auf Reisen. Ist das nicht zu beschwerlich?"

„Nein, durchaus nicht", widersprach Robert lächelnd. „Die Zeiten der endlosen Kutschfahrten, vor denen es schon unserem Herrn Goethe grauste, die sind doch vorbei."

„Naja, aber mit der Eisenbahn dauert es doch auch noch so lange. Und selbst in der ersten Klasse, so hörte ich, selbst da sind doch die dauernden Stöße ein großes Ärgernis."

„Ja, auf den alten Strecken. Inzwischen wissen sie die Gleise so zu verlegen, dass das Rattern weniger wird."

„Aber die ganze Zeit nur sitzen…"

„Naja, beim Umsteigen in eine andere Linie gibt es durchaus Gelegenheit sich die Beine zu vertreten und es gibt bei den Bahnhöfen sogar Einkehrhäuser, um sich fürstlich zu verköstigen." Ihr skeptischer Blick verriet Robert, dass sie dies nicht so recht glauben wollte. „Zumindest in den größeren Städten", setzte er daher hinzu. „So ist dann auch eine Reise nach Paris gut zu überstehen. Und außerdem", lachte er, „haben wir hier keine Überfälle von Indianern oder Banditen zu befürchten wie auf der Reise über den amerikanischen Kontinent."

„Na, das wäre ja wohl noch schöner! Schließlich sind wir hier in Europa und nicht bei den Wilden, da…" Ein lauter Freudenschrei ließ sie verstummen.

„Robert!" Leoni kam freudestrahlend auf ihn zu gelaufen. Begeistert sprang sie in seine Arme. Er fing sie auf und drehte sich mit ihr einige Male im Kreis.

„Dein ganz besonderes Geburtstagskarussell." Behutsam setzte er sie ab und ihr Blick fiel erst jetzt auf das kleine Paket in seiner Hand. Schon wollte sie danach greifen. „Das ist nur für Geburtstagskinder", sagte Robert streng und zog seine Hand zurück.

„Aber ich habe doch Geburtstag.“

„Oh! Ja dann.“ Er reichte ihr das Paket. Sofort machte sie sich daran das Papier aufzureißen.

„Was sagt man denn, wenn man etwas geschenkt bekommen hat?“ Die Strenge in Paulines Stimme, mit der sie die Ermahnung aussprach, war unüberhörbar.

„Danke“, war Leonies teilnahmslose Antwort. Ihr Blick war auf das Büchlein in ihrer Hand geheftet, in dem sie nun zu blättern begann.

„Bitte sehr, junge Dame“, erwiderte Robert lächelnd und bedeutete der Gastgeberin mit einer Geste, dass es keiner weiteren Ermahnung bedurfte.

Tatsächlich blickte Leonie zu ihm auf. Als sie ihre Arme zu einer Umarmung ausstreckte, ging Robert in die Hocke, damit es für sie einfach wäre. „Danke“, sagte Leonie noch einmal und gab ihm einen Kuss auf die Wange. Dann rannte sie davon, um ihren Gästen das Geschenk zu präsentieren.

„Wie gesagt“, Pauline räusperte sich, „an der Etikette arbeiten wir noch.“

„Sie hat sich doch bedankt“, wehrte Robert ab. „Und ich habe sogar ein Küsschen bekommen“, fügte er vergnügt lächelnd hinzu. „Das ist mehr, als ich von anderen Damen erwarten kann.“ Er bemerkte Paulines entsetzten Blick. „Von unverheirateten natürlich“, setzte Robert daher hastig hinzu.

„Robert?“, war die Stimme seines Freundes Franz zu vernehmen, noch bevor er in den Flur trat. Er streckte ihm freudig die Hand entgegen. „So habe ich also richtig gehört.“

Robert ergriff seine Hand und schüttelte sie. „Ja dein junger Herold oder besser gesagt, deine junge Sirene hat meine Ankunft doch lautstark verkündet.“

„Ja, unüberhörbar. Dabei hatte ich schon gedacht, sie wäre viel zu beschäftigt, um deine Ankunft mitzubekommen.“

„Aber Franz", schaltete sich Pauline ein, „du weißt doch, dass sie schon die ganze Woche immer wieder gefragt hat, ob auch ihr Robert kommt."

„Ihr Robert?", staunte Robert.

„Jaja, eine kindliche Schwärmerei", tat Franz es ab und hob mahnend den Zeigefinger. „Du verwöhnst das Kind einfach zu sehr, mein lieber Freund. Immer bringst du ihr irgendwas von deinen Reisen mit, so dass sie sich bei ihren Freunden hervortun kann."

Robert zuckte nur mit den Achseln. „Dann scheinen ihr die Dinge ja zu gefallen. Das ist doch die Hauptsache."

„Aber Franz meint dann immer, sie noch mehr verwöhnen zu müssen. Und jetzt hat auch noch der Herr Breuninger ein großes Warenhaus am Marktplatz eröffnet. Wie ich hörte, gibt es dort alles zu kaufen, was die Welt je hervorgebracht hat."

„Ach was", murrte der Angesprochene. „Meine Pauline übertreibt mal wieder. Manchmal glaube ich fast, sie ist eifersüchtig, weil sie mich nun mit einem anderen weiblichen Wesen teilen muss."

„Gar nicht wahr", verteidigte sich Pauline. „Ich glaube eher, dass du es bist, der eifersüchtig ist."

„Wer, ich?"

„Ja du!" Nun wandte sie sich Robert zu und fügte mit leiser, verschwörerischer Stimme hinzu: „Leonie hat nämlich vor kurzem gesagt, dass sie ihren Robert heiraten will." Wie zur Bestätigung nickte sie bedächtig.

„Oh, welche Ehre." Robert verbeugte sich theatralisch.

„Das ist natürlich Unsinn!", schnaubte Franz. „Nur eine kindliche Schwärmerei, weil du ihr ständig etwas zusteckst." Plötzlich grinste er. „Ich sehe das so, dass es schon ein ganz klarer Fall von Bestechung ist."

Abwehrend hob Robert die Hände. „Schuldig im Sinne der Anklage", erklärte er lachend. „Aber keine Bange. Sie wird sich nach anderen Sponsoren umsehen müssen. – Bald werde ich mich wieder nach Amerika gehen und dann sollte dieses Problem gelöst sein."

„Amerika?", wunderte sich Pauline. „Schon wieder? Da warst du doch erst dort."

„Vor zehn Jahren", unterbrach Robert sie. „Aber diesmal will ich für länger dort bleiben."

„Oh. Du willst auswandern?", hakte Franz nach.

„Nein… Naja… Schon ein wenig."

„Ein wenig? Wie willst du ein wenig auswandern? Das wäre ja so als würde Pauline mir sagen, sie wäre ein wenig schwanger."

„Nun, ich habe von einem Geschäftspartner das Angebot bekommen für ihn als Freiberufler tätig zu sein."

„Freiberufler?" Pauline blickte ihn fragend an.

„Ja, Zeichnungen anfertigen", erklärte Robert. „Er hat eine Manufaktur für Mobiliar und seine Kundschaft hat einen erlesenen Geschmack, vor allem für außergewöhnlich Stücke. Die soll ich zeichnen, damit es ihnen leichter fällt ihm den Auftrag zu erteilen."

„Aber dann bist du doch sein Angestellter", ließ Pauline nicht locker.

„Nein. Ich werde meine eigene Firma gründen, aber eben keine Angestellten haben… Vorerst jedenfalls nicht."

„Aha. Und warum in Amerika? Warum nicht hier?", wollte Franz wissen.

„Weil in Amerika alles möglich ist. Denke doch nur an all diese neuen Erfindungen, die dort sofort umgesetzt werden."

Franz machte eine wegwerfende Handbewegung. „Erfindungen haben wir hier auch eine Menge."

„Das stimmt", musste Robert nachdenklich zugeben. „Das habe ich in Berlin und vor kurzem in Paris gesehen." Der fragende

Blick seines Freundes veranlasste ihn fortzufahren. „Ich war auf der internationalen Elektrizitätsausstellung…"

„In Paris?" Paulines Frage war eher eine Feststellung.

„Ja", bestätigte Robert begeistert. „Dort haben sie eine Tram mit dem Elektroantrieb von Siemens[69] vorgestellt. Gut, in Berlin, genauer gesagt in Lichtenfelde, da hatte ich selbst schon Gelegenheit zu einer Fahrt…"

„Mit einer Tram, die mit Elektrizität betrieben wird?", staunte Pauline.

„Ja, Liebes", gab sich Franz weltmännisch. „Und das ist eine Erfindung aus *unserem* Land. Deshalb frage ich mich, warum Robert unbedingt nach Amerika gehen will."

„Was gab es denn da noch zu sehen?", ging Pauline nicht auf seine Anmerkung ein. „Ich meine, wenn sie schon eine Art Weltausstellung nur für Elektrizität veranstalten."

„Da gab es Licht aus Glühlampen", führte Robert aus. „Den Erfinder, Edison heißt er, den habe ich damals im Bahnhof in

[69] https://commons.wikimedia.org/wiki/File:ETramParis1881.jpg

Chicago getroffen und er ist noch immer ein hochnäsiger Schnösel."

„Glühlampen?" Pauline schien fasziniert. „Sind die denn hell genug?"

„Sogar heller als Petroleumlampen", bestätigte Robert.

„Hast du uns davon nicht schon achtundsiebzig erzählt?', wollte Franz wissen.

„Ja. Da hat Edison die Erfindung in Paris auf der Weltausstellung vorgestellt. Jetzt kann jeder sie erwerben."

„Na, ich weiß nicht. Und die sollen wirklich so hell sein?"

„Ja. Ich habe es gesehen. Außerdem sind sie sehr leicht zu entzünden. Das Umlegen eines Schalters genügt und sie strahlen sehr hell und ohne zu rußen."

„Oh, das ist praktisch", stellte sie begeistert fest. „Aber ist das nicht gefährlich? Ich meine…"

„Nein. Das ist alles abgeschirmt oder isoliert, wie sie sagen. Selbst wenn man den Draht direkt anfasst passiert nichts, weil die Stärke des Stroms nicht groß genug ist. Da ist der Herr Edison schon umsichtig…"

„Und was gab es noch?", drängelte Pauline.

„So lass ihn doch mal in Ruhe erzählen", murrte ihr Gatte und erntete einen vernichtenden Blick.

„Ein Herr Bell hat ein Telefon vorgestellt, das praktisch Jedermann nutzen kann, weil es auch noch recht erschwinglich ist."

„Das ist gut", unterbrach ihn Franz. „Dann hat das elendige Telegraphieren bald ein Ende."

„Ja und keiner muss mehr dieses Striche und Punkte ertziffern, weil man sich direkt unterhalten kann."

„Wie einfach so?", wundert sich Pauline.

„Ja. Wenn man einen Teil ans Ohr hält ist es besser zu verstehen, als wenn man sein Ohr ans Türblatt legt, um zu lauschen, was im Raum gesprochen wird."

„Robert!", echauffierte sie sich und Franz lachte.

„Naja…" Robert kratzte sich verlegen am Kopf. „Zugegeben, als Kind habe ich so manchen Unfug getrieben."

Ihr fiel das spitzbübische Grinsen ihres Mannes auf. „Du oder ihr?"

„Ich doch nicht", verteidigte sich Franz und seine Selbstsicherheit schmolz unter ihrem strengen Blick dahin. „Naja, vielleicht ein bisschen."

„Was gab es noch?", sinnierte Robert. „Ach ja, ein Franzose hat einen dreirädrigen Wagen vorgestellt, der mit Elektrizität betrieben wird."

„Einen Wagen? Ohne Pferde?" Pauline konnte es nicht so recht glauben.

„Ja", bestätigte Robert. „Warte, ich zeige es euch." Er kramte in seiner Jackentasche und förderte eine Skizze[70] hervor. „So in etwa sah es aus."

„Na, ich weiß nicht…" Der skeptische Blick Paulines sprach Bände.

„Scheint mir doch ein wenig instabil zu sein", pflichtete Franz ihr bei.

„Es ist ja auch nur ein experimenteller Wagen", erklärte Robert. „Ich halte auch nicht viel davon. Er ist viel zu schwer und die Akkumulatoren waren schnell erschöpft. Außerdem glaube ich nicht, dass der Herr… Mir fällt sein Name einfach nicht mehr… Doch! Trouvé…"

„Ja", lachte Pauline, „du hast ihn gefunden – trouvé, wie die Franzosen sagen. Ha. Schönes Wortspiel."

„In der Tat", musste Robert zugeben. „Na, jedenfalls wird er bei jedem kleinen Hügel doch fremde Hilfe benötigen."

„Also viel zu schwach", resümierte Franz.

„Aber das kann ja noch werden", seufzte Robert. „Denke nur daran, was aus der Eisenbahn geworden ist. Über die ersten Lokomotiven haben wir auch gelacht."

„Das ist allerdings richtig", musste Franz zerknirscht zugeben. „Dennoch glaube ich nicht, dass sich das durchsetzt. Wenn, dann muss da schon Platz für mehrere Personen sein."

Robert zuckt nur mit den Achseln und fuhr mit seiner Aufzählung fort. „Dann gab es da noch ein Théâtrophone, auch von einem Franzosen erfunden, ein Herr Ader."

„Sollen sie doch", knurrte Franz. „Unserem Land können sie doch nicht den Rang ablaufen."

„Ein Théâtrophone?", ließ sich Pauline nicht ablenken. „Was soll das sein?"

„Hmm… Wie soll ich das beschreiben?" Nachdenklich fuhr er sich durchs Haar. „Im Theater werden viele Mikrophone angebracht und so wird dann die Musik und das gesprochene Wort aufgenommen und über die Drähte der Telefonie übertragen. – Dann kannst du also an deinem Telefon zuhören."

„Oh! Das ist ja mal was Gutes", freute sich Pauline.

„Was nutzt das schon?", knurrte Franz. „Das, was auf der Bühne passiert, kann ich noch immer nicht sehen."

„Aber Franz", hielt sie unbeirrt dagegen. „Stell dir doch nur vor, dass wir dann sogar hören können, was im Theater in Berlin oder Paris gespielt wird. – Das habe ich doch richtig verstanden, oder?"

„Ja ganz richtig", bestätigte Robert.

„Unsinn", tat es Franz ab. „Aber das mit den Glühlampen, das könnte für unsere Fabrik schon hilfreich sein."

„Ach du", beschwerte sich Pauline. „Immer denkst du nur ans Geschäft. Ich möchte diese Lampen lieber bei uns zu Hause haben." Noch bevor ihr Gatte etwas einwenden konnte, fragte sie Robert: „Ist diese Ausstellung noch geöffnet?"

„Ja, bis Mitte November."

„Prima!", freute sich Pauline und wandte sich ihrem Mann zu. „Dann können wir noch hinfahren und uns das selbst ansehen."

„Du willst reisen?", wunderten sich ihre beiden Gesprächspartner.

„Nach Paris auf jeden Fall. Und du hast es mir versprochen." Sie zog einen Schmollmund.

„Also gut", seufzte Franz schwer. „Fahren wir nach Paris… Aber erst im September. Dann ist es dort nicht mehr so heiß."

***

Stuttgart – 1888

Robert vernahm das Geräusch sich schnell nähernder Schritte und im gleichen Augenblick wurde die schwere Tür vor ihm geöffnet. Ein hübsches, etwa zwölfjähriges Mädchen, deren lange blonde Haare zu zwei Zöpfen geflochten war, blickte ihn mit großen Augen an. Einen Moment später stieg ihr die Röte ins Gesicht. Hastig wandte sie sich um und rannte davon, noch bevor Robert ihr einen guten Tag wünschen konnte.

Ein wenig verdattert stand er nun in der geöffneten Türe seines Freundes Franz Fischer und trat dann ein. Noch bevor er die Tür hinter sich schließen konnte, hörte er die vertraute Stimme der Hausherrin. „Ah, Robert. Griaß Gott."

Robert erwiderte den Gruß, wenn er sich auch nicht der in Mode gekommenen Mundart bediente und hauchte ihr einen Kuss auf die dargereichte Hand. „Da bin ich aber froh, dass du nicht auch noch Reißaus nimmst."

„Duad mr loid![71] So ist's derzeit mit unserer Leonie, scheu wie ein Reh."

„Waren wir in dem Alter nicht alle so? Die Marie auf jeden Fall und du, wenn ich mich erinnere…"

„Das ist lange her", unterbrach sie ihn unwirsch. „Sie ist halt in der Entwicklungszeit und da wird nur gekichert und geflüchtet." Sie seufzte schwer.

„Na, da werden sich die jungen Burschen schon bald die Hälse nach ihr verdrehen. Sie ist wirklich hübsch geworden."

„Oh ja", bestätigte Pauline. „Da macht der Franz sich schon seine Gedanken. Aber in dem Alter sind junge Herren noch nicht interessant." Sie beugte sich verschwörerisch vor und ergänzte flüsternd: „Aber von dir schwärmt sie noch immer. Fast könnte ich glauben, dass sie verliebt ist."

„Wie bitte?" Robert war völlig verdattert. „Das war doch nur eine kindliche Schwärmerei."

„Das habe ich auch gedacht. Aber sie bleibt dabei. Sie ist felsenfest davon überzeugt, dass du sie heiraten wirst."

„Aber Pauline. Sie wird jetzt erst zwölf." Die Frau seines Freundes zuckte nur mit den Schultern. Er rief sich Leonies Reaktion noch einmal ins Gedächtnis und überlegte. „Zugegeben, sie ist

---

[71] Tut mir leid (schwäbisch)

sehr hübsch und wird sehr wahrscheinlich zu einer richtigen Schönheit erblühen und wenn ich, na, sagen wir zwanzig Jahre jünger wäre…" Sie legte ihm ihren Finger auf seine Lippen.

„Sag sowas bloß nicht, wenn Franz zugegen ist." Er blickte sie verdutzt an. „Ich habe Angst, dass er dich sonst womöglich sogar zum Duell fordern wird."

„Du liebe Güte! Was ist denn in diesem Hause passiert?"

Sie zuckte nur mit den Schultern. „Du weißt doch wie aufgebracht er damals war."

„Stimmt", erinnerte sich Robert. „Sie war kaum geboren, da her er sich schon aufgeführt als müsse er unzählige Freier abwehren.

„Genau."

„Aber das ist Jahre her und inzwischen hatte ich den Eindruck, dass es sich gelegt hat."

„Das habe ich auch gedacht. Aber seit kurzem wird es wieder schlimmer. Manchmal ist er unerträglich."

„Da wird es wohl besser sein, wenn ich wirklich auf Dauer nach Amerika gehe. Zwar habe ich gedacht, dass ich in der heutigen Zeit auch hier in Mitteleuropa die unbegrenzten Möglichkeiten habe, aber das könnte in einer Tragödie enden."

„Das befürchte ich auch", bestätigte Pauline. „Also bitte kein Wort zu Franz."

„Versprochen. – Wo ist er überhaupt?"

„Im Herrenzimmer." Sie wies mit einer Geste hinter sich und forderte ihn auf mit ihr zu kommen. Hastig schloss er nun die Haustür und folgte ihr in das Arbeitszimmer ihres Mannes.

„Robert!" Franz erhob sich freudestrahlend. „Gott zum Gruße." Sie begrüßten sich in ihrer eigenen Art. „Schön, dass du mal wieder in Stuttgart bist. Wie ich hörte warst du jüngst in Berlin?"

„So ist es, sogar genau zu der Zeit als Kaiser Friedrich gestorben ist."

„Schrecklich", entfuhr es Pauline. „Er war noch gar nicht so alt."

„Immerhin hatte er seit der Abdankung seines Vaters einige Jahre, um aus allen deutschen Staaten etwas großes zu formen und dieses grandiose Land zu einen", belehrte Franz sie.

„Stimmt", pflichtete Robert ihm bei. „Die Anlehnung an die liberale Form des Staatswesens von Großbritannien hat die Aussöhnung gut vorangebracht."

„Und sein Sohn Heinrich wird das mit großem diplomatischen Geschick weiter voranbringen", legte Franz nach. „Er hat sogar hervorragende Beziehung zu den Amerikanern und zu den Japanern."

„Immerhin war er fünf Jahre nach mir dort", führte Robert aus. „Das war übrigens auch der Grund, weshalb ich eine Einladung zu den Krönungsfeierlichkeiten hatte."

„Du? Zu den Feierlichkeiten?", wunderten sich die Eheleute

„Ja. Kaiser Heinrich hat vor einigen Jahren, noch als Abiturient, einen meiner Vorträge besucht und mich angesprochen."

„Oh! Davon hast du nie etwas erzählt", beschwerte sich Pauline.

„Doch, hat er, Liebes", widersprach Franz ein wenig oberlehrerhaft. „Aber wie immer hat unser Robert keine große Sache daraus gemacht."

„Daran kann ich mich aber gar nicht erinnern", insistierte sie schmollend.

„Weil er eben nichts Großes…"

Doch Pauline schnitt ihm einfach das Wort ab. „Welches Kleid hat denn die Prinzessin Irene getragen?"

„Liebes, ein wunderbares natürlich", erwiderte Franz knurrig. „Viel wichtiger ist, dass Kaiser Heinrich unser Land auf Kurs hält und den heißen Draht nach Sankt Petersburg nicht abreißen lässt."

Wütend stemmte sie ihre Hände in die Hüften. „Ach, und was glaubt ihr, wer diesen heißen Draht pflegt?"

„Der Kaiser und seine Minister natürlich", erwiderte Franz kühl.

„Ha!" Sie blickte ihn wütend an. „Männer!", schnaubte sie und rauschte aus dem Zimmer.

„Ich hätte es ihr schon beschreiben können", setzte Robert an, doch auf eine Geste seines Freundes hin sah er von weiteren Ausführungen ab. „Naja, ich kann es ihr ja später mitteilen."

„Dann hast du also mit dem jungen Kaiser höchstpersönlich gesprochen?"

„Ja sicher. So wie wir jetzt. Ich will nicht sagen, wie alte Kameraden, aber er ist sehr aufgeschlossen und genauso von Japan begeistert wie ich."

„Mit anderen Worten, er ist genauso liberal eingestellt wie sein Vater?"

„So schätze ich ihn ein und ich glaube sogar, dass er es schaffen wird, mit Frankreich einen Ausgleich zu finden."

„Na, jetzt geht deine Phantasie aber mit dir durch. Oder glaubst du etwa, dass er Lothringen, das wir im Krieg von sechsundsechzig gewonnen haben, wieder abgeben wird?"

„Nein, das nicht, aber ihm schmeckt es nicht, dass alle Welt darauf zu drängen scheint Kolonien in Afrika zu erwerben. Wenn wir uns da zurückhalten, könnte es etwas werden. So habe ich ihn jedenfalls verstanden."

„Aber wollen wir den anderen wirklich diesen Kontinent überlassen?", entrüstete sich Franz.

„Warum denn nicht? Sklaverei gibt es bald nirgendwo mehr und bei uns schon gar nicht. Bodenschätze kann uns Russland liefern und Erfinder haben wir selbst genug. Was wollen wir dann in Afrika?"

„Was wollen die Briten, Franzosen, Spanier und sogar die Belgier dort?", hielt Franz unbeirrt dagegen.

„Das frage ich mich auch. Sogar ein Herr Lüderitz, der den Portugiesen ein Stück Land an der Küste abgeschwatzt hat und inzwischen wohl in der Wüste Namib nach Bodenschätzen gräbt, war für mich nicht gerade überzeugend und für unseren Kaiser ganz offensichtlich auch nicht."

„Na denn", seufzte Franz, „werden wir wohl so schnell keine eigenen Kolonialwaren erstehen können."

„Bislang sind wir damit ganz gut gefahren und gute Beziehungen zu den Russen, den Briten wie auch den Amerikanern sind mehr wert als alle Kolonien der Welt."

***

Stuttgart – 1890

„Was hat sie denn?", fragte Robert konsterniert. Allerdings wusste er selbst nicht, ob seine Verwirrung aus dem Verhalten Leonies her rührte oder aus seiner eigenen Gefühlswelt. Festzustellen, dass aus ihr eine sehr schöne junge Frau geworden war, das war nicht schwer. Aber sich einen Reim auf ihr Verhalten zu machen durchaus. Denn kaum hatte sie ihn erblickt, hatten sich ihre Augen wie vor Schreck geweitet. Sofort hatte sie sich abgewandt und war geflohen als sei der Beelzebub hinter ihr her. Die Röte, die ihr ins Gesicht geschossen war, hatte Robert dennoch bemerkt.

„Du weißt doch, dass sie von dir schwärmt", erklärte Pauline flüsternd.

„Noch immer?"

„Ja", gestand sie seufzend. „Am Anfang habe ich es als eine gewöhnliche Schwärmerei abgetan. Aber jetzt ist sie vierzehn und sie will nichts von anderen jungen Herren wissen."

„Ist das in dem Alter nicht die Regel?"

„Eher mit zwölf", widersprach Pauline. „Mit vierzehn habe ich mich damals schon gefragt, ob ich hoffen soll, dass du oder der Franz mir den Hof macht."

„Soso", schmunzelte Robert. „Dann hätte ich also doch eine Chance gehabt?"

Pauline sah ihn keck mit glühenden Augen an. „Durchaus, mein Lieber", sagte sie mit tiefgründigem Lächeln, „aber du hast mir nicht wirklich das Gefühl gegeben, als sei es dir ernst, so wie bei Franz."

„Najaaa…"

„Was?" Es klang fast vorwurfsvoll.

„Es war so als wollte ich die Vorsehung herausfordern." Da sie ihn nun irritiert ansah, erklärte er seufzend: „Für Franz gab es nur eines im Leben, dich einmal zur Frau zu haben und du hattest irgendwie auch nur Augen für ihn."

„Stimmt schon", gab sie lachend zu. „Nein, eigentlich hattest du keine Chance."

„Warum macht mich das jetzt auch nicht wirklich froh?"

„Weil du dein Herzblatt einfach noch nicht gefunden hast", schlussfolgerte sie.

„Vielleicht", vernahmen sie plötzlich Franz' Stimme und zuckten zusammen, „ist es ja so, dass ihm kein Vater die Hand seiner Tochter geben will."

„Aber Franz, warum sollten sie?" Pauline wirkte entsetzt.

Er schien zu bemerken, dass Pauline sich mit einer Anmerkung nicht einfach würde abspeisen lassen. Also führte er seinen Standpunkt näher aus. „Also, ich für meinen Teil… nun, ich würde ihm meine Tochter auch nicht anvertrauen."

„Aber Franz, darum geht es doch gar nicht."

„Genau!", gab sich Robert nun ebenfalls entrüstet. „Außerdem haben wir doch beschlossen, dass sie mal in den Hochadel einheiratet."

„Nein nein, du hast das damals gesagt…"

„Haarspalterei", grantelte Robert.

Doch Franz ließ sich nicht beirren. „Außerdem wäre sie ohnehin viel zu jung für dich."

„Was redest du da?" Pauline wirkte schockiert.

„Verstehe ich auch nicht", pflichtete Robert ihr bei. „Ich weiß gar nicht, warum du dich so aufregst. Das Thema steht doch gar nicht zur Debatte."

Doch Franz war so richtig in Fahrt. „Oh doch! Schließich scheint es wieder modern zu sein, dass Herren im gesetzten Alter sich eine Braut suchen, die kaum dem Kindesalter entwachsen ist."

„So wie zu Zeiten des alten Testaments, ja?"

„Ja und wie bei den Adligen. Immerhin war die Kaiserin von Österreich noch nicht einmal sechzehn als sie vermählt wurde."

„Na und? Was hat das mit mir zu tun?", verteidigte sich Robert, dem es gerade heiß und kalt den Rücken hinunterlief.

„Weil du doch damals diese Idee mit dem Einheiraten in Adelshäuser aufgebracht hast. Wahrscheinlich, weil dort ein großer Altersunterschied nichts ausmacht."

„Wie bitte? – Das sollte doch nur heißen, dass ich eurer Tochter nur das Beste wünsche."

„Was machst du dir überhaupt für Gedanken?", wunderte sich Pauline.

„Als Vater ist es meine Pflicht mir Gedanken zu machen."

„Meinst du nicht, dass das alles ein bisschen weit hergeholt ist?", versuchte Robert ihn zu mäßigen und fragte sich, was nur in Franz gefahren war. Er erkannte seinen langjährigen Freund kaum wieder. „Wir wissen doch gar nicht, an welchen reichen oder hochwohlgeborenen *Jüngling* sie einmal ihr Herz verschenkt", startete er einen neuen Versuch die Situation zu entspannen, auch indem er das Wort Jüngling besonders betonte.

Der Erfolg blieb offenbar aus. „Meine Tochter", echauffierte sich Franz weiter, „ soll auch keinen Adligen, sondern einen richtigen Fabrikanten heiraten, einen, der wirklich ein Unternehmen aufbauen und führen kann, anstatt nichtsnutzig in der Weltgeschichte herumzureisen."

‚Ach, ein Unternehmen führen', schoss es Robert durch den Kopf. ‚Da spielt das Alter also doch keine Rolle' – Aber er wollte sich auf diese Diskussion auf keinen Fall einlassen. Daher blaffte er ihn zornig an: „Oh! Daher weht der Wind also? Höre ich da etwa Neid heraus?"

„Ha! – Neid? Worauf?"

„Vielleicht ist es ja auch dein Traum, das zu tun, also in ferne Länder zu reisen?"

„Unsinn! – Das wäre reine Zeitverschwendung. Hier, im Herzen des Kontinents gilt es zu bestehen und ein großes Firmenimperium aufzubauen. Was soll ich da zu den Wilden reisen?"

Robert zuckte nur ergeben mit den Schultern. „Suum cuique[72], wie schon die Römer wussten…" Er grinste frech. „Und was den Altersunterschied anbelangt, konnte er sich nun doch nicht zurückhalten, da mache ich mir wenig Sorgen. Sieh dich um, Franz. Es gibt glückliche Paare, sogar mit großem Altersunterschied."

„Das mag beim Adel oder drüben in Amerika so sein…"

„Nein, sogar hier in unserem Land", unterbrach Robert ihn schroff. „Und wenn wir schon beim Thema Brautschau und jungen Frauen sind", fuhr Robert fort und genoss den konsternierten Blick seines Freundes. „Da bin ich ganz unvoreingenommen. – Ja, auch eine junge Frau an meiner Seite kann ich mir gut vorstellen."

Augenblicklich verfinsterte sich Franz' Miene wieder und er grantelte: „Aber nicht meine Tochter."

***

Stuttgart – 1892

„Marie, das ist aber schön. Komm doch herein", begrüßte Pauline Blum ihre Tochter.

---

[72] Jedem das Seine

„Guten Tag, Mama…"

Pauline beugte sich vor, um ihre Tochter zu umarmen. Jetzt fiel ihr Blick auf die beiden Kinder. „Ei, wen haben wir denn da?", neckte sie. „Etwa die Gerta und den Walter?" Beide traten nun vor und streckten ihrer Großmutter die Hand zur Begrüßung hin. „Ihr seid aber schon richtig groß geworden."

„Guten Tag", murmelten die zwei verstohlen.

„Naja", erläuterte Marie, „Gerta wird bald sieben und Walter ist schon fünf."

„Dann aber herein mit euch", forderte Pauline sie schmunzelnd auf. „Ich glaube, in der Küche habe ich eben einen Teller mit Spritzgebäck stehen sehen. Die hat mein Besuch am Morgen gar nicht leergegessen. Schafft ihr beiden das?"

Sofort hellten sich die Mienen der Kinder auf. „Aber klar!", erklang es unisono und ehe eine der beiden Frauen reagieren konnte rannten sie bereits den Flur zur Küche entlang.

„Mama!", tadelte Maria ihre Mutter. „Wir durften das damals doch nur zu besonderen Anlässen. Du verwöhnst die Kleinen viel zu sehr."

„Ach papperlapapp", tat sie es ab. „Schließlich bin ich nun Großmutter und da ist es quasi meine Pflicht meine Enkel zu verwöhnen." Sie trat einen Schritt zur Seite, um ihre Tochter hereinzulassen. „Geh doch schon einmal in die Stub'. Ich werde mal sehen, ob ich uns nicht einen richtigen Bohnenkaffee bereiten kann. – Du magst doch eine Tasse?" Sie schloss die Tür.

„Gern, aber bleiben wir doch in der Küche. Das ist mir lieber. Da habe ich die beiden besser im Blick."

„Wie du meinst", kommentierte Pauline und ging voran. An der Küchentür hielt sie inne und ihr Blick erfasste einen leeren Teller. „Na, wie ich sehe, habt ihr eure Aufgabe schon erledigt", merkte sie schmunzelnd an.

Gerta wollte ihr eine Antwort geben, aber ihre Mutter ermahnte sie streng: „Gerta! Mit vollem Mund spricht man nicht." Sie seufzte. „Und schon haben sie alle guten Manieren vergessen."

„Keine Bange, das habe ich bei euch auch so manches Mal gedacht, aber sieh dich an. Eine richtig hoch angesehene Frau Baurat bist du nun."

„Hast du noch mehr?", unterbrach Gerta ihre Unterhaltung.

„Nichts da", ließ Maria die Sehnsüchte ihrer beiden jüngsten Sprösslinge zerplatzen. „Ihr beiden geht mal raus in den Garten. Der Großvater ist bestimmt dort."

„Ja, er wollte die Rosen schneiden", bestätigte Pauline und ihre beiden Enkel stürmten mit einem Jubelschrei aus der Küche.

„Nicht so laut!", rief Marie ihnen hinterher und seufzte, weil sich ihre Sprösslinge nicht darum scherten.

„Das hat damals bei euch auch nichts genutzt", unternahm Pauline einen Versuch ihre Tochter zu trösten.

„Aber jetzt ist wenigstens Ruhe", hielt die nur dagegen.

„Ach, wie selten ist hier noch Kindergeschrei zu hören", beklagte sich Pauline und begann die Kaffeemühle zu befüllen. „Sonst ist das große Haus immer so still und leer. – Warum hast du Elisabeth und Max nicht mitgebracht?"

„Die sind doch beschäftigt. Unsere Sissi ist in der Hauswirtschaftsschule und Max beim Fechtmeister…" Sie hielt inne und atmete hörbar ein. „Womit wir dann auch schon beim Thema wären."

„Oh. Was ist los? Gibt es Schwierigkeiten mit den beiden?" Wie abwesend entnahm sie das frisch gemahlene Kaffeepulver und gab es in einen Filter, um es mit dem heißen Wasser aus dem Kessel zu übergießen, der stets auf dem Herd stand.

„Nein, mit den beiden nicht…"

„Etwa mit deinem Mann?" Besorgnis schwang in ihrer Stimme mit. Auf ihren Wink hin setzten sie sich an den Tisch.

„Nein, Eugen geht's gut." Wieder hielt sie inne und es schien, als gäbe sie sich einen Ruck. „Es ist Robert."

„Robert? – Dein Bruder?" Sie nahm das zustimmende Nicken ihrer Tochter wahr. „Aber Robert ist doch seit fast vier Jahren wieder drüben in Amerika. Was ist denn mit ihm? Er ist doch hoffentlich nicht krank geworden?"

„Nein, das ist es nicht."

„Na, das ist ja schon einmal gut." Pauline stand auf, um Wasser nachzugießen. „Mir schreibt er ja nicht so oft wie dir. Und in seinem letzten Brief, da schien mir doch alles in Ordnung zu sein."

„Vielleicht…" Sie brach ab.

„Was ist denn, Liebes?" Sie drehte sich zu ihrer Tochter um.

„Es ist…" Wieder atmete Marie tief durch. „Leonie war vor kurzem bei mir", platzte es dann aus ihr heraus.

„Leonie?" Sie schien verwirrt. „Leonie?

„Leonie Fischer, die Tochter von Franz und Pauline", half Maria ihrer Mutter auf die Sprünge.

„Ach. – So? – Wieso das denn? Was wollte sie denn?" Pauline füllte zwei Tassen und reichte eine davon ihrer Tochter.

„Sie ist verliebt."

„Naja, in ihrem Alter… Ist sie nicht schon sechzehn?" Ein Nicken ihrer Tochter bestätigte ihre Vermutung. „Da wird sie sicher bald heiraten."

„Das ist es ja", druckste Maire ein wenig herum. „Ihre Eltern wollen sie tatsächlich verheiraten."

„Aha. Das ist doch schön." Pauline setzte sich zu ihrer Tochter und sog genüsslich den Duft des Kaffees ein.

Wider atmete Maria tief ein und gab sich einen Ruck. „Leonie will aber nur Robert heiraten."

„Wie bitte?" Beinahe hätte sie ihren Kaffee verschüttet.

„Ja, Robert. Unseren Robert", fügte sie hinzu, damit es keinerlei Zweifel gäbe.

„Aber Leonie könnte doch fast seine…"

„Ja genau", fiel sie ihrer Mutter ins Wort. „Sie ist sogar noch ein halbes Jahr jünger als unsere Sissi."

„Ach du liebe Güte! – Also das hat er gemeint." Da ihre Tochter sie nur irritiert anblickte, fügte sie hinzu: „Er hat da was in seinem Brief erwähnt."

„Brief?"

Pauline stand auf und ging zum Sideboard. Sie ergriff einen Umschlag und legte ihn vor ihrer Tochter auf den Tisch. „Dieser hier."

Maria nahm ihn in die Hand und betrachtete ihn als wolle sie sich überzeugen, dass sie nicht träume. „Aus San Francisco", stellte sie lapidar mit einem Blick auf den Poststempel fest. „Eins zwei sechs Kearny Street – seine Adresse ", murmelte sie gedankenverloren.

„Er wohnt noch immer dort."

Doch ihre Tochter war in die Betrachtung vertieft. „Frau Professor Doktor Blum, Herdweg…", las sie vom Umschlag ab und kam denn zum Schluss: „Ja das ist Roberts Schrift."

„Nimm ihn ruhig heraus", ermunterte ihre Mutter sie, bevor sie vorsichtig einen kleinen Schluck nahm. „Seine Schrift lässt allerdings zu wünschen übrig."

Maria entnahm den Brief und entfaltete ihn. „Ah, bei dir verwendet er auch das Papier seiner Geschäftsbriefe", registrierte sie mit einer Mischung aus Ernüchterung, Erleichterung und auch ein wenig Zufriedenheit. „Ich dachte schon, er hätte nur bei mir diese Marotte."

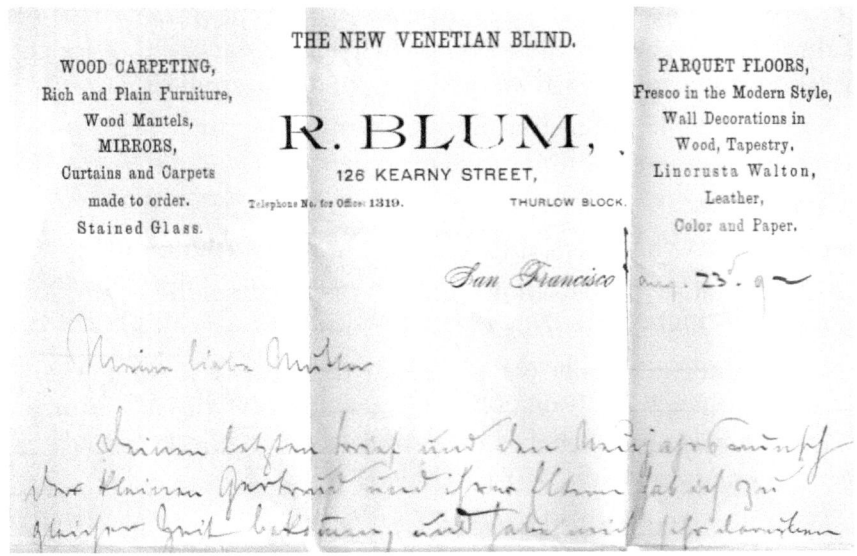

„Nein", lachte Pauline herzhaft. „Er ist doch einfach nur so stolz, weil er doch jetzt drüben eine eigene Firma hat und weil seine Brüder ihn immer so aufgezogen haben. Du weißt schon, dass er als Lebemann und ewiger Student durch die Land zieht, während sie sich ums Geschäft kümmern und er sich nur ein paar Kröten mit seinen Bildern verdient. Sagen sie jedenfalls immer."

„Jaja, ich weiß. Das fuchst in ganz schön. Aber zeichnen konnte er schon immer gut." Versonnen legte sie den Brief ab. „Ich hätte nie gedacht, dass Tische und Stühle zu zeichen ihn auf Dauer ausfüllt. Aber die Bilder, die er mir gezeigt hat, die waren wirklich schön." Sie nahm den Brief wieder auf. „Wenigstens gibt er sich bei dir mit seiner Schrift sogar noch Mühe. Du solltest mal die Briefe sehen, die er mir schreibt."

„Er schreibt noch immer kreuz und quer? So wie damals auf seiner Reise nach Konstantinopel?"

„Ja. Es sind zwar nicht mehr so viele Briefe wie damals, als er dann quasi auf der Durchreise nach Japan war, aber von Leonie hat er mir trotzdem nichts geschrieben", beklagte sie sich.

„Warum sollte er auch von ihr schreiben? Schließlich ist er in Kalifornien und nicht hier. Vielleicht weiß er gar nicht, dass sie für ihn schwärmt oder in ihn verliebt ist, wie du sagst."

„Natürlich weiß er das und deshalb wundert es mich ja. Schließlich haben wir sonst immer unsere Geheimnisse geteilt."

„Geheimnisse?"

„Ja, ach, eben viele Vertraulichkeiten. Du weißt schon."

„Ach so. Und was hast du erwartet? Was genau sollte er dir von Leonie schreiben? Etwa, dass er sich darauf etwas einbildet?"

„Na, zumindest, dass er weiß, dass sie unsterblich in ihn verliebt ist und natürlich auch wie es um ihn selbst bestellt ist", knurrte Maria. „Ich bin mir sicher, dass damals schon bemerkt hat, als er vor seiner Abreise dort zu Besuch war."

„Nana, übertreibst du da nicht? Da war sie gerade mal zwölf." Da sie das entschiedene Kopfschütteln ihrer Tochter registrierte, seufzte sie. „Nun, wie auch immer. In diesem Brief schreibt er jedenfalls, dass er das alles nur für eine Schwärmerei eines Backfischs hält. Lies selbst."

Doch ihre Tochter ließ nicht locker. „Das muss ihm längst aufgegangen sein. Ich habe sogar den Eindruck, dass es bei Leonie schon so was wie eine fixe Idee ist, eine, die über eine ganz normale Verliebtheit heinausgeht. Nein, Mama, das muss er einfach bemerkt haben. Immerhin scheinen die beiden sich unzählige Briefe zu schreiben."

„Ach du liebe Güte! – Hat er dem armen Ding womöglich noch den Kopf verdreht?"

„Angeblich nicht."

„Nicht?"

„Nein. Leonie hat mir gesagt, dass sie schon immer gewusst habe, dass sie Robert heiraten wird." Sie atmete schwer. „Genau deshalb halte ich das auch für eine fixe Idee."

„Da wird es Zeit, dass jemand dem armen Ding den Kopf zurecht rückt."

„Richtig. – Aber wer? Robert?"

„Wenn ich das alles so richtig verstanden habe, wäre es seine Verantwortung."

„Richtig, Mama. Aber dazu müsste er mal hier aufkreuzen und für klare Verhältnisse sorgen." Sie wartete die Reaktion ihrer Mutter gar nicht ab. „Ja, ich weiß, dass es weh tun wird, aber soll das ewig so weitergehen?"

„Besser wäre es schon", gab Pauline zu. „Und die Zeit heilt alle Wunden. Da käme sie schon drüber weg, vor allem, wenn sie dann erst einmal verheiratet ist und Kinder da sind. Deshalb will er einige Jahre in Amerika zu bleiben, bis sich das gelegt hat."

„Oder weil er einfach zu feige ist."

„Kind!"

„Na, ist doch so."

„Vielleicht weiß er mehr und will ihr das einfach ersparen?"

„Schöne Ausrede."

„Ach, Marie, wenn da erst einmal jemand ist, der ihr so richtig den Hof macht. Dann kommt der Rest von ganz allein."

„Ich wünsche du hast recht, Mama", seufzte Maria.

„Bestimmt. Wenn Franz und Pauline ihre Tochter jetzt unter die Haube bringen wollen, wird sie bald darüber hinweg sein und wer weiß, vielleicht ist Robert auch bald verheiratet. In Amerika gibt es auch hübsche Töchter. Vielleicht findet er sogar eine aus einer reichen Familie. Dann haben auch seine Brüder nichts mehr zu spotten."

„Ach Mutter, warum hört sich das bei dir immer so einfach und wunderschön an?"

„Am Ende wird alles gut", bekräftigte Pauline.

„Und jetzt habe ich wieder das Gefühl, als würdest du es selbst nicht glauben?"

Doch ihre Mutter antwortete nur mit einem Achselzucken. „Nur Geduld, mein Kind."

„Mama, wir beide kennen Robert doch ziemlich gut…"

„Sollte zumindest jeder meinen."

„Was kann dann so ein junges Ding nur an ihm finden? Er könnte ihr Vater sein."

„Ich weiß, Marie, ich weiß."

***

Stuttgart – 1895

„Aber Robert!", Pauline Blum war außer sich. „Vater ist fast genauso erzürnt wie damals, als er dich auf der Ausstellung in Paris entdeckt hat. Was hast du dir bloß dabei gedacht?"

„Wieso? Was ist denn Mutter?"

„Du willst doch wohl nicht in diesem Aufzug zum Rennen gehen?"

„Sicher. Warum denn nicht?"

„Die ganze Familie kommt fein daher wie zur Christmette und du willst dich dort in diesem Frack blicken lassen? Da müssen wir uns ja alle deiner schämen."

„Es ist halt der Dernier Cri[73]."

---

[73] Frz.: „der letzte Schrei", die allerletzte Neuheit (in der Mode)

„Vielleicht drüben in Amerika", ereiferte sich Pauline. „Aber bei uns, vor allem im Königreich Württemberg sind wir sehr bodenständig. Und wenn es denn die neueste Mode sein soll, dann hat selbst der Breuninger die Neuheiten direkt aus Paris, sehr zum Missfallen der Boutiquen. Aber das hier", sie trat einen Schritt zurück und machte eine Geste als wolle sie ihm ihren Vorwurf direkt zu Füßen werfen, „was soll das sein?"

„Was ist daran auszusetzen?", unternahm Robert einen letzten Versuch seine Mutter zu beruhigen, die wie stets um das Ansehen ihrer Familie, vor allem das ihres Gatten bemüht war. Immerhin war das Rennen eines der bedeutendsten Ereignisse in der Hauptstadt des Königreiches Württemberg, bei dem üblicherweise mit der Anwesenheit der gesamte Königsfamilie zu rechnen war.

„Na, grau…" Da er ganz offensichtlich noch immer nicht verstand, was der Stein des Anstoßes war, wurde sie deutlicher. „Ein grauer Anzug anstatt einer anständig und geziemend in schwarz. Ja und als wäre das nicht schon genug, dazu noch ein grauer Zylinder und – oh Graus! – auch noch graue Schuhe. So gehst du aber nicht mit uns."

Robert zuckte nur mit den Schultern und schmunzelte. „Aber Mutter, mach dir keine Gedanken. So werde ich eben mit Franz und seiner Familie zum Rennen gehen."

„So willst du ihn beschämen mit diesem Auftritt wie aus

einem Circus? Du wirst schon sehen, wie sie auf Abstand zu dir gehen."

„Na, das wäre doch euch allen ganz recht, wenn ich mir eure Andeutungen ins Gedächtnis rufe."

„Was soll das denn heißen?"

„Mutter, ich habe das sehr wohl mitbekommen, wie ihr alle dazu steht und glaube mir, ich habe mich extra rar gemacht, damit er seine Tochter anderweitig unter die Haube bringen kann."

„Naja", lenkte sie ein. „So gesehen ist dein Aufzug vielleicht wirklich gut." Sie straffte sich. „Gut, wenn du dich von uns fern hältst und es Leonie endlich die Augen öffnest."

„Zumindest das habe ich Franz versprochen, auch wenn ich zugeben muss, dass es mir sehr schwer fällt."

„Wie meinst du das?"

„Leonie ist eine wirklich bezaubernde Frau. Sie ist wunderschön…"

„Robert! Du wirst doch Leonie wohl keine Hoffnungen machen? Sie ist so jung wie deine Nichte Sissi und…"

„Darum geht es doch gar nicht", unterbrach Robert sie unwirsch.

„Nein?"

„Nein."

„Worum dann?"

„Wie gesagt, ich habe es Franz versprochen."

„Was?"

„Wir wissen alle, dass sie Träumen nachhängt und es wäre vielleicht besser gewesen, wenn ich ständig dort ein und ausgegangen wäre."

„Ich weiß nicht. Dann wäret ihr vielleicht noch vertrauter."

„Ja, aber so wie ich mit Marie vertraut bin, wie Geschwister."

„Und deshalb dieser Aufzug?"

„Vielleicht hilft es ja." Er lächelte. „Bei dir hat es ja schon reich-

lich gewirkt und bei Vater auch. Ich bleibe schon fern von euch."
Er grinste. „Bevor er mich noch enterbt."

„Nun gut", seufzte sie schwer. „Natürlich wird es ihr das Herz brechen, aber sie kommt darüber hinweg. In ein paar Jahren wird sie darüber lachen, wie töricht sie mal war."

„Ganz bestimmt." Er gab ihr einen Kuss auf die Wange. „Ich nehme dann besser den rückwärtigen Ausgang."

„Ja, sonst echauffiert sich dein Vater wieder."

„Nun, dann sehen wir uns beim Rennen", sagte er lächelnd und verließ das Zimmer.

Im Flur, auf dem Weg zum Hinterausgang, blieb er kurz in einem Erker stehen. Er lauschte angestrengt. Alle Familienmitglieder waren, wie üblich vor einem solchen Ereignis, vorne im Salon, um danach geschlossen aus dem Haus zu gehen. Er war allein.

Mit zittrigen Fingern holte er aus seiner Jackentasche einen Karton mit einer Fotografie hervor und betrachtete sie mit glühendem Blick. Sanft strich er mit seinem Finger darüber. Ein schwerer Seufzer entwich seiner Brust. „Ach Leonie, wie wunderschön du bist." Wieder seufzte er. „Ich sollte doch so viel vernünftiger sein und ich habe mich all die Jahre wirklich nach Kräften bemüht. Aber was ist, wenn Gott es doch so für uns bestimmt hat? Woher sonst soll meine Sehnsucht kommen?"

Ein Geräusch ließ ihn herumfahren. Hastig verstaute er das Bild wieder in der Innentasche seiner Anzugjacke und setzte seinen Weg mit schnellen Schritten fort.

***

„Mama, dort drüben ist Robert." Maria wies mit ihrem kleinen Schirm, der sie vor den Sonnenstrahlen schützen sollte, in besagte Richtung. „Er steht da so dicht neben Leonie, geradeso als wären sie ein Paar." Ihre Entrüstung darüber war deutlich auszumachen.

„Ach dort. – Unglaublich! Das arme Ding."

„Von wegen er hält sich fern, damit sie darüber hinwegkommt. Das ist ja wie Öl ins Feuer gießen."

„Na, wenn dass euer Vater noch erlebt hätte. Der hätte ihm aber die Ohren langgezogen."

„Franz ist auch nicht begeistert. Sieh nur."

Auch Pauline bemerkte dessen versteinertes Gesicht. „Wenn er so weitermacht, wird der Franz ihn womöglich noch fordern, um die Ehre seiner Tochter wiederherzustellen."

„Mama!"

„Franz ist von alter Schule und selbst dein Eugen wäre doch auch mehr als erzürnt, wenn sich einer so etwas bei eurer Sissi erdreisten sollte."

„Aber was können wir tun? Sollen wir zu ihnen gehen?"

Pauline wirkte unschlüssig. Schließlich hatte sie gegenüber ihrem Sohn klare Worte gefunden ob seines Aufzuges. Andererseits könnte sie es sich nie verzeihen, nicht eingegriffen zu haben, sollte es zum Äußersten kommen.

„Der König!" rief Walter aufgeregt und unterbrach ihre Grübeleien.

Alle Blicke richteten sich auf die Königsloge und Maria hörte, wie ihre Mutter in dem Moment die Luft scharf einsog, als sie König Wilhelm II. in Zivilkleidung erblickte.

„Oh!", brachte Maria nur hervor.

„Sieh mal Mama", hörten sie Elisabeth sagen. „Seine Majestät trägt einen Anzug wie Onkel Robert."

„Ja", fand Maria ihre Sprache wieder, „dein Onkel war schon immer sehr modebewusst. Am besten wir gehen mal rüber zu ihm."

Als hätte sie damit das Kommando gegeben, setzte sich die gesamte Familie in Bewegung, natürlich um die Familie Fischer zu begrüßen. Das breite Grinsen in Roberts Gesicht ignorierend merkte Maria nur an: „Seine Majestät ist so elegant wie immer. Und das Grau wirkt viel frischer."

„Ihre Majestät, Königin Charlotte aber auch", bemühte sich ihre Mutter das Gespräch in dieser Richtung weiterzuspinnen. „Sogar noch eleganter als seine erste Frau, Prinzessin Marie. War das nicht eine aus dem Haus Waldeck Pyrmont?"

***

Stuttgart – 1896

„Du hast was?" Pauline Blum konnte nicht fassen, was ihr Sohn Robert ihr gerade eröffnet hatte. Dabei hatte sie ihn nur zur Rede stellen wollen. Sie hatte bemerkt, dass ihn seit Tagen etwas so sehr bedrückte, dass er seinen Zorn kaum unterdrücken konnte.

„Um ihre Hand angehalten."

Seine Mutter schüttelte nur fassungslos ihren Kopf. „Um die Hand von Leonie? Bei Franz?"

„Ja", erwiderte Robert ein wenig ärgerlich. „Schließlich weiß ich was sich gehört."

„Offenbar weißt du das ganz und gar nicht", echauffierte sich Pauline. „Leonie ist die Tochter deines Schulfreundes."

„Das ist mir wohlbekannt, Mutter."

„Sie ist so alt wie deine Nichte Sissi und das heißt…" Sie rechnete kurz nach, „sie ist gute siebenundzwanzig Jahre jünger als du."

„Jajaja, ich weiß. Das hat Franz mir schon gesagt. Mehrmals sogar. – *siebenundzwanzig Jahre, hat er gesagt*", und er äffte den Tonfall seines Freundes nach, *„nein, auf keinen Fall, solange ich lebe – der Altersunterschied ist einfach viel zu groß. – Ha!* Als wenn ich das nicht selbst wüsste", setzte er wutschnaubend hinzu.

„Und trotzdem hast du die Chuzpe ihn um die Hand seiner Tochter zu bitten? Robert, was ist bloß in dich gefahren?"

„Ich liebe sie eben!"

„Robert!"

„Ja, Mutter ich liebe diese Frau. Ja, ich weiß, dass sie so jung ist, dass sie meine Tochter sein könnte."

„Aber du hast doch immer…"

„Ja, ich weiß", unterbrach er sie aufgebracht. „Jahrelang habe ich versucht es zu ignorieren. Weiß Gott, ich habe mich all die Jahre dagegen gewehrt. Ich habe gehofft, ich komme zurück und finde sie in glücklicher Ehe vor. – Aber nein, nur mir, mir allein war sie zugetan." Wieder wollte Pauline etwas einwerfen, doch er ließ sie nicht zu Wort kommen. „Jedes Mal, wenn ich sie gesehen habe, war sie von noch größerem Liebreiz als je zuvor." Er wandte sich ab und vergrub sein Gesicht in seinen Händen. „Ich musste es einfach tun."

„Aber du hast mir doch sogar des Öfteren geschrieben, dass du ihr Ansinnen als kindische Träumereien erachtest…"

„Ja, habe ich auch!", brauste er auf. „Sehr lange sogar. Ja, ich habe mir selbst etwas vorgemacht. Ich habe gedacht, wenn ich es dir schreibe und der Marie, dann gibt es mir genügend Kraft zu widerstehen. Aber immer wenn ich sie sehe, dann... dann..." Er ballte seine Hände zu Fäusten, wandte sich erneut ab und stampfte wütend mit dem Fuß auf. „Ach, ich wünschte, es wäre anders."

Sie trat zu ihm und legte ihm behutsam eine Hand auf die Schulter. „Ist es wirklich so schlimm um dich bestellt?" Er nickte nur, mit großer Mühe einen Schluchzer unterdrückend.

Eine Weile schwiegen sie. Dann nahm sie den Faden wieder auf. „Was hast du erwartet?"

„Gute Frage." Er lachte gezwungen und seine geröteten Augen blickten sie an. „Im Prinzip genau das. Vielleicht sogar, dass er mich mit Gewalt hinauswirft oder sogar seinen Degen holt, um mich zu fordern."

„Und trotzdem hast du es getan?"

„Es nicht zu tun wäre unverzeihlich gewesen. Ich musste es auf jeden Fall versuchen."

„So wie der Prinz aus deinen Lieblingsgeschichten dem Drachen gegenübertritt, um die Prinzessin zu retten?"

Ein Lächeln umspielte seine Lippen und er wischte sich mit dem Ärmel ein Träne fort. „Ja, genau. Der Gedanke, später zu erfahren, dann wenn es zu spät wäre, dass er doch zugestimmt hätte, war so unerträglich, dass ich es einfach tun musste."

„Verstehe. Aber wie kannst du glauben, dass es ihr ernst ist? Ich meine, wie kannst du dir sicher sein, dass es eben doch keine Träumerei eines Mädchens ist?"

„Mutter, glaube mir, sicherer kann ich nicht sein." Er bemerkte ihre Skepsis. „Unzählige Briefe habe ich geschrieben und von ihr erhalten... bis Franz sie abgefangen hat", fügte er wütend hinzu.

„Abgefangen?"

„Ja. Erst habe ich mich gewundert, warum sie nicht mehr antwortet. Dann habe ich erfahren, dass sie es gewundert hätte, weil keine Briefe von mir mehr angekommen sind."

„Aha."

„Franz hat es mir gegenüber sogar selbst zugegeben, dass er dafür gesorgt hat, dass alles bei ihm landet, sogar ihre Briefe. Kannst du dir das vorstellen?"

„Wie will er das angestellt haben? Ich meine, sie kann sie doch einfach selbst zur Post bringen." Sie bemerkte seinen spöttischen Gesichtsausdruck und erschrak. „Du meinst, er hat den Beamten…" Robert nickte. „Etwa sogar den Postvorsteher?" Wieder ein Nicken. „Ach du liebe Güte, wenn das herauskommt."

„Ich werde ihn nicht der Bestechung bezichtigen. Noch immer betrachte ich ihn als Freund und außerdem trage ich mich mit dem Gedanken, dass er mein Schwiegervater wird."

„Aber Robert. War es da nicht längst klar, wie seine Antwort ausfallen wird?"

„Na und? Einfach aufgeben? Sie aufgeben? Niemals!"

„Ach Robert. Erinnere dich was Großmutter immer gesagt hat: Es gibt keine Handvoll, es gibt ein ganzes Land voll."

„Ja, Mutter, ich weiß", seufzte er. „Sogar den ganzen Erdenkreis voll. Aber für mich gibt es eben nur Leonie."

„Oje." Wieder nahm sie ihn tröstend in die Arme. „Wie kann ich dir nur helfen?"

„Mit ihm reden?"

Sie drückte ihn auf Armeslänge von sich weg, um in sein Gesicht zu sehen. Doch es bestand keinerlei Zweifel, er hatte es wahrhaftig so gemeint. „Redet er nicht mehr mit dir?"

Robert schüttelte seinen Kopf. „Er lässt mir nur ausrichten, Leonie sei erkrankt und sie dürften im Haus niemanden empfangen." Er schnaubte abfällig. „Billige Ausrede."

„Hoffentlich."

„Wieso?", hakte er misstrauisch nach.

„Angeblich soll die Russische Grippe wieder zurück sein…"

„Das war doch einundneunzig", unterbrach er sie schroff.

„Schon, aber ich habe gehört, dass sie in der Schweiz wieder wütet und bei uns im Land soll es auch schon einige Fälle gegeben haben, jüngst nach dem Rennen."

„Mutter!" Seine Bestürzung konnte kaum größer sein. „So grausam kann Gott doch wirklich nicht sein."

„Mache unseren lieben Herrgott nicht dafür verantwortlich. Manche könnten behaupten, du hättest ihn herausgefordert."

„Du doch nicht etwa?"

„Robert, ich…"

„Das hätte ich nicht erwartet." Enttäuscht wandte er sich ab und legte den Kopf in den Nacken. „Und es schmerzt mehr als gedacht."

„So ist es nicht."

„Nein?" Er fuhr zu ihr herum. „Wie ist es dann?"

„Euer Techtelmechtel ist seit längerer Zeit bereits Stadtgespräch und natürlich – du kennst ja die Leute – gibt es da immer wieder bissige Stimmen."

„Ach ja? Nun, wenn du Franz meinst, dann glaube ich das gerne. Aber wer sonst hätte davon erfahren sollen?"

„Tja, es war kaum zu übersehen und wie ich es sehe, spricht da vielfach der Neid aus den Leuten, vor allem aus den Herren, wenn du verstehst."

Robert wirkte verdutzt und für einen kurzen Moment stahl sich ein Schmunzeln auf seine Lippen. „Das wiederum will ich gerne glauben. Aber die Grippe? Was soll die Leonie anhaben. Sie ist jung und kerngesund." Ihr Achselzucken war Antwort genug, hatte es doch seit Jahren hinreichend viele Fälle gegeben, die deutlich machten, dass dies nicht ausschlaggebend war. „Ich dachte, unsere Medizin hat inzwischen ein Mittel dafür entwickelt."

„Ja, ein Professor Virchow. Das hat dein Vater mir gesagt, noch kurz bevor er gestorben ist. Er hat sich damals im Institut schlau gemacht."

„Virchow? Ein Russe?"

„Nein. Das heißt, ich weiß es nicht, nur dass er in Wien, an der dortigen Universität lehrt und forscht."

„Dann werde ich nach Wien fahren und das Mittel besorgen." Plötzlich war er voller Tatendrang.

„Aber Robert. Du weißt doch gar nicht, woran sie erkrankt ist. Du weißt noch nicht einmal sicher, ob sie wirklich krank ist, wie du eben gesagt hast."

„Das ist einerlei. Jetzt einfach hier untätig zu sein kann ich nicht. Und wenn ich das Mittel bringe, muss Franz mich zu ihr lassen."

„Nein, er…"

„Doch", unterbrach er sie unbeirrt. „Selbst er muss dann anerkennen, dass ich alles für Leonie tun werde. Was Besseres kann er sich doch gar nicht wünschen."

„Robert!" Sie streckte den Arm aus, um ihn zu halten, doch er hatte ihr in aller Hast einen Kuss auf die Wange gehaucht und war schon an der Tür.

„Wünsch mir Glück, Mutter", hörte sie ihn sagen bevor er hinaushuschte. Wenige Augenblicke später hörte sie wie die Haustür ins Schloss fiel und sie murmelte seufzend: „Viel Glück, mein Sohn."

***

Wagnis

Qui audet adipiscitur!   -   Wer wagt, gewinnt!

Portsmouth (Hampshire, England) – 1896

Da ist er wieder, der Schmerz. Leonie. Hat er sie für immer verloren? Nein, er will und kann es nicht akzeptieren. Nur sie zu erretten, ihr Leben doch noch zu bewahren, das treibt ihn an. Es hat ihn schließlich hierher geführt. Am Anfang, ja, da war es nichts als ein Hirngespinst, ein weiterer Traum. So wie diese Zeitreise, von der er gelesen hat. Aber war das nicht alles nur Fiktion, verpackt in einem spannenden Roman? Sein Verstand weigert sich noch immer das zu verneinen. Doch nun sitzt er in dieser Apparatur. Geschieht es also wirklich?

Der Protagonist jener phantastischen Geschichte steht jetzt vor ihm und blickt ihn erwartungsvoll an. Nein, es ist nicht der Protagonist, es ist jener Reverend, der dem Autor als Vorbild für seinen Protagonisten Elijah Ulysses Cook diente. Denn im Gegensatz zu jener Figur aus Wells' Roman ist Reverend McCork ein Mensch aus Fleisch und Blut.

Robert erwacht wie aus einer Trance. Was hatte McCork doch eben gefragt? Welchen Ort und welche Zeit er einstellen solle? Nein, Robert hatte ihm den Ort doch schon längst genannt. Würzburg. Sogar die Julius-Maximilians-Universität. Und auch den Ort für seine Rückkehr, Berlin, in der Hoffnung Virchow dort vorzufinden, um damit den Erfolg seines Abenteuers zu bestätigen. Die Erinnerungen kommen zurück und mit ihnen die Hoffnung.

Was war da noch? Ach ja, dass er in Berlin im Neubau des Doms in der Gruft ankommen soll, und zwar nachts, damit niemand etwas davon mitbekommt. Außerdem soll er die Maschine verstecken und später einfach per Zeitreise zu McCork in die jetzige

Zeit zurückschicken. Ja, das waren die Instruktionen des Reverends. Wieder hallen sie in Robert nach. Sollte es tatsächlich so einfach sein? Eine Zeitreise? Zweifel an seinem Verstand drohen die Hoffnung zu ersticken. Doch was hat er zu verlieren? Nichts. Aber wenn es gelingt, dann wird es auch einen Weg geben mit Leonie vereint zu sein. Es kann gar nicht anders sein.

Da ist sie wieder, die unbändige Energie. Schon pocht sein Herz wieder so stark, dass es in seinen Ohren rauscht und dröhnt. Trotzdem wird seine Hand gleich jenen Hebel vor ihm bewegen. Er wird es wagen, sobald ihm der Reverend bedeutet, dass alles bereit ist, bereit für seine Reise durch die Zeit, ja durch die Zeit.

Wieder zwickt er seinen Arm, um sich zu vergewissern, dass er bei Sinnen ist und sich nicht doch in einem Traum befindet. Der Schmerz ist sehr real und sogleich stellt er sich noch einmal die Frage, soll er es wirklich tun? Nein, es ist keine Frage, er wird es wagen. Er muss es tun. Ohne Leonie will er nicht leben. Also ist kein Wagnis zu groß.

„Gute Reise, Mister Blum", dringen die Worte des McCorks an sein Ohr. „Und möge Gott Sie beschützen." Dann tritt der Reverend zwei Schritte zurück und bedeutet mit einer Geste, dass der große Moment da ist.

Erst zögert Robert. Doch dann greift seine Hand nach dem Hebel. Wie entrückt beobachtet er, wie seine Hand den Hebel bewegt. Ein Surren. Sofort verspürt er ein leichtes Vibrieren. Es wird stärker und das Licht im Raum scheint zu flackern. Noch bevor es erlischt ist der Reverend einfach verschwunden. So als wäre er niemals da gewesen. Dunkelheit.

Plötzlich tauchen Lichter vor ihm auf wie Sterne im All. Sie ziehen an ihm vorüber, nur um neuen Platz zu machen. Alles scheint sich um ihn zu drehen und Robert verspürt eine leichte Übelkeit. Dann ist ihm als zöge ihn eine Macht nach oben aus dem Sitz. Es ist ein Gefühl wie damals als er aus großer Höhe hinabgesprungen war. Im nächsten Moment wird er so sehr in den Sitz gepresst, dass er aufstöhnt. Nun huschen die Sterne langsamer an ihm vorbei. Es werden weniger, bis bald keine mehr sein Gesichtsfeld kreuzen und ihn nur noch vollkommene Dunkelheit umfängt. Stille.

Plötzlich dringen gedämpfte Geräusche an sein Ohr. Stimmen? In der Tat. Sie werden leiser. Dann ertönt das dumpfe Grollen eines schweren Torflügels, der ins Schloss fällt. Was war das? Wo ist er? Ist die Reise tatsächlich gelungen? Ist er tatsächlich in Würzburg? Wichtiger, ist er im Jahr 1852?

Ein Kribbeln breitet sich in ihm aus. Hastig kramt er eine kleine Kerze auf einem einfachen Drahthalter und Streichhölzer hervor. Mit zittrigen Fingern ist es gar nicht so einfach eines der Hölzchen zu entzünden. Vor Aufregung entgleiten ihm die Streichhölzer, doch eines ist in seiner Hand und die Flamme lodert auf. Sofort entzündet er den Docht der Kerze. Im fahlen Lichtschein sammelt er schnell die Hölzer ein und verstaut sie samt Schachtel wieder in seiner Tasche. Nun gilt es herauszufinden wo und wann er wirklich gelandet ist.

Erst beim zweiten Anlauf schafft er es aufzustehen, denn es ist, als wollen seine Beine ihn nicht tragen. Zwei Schritte und eine Mauer aus großen Sandsteinen wird im Kerzenschein sichtbar. Etwas wie ein Regal. Sind das Bücher? Ein Holzrahmen. Eine schwere Tür aus derbem Holz.

Er tritt näherAuf beiden Seiten der vergleichsweise schmucklosen Holztür befinden sich tatsächlich Regale mit alten Büchern und Schriften. Soweit Robert es entziffern kann, handelt es sich um alte medizinische Abhandlungen. Der Staubschicht nach zu urteilen wurden sie seit Jahren nicht angerührt.

Die Erkenntnis trifft ihn wie ein Schlag. Er ist an einem anderen Ort! Auf jeden Fall befindet er sich nicht mehr im Haus des Reverend McCork. Mit aller Beherrschung gelingt es ihm einen Freudenschrei zu unterdrücken. Noch ist es zu früh, um zu jubilieren. Erst muss er Gewissheit haben, muss er ausschließen, dass McCork ihm keinen Streich spielt.

Beherzt ergreift er den geschmiedeten Türgriff. Rost löst sich und krümelt aus seiner Hand. Robert ignoriert es und drückt den Griff nach unten. Es gelingt. Das Krachen und Knirschen dröhnt in seine Ohren. Sofort hält er inne. Wer außer ihm mag den Lärm gehört haben? Angestrengt lauscht er, doch es bleibt alles still. Mit neuem Mut drückt er den Griff bis zum Anschlag. Doch das Türblatt bewegt sich nicht. Alles Ziehen und Drücken ist vergebens. Abgeschlossen. Welche Ironie des Schicksals. Eine Reise, wie sie phantastischer nicht sein kann, nur, um in einem Keller eingesperrt zu sein? Das kann nicht sein. Das darf nicht sein! Eine unbändige Wut ergreift ihn und er traktiert die Tür mit Tritten und Faustschlägen.

Wie zu erwarten ist die Tür unnachgiebig wie einer Kerkertür. Er ist gefangen. Viel Zeit bleibt ihm nicht, denn die Kerze in seiner Hand brennt schnell herunter. Wenn ihm nicht bald eine zündende Idee kommt, kann er nur darauf hoffen, dass die Maschine ihn zurückbringt. Zündend? Sein Blick bleibt auf dem Drahthalter der Kerze haften. „Heureka!", entfährt es ihm.

Behutsam, damit seine einzige Lichtquelle nicht erlischt, löst er die Kerze vom Draht, der die Kerze von seinen Finger und somit vom herabtropfenden heißen Wachs fernhalten soll. Die Kerze stellt er auf den Boden und beginnt sofort damit aus dem Draht einen Dietrich zu formen. Das Material ist widerspenstig und er muss das massive Regal als Widerlager nutzen. Es ist zwar mühsam, aber immerhin ist so auch zu erwarten, dass der Draht fest genug ist, um den Riegel des Schlosses zu bewegen ohne nachzugeben.

Mehr ungeduldig als zufrieden betrachtet er sein Werk im auflodernden Schein der Kerze. Die große Lache aus Wachs verdeutlicht, dass die Lebensdauer seiner Lichtquelle soeben weiter verkürzt worden ist. Sofort macht er sich daran den Draht mit zittrigen Händen ins Schloss einzuführen. Erst nach einigen Versuchen hat er den Eindruck, dass er nun an der richtigen Stelle sitzt. Schnell ein stummes Stoßgebet und dann ein Beherztes Drehen. Ein lautes Klacken verkündet seinen Erfolg. Sofort drückt er den Türgriff nach unten und fährt vor Schreck zusammen. Dunkelheit. Die Kerze ist erloschen. Kalte Finger der Angst scheinen nach seinem Herzen zu greifen. Wieder schlägt es so wild, dass er das Pochen zu hören vermeint.

Doch dann Erleichterung. Die Tür gibt nach und schwingt nach innen auf, begleitet von einem Knirschen und dumpfen Kreischen. Stille. Noch ist die Dunkelheit undurchdringlich. Doch offenbar gewöhnen sich seine Augen daran. Nach und nach kann er schemenhafte Umrisse ausmachen. Vor ihm scheint ein recht breiter Gang zu sein. Von links dringt schwaches Licht, wahrscheinlich von einem kleinen Fenster.

Kurzentschlossen lenkt er seine Schritte in diese Richtung. Schritt für Schritt tastet er sich voran. Türen auf beiden Seiten des Gangs, dessen Mauern aus den gleichen Sandsteinblöcken bestehen wie jener Raum, aus dem er entflohen ist. Wieder eine Tür. Verschlossen. Weiter auf das Licht zu. Immer mehr Einzelheiten werden deutlich. Irgendwas unterbricht die Gleichförmigkeit zu seiner Rechten. Es scheint eine sehr große Tür oder ein Tor zu sein. Seitlich oberhalb ragt etwas in den Gang hinein. Beim Näherkommen erkennt Robert einen Stab, der von der Wand weg schräg nach oben ragt. Eine Fackel?

Ohne lange zu überlegen holt er seine Streichhölzer hervor, zündet eines an und erhält die Bestätigung seiner Vermutung. Sofort hält er die Flamme an das obere Ende. Nur zögerlich nimmt die Fackel die Flamme an. Aber dann lodert sie auf, um Licht zu spenden.

Im zunehmenden Schein sind nun weitere Einzelheiten erkennbar. Robert befindet sich tatsächlich in einem recht breiten Gang mit Türen zu beiden Seiten. Allerdings ist keine von der Größe wie jene, vor der er sich befindet. Die Vermutung liegt nahe, dass sich dahinter der Zugang, wahrscheinlich in Form einer Treppe befindet. Das erklärt auch, die Position der Fackel.

Alles in ihn drängt darauf das Tor zu öffnen und nachzusehen.

Die Erinnerung an die Stimmen und das Geräusch des zufallenden Tores hält ihn davon ab. Was ist, wenn sich jemand dahinter aufhält? Womöglich wollen sie wissen woher er kommt und... Die Maschine! Sie darf auf keinen Fall entdeckt werden.

Sofort eilt er zurück. Die Türen sehen alle gleich aus. Wären da nicht die römischen Zahlen oberhalb der Türen, gäbe es keine Orientierung. Sein Ziel ist allerdings leicht auszumachen, denn die Tür zu seinem Raum steht noch offen. Robert zieht sie zu sich heran und er ist erst zufrieden als er sie mit seinem Dietrich wieder verschlossen hat. Immerhin ist so ausgeschlossen, dass die Maschine rein zufällig gefunden wird.

Nun kann er sich auf Erkundungsgang begeben. Diesmal ist es deutlich leichter sich zu orientieren, denn selbst der schwache Schein der Fackel ist wie ein Leuchtfeuer und im Nu hat er das Tor wieder erreicht.

Wie soll er sich jetzt verhalten? „Angriff ist die beste Verteidigung", murmelt er das Sprichwort vor sich hin und öffnet das Tor. Trotz seiner Größe und der massiven Bauweise lässt es sich erstaunlich leicht bewegen. Vielleicht liegt es auch daran, dass die Angeln gut geschmiert zu sein scheinen, denn das Tor schwingt fast lautlos auf.

Tatsächlich befindet sich auf der anderen Seite eine Treppe. Selbst wenn McCork ihm einen Streich hätte spielen wollen, eine derart breite Steintreppe wäre in seinem Haus nicht unterzubringen. „Es hat tatsächlich funktioniert", flüstert Robert ehrfürchtig. Ein seltsames Gefühl befällt ihn. Freude? Verblüffung? Einerlei. Die Zuversicht ist da, dass er nicht nur an einem anderen Ort, sondern auch tatsächlich in einer anderen Zeit gelandet ist. Nun gilt es herauszufinden, ob er sich an seinem Ziel befindet.

Schnell hat er die Fackel gelöscht und wieder in den Halter gesteckt. Schon schreitet er mutig zur Treppe und nimmt dann immer zwei Stufen auf einmal. Das zunehmende Licht blendet ihn. So verharrt er einen Moment auf dem ersten Treppenabsatz und setzt seinen Weg dann weniger forsch fort in eine großzügig gestaltete Eingangshalle. Die im klassizistischen Stil errichtete Halle wirkt auf ihn geradezu lichtdurchflutet.

Das gedämpfte Stimmengewirr nimmt er jetzt erst richtig wahr. Sobald er den Aufgang zum Obergeschoss umrundet, fällt sein Blick auf eine Gruppe junger Herren, die so in ihrer Diskussion vertieft sind, dass sie keine Notiz von ihm nehmen. Hinter ihnen befindet sich ein Portal, wahrscheinlich der Haupteingang.

Robert wendet sich um und wäre fast mit einem jungen Mann zusammengestoßen. „Pardon", sagt er reflexhaft.

„Je vous en prie. il n'y a pas de quoi[74]", erhält er zur Antwort.

Französisch? Ist er in Frankreich gelandet? Nein. Der deutsche Akzent ist jedoch unüberhörbar. Offenbar hält ihn sein Gegenüber für einen Franzosen. Mit einem Blick auf dessen Kleidung erahnt Robert auch warum, denn ganz offensichtlich ist zumindest die Kleidung des Stundeten aus einer anderen Zeit, einer längst vergangenen Zeit. Am liebsten würde Robert vor Freude aufjauchzen, aber noch ist nichts bewiesen. Vielleicht muss der arme Teufel die Kleidung lediglich auftragen, weil der verarmte Adel sich das Studium sonst gar nicht leisten kann. Aber die Gelegenheit ist günstig wie nie und Robert gedenkt sie zu nutzen. Wenn seine eigene Kleidung schon aus dem Rahmen fällt, muss er sich diese Tarnung zunutze machen.

„Verzeihung", sagt er mit einem leicht französischen Akzent, „ich bin auf der Suche nach Professor Virchow."

Die Miene seines Gegenübers hellt sich auf. „Oh, Sie sprechen deutsch?" Er dreht sich leicht und weist mit der Hand auf die Tür hinter ihm. „Gehen Sie einfach hier durch den Innerhof und einmal quer durch die Arkaden des alten Hauptgebäudes. Dann kommen Sie in den botanischen Garten. Dann nach rechts und Sie können den Gartenpavillon schon sehen."

---

[74] Frz.: Ich bitte Sie. Es gibt keinen Grund. – Keine Ursache

„Merci beaucoup", antwortet Robert, seine Rolle perfektionierend.

„De rien, Monsieur. Und wie sagen Sie doch gleich, bonne chance."

„Ja, viel Glück. Danke sehr." Robert deutet die leichte Verbeugung an, wie er sie sich bereits damals bei der Weltausstellung in Paris abgeschaut und angeeignet hatte. Dann setzt er seinen Weg beherzt fort.

Die Tür zum Innenhof lässt sich genauso leicht öffnen wie das Tor im Untergeschoss. Sonnenlicht blendet ihn. Doch es lässt auch den Barockbau vor ihm im goldenen Glanz erstrahlen. Eine himmlische Ruhe umfängt ihn, sobald die Tür hinter ihm geschlossen ist. Nur das Plätschern der Fontäne im Brunnen rechter Hand und das Zwitschern der Vögel erfüllen diesen Ort. Zwar hat er bisher noch nie einen Fuß auf diesen Grund gesetzt, aber aus seinen Studien erkennt er das Gebäude vor ihm wieder. Es ist das ehrwürdige Gebäude des Juliusspitals, Teil der Julius-Maximilians-Universität Würzburg. Würzburg. Kein Zweifel, er ist am Ziel. Und die Tatsache, dass der Student ihn nicht ausgelacht hat, als er ihn nach Virchow befragte, ist ein guter Indikator für eine tatsächlich gelungene Reise durch Raum und durch die Zeit.

***

Würzburg – 1852

Beschwingt setzt er seinen Weg fort. Der Blick entlang der Arkaden hat etwas Berauschendes. Selbst aus der Mitte des von romanischen Bögen getragenen Gangs ist es wie ein Blick in die Unendlichkeit. Im Innern des Gebäudes scheint er die Last der Jahre zu spüren. Zwar ist vom alten Gebäude, das im sechzehnten Jahrhundert errichtet worden war, nach dem Brand nicht viel übrig geblieben, aber immerhin steht dieser Barockbau noch und ist nun auch schon fast zwei Jahrhunderte alt. „Anderthalb", verbessert er sich, denn er muss ja nun davon ausgehen, fast in die Mitte des neunzehnten Jahrhunderts zurückgesprungen zu sein.

Ein weiteres Tor und schon befindet er sich im Garten. Recht bald ist auch einer der Zwiebeltürme des sogenannten Garten-pavillons zwischen den hochwachsenden Pflanzen auszu-machen. Die Bezeichnung Pavillon für ein Gebäude dieser Größe will Robert nicht so recht einleuchten. Sein Elternhaus gilt in Stuttgart als eines der größeren Häuser. Doch an die Größe die-ses Gebäudes mag es kaum heranreichen. Gut, im Vergleich zu den gigantischen Ausmaßen des Juliusspitals, so muss er zer-knirscht zugeben, ist die Bezeichnung Pavillon als Form der Verniedlichung vertretbar.

Endlich steht er vor dem Hauptportal, das sich im mittleren Teil des Gebäudes befindet und mit dem gläsernen Bogen darüber erhaben wirkt. Er zögert. Dieser, als Hörsaal genutzte Gebäude-teil ist im Moment verwaist. Das gibt Robert die Gelegenheit sich mit der Frage zu beschäftigen, mit welcher Botschaft er an Virchow herantreten will. Was könnte Virchow bewegen nach Berlin zurückzukehren? Er ruft sich die Ereignisse dieser Zeit ins Gedächtnis zurück.

Da wäre zum einen die neue Regierung in Preußen. Soweit er aus seinen Studien weiß, hat sie inzwischen die Untersuchungs-ergebnisse zu den Hygieneverhältnissen anerkannt, die vor vier Jahren, auch im Zuge der Märzrevolution, zur Entlassung Virchows geführt hatten. Dann wäre da Rose, die Virchow vor zwei Jahren geheiratet und ihm gerade das zweite Kind ge-schenkt hat. Sie ist jetzt zwanzig. ‚So alt wie Leonie', kommt ihm in den Sinn. Wie ein Stich ins Herz, doch dann breitet sich ein wohliges Gefühl der Wärme in Robert aus. Würde Virchow nicht auch alles für seine Rose tun? Und ist es nicht überliefert, dass sie sich zeitlebens nach ihrer Heimatstadt Berlin verzehrt hat.

Aber das muss sein letzter Trumpf sein. Zuerst muss er Virchow verdeutlichen, dass es die Charité in Berlin sein wird, die in den

Vereinigten Staaten von Mitteleuropa zum Olymp der Mediziner mutiert. Doch wie? Einfach sagen, „ach, wissen Sie, in weniger als zehn Jahren wird König Wilhelm zugunsten seines Sohnes Friedrich abdanken, jener Friedrich, der später zum Einiger von Mitteleuropa wird und dass mit ihm ein Liberalismus Einzug hält, der seinesgleichen sucht?" – Wohl kaum.

Immerhin hat Virchow den Ruf in die Schweiz gerade abgelehnt. Zugegeben, Würzburg genießt bei den Medizinern einen hervorragenden Ruf, aber die Stadt ist und bleibt Provinz, nicht zu vergleichen mit Wien oder Berlin. Aber hängt Virchows Herz nicht noch immer an seiner Wahlheimat Berlin? Wie war das, war er nicht auch immer auch Politiker und stets stark in Berlin engagiert? Wurden ihm nicht sogar Kontakte zum jungen Kaiser Friedrich nachgesagt?

Alles Grübeln hilft ihm nicht. Er muss endlich zur Tat schreiten. Also atmet er tief durch, gibt sich einen Ruck, öffnet das Portal und tritt ein. Der Hörsaal ist verlassen. Doch von irgendwoher dringen Geräusche an sein Ohr. Er wendet sich nach rechts und nähert sich der Quelle der unbekannten Geräusche, die nun von einzelnen Stimmen überlagert werden. Sein Blick fällt auf eine Ansammlung von Leuten, die um etwas in ihrer Mitte herum versammelt sind, etwas, das ihre Aufmerksamkeit so sehr fesselt, dass sie sein Eintreten nicht bemerken. Ein etwas seltsam süßlicher Geruch lässt Robert erahnen, dass hier gerade eine Sektion durchgeführt wird. In der Pathologie nichts Außergewöhnliches.

Gerade hat Robert beschlossen lieber im kleinen Hörsaal, dem sogenannten *Theatrum anatomicum*, zu warten, da hört er jemand sagen: „Meine Herren, bitte begeben Sie sich zu Ihren Mikroskopen, um die Gewebeproben zu analysieren."

Die Stimme gehört ganz offensichtlich jenem Mann Anfang dreißig, den Robert anhand dessen Seitenscheitel über der hohen Stirn sofort als Rudolf Virchow erkennt. Während der junge Professor weitere Anweisung gibt, schreitet er zum Waschbecken, um sich gründlich zu säubern, als wolle er tatkräftig die hohe Bedeutung der Hygiene herausstellen, deren Verfechter er sein ganzes Leben lang sein wird.

Erst jetzt scheint er Robert zu bemerken. Virchow gibt seinen Assistenten einige Anweisung und kommt dann direkt auf Robert zu. „Mein Herr, dies ist kein öffentlicher Raum. Darf ich Sie daher auffordern diese Räumlichkeiten zu verlassen?"

„Aber gern, Herr Professor Virchow", antwortete Robert möglichst gelassen. Diesmal bemüht er sich nicht vorzugeben Franzose zu sein, auch wenn Virchow naserümpfend seinen Aufzug begutachtet. „Paris", sagt Robert stattdessen, als erklärte das alles. „Selbst dort, das muss ich zugeben, ist dieser Schnitt ein wenig avantgardistisch."

So als wolle Virchow dies als Entschuldigung für der ungewöhnlichen Aufzug annehmen, blickt er Robert wieder direkt an. „Was führt Sie überhaupt hierher? Die meisten Menschen pflegen um alles was mit dem Tod daherkommt einen weiten Bogen zu schlagen."

„Nun, letzten Endes meine Neugier, die ich auch gern als Wissensdrang oder Forschergeist zu beschönigen versuche Allerdings trachte ich in der Regel danach Unannehmlichkeiten zu vermeiden."

Ein kurzes Lächeln huscht über Virchows Gesicht. „Nun, da haben Sie einige Gemeinsamkeiten mit meinen Herren Studiosi. Würde es ihnen gestattet sein, das Studium der Medizin ohne Aufenthalt in der Pathologie zu absolvieren, wären wir beide hier ganz allein, Mein Herr."

Robert mutet es seltsam an, als Herr tituliert zu werden. Er fühlt sich plötzlich alt. Doch muss er sich ins Gedächtnis rufen, dass er selbst mehr Lenze zählt als die junge Familie Virchow zu dieser Zeit zusammengenommen. „Und dennoch", entgegnet er, „schlummern darin die größten Erkenntnisse, wie auch auf dem bislang umstrittenen und hochnäsig vernachlässigten Gebiet der Hygiene."

Virchow bedenkt ihn mit einem sehr strengen Blick. „Was wissen Sie darüber, mein Herr?"

„Blum, Robert Blum", stellt er sich vor.

„Angenehm, Herr Blum. Sind Sie Mediziner?"

„Leider nein. Ich habe mich eher physikalischen Themen verschrieben und ich muss feststellen, dass ich über dieses so wichtige Gebiet der Medizin noch immer viel zu wenig weiß", gesteht er ungeniert. „Aber ich bin dabei es zu ändern."

„Und deshalb kommen Sie den weiten Weg zu mir? Wenn ich Ihre Sprache richtig deute, stammen Sie aus den alemannischen Landen, nicht wahr?"

„Stuttgart", bestätigt Robert ein wenig perplex.

„Aha." Auffordernd blickt Virchow ihn an.

„Nun, in gewisser Weise schon. Mein Weg war sogar noch weiter, weil ich bereits an anderen Orten nach Lösungen gesucht habe." Noch immer ruht Virchows Blick auf ihm. „London", ergänzt Robert achselzuckend. „Wien und Konstantinopel waren sogar noch weniger ergiebig." In Gedanken beschwichtigt er sein schlechtes Gewissen. Es ist zwar nicht die ganze Wahrheit, aber immerhin nicht gelogen.

„Nun, ich wäre froh, wenn wenigstens die höheren Repräsentanten und besser noch die Herrscher selbst dieses Interesse aufbrächten."

„Oh, mir ist bekannt, wie engstirnig – verzeihen Sie meine Unbotmäßigkeit – einige sein können." Insgeheim hofft er, dass der revolutionäre Geist seines Gegenübers noch lebendig ist.

„Ich habe da meine eigenen Erfahrungen", kommentierte Virchow denn auch schmunzelnd. „Doch bitte, fahren Sie fort."

„Immerhin haben wohl einige inzwischen erkannt, dass Hygiene nicht schaden kann, um es einmal vorsichtig auszudrücken. – Nein, es wäre mehr als tiefgestapelt. Einige halten sie sogar für überlebenswichtig."

„Aha. Könnten Sie das präzisieren? Es wäre ja fast revolutionär und in dieser Hinsicht ist es keine vier Jahre her, dass ich mir die Finger verbrannt habe."

„Nun, wie ich aus berufenem Munde weiß, sind es ausgerechnet die Preußen, die dies erkannt…"

Virchows Lachen unterbricht ihn. „Verzeihen Sie, mein Herr, dass ich lache, aber wenn dem so wäre, dann wäre ich gar nicht hier."

„Das zu glauben ist nicht schwer. War es doch erst vor wenigen Jahren ganz anders." Er seufzt. „Nun, dennoch gehört den Preußen ganz offensichtlich die Zukunft, zumal sie der Medizin einen sehr hohen Stellenwert einräumen."

„Und das in Berlin?" Nun war es an Virchow zu seufzen und Robert wusste, dass da ein wenig Heimweh mitschwang.

So knüpfte er gleich daran an. „Mein Besuch dort war nur von kurzer Dauer, doch habe ich gleich das Besondere der Stadt gespürt."

„Das glaube ich Ihnen gern, auch wenn meine Erinnerungen eher gemischter Natur sind."

„So ist es mir zugetragen worden", gestand Robert. „Hörte ich doch neulich erst, wie schwer es Ihrer Frau Gemahlin gefallen ist Berlin zu verlassen…"

„Wer behauptet das?"

Abwehrend hebt Robert die Hände. „Verzeihung. Diskretion. – Sollte es nicht der Wahrheit entsprechen, so bitte ich um Vergebung."

„Gewährt", knurrt Virchow. „Dennoch fällt es mir schwer zu glauben, was Sie berichten."

„Nun, es ist sogar so, dass immer mehr dort bei Hofe und in den medizinischen Fakultäten, vor allem in der Charité, Ihren Fortgang bedauern, mehr als bedauern."

„Davongejagt haben Sie mich!", echauffiert sich Virchow ungeniert. Mit einem Wink gibt er seinen Assistenten zu verstehen, dass sie sich um die Studenten kümmern und nicht um ihn zu scheren haben. „Sagen Sie bloß, jetzt wollen sie angekrochen kommen, damit ich heimkehre."

„Hmm… Sagen wir so, es würde mich nicht wundern, wenn es schon sehr bald soweit ist." Er hob beschwichtigend die Hände. „Auch dort will gut Ding Weile haben und es gilt ja auch noch über so machen Schatten zu springen."

„Das will ich meinen." Wieder lacht er. „Es wäre mir eine Genugtuung ihr Flehen abzulehnen."

Panik erfasst Robert. Was ist wenn er es mit seinem Besuch hier nur noch schlimmer macht und Virchow erst recht abschreckt? Nun muss er alles geben. „Verständlich", erwidert er daher möglichst ruhig, „aber ich bitte Sie inständigst, vor allem im Namen der Gesundheit, dass allein eine derart reumütigen Geste aus jenem Land, das dabei ist Mitteleuropa zu einen, Ihnen hinreichende Satisfaktion bietet." Sein Gegenüber knurrt etwas Unverständliches. „Preußen ist nun einmal die aufstrebende Macht in Europa und wird bald Österreich an Glanz überstrahlen. Und die Charité soll zu einem Jerusalem der Medizin werden, ein Ort an die die ganze Welt pilgert."

„Nanana. Nun übertreiben Sie aber, lieber Herr Blum. Noch gilt Wien als Mittelpunkt, zumindest was die Kultur des Abendlandes anbelangt."

Robert zuckt mit den Achseln. „Mag sein. Viele haben das noch von Amsterdam und El Escorial behauptet als die Engländer sich bereits anschickten die Weltmeere zu beherrschen."

„Ist der Vergleich nicht ein wenig weit hergeholt?"

„Nicht unbedingt. Ich würde sogar wagen zu behaupten, dass in der neuen Welt ein Reich entsteht, dass ganz Europa die Vorherrschaft streitig machen wird. Aber darum geht es überhaupt nicht. – Sehen Sie, ich bin ein Untertan unseres Königs Wilhelm von Württemberg und blicke selbst mit gespaltenen Gefühlen nach Berlin. Dennoch muss ich anerkennen, dass dort etwas Großes, etwas Revolutionäres in Bewegung gekommen ist."

„Ha. Revolutionär? Das wäre doch mal was. – Hmm… Zumindest wäre es wünschenswert. Für die Ideen der Achtundvierziger waren sie dort allerdings nicht zu erwärmen."

„Wie gesagt, gut Ding will Weile haben. – Wie soll Napoleon einmal gesagt haben? Wenn man es zu etwas bringen will, muss man nach Paris gehen. Zweifellos hat er recht damit gehabt, wenn es dann auch noch Jahre gedauert hat. Und heute würde seine Wahl auf Berlin fallen."

„Nanana."

„Die Zeit wird es zeigen. So wie Ihre Studenten Ihnen danken, weil Sie einen erneuten Ruf nach Zürich ausgeschlagen haben."

„Wer hat Ihnen davon berichtet?", herrscht Virchow ihn an.

„Diskretion", wehrt Robert ab und auf einmal wird ihm bewusst, dass seine Sache auf des Messers Schneide steht.

„Ich werde es schon erfahren. Früher oder später kommt es doch heraus."

„Sicher", schmunzelt Robert. „Aber, wie gesagt, gut Ding will Weile haben", orakelt er. „Aber sobald Ihre Studiosi deswegen einen Fackelzug zu Ihren Ehren veranstalten, bitte ich Sie noch einmal darüber nachzudenken."

„Fackelzug? Welcher Fackelzug? Sie reden irr, mein Herr."

„Schon bald werden die Dinge klarer zu erkennen sein und dann hoffe ich, dass Ihre Liebe zu Berlin größer ist als Ihr Groll gegen einige übereifrige Staatsdiener."

Virchow tritt einen Schritt zurück und mustert ihn erneut. „Nun, ich weiß gar nicht, weshalb ich diese Unterhaltung überhaupt mit Ihnen führe, Herr Blum. Es ist doch müßig. – Sicher, meine Gemahlin sehnt sich tatsächlich mehr nach Berlin zurück als ich. Mir war es hier jüngst vergönnt große Zuneigung von allen Seiten erfahren."

Offenbar spielt der Professor auf die Bewilligung zusätzlicher Assistenten an. Robert kommt es gut zupass. So sagt er: „Ja, diese allgemeine Zustimmung ist noch ein Grund, weshalb Ihnen Ihr Ruf vorauseilt."

„Nun, werter Herr Blum, wie Sie schon gesagt haben, gut Ding will Weile haben." Er hält für einen kurzen Moment inne. „Allerdings muss ich zugeben, dass mir Ihre Worte schmeicheln. – Wenn sie denn der Wahrheit entsprechen."

„Dessen können Sie versichert sein."

„Nun, was auch immer die Zukunft bringen mag, im Hier und Jetzt liegt die Kraft und unsere einzige Möglichkeit etwas zu bewegen und das ist nun einmal das Juliusspital in Würzburg." Robert will zu einer Erwiderung ansetzen, aber sein Gegenüber bedeutet ihm zu schweigen. „Lassen Sie es gut sein. Ihre Worte haben etwas in mir angestoßen. So will ich sehen was auf mich zukommt und wenn ich meiner Rose einen großen Wunsch erfüllen kann, so wird es sich fügen. Alles Weitere wird die Geschichte zeigen."

Diese Schlussworte seines Gegenübers sind auch für Robert ein klare Botschaft. Trotzdem fordert Virchow ihn zusätzlich mit einer weiteren kleinen Geste auf den Raum zu verlassen. Robert verbeugt sich leicht. „Es war mir eine Ehre, Professor Virchow."

Der reicht ihm die Hand, die Robert freudig ergreift und schüttelt. Auch Virchow scheint frohen Mutes zu sein. „Ganz meinerseits, Herr Blum. Wenn wir uns dereinst wiedersehen, werden wir wissen, was die Vorsehung für uns bereitgehalten hat und", er zwinkert ihm zu, „vielleicht sogar in der Charité."

„Gottes Wege sind wunderbar."

„So ist es. Gott zum Gruße, Herr Blum." Damit komplimentiert er Robert hinaus, der trotz allem mit gemischten Gefühlen das Gebäude verlässt.

Die abschätzigen Blicke der Studenten aus gut betuchten Häusern bemerkt er nicht als er seine Schritte wieder in Richtung

Spital lenkt. Seine Mission ist erfüllt. Wird sie erfolgreich sein? Er kann nur hoffen. Wie in Trance durchquert den Innenhof und geht ohne zu zögern die Treppe ins Untergeschoss hinab. Unten vor dem Tor bleibt er stehen und lauscht. Niemand scheint ihm zu folgen.

Die Fackel hat zwischenzeitlich niemand entfernt. Kurzentschlossen greift er danach und zieht sie aus dem Halter und zündet sie an. Erst nachdem er den Raum erreicht hat, in dem die Maschine unversehrt steht und die Tür wieder versperrt ist, legt er sie auf dem Boden ab. Sorgsam achtet er darauf, dass kein Brand entstehen kann. Dann nimmt er wieder den Platz in der Apparatur ein. Sein nächstes Ziel, Berlin, ist bereits von McCork eingestellt worden. Dennoch überprüft er es.

Nun gilt es herauszufinden, ob seine Bemühungen von Erfolg gekrönt sind, ob Virchow der Offerte aus Wien eine Absage erteilen und tatsächlich nach Berlin zurückkehren wird.

Dann, ohne noch weiter darüber nachzudenken, betätigt Robert den Hebel. „Nächster Halt, Berlin achtzehnhundertsechsundneunzig", verkündet er und lacht.

***

Berlin – 1896

Dunkelheit. Roberts Augen sind noch immer vom Schein der Fackel geblendet. Daher dauert es eine Weile bis er schemenhafte Umrisse erkennt. Rundsäulen, die ein schmuckloses Gewölbe tragen. Fahles Licht dringt durch eine entfernte Öffnung. Eine Mischung aus verhaltenem Tageslicht und dem warmen Licht von Laternen, Kerzen oder Fackeln. Es ist demnach bereits Dämmerung. Erste Hoffnung keimt in ihm auf. Zumindest muss er auch diesmal wieder ein Sprung durch die Zeit unternommen haben, denn bei seinem Aufbruch war es mitten am Tag.

Doch wo ist er? Gedämpfter Lärm von Pferdegetrappel und Kutschen. Vereinzelt Stimmen. Rufe. Lärm einer Stadt. Würzburg? Oder doch Berlin? Er muss es herausfinden. Er muss hinaus. Das ferne Licht gibt Hoffnung, diesmal nicht eingesperrt zu sein.

Mehr und mehr Einzelheiten werden erkennbar. Baugerätschaften. Ein Gerüst. Zumindest befindet er sich auf einer Baustelle. Vorsichtig steigt er aus der Apparatur und tastet sich voran. Ein plötzlicher Schmerz im Schienbein. Offenbar hat er das Hindernis, was immer es auch ist, was sich in der Dunkelheit verbirgt, nicht wahrgenommen. Hätte er doch die Fackel mitgenommen. Leise verflucht er seine Gedankenlosigkeit. Doch andererseits wagt er es nicht ein Streichholz zu entzünden, denn er möchte nicht entdeckt werden, nicht bevor er die Maschine versteckt oder zurückgeschickt hat.

Also weiter, Stück für Stück, dem Lichtschein entgegen. Er hofft, dass der Rückweg mit weniger Schwierigkeiten verbunden ist, denn zumindest einmal muss er zur Maschine zurückkehren, und zwar noch bevor die Bauarbeiten wieder aufgenommen werden. Gut, der Gedanke, die Maschine sogleich zurückzusenden, war ihm durchaus gekommen. Doch ist ihm das Wagnis zu groß. Was ist, wenn es diesmal nicht so reibungslos funktioniert hat? Ja, was dann? Noch einen Sprung? Das Ziel dafür selbst einstellen? Wie waren doch gleich die Instruktionen dafür? Heiß und kalt läuft es ihm den Rücken hinab. Nein, es muss einfach funktioniert haben!

Endlich ist Robert an der Öffnung in der Mauer angelangt. Vorsichtig schiebt er eine Absperrung beiseite und sieht sich um. Sein Blick fällt auf einen Park, der durch zahlreiche Laternen erhellt wird. Auf der Straße davor sind tatsächlich Pferdekutschen unterwegs. Kutscher und Passanten scheinen im Streit über ihre Vorrechte zu sein. Rechts sind Gebäude zu erkennen, deren Front von hohen Säulen getragen werden. Am liebsten würde Robert jubeln, denn erkennt er in den Gebäuden doch das alte Museum und die Nationalgalerie. - Berlin. - Er ist tatsächlich in Berlin. Besser noch, er ist im Berlin nach dem Bau der Nationalgalerie. Damit ist er weiter in die Zukunft gereist, denn der Bau war erst in den späten Siebzigern vollendet worden.

Schnell zieht er sich wieder zurück. Vorsicht braucht er nicht mehr walten zu lassen, denn offenbar ist er hier allein. Daher scheut er sich auch nicht Zündhölzer zu entzünden, um seinen Weg zu finden. So ist er im Nu an der Maschine angelangt.

Soll er sie gleich zurücksenden oder doch lieber erst verstecken? Doch wo? Auf dieser Baustelle kann es kein geeignetes Versteck geben. Mit einem schweren Seufzer quittiert er die Erkenntnis, dass ihm keine Wahl bleibt, will er die Maschine vor einer Entdeckung bewahren.

Schnell vergewissert er sich, dass er alles an sich genommen hat und tritt einen Schritt zurück. Seine Hand zittert, als er sie auf den Hebel legt, dessen Kristallknauf im spärlichen Licht leicht funkelt. Er zögert. Mit einem Ruck legt er den Hebel um und tritt zwei weitere Schritte zurück. Ein Surren. Stille. Schnell holt er ein weiteres Zündholz hervor. Es flammt in seiner Hand auf und er sieht... nichts. Die Maschine ist fort. Der Platz, an dem sie eben noch stand, ist leer.

Erleichterung und Beklemmung kämpfen in ihm um die Oberhand. Jetzt gilt es. Es gibt kein Zurück mehr. So also müssen sich jene Eroberer gefühlt haben als sie die Schiffe hinter sich verbrannt haben. Eroberer? Er lacht. Doch fühlt er sich als Eroberer. Wenn alles nach Plan verlaufen ist, wartet eine neue Welt auf ihn. Sie wartet auf seine Entdeckung. Hat er Virchow überzeugt? Ist er nun hier in Berlin tätig? Was ist mit Leonie? Ist es gelungen ihr Leben zu retten? Was ist mit der düsteren Prophezeiung des Reverends? Haben sich weitere Änderungen ergeben? Wenn ja, zum Besseren? Wird Kaiser Heinrich weitere Länder bewegt haben den Vereinigten Staaten von Mitteleuropa beizutreten? – Unrast befällt ihn. Er will es herausfinden.

Mit Hilfe des zusätzlichen Lichts der Zündhölzer ist er schnell und vor allem unbeschadet wieder an der Absperrung. Noch immer streiten sich die Leute auf der Straße. Robert soll es recht sein, denn so wird ihn niemand bemerken. Beherzt tritt er ins Freie und überwindet eine weitere Absperrung am Fuß einer Treppe. Er steht auf den Gehweg vor der Baustelle. Ohne innezuhalten überquert er mit schnellen Schritten die Straße und geht weiter in den Park hinein. Niemand spricht ihn an oder nimmt sonst Notiz von ihm.

Er geht weiter. Die Fassade des Zeughauses, er weiß, dass es auf der anderen Seite des Spreearms steht, wird zwischen all dem Grün erkennbar. Dies ist schon einmal unverändert, zumindest seit seinem vergangenen Besuch in Berlin.

Es ist merklich heller geworden. So war es höchste Zeit die Baustelle zu verlassen, denn schon bald würden die Bauarbeiter anrücken.

Im Park wendet er sich nach rechts, um die Spreeinsel über die eiserne Brücke zu verlassen. Ein Schmunzeln huscht über sein Gesicht, als er sich an seine damalige Suche nach der Brücke erinnert. Erst ein kundiger Passant hatte ihn damals aufgeklärt, dass die tatsächliche eiserne Brücke bereits in den Zwanzigern durch eine Brücke aus Sandstein ersetzt worden war.

Gleich hinter der Brücke wendet er sich nach rechts und passiert die Baustelle an der Spitze der Spreeinsel. Ein weiteres Kunstmuseum soll hier entstehen. Auch das ist unverändert. Ist das ein gutes Zeichen? – Aufregung erfasst ihn. Wenn er die neue Weidendammer Brücke überqueren kann und nicht mehr auf die Behelfsbrücke ausweichen muss, dann ist er auf jeden Fall in jenem Jahr angekommen, aus dem er seine Reise angetreten hat und die düsteren Andeutungen des Reverends erweisen sich als Unkenrufe. – Sie ist da! Leute und Pferdefuhrwerke überqueren die Brücke. „Heureka!", entfährt es ihm. Er hat es geschafft!

Hastig blickt er sich um. Doch offenbar nimmt niemand vom Notiz. Die Anonymität einer Großstadt hat augenscheinlich auch einige Vorteile. An der Friedrichstraße stockte er. Die berühmte Markthalle trägt den Namen *Renzpalast*. Daran kann er sich nicht erinnern. Sie scheint auf Dauer einen Zirkus zu beherbergen.

Auch dies ist ihm neu. Aber seit seinem Besuch kann sich dies durchaus geändert haben. Das geht sehr schnell. Dennoch wendet sich Robert irritiert ab und lenkt seine Schritte in die Karlstraße, die direkt zum Spreebogen führt. In dessen unmittelbarer Nachbarschaft befindet sich sein Ziel, die Charité.

Die in dieser Straße gerade neu errichteten Wohnhäuser sind von atemberaubender Größe und zeugen davon, dass Berlin sich tatsächlich anschickt das Zentrum Europas zu werden. Irgendwas ist jedoch seltsam, aber Robert kann nicht sagen was. Es ist vorläufig nur ein Gefühl, das beunruhigender Weise immer stärker wird.

Beim Hotel in der Nähe des Karlplatzes trifft es ihn dann wie ein Schlag. Nicht allein die Erwähnung der olympischen Spiele bringen ihn aus der Fassung, sondern die Worte „… zu Ehren Seiner Majestät Kaiser Wilhelm II." Es stockt ihm der Atem. Noch einmal sieht er hin. Tatsächlich dort steht Wilhelm, nicht etwa Kaiser Heinrich. Wenn er in der richtigen Zeit angekommen ist, sollte es jetzt das achte Jahr seiner Regentschaft sein, nach dem Tode seines Vaters, Kaiser Friedrich.

Ein flaues Gefühl befällt ihn. Nicht aufgeben. Ein letzter Versuch. ‚Das ist sicher ein übler Scherz', kommt ihm in den Sinn, aber die Erleichterung will sich nicht einstellen. Denn dort ist auch ein Bild, eine hochwertige Ablichtung, wie sie nur von den besten Fotografen erstellt werden kann.

Wieder und wieder blickt er auf das abgebildete Antlitz. Es ist eine ihm unbekannte Person, offenbar eines ihm unbekannten Monarchen. Es besteht auch keinerlei Zweifel, dass es um den Monarchen dieses Landes geht. Auf einmal fühlt er Übelkeit in sich aufsteigen. Wenn es nun tatsächlich einen weiteren Kaiser Wilhelm anstatt eines Kaisers Heinrich gibt, dann hätte sich in der Tat etwas Gewaltiges verändert.

Doch was hat sich noch geändert und warum? Sollte McCork am Ende recht behalten? Hätte Roberts Eingreifen nicht nur zur Folge gehabt, einen anderen Lebenslauf eines Mediziners herbeizuführen und hoffentlich auch die Rettung seiner Leonie? War ihm dies wenigstens gelungen?

Darum wird er sich später kümmern, wenn er wieder in Stuttgart ist. Zunächst gilt es herauszufinden, ob sein Plan aufgegangen ist und Rudolf Virchow seinen Wirkungskreis inzwischen hierher verlegt hat. Er muss zur Charité und nachsehen. Noch ist es zwar früher Morgen, aber schon bald wird der Lehrbetrieb aufgenommen und dann kommt die Stunde der Wahrheit.

Es ist nicht weit und schon bald steht er vor dem Tor zwischen zwei Backsteingebäuden. Das Tor für die Durchfahrt ist geschlossen, aber die Tür links daneben, gleich bei der Pförtnerloge ist geöffnet. Es erinnert ihn irgendwie an seinen Besuch in London. Er schüttelt die Erinnerung ab.

In dem Moment, in dem er durch das Tor hindurchgeht, taucht ein Pförtner wie aus dem Nichts vor ihm auf. Auch die Szenerie erinnert ihn an sein Erlebnis in London. Nur dort war es dort ein Zugang zu einem militärischen Bereich und hier handelt es sich eindeutig um eine zivile Einrichtung.

Das hält den Wachhabenden allerdings nicht davon ab ihn scharf anzugehen. „Stehenbleiben, der Herr!" Er kommt auf Robert zu. „Passierschein?", fragt er unwirsch. Wegen des deutlich ergrauten Schnauzbarts schätzt Robert das Alter seines Gegenüber auf etwa sechzig.

„Guten Morgen", erwidert Robert und ringt sich ein Lächeln ab.

„Passierschein", wiederholt der Pförtner gereizt. „Zutritt nur mit gültigem Passierschein", ergänzt er ungerührt

„Aha. Danke. Wo bekomme ich den?"

„In der Passierscheinstelle", erhält Robert die bissige und erschöpfende Antwort.

Wie damals in London hat er nicht die Muße sich mit einem Wachmann zu streiten. Daher versucht er es auf eine andere Weise. „Hören Sie, guter Mann, ich bin lediglich auf der Suche nach Professor Virchow."

Es ist dem Wachmann anzusehen, dass er die Geduld verliert. Bevor er jedoch lospoltern kann, sagt eine andere Stimme aus der Wachstube: „Professor Virchow pflegt gegen acht Uhr vorzufahren." Ein weiterer Wachmann, er mag etwa Ende vierzig sein, kommt aus der Pförtnerloge und grüßt: „Guten Morgen der Herr. So früh pflegt er nur in Notfälle hier zu sein. – Mit wem habe ich die Ehre?"

Robert lupft seinen Zylinder. „Guten Morgen. Gestatten, Blum, Robert Blum. Vielen Dank für die Auskunft."

„Keine Ursache, Herr Blum. – Wenn Sie eine Verabredung mit Professor Virchow haben, dann sollte Ihnen sein Sekretariat einen Passierschein zugesandt haben."

„Oh. Nein nein. Ich war nur gerade in der Nähe und da dachte ich, dass ich ihm einen Besuch abstatte. Tagsüber ist er in der Regel sehr beschäftigt. Aber ich bin wohl etwas sehr früh dran."

„In der Tat, Herr Blum. Verstehe." Er seufzt. „Nun, es ist noch über eine Stunde, bis mit seinem Erscheinen zu rechnen ist. Unser Café ist noch geschlossen. Sonst hätte ich vorgeschlagen, dass Sie dort auf ihn warten." Plötzlich scheint sich ein wenig Misstrauen einzuschleichen. „Woher kennen Sie Professor Virchow. Sind sie einer seiner Alumi oder sein Concneipant[75]?"

„Nein. Zuviel der Ehre", lacht Robert. „Nein, ich kenne ihn von Würzburg."

„Würzburg?" Der Mann ist irritiert. „Das muss lange her sein. Aber bei Ihnen hätte ich eher vermutet, Sie wären ein Schwabe."

„Stuttgart. – Ja, Würzburg ist schon eine ganze Weile her", bestätigt Robert und hofft, dass dies Thema nicht vertieft wird. Immerhin wäre er zum Zeitpunkt des Treffens gerade einmal drei Jahre alt gewesen. „Sie wissen ja, die Zeit vergeht immer schneller."

„Wem sagen Sie das, Herr Blum. – Darf ich dem Herr Professor

---

[75] Mitglied einer Studentenverbindung

etwas ausrichten?"

Robert überlegt kurz. Was soll die Botschaft sein? Hatte er nicht schon genug erfahren? Außerdem, wie soll er Virchow sein unverändertes Aussehen erklären, das seiner Kleidung eingeschlossen? Darauf zu vertrauen, dass Virchow sich daran nicht erinnert, ist ihm zu riskant. „Nein. Ich denke, ich werde die Zeit einfach nutzen, um mir einen jener Passierscheine zu besorgen."

„Eine hervorragende Idee, Herr Blum. Sie verstehen sicherlich, dass wir hier unsere Vorschriften haben. Immerhin pflegt Seine Majestät, Kaiser Wilhelm, dieser Einrichtung des Öfteren einen Besuch abzustatten."

Wieder dieser Kaiser Wilhelm, stellt Robert mit Schrecken fest. Immerhin ist nun wirklich geklärt, dass der Kaiser nun den Namen Wilhelm trägt. Was ist mit Kaiser Heinrich passiert? Ein Sohn kann es nicht sein, selbst wenn der jüngste Spross der Familie nach der Niederkunft der Kaiserin Wilhelm genannt worden sein sollte. Der Monarch auf den Bildern – eines ziert die ansonsten schmucklose Pförtnerloge, wie Robert mit einem schnellen Blick feststellt – scheint im gleichen Alter wie Kaiser Heinrich zu sein. In der Thronfolge der Hohenzollern oder auch der Habsburger ist ihm keiner mit diesem Namen bekannt. Es wächst sich zu einem bedeutenden Rätsel aus. Und es ist ein Rätsel, das eine größere Dringlichkeit hat, was die Auflösung anbelangt.

So ist sein Entschluss schnell gefasst. Keine weitere Zeit mehr an diesem Ort verschwenden, sondern lieber herausfinden, welche Überraschungen noch auf ihn warten. „Oh, bei so hohem Besuch ist das mehr als verständlich", geht Robert auf das Argument seines Gesprächspartners ein. „In der Provinz sind wir es einfach nicht gewohnt damit umzugehen."

Ein Lächeln huscht über das Gesicht des Wachmanns. „Sie glauben ja gar nicht, wie vielen Berlinern es ähnlich geht."

„Immerhin ein kleiner Trost. Aber nun, will ich Sie nicht länger von ihrer Pflicht abhalten." Wieder lupft er seinen Zylinder. „Gott zum Gruße und adé."

„Auf Wiedersehen und einen schönen Tag."

„Danke, Ihnen auch", erwidert Robert und macht setzt seinen Weg fort, in Richtung Spreebogen. Nach der Überquerung der Kronprinzenbrücke – mit Erleichterung registriert er, dass die Brücke nach wie vor diesen Namen hat – führt ihn sein Weg am Brandenburger Tor vorbei. Sein Ziel ist der Potsdamer Platz, genauer gesagt der Potsdamer Bahnhof. Denn jetzt will er auf dem schnellsten Wege nach Stuttgart kommen.

Er hat erfahren, dass Virchow tatsächlich in Berlin tätig ist. Das ist also geschafft. Nun gilt es herauszufinden, ob er wirklich den gewünschten Erfolg hatte, ob es ihm vergönnt ist Leonie wieder-zusehen.

***

Stuttgart – 1896

Die Zugfahrt hatte sich endlos hingezogen. Aber ist es nicht immer so, wenn die Zeit drängt oder wenn man etwas kaum erwarten kann?

Es fing schon damit an, dass der Bedienstete der preußischen Staatsbahn die Nase rümpfte und ihn anfuhr: „Watt hamse denn da? Spieljeld? Hier jibbet Billets nur jejen Mark oder Joldmark." Die Flüche und Verwünschungen, die ihm der Bedienstete noch an den Kopf geworfen hat, will sich Robert ebenso wenig ins Gedächtnis zurückrufen wie seinen Hinauswurf.

Robert war tatsächlich gezwungen ein Bankhaus aufzusuchen, um eine Goldmünze in sogenannte Mark des Deutschen Reiches umzutauschen. ‚Deutsches Reich?', hallt es noch immer in seinem Kopf nach. ‚Was ist aus den Vereinigten Staaten von Mittel-europa geworden?' Ganz offensichtlich, so hat er inzwischen herausgefunden, ist allein der Name hier und jetzt völlig unbe-kannt. Vielmehr scheinen Österreich und Deutschland zwar noch immer Kaiserreiche, aber zwei getrennte Staaten zu sein. Was ist nur passiert? Kann es wirklich sein, dass sein kurzes Gespräch mit Virchow sogar den Verlauf der Weltgeschichte beeinflusst hat? Es schaudert ihn.

Immerhin, das haben Roberts Recherchen in der Bibliothek – unweit des Bankhauses gelegen – ergeben, hat Virchow Ende der Fünfzigerjahre seinen Wirkungskreis nicht nach Wien, sondern nach Berlin verlegt. Aus welchen Gründen auch immer mochte das einen Einfluss auf die große Geschichte gehabt haben. Dies ist jedenfalls die Schlussfolgerung, die zu akzeptieren Robert noch imme schwerfällt. Das berühmte Attentat auf Kaiser Franz von Österreich hat demnach nicht stattgefunden. Wie aus dem Bericht hervorging, hatte der Attentäter die Tat zwar geplant war aber vor der Ausführung an den Folgen einer Infektion verstorben. Die Begründung liegt Robert noch immer schwer im Magen. Die Worte tauchen noch immer vor seinem geistigen Auge auf. *Eine solche Infektionskrankheit kann heute mit den Methoden des Professor Virchow erfolgreich behandelt werden.*

Folglich war die Abwesenheit Virchows für Wien und den Kaiser sogar ein Segen gewesen. Kaiserin Elisabeth, genannt Sissi, die auch gerne inkognito als Fürstin von Hohenembs unterwegs war wie Robert weiß, war dann auch nicht mehr mit ihren Kindern allein. So hat deren Erziehung einen anderen Verlauf erfahren, was allerdings nicht zum Besseren bestellt ist. Gleiches gilt für die Verhandlungen zur Bildung der Vereinigten Staaten von Mitteleuropa, die einfach scheiterten. „Damit wäre auch geklärt, warum es diesen Staat auf einmal nicht mehr gibt", murmelt Robert leise vor sich hin als er sich das alles ins Gedächtnis ruft.

Den Einfluss von Virchow auf das Haus Hohenzollern kann sich Robert inzwischen zusammenreimen. Allerdings ist ihm nicht klar, ob Virchow auch einen Einfluss auf die Entscheidung von König Wilhelm von Preußen hatte, nicht zugunsten seines Sohnes Friedrich vorzeitig abzudanken. Eindeutig ist, dass es den Ärzten aufgrund der medizinischen Entwicklung unter Leitung von Virchow gelang den Erstgeborenen von Kronprinz Friedrich und seiner Gemahlin Victoria vor dem Tode zu bewahren. Damit ist für Robert auch ein weiteres Rätsel gelöst, denn das Paar nannte den Jungen Wilhelm. Der junge Prinz folgte seinem Vater auf den Thron und nicht sein Bruder Heinrich.

Robert plagt ein schlechtes Gewissen. Der Vorwurf, ‚Was habe ich nur angerichtet?', will nicht aus seinen Gedanken weichen.

Immerhin, in Stuttgart scheint alles unverändert zu sein. König Wilhelm regiert und das Elternhaus im Herdweg ist unverändert. Sogar seine Brüder machen sich noch immer über sein Dasein als Privatier lustig und Marie, verheiratet mit Baurat Eugen Dobel, ist Mutter von vier Kindern. Eine Insel der Beständigkeit in den großen Wirren.

Die Erwähnung der russischen Grippe ruft keine Reaktion hevor. Jedenfalls ist keine Rede davon, dass irgendjemand aus dem Bekanntenkreis infiziert ist. Insofern hat Robert das Hauptziel seines Unterfangens erreicht und Leonie gerettet.

Also steht er wieder hier. Hier, wo es begonnen hat. Hier, vor dem Haus von Franz Fischer, seinem Schulfreund und Vater des bezauberndsten Geschöpfes, das Gott je erschaffen hat. Wichtiger ist, dass er sie noch nicht zu sich gerufen hat. Roberts Herz schlägt vor Aufregung und freudiger Erwartung so sehr, dass es in seinen Ohren rauscht. Robert ergreift den Ring am Seil, um die Türglocke zu läuten.

Leise Schritte sind zu hören. Ein Hausmädchen öffnet und wirkt erschrocken. Bevor sie die Tür wieder zuschlagen kann, hat Robert einen Fuß dazwischen gesetzt.

„Bitte gehen Sie. Bitte ersparen Sie mir die Schelte."

Er lächelt. „Richten Sie doch bitte dem Hausherrn aus, dass Sie mich einfach nicht loswerden konnten." Sofort hastet das Mädchen davon. Robert tritt ein und schließt die Tür hinter sich.

Eine Tür am anderen Ende des Gangs wird geöffnet und Pauline Fischer kommt leise zu ihm gehuscht. „Robert", flüstert sie seinen Namen. In ihrer Stimme schwingt Traurigkeit mit. „Deine Beharrlichkeit in Ehren, aber…" Sie schluckt und scheint mit den Tränen zu kämpfen. War es doch vergebens? Wird Leonie ihm doch wieder entrissen? Nein, das kann nicht sein. „Du sollst wissen", fährt Pauline fort, „dass ich dir und Leonie meinen Segen gebe. Aber Franz…" Sie seufzt. „Ich wünschte, Franz wäre nicht so verbohrt."

„Vielleicht braucht er noch mehr Zeit?"

„Nein. – Ja. – Ach, ich weiß es nicht. Es ging wirklich alles viel zu schnell." Wieder seufzt sie. „Dennoch kann ich dich und Leonie verstehen. Für euch ist wahrscheinlich jeder Tag, an dem ihr das durchlebt wie ein ganzes Jahr."

„Sehr treffend."

Sie wirkt niedergeschlagen „Auch ich dringe nicht mehr zu ihm durch", erklärt sie mutlos.

In grenzenloser Verzweiflung will er etwas versuchen. „Vielleicht sollte ich doch noch einmal für einige Zeit nach Frisco gehen um die Firma... Oder besser, hier eine Firma aufbauen, damit er sieht, dass ich für Leonie sorgen kann."

„Eine gute Idee, aber…" Sie lauscht. Das Geräusch fester Schritte wird lauter, jemand nähert sich. „Ich wünsche euch Glück." Schon wendet sie sich ab und ist durch eine Tür verschwunden.

Im nächsten Moment steht Franz vor ihm, schnaubend vor Zorn. „Was willst du?", herrscht er Robert an.

„Leonie sehen und ihr einen guten Tag wünschen", behauptet Robert frech. Nur keine Krankheit erwähnen. Es muss einfach so sein, dass es ihr gut geht, dass der Albtraum nicht stattfindet.

„Ich habe dir gesagt, dass ich eure Verbindung nicht dulde. Was ist daran so schwer zu verstehen, dass ich dir die Hand meiner Tochter niemals geben werde? Egal, wie sehr sie darum bettelt oder wie oft du auch mir die Tür einrennst. Es ändert nichts."

Robert ist erstaunt, welche Erleichterung und Freude diese Worte in ihm auslösen. Tatsächlich keinerlei Rede von irgendeiner

Krankheit. Fazit: Es geht ihr gut. Es geht Leonie gut! – Er hat es geschafft. Sie lebt und ganz offenbar ist ihre Zuneigung und ihre Liebe zu ihm ungebrochen. Alles andere ist erst einmal Nebensache. Am liebsten würde er in lauten Jubel verfallen. Doch zwingt er sich zur Ruhe und sagt: „Dann war mein Plan doch keine so verrückte Idee?"

„Plan? Welcher Plan?", schnaubt Franz. „Allein mich überhaupt um ihre Hand zu bitten war eine der verrücktesten Ideen, die du haben konntest. Wenn ich das vor dem Rennen geahnt hätte, dann…" Er such nach Worten. „Ach, es ist einfach nur verrückt. Siebenundzwanzig Jahre, Robert. Der Altersunterschied ist einfach zu groß. Wie oft soll ich dir das noch sagen? Das kann nicht gutgehen und so lange ich lebe, werde ich diese Verbindung auf jeden Fall zu verhindern wissen."

„Bitte tu das nicht. Ich liebe sie über alles…"

„Papperlapapp. Liebe! Ha! Du hast ihr völlig den Kopf verdreht. So ist das. – Unglaublich! – Da macht mein alter Schulfreund sich an meine Tochter heran wie ein balzender Jüngling."

„Du weißt, dass dem nicht so ist."

„Ach nein? Wie soll ich es denn anders nennen?"

„Du weißt genau, dass sie schon ihre Zuneigung geäußert hat, als wir alle das für eine Marotte einer Heranwachsenden hielten."

„Oh ja!" Sein Zeigefinger pocht auf Roberts Brust. „Schon damals hast du ihr den Kopf verdreht. Man stelle sich vor. Einer Heranwachsenden!"

„Du tust mir unrecht", unternimmt Robert einen Versuch seiner Verteidigung.

„Nein. Du brichst ihr das Herz und trittst unsere Freundschaft mit Füßen."

„Viele Jahre habe ich in Amerika verbracht, fernab, damit genau das nicht eintritt."

„Jaja und Liebesbriefe schreiben. Sag mal, für wie naiv hältst du mich eigentlich, Robert?"

„Die Briefe habe ich erst in jüngster Zeit geschrieben, als ich mich nicht mehr gegen die Gefühle gewehrt habe. Verdammt, Franz! Ich liebe Leonie!"

„Geh wieder nach Amerika oder bleibe in deinem Elternhaus. Einerlei. Nur hier will ich dich nicht mehr sehen. Und jetzt raus mit dir!"

„In einem Jahr ist sie erwachsen."

„Willst du mir jetzt auch noch drohen?", donnerte er. „Ich bin ihr Vater und mein Wort gilt auch dann noch, sogar nach dem Gesetz."

„Und was willst du tun. Wirst du sie dann einsperren?"

„Hinaus!", brüllt Franz wutentbrannt und Robert geht zögerlich zur Tür. „Hinaus!"

„Bitte, Franz, stehe dem Glück deiner Tochter nicht im Weg. Gib uns deinen Segen."

„Eher sterbe ich. – Hinaus!", brüllt er noch einmal und Robert folgt nun widerwillig seiner Aufforderung, weil er den Gedanken nicht ertragen kann, dass Leonie ansonsten an seiner statt darunter zu leiden hat.

„In Ordnung", unternimmt er einen letzten Versuch der Beschwichtigung.

„Und komm nie wieder her!" Franz ist noch immer in Fahrt. „Und deine Briefe, die kannst du dir auch sparen."

Robert weiß, diese Runde hat er eindeutig verloren. Hier und jetzt kann er nichts ausrichten. Wieder einmal muss er sich in Geduld üben. Wie lange noch?

***

„Robert!" Jauchzend und zugleich schluchzend fliegt Leonie in seine Arme. Sie vergräbt ihr Gesicht an seiner Schulter.

Robert streicht ihr zärtlich übers Haar. Sein Blick fällt auf Pauline. Ihr seliges Lächeln will nicht so recht zu ihrer schwarzen Trauerkleidung passen. Es ist offensichtlich, dass sie sich mit ihrer Tochter über das Wiedersehen freut. „Danke, dass du gekommen bist", sagt Pauline und ihre Miene wird wieder ernst.

„Ich weiß, für die Beerdigung bin ich zu spät, aber es ging nicht schneller."

„Seine Beerdigung war vergangene Woche. Aber mach dir keine Gedanken", beruhigt Pauline ihn. Auf das schwere Seufzen Roberts fügt sie hinzu: „Wir sind jedenfalls froh, dass dir nichts passiert ist." Sie atmet schwer. „Als wir von der Katastrophe in der Zeitung gelesen haben, da haben wir schon das Schlimmste befürchtet. Es hat geheißen, dass telegraphieren nicht möglich ist."

„Sogar meine Briefe wollte die Post nicht annehmen", wirft Leonie ein. „Die haben mir nur gesagt, dass es San Francisco nicht mehr gibt."

„Das will ich gerne glauben", erwidert Robert, dem die Bilder jenes achtzehnten April in den Sinn kommen. Es hatte ihn buchstäblich von den Füßen gerissen. Dennoch war er froh gewesen sich zu dem Zeitpunkt bereits unter freiem Himmel aufzuhalten.

Ein Gefühl, als rüttele jemand an seinem Bett hatte ihn in den frühe Morgenstunden jäh aus seinen Träumen gerissen. Teller waren aus dem Wandregal gefallen und krachend auf dem Boden zerschellt. Gläser hatten im Schrank geklirrt.

Er erinnert sich mit erschreckender Klarheit. Alles wirkte sehr gespenstig. An Schlaf war nach dem ersten Schock nicht mehr zu denken. Zu sehr aufgepeitscht war er in jener Nacht.

Wieder erinnert er sich daran, wie er mit einem Satz aus dem

Bett gesprungen und zum Fenster gerannt ist. Mit aller Kraft zog er daran. Es ließ sich nicht öffnen. Etwas schien es verkeilt zu haben. Panik kroch in ihm hoch und etwas, eine unbestimmte Angst, veranlasste ihn sich in Windeseile anzukleiden. Instinktiv schnappte er sich Dokumente, Geld und andere Wertsachen, um damit umgehend das Haus zu verlassen. Aus irgendeinem Grund wirkte es auf einmal bedrohlich, wie eine Gruft.

Außerdem musste er vor einer Rückkehr erst Gewissheit haben, dass keine Gefahr mehr drohte. Wenn, dann konnte er die nur bei der Polizeistation oder der Feuerwehr erhalten. Die Anderthalb Meilen bis zum Rathaus zu gehen, das wusste er, wäre reine Zeitverschwendung, denn um diese Zeit, seine Uhr zeigte noch nicht einmal halb sechs, würden sich ohnehin nur die Nachtwächter im Gebäude aufhalten.

Die Wohnungstür klemmte wie gewöhnlich. Dafür stand die Außentüre bereits offen. Sobald er hinaustrat erfuhr er auch den Grund dafür, denn dort hatten sich bereits einige Hausbewohner, auch der umliegenden Häuser, versammelt und beratschlagten, was zu tun wäre. Einigkeit herrschte nur insoweit, als niemand es für eine gute Idee hielt wieder ins Haus zu gehen.

„Da kommt immer was hinterher", rief jemand in einem Tonfall, der Wissen und Erfahrung zum Ausdruck bringen sollte.

„Ganz richtig", wurde ihm zugestimmt. „Nachbeben."

„Aber sind die nicht viel schwächer?", wagte es jemand einzuwenden und die wilde Diskussion flammte erneut auf, weil die Ansichten über die unterschiedlichen Arten von Erdbeben weit auseinander gingen. Es wurde auch die gegensätzliche These geäußert, dass es sich bei dem Erlebten nur um ein Vorbeben gehandelt habe und somit das Schlimmste noch bevorstünde.

Einige Zeit später wurde genau diese These eindrucksvoll bestätigt. Denn bei den Erdstößen, die dann einsetzten und gefühlt bis in alle Ewigkeit andauerten, konnte sich kaum jemand auf den Beinen halten. So fand sich die Gesellschaft kreischend vor Angst und Panik auf dem Boden wieder. Jeder versuchte sich aufzurappeln, um sich vor herabstürzenden Trümmern in Sicherheit zu bringen. Nach und nach stürzten alle umliegenden Häuser ein. Das Poltern und Krachen war ohrenbetäubend und trotzdem hatte Robert die Schreie, „Weg! Weg hier!", gehört.

Wie gut es gewesen war, dem Fluchtinstinkt zu folgen, zeigte sich kurz darauf. Gewaltige Explosionen ließen den Boden erneut erbeben. Sie sorgten dafür, dass auch die letzten Ruinen einstürzten. Feuersäulen schossen empor als sich das Gas aus den geborstenen Leitungen mit dem Staub mischte und entzündete. Auf einmal war es taghell. Die Luft brannte und die Hitze war unerträglich, selbst auf der breiten Market Street.

„Runter zum Hafen!", brüllte jemand und die Menge setze sich in Bewegung. Alle rannten wie bei der Stampede einer Büffelherde.

Erneute Beben. Immer wieder kamen die Leute ins Straucheln, wenn ein Erdstoß ihnen den Boden unter den Füßen wegzog. Erdspalten zerrissen die Straße als hätte sich das Tor zur Hölle geöffnet und steigerten die Panik der Leute noch weiter.

Immer mehr Feuer wüteten und fanden in den Holzelementen reichlich Nahrung. Jene Holzhäuser, die den Erdbewegungen getrotzt hatten, wurden nun nach und nach ein Raub der Flammen. Es waren gewaltige Flammen, die immer höher in den Himmel stiegen. Sie tauchten die Szenerie in ein grausiges Licht. Doch bald verschwanden die schrecklichen Bilder im dunklen Rauch wie hinter einem Vorhang.

Immer weiter kämpfte sich die Menge durch die Trümmer in Richtung Hafen vor. Endlich erreichten sie das, was vom Union Ferry Gebäude übrig geblieben war. Erleichterung machte sich breit. Immerhin waren sie der Höllenglut entgangen.

Der Blick zurück auf die Stadt verlieh denn auch dem Begriff Morgengrauen eine neue Bedeutung. Dichter Rauch hüllte die Ruinen ein. Trümmer der Ziegelgebäude füllten die Straßen und quollen herab bis in Reichweite des Fährgebäudes, das wie durch ein Wunder nicht zusammengebrochen war.

Das Gefühl, in Sicherheit zu sein, wurde jäh hinweggefegt, als jemand die Befürchtung äußerte, das Erdbeben werde eine gewaltige Welle erzeugen und die tieferliegenden Teile der Stadt überschwemmen. „Wir müssen zum Rincon Hill!", rief jemand. „In die Harrison Street!", erschallte ein weiterer Ruf. Schon begannen sich die Leute erneut in Bewegung zu setzen.

Irgendwie war Robert dann dem Inferno entronnen, nur mit dem was er bei sich trug. Wie so viele, die wenigstens das Glück hatten überlebt zu haben, fand er sich am Mittag in einem Stadtteil am Rand der Stadt wieder, das von den Bränden bisher verschont geblieben war. Dennoch machten sich auch hier die Leute Sorgen Es war kein Geheimnis mehr, dass inzwischen die Wasserversorgung zusammengebrochen war und es somit auch kein Löschwasser mehr gab. Wenn der Wind drehte, würde er die Flammen auch hierhertreiben.

Immer wieder waren Explosionen zu hören. „Sie sprengen die Häuser!", war die Losung, die die Runde machte. Niemand wollte dem so recht glauben. Robert wandte sich an einen der Feuerwehrleute, die sich im Viertel umsahen. Der bestätigte ihm ermattet, dass sie in der Tat planten auch hier Gebäude zu sprengen. Sie wollten auf diese Weise eine Schneise schlagen, die breit genug war um das Feuer aufzuhalten. „Was sollen wir machen?", hatte der Mann achselzuckend ergänzt. „Es gibt kein Löschwasser mehr und wenn wir einfach nur zusehen, brennt die ganze Stadt ab."

In den folgenden Wochen – die Brände hatten mehrere Tage angehalten – beteiligte sich Robert an den Aufräumarbeiten. Es gab seinem Leben einen Sinn und es bot zumindest eine Grundversorgung, wie sie für die Helfer vorgesehen war. Schließlich war er nun obdachlos.

Er tat es aber auch in der Absicht, irgendwann in die Kearny Street vorzudringen. Er wollte die Hoffnung nicht aufgeben,

dass er doch noch etwas aus den Trümmern würde bergen können. Doch letztendlich erwies sich das als eine Fata Morgana.

In einer Karte[76] hatte er das Ausmaß der Katastrophe vermerkt.
Schon beim flüchtigen Blick darauf – er hatte seine Adresse mit
einem Pfeil markiert –hätte ihm auffallen müssen, dass er sich
quasi im Zentrum der Katastrophe befunden hatte. Um dort
noch etwas vorzufinden hätte es mehr als nur eines Wunders
bedurft.

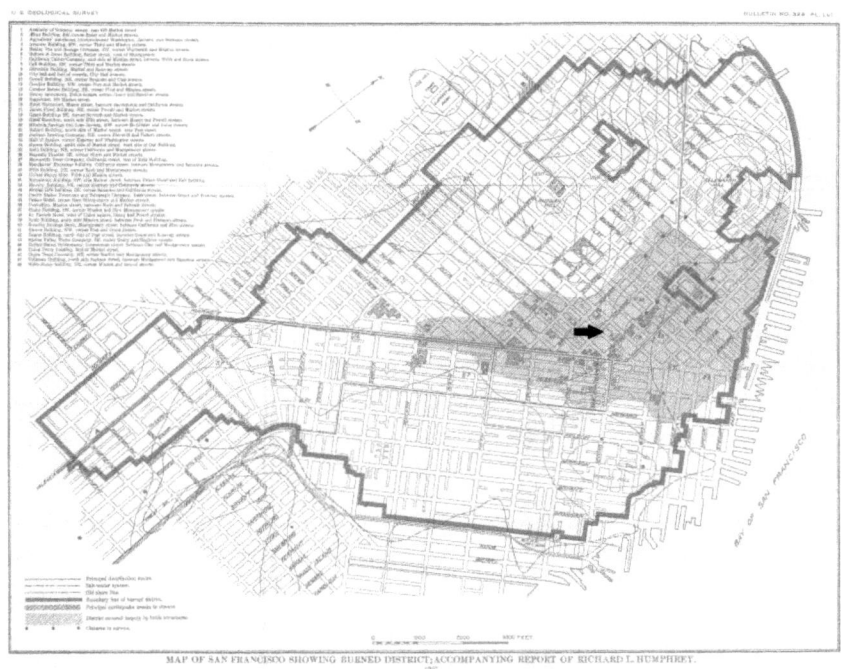

MAP OF SAN FRANCISCO SHOWING BURNED DISTRICT; ACCOMPANYING REPORT OF RICHARD L. HUMPHREY.

Der Sommer in jenem Jahr war geprägt vom Wiederaufbau. Das
Geschäft, das Roberts Lebensgundlage gebildet hatte, war jedoch

76
https://de.wikipedia.org/wiki/Erdbeben_von_San_Francisco_1906#/media/Datei:1907
_Geological_Survey_Map_of_San_Francisco_after_1906_Earthquake_-_Geographicus_-
_SanFrancisco-humphrey-1907.jpg

unwiederbringlich dahin. Einige Geschäftspartner hatten sogar ihr Leben verloren. So wurde ihm klar, dass er seine Talente auf lange Zeit in dieser nun neu entstehenden Stadt nicht würde einsetzen können.

Letztendlich blieb ihm dafür nur nach New York zu gehen. Diese rasant wachsende Stadt gebärdete sich bereits als Nabel der Welt, fast so wie es ihm damals Henry Goldman vorausgesagt hat. Doch dann ereilte ihn eine Ernüchterung. Mit der Zerstörung San Franciscos schien auch hier eine neue Zeit angebrochen zu sein.

Eine neue Zeit? Ja. Trotzdem war Leonie auch in jenen Tagen für ihn noch immer unerreichbar. Robert musste einsehen, dass die kleine Änderung im Geschichtsverlauf, die ihr das Leben tatsächlich gerettet hat, auch sein Leben in neue Bahnen lenkte. Also beschloss er im Spätsommer des Katastrophenjahres endlich in seine Heimat, in das Königreich Württemberg zurückzukehren.

Noch immer kann er sich mit dem Gedanken nicht anfreunden, dass seine Heimat nun Teil eines Staates ist, der Deutsches Reich heißt. Der Eintritt in einen Staatenbund mit Namen *Vereinigte Staaten von Mitteleuropa* war dagegen etwas Erhebendes gewesen.

Außerdem sind die traditionell guten Beziehungen dieser Vereinigten Staaten von Mitteleuropa zu den USA inzwischen einem erbitterten Wettkampf gewichen. Ausgerechnet jener ihm unbekannte junge Kaiser stachelt den mit ungeahnter Arroganz an. Als Bürger eines deutschen Imperiums, so hat Robert erfahren, ist er in der neuen Welt plötzlich nicht mehr überall gern gesehen.

So ging Robert Mitte September an Bord eines Dampfseglers nach Hamburg. Das war ein Tag nachdem sein Freund aus Jugendtagen dahingeschieden war, wie er inzwischen weiß. Die Überfahrt verlief ohne große Zwischenfälle. Dank des inzwischen gut ausgebauten Eisenbahnnetzes, war er bereits einen Tag später in Stuttgart eingetroffen.

Seine Mutter begrüßte ihn freudig und setzte ihn über die jüngsten Ereignisse in Kenntnis. Allerdings brauchte es weiterer Worte, um ihn zu veranlassen, umgehend das Trauerhaus Fischer aufzusuchen.

„Aber nun bist du da", seufzt Leonie und schmiegt sich noch enger an ihn. Dann blickt sie zu ihm hoch, stellt sich auf die Zehenspitzen und haucht ihm einen Kuss auf die Wange. Er will diesen höflichen Kuss erwidern, doch es wird ein richtiger, ein sehr inniger daraus.

Erst auf das Räuspern von Pauline hin lassen sie voneinander ab und Leonies Wangen sind gerötet. „Mama gibt uns ihren Segen", sagt sie und es schwingt alle Freude und Erleichterung darin mit, die sie verspürt.

„Das ist…" Er hält inne und sieht Pauline fragend an.

Doch die nickt lächelnd. „Ja", bestätigt sie. „Viel zu früh hat der Herrgott meinen Franz zu sich gerufen, so als wolle er selbst eingreifen und den Weg für euer Glück bereiten."

„Gottes Wege sind sonderbar", zitiert Robert. „Danke Pauline. Natürlich werden wir das Trauerjahr abwarten."

„Sei kein Narr!", herrscht sie ihn an. „Ihr zwei habt schon lange genug gewartet. Außerdem hat Franz es selbst herausgefordert. Immer wieder hat er betont, dass eure Verbindung nicht zustande kommt solange er lebt. – Doch bitte ich euch, dass ihr die Trauung in aller Stille vollzieht und ich stelle mich auch gerne als Trauzeugin zur Verfügung."

„Danke Mama", Leonie umarmt sie. Dann fliegt sie wieder in Roberts Arme. „Endlich werden wir heiraten." Wieder wird es ein inniger Kuss.

„Na, ihr zwei, lasst euch noch etwas für die Hochzeitsnacht übrig", feixt Pauline und lächelt.

Leonie errötet und stammelt: „Aber Mama…"

„Keine Bange, Pauline, ich liebe Leonie so sehr, da ist genug für ein ganzes Leben. Trotzdem bin ich so froh, dass das Warten ein

Ende hat, auch wenn mir Franz fehlen wird – also der alte Franz von früher."

„So geht es uns wohl allen", erwidert die Witwe. „Doch wollen wir lieber nach vorne schauen."

„Wenn ich das richtig deute, habt ihr bestimmt schon einen Termin ins Auge gefasst, nicht wahr?"

„Ja, der neunte Oktober", platzt es aus Leonie heraus. „Also nächsten Dienstag. Vorher gab es keinen Termin."

„Dem hast du zugestimmt?", fragt Robert und Pauline nickt.

„Wie gesagt, gewartet habt ihr zwei wirklich lange genug. Oder geht es dir nun auf einmal viel zu schnell?"

„Oh nein", lacht Robert. „Ich bin nur überrascht. Von mir aus könnten wir auch jetzt schon losgehen."

„Nicht so eilig, junger Bräutigam. Schließlich soll die Braut doch noch geschmückt werden."

„Nicht nötig, lieber Schwiegermutter in spe. Leonie will ich so wie sie ist."

***

Stuttgart – 1907

„Allerherzlichsten Glückwunsch", sagte Pauline Fischer und umarmte ihren Schwiegersohn. „Ich hoffe, du kannst dich auch über eine Tochter freuen."

„Selbstverständlich", erwidert Robert ein wenig pikiert. „Wie kommst du darauf, ich könnte mich nicht freuen?"

„Ach, ich weiß doch wie ihr Männer seid. Wenn es kein Sohn ist, dann ist es ohne Belang."

„Oh nein, liebe Schwiegermutter. Die Kleine ist das Sinnbild unserer Liebe und ich hoffe, sie wird so schön wie ihre Mutter."

„Nana. Nicht auszudenken."

„Was soll das denn heißen?"

„Nicht, dass du dann so wirst wie dein Schwiegervater", lacht sie schelmisch.

„Auf keinen Fall."

„Na, das will ich doch hoffen."

„Darauf gebe ich dir mein Ehrenwort."

„Oho! – Habt ihr denn schon einen Namen für die Kleine?"

„Na klar. Leonie. Was hast du denn gedacht?" Er bemerkt ihre Verwunderung. „Wir haben gesagt, wenn es ein Junge wird, so soll er Robert heißen und wenn es ein Mädchen wird, dann Leonie. Ich hoffe das ist auch für dich in Ordnung."

„Selbstverständlich", entgegnet Pauline zufrieden. „Immerhin habe ich diesen namen für meine Tochter auch ausgewählt." Sie seufzt. „Ich hoffe nur, dass sie es einmal leichter haben wird, wenn die Liebe zu ihr kommt."

„Das hoffe ich auch. Die Antwort werden wir hoffentlich noch erfahren."

***

Spuren

Horas non numero nisi serenas.   -   Ich zähle nur heitere Stunden.

Stuttgart – 1911

„Ich habe eine Überraschung für dich", flötet Leonie und strahlt ihren Gatten an und küsst ihn auf die Wange.

„Du bist schwanger."

„Leider nein", gesteht sie. „Zwei Versuche hast du noch."

„Oh, ich wusste gar nicht, dass das so stark begrenzt ist. Nur drei Versuche für eine Schwangerschaft?"

„Ach du!", knurrt sie. „Du weißt genau wie ich das meine."

„Klar meine große Liebe. Aber ich mag es einfach dich ein wenig zu necken. Du weißt doch, was sich neckt, das liebt sich."

„Ich liebe dich auch." Sie beugt sich vor und küsst ihn erneut. Robert zieht sie an sich und erwidert den Kuss mit Leidenschaft.

„Also gut", gibt er sich betont ernst. „Ich habe also noch zwei weitere Versuche deine Überraschung zu erraten, ja?

„Ja, ganz genau. Du weißt doch, genauso wie bei der guten Fee im Märchen."

„Na, ich hoffe, es geht dann auch gut aus."

„Wer weiß…", neckt sie ihn nun.

„Gut pariert", gibt er zu und seufzt.

„Nun?"

„Du hast das Bild fürs Wohnzimmer endlich erstanden."

„Kalt. Ganz kalt."

„Also gut, Liebes. Ich gebe mich geschlagen. Was ist es?"

„Einen Versuch hast du noch."

„Nun, wir fahren in die Sommerfrische nach Binz."

„Wieder daneben.“

„Dann spanne mich bitte nich länger auf die Folter.“

Sie lächelt versonnen und ruft: „„Leonie!“

Sofort ist das Geräusch trappelnder Kinderfüße zu vernehmen.

„Ja, Mama?“

„Zeige es doch deinem Vati“, fordert sie ihre Tochter auf.

„Glückwunsch Vati“, sagt sie und reicht ihm ein Büchlein, das sie hinter ihrem Rücken versteckt hat.

„Deine Abhandlung ist erschienen“, kommentiert ihre Mutter für sie.

„Oh!“, entfährt es ihm. Er nimmt das Büchlein in die Hand als wolle er sein Gewicht abschätzen.

„Es ist heute mit der Post gekommen und ich dachte mir, du freust dich, wenn du es bekommst.“

„Auf jeden Fall bestätigt Robert.“ Er hebt seine Tochter hoch und gibt ihr einen Kuss. „Du sollst auch nicht zu kurz kommen“, sagt er zu seiner Frau und küsst sie auf den Mund. Dann setzt er sich, seine Tochter auf seinem Schoß platzierend und beginnt im

Büchlein zu blättern.

„Gibt es da auch Bilder", will die Kleine wissen.

„Ja, mein Schatz, aber nur solche wie hier vorne drauf."

„Das ist ja langweilig", fällt sie ihr vernichtendes Urteil. Schon springt sie von seinem Schoß uns läuft geschwind aus dem Zimmer.

„Tja, durchgefallen", murmelt er.

„Bei mir nicht", erwidert seine Frau und küsst ihn innig.

***

Berlin – 7. Juli 1927

„Herzlichen Glückwunsch, mein Kind." Leonie Blum umarmt ihre Tochter.

„Danke Mama", erwidert die frischgebackene Ehefrau. „Danke für deine große Hilfe."

„Aber selbstverständlich. Du weißt doch, wie lange ich auf das Glück warten musste." Diese weiteren zwölf Jahre sind dir erspart geblieben. Nur schade, dass dein Vati das nicht mehr erleben kann."

„Ja, ich hätte gerne gehabt, dass er mich zum Altar führt."

„Diese zwölf Jahre waren dann doch zu viele für ihn. Die Zwölf scheint uns anzuhaften und ich hoffe, dass wir in weiteren zwölf Jahren keine böse Überraschung erleben.." Sie seufzt. „Unser Glück war kurz, aber ich will dankbar sein für jeden einzelnen Tag. – Doch was blase ich hier Trübsal. Heute ist ein Freudentag und ich hoffe, dass dein Leben stets so ist wie diese goldenen Zwanziger."

„Das erwarten wir alle."

„Dir natürlich auch Alfred", wendet sie sich an ihren Schwiegersohn. „Genießt euer Leben, so wie du von deiner Musik schwärmst."

„Mit dieser wunderbaren Frau an meiner Seite, ist das so sicher wie der Dreivierteltakt beim Walzer."

„Oh ja. Ehrlich gesagt, war ich schon ein wenig besorgt, als Leonie mir sagte, du wärest Musiker. Aber Doktor sogar. Da bist du ja zu Höherem berufen. Wirst du eine Professur übernehmen?"

„So ist der Plan", bestätigt ihr Schwiegersohn ohne Umschweife.

„Oho. Also dann Professor Doktor Quellmalz." Ihr Schwiegersohn bleibt ungerührt. „Das heißt, ihr werdet hier in Berlin bleiben?", wechselt sie das Thema.

„Vorerst ja", erwidert Alfred. „Allerdings kann ich nicht sagen, wohin mich meine Studien oder mein Ruf führen werden.

„Wichtig ist, dass ihr beieinander seid. Alles weitere wird sich finden. Und eine Familie will ein sicheres Nest haben."

„Damit hat es noch Zeit, Mama", schaltet sich die Braut ein. „Aber Kinder wollen wir auf jeden Fall."

„Kinder?"

„Ja, Mama. Ich habe mir immer gewünscht, ich hätte noch eine Schwester oder einen Bruder…" Beschwichtigend legt sie ihre Hand auf den Arm ihrer Mutter. „Bitte, Mama. Das ist keine Kritik. Ich bin dir sehr dankbar, was du für mich getan hast und Papa ist viel zu früh von uns gegangen." Sie wirft ihrem Gatten einen verliebten Blick zu und fährt dann fort. „Wir wollen jedenfalls eine große Familie."

„Nun, ihr seid das junge Paar. Euch gehört die Welt. Und wann immer ihr Hilfe braucht, werde ich da sein."

„Danke Mama. Es sind gute Zeiten und ich glaube nicht, dass wir Hilfe brauchen werden…"

„Na, dann hoffen wir mal, dass es so bleibt. Aber verwöhnen darf ich dann meine Enkel schon, oder?"

„Aber sicher doch Mama."

***

Freiburg im Breisgau – 4. Juni 1931

„Einen kleinen Prachtkerl habt ihr da", gesteht Leonie Blum ihrer Tochter, die noch ermattet von der Geburt ihren Kleinen ansieht.

„Danke Mama."

„Wie geht es dir, mein Kind?"

„Ich bin fix und fertig", gesteht die junge Mutter. „Aber", lächelt sie, „wenn es immer so eine Freude ist ein solches Wesen danach im Arm zu halten, dann sollen es noch mehr werden."

„Hört hört. Na, jetzt wo es bald zur Pflicht wird…"

„Mama, glaubst du wirklich, dass diese Braunhemden wirklich mal ans Ruder kommen? So viel Dummheit, das werden die Leute doch nicht zulassen."

„Ich hoffe nicht, aber wer weiß das schon. Dein Vater hat mir manche Begebenheit von seinen Reisen erzählt. Glaube mir, die Leute sind manchmal sehr verrückt und geradezu dumm. Hinterher schauen sie dann kläglich drein, aber dann ist's zu spät." Sie seufzt. „Jetzt haben wir tatsächlich einen Badenser in unserer württembergischen Familie."

„Mama! Das heißt jetzt Badener. Schließlich gibt es auch hier in Baden keine Monarchie mehr."

„Schon gut, schon gut. – Wie soll denn der kleine Badener heißen?"

„Klaus-Dieter. Aber der Rufname ist Klaus. – Ich weiß, Mama, aber wenn wir ihn Robert genannt hätten, dann wäre das bei Alfreds Familie nicht so gut angekommen. Deshalb haben wir beschlossen, dass unsere Kinder andere Namen bekommen sollen."

„Du hast ja recht. Hauptsache er ist gesund und wird mal groß und stark, so dass er seiner Mutter gut zur Hand gehen kann, wenn sein Vater wieder unterwegs ist."

„Das bringt sein Beruf nun einmal so mit sich. Wenn er das

Liedgut in Osteuropa oder in den Dolomiten bewahren soll, muss er nun einmal dorthin reisen. Als Schwangere oder mit einem Säugling wäre es für mich doch sehr beschwerlich."

„Ja, du hast ja recht", seufzt sie. „Ich bin da ein wenig altmodisch und glaube noch immer, dass die Familie stets zusammen sein sollte."

„Das werden wir sein und wenn es mal in Amerika sein wird, wo Vati damals gewesen ist."

„Ja, das war eine schwere Zeit für mich, als er so weit weg war. Wollen wir hoffen, dass wir zumindest in Frieden leben können."

***

Nachbetrachtung

Nihil sub sole perpetuum. - Nichts unter der Sonne währt ewig.

Oldenburg – 2024

Dem kleinen Hoffnungsträger waren mehr als neunzig Jahre auf dieser Welt vergönnt. Er machte das Beste aus den schweren Zeiten und war sogar dreimal verheiratet. Zweimal hat er mit der Ehe alles verloren und doch die Kraft gefunden aufzustehen, um wieder von vorn anzufangen.

Im Jahre 1998 wurde er mein Schwiegervater und so erfuhr ich manchen Schwank, manche Begebenheit aus erster Hand. Die Geschichte seines Großvaters mütterlicherseits, Robert Blum, hat er während des Geschichtsstudiums, das er nach dem Eintritt in den Ruhestand begann, in einem kleinen Büchlein zusammengefasst.

Auch stand er manchen Wissenschaftlern mit Rat zur Seite, wenn sie eine Abhandlung über seinen Vater, den Herrn Musikprofessor verfassten.

Die Geschichte jenes Robert Blum, der die siebenundzwanzig Jahre jüngere Tochter seines Schulfreundes erst hatte ehelichen können, nachdem sein Freund verstorben war, faszinierten mich und so reifte über Jahre der Entschluss daraus eine Geschichte zu formen oder sollte ich sagen zu spinnen?

Insofern war die wahre Begebenheit Inspiration. Was sich wirklich abgespielt hat, können wir nur erahnen.

Nach und nach fand ich heraus, dass so manche Angabe über zeitliche Ereignisse seiner vielen Reisen einer Plausibilitätsprüfung nicht standhielt. So ist die Aussage, der junge Prinz – ob er wirklich aus Kobe stammte, lässt sich nicht mehr mit Bestimmtheit sagen – sei mit der Transsibirischen Eisenbahn in die Heimat gefahren. Schlichtweg falsch. Diese Eisenbahnlinie war zu jenem Zeitpunkt noch nicht einmal im Bau.

Einerlei. Der Aufenthalt des Robert Blum in Japan ist verbrieft, habe ich doch manche Stücke – soweit sie nach Kriegen und anderer Katastrophen noch erhalten sind – in meinen Händen gehalten. Ereignisse von damals sind ansatzweise in alten Tagebuchaufzeichnungen nachzulesen, allerdings nicht von erschöpfender Ergiebigkeit.

Wie das Urteil meines Schwiegervaters über diese Geschichte seines Großvaters ausgefallen wäre, nun, da sind wir alle auf Vermutungen angewiesen. Zu erwarten wäre eine überschäumende Begeisterung und an der einen oder anderen Stelle ein Hinweis, dass das Flunkern doch nur ihm selbst gebührt.

Dem habe ich dann nichts mehr hinzuzufügen.

***